MOHAMMED

ET LA FIN DU MONDE

ÉTUDE CRITIQUE SUR L'ISLAM PRIMITIF

PAR

PAUL CASANOVA

Professeur de langue et littérature arabes au Collège de France.

PARIS

LIBRAIRIE PAUL GEUTHNER

13, RUE JACOB (VIe)

1911

Mohammed et la fin du Monde comprendra 3 fascicules. Le présent contient la thèse de l'auteur et se vend séparément au prix marqué.

Les fascicules 2 et 3 contiendront l'appareil scientifique, notes, commentaire, pièces justificatives. Le prix des 3 fascicules probablement ne dépassera pas 16 francs.

MOHAMMED
ET LA FIN DU MONDE

[illegible]

[illegible]

MOHAMMED

ET LA FIN DU MONDE

ÉTUDE CRITIQUE SUR L'ISLAM PRIMITIF

PAR

PAUL CASANOVA

Professeur de langue et littérature arabes au Collège de France.

PARIS

LIBRAIRIE PAUL GEUTHNER

13, RUE JACOB (VIe)

1911

AVERTISSEMENT

La thèse que je soutiens est, je crois, entièrement nouvelle. Elle soulève, en passant, une foule de petits problèmes et d'objections que je ne puis passer sous silence, sous peine d'en affaiblir toute la portée. D'autre part, les résoudre au fur et à mesure, c'est rompre le lien logique de mon exposé et en énerver l'argumentation, c'est le rendre illisible pour les non-spécialistes, obscur et confus pour les critiques compétents. J'ai pensé qu'afin d'éviter l'un et l'autre écueil, je devais séparer des éléments impossibles à concilier. Je présente donc, tout d'abord, sous une forme aussi claire, aussi suivie et logique que possible, l'idée maîtresse de ce livre. Après quoi j'en reprends, page par page, tout ce qui peut prêter à une discussion, à un développement, à un éclaircissement de détail. De cette façon, tous ceux qui, sans être versés dans la langue arabe, s'intéressent à l'Islam, peuvent lire et juger la première partie; tous ceux qui ont droit de me demander les rigoureuses explications d'une érudition minutieuse peuvent ensuite analyser, contrôler ou critiquer les plus petits détails. De mon côté, il m'est loisible de m'étendre, sans craindre le reproche de longueur ou de digression, sur toutes les questions qui se rattachent, de près ou de loin, à mon sujet, et de les traiter à la façon d'articles ou mémoires isolés qui ne s'arrêtent que là où finissent mes connaissances. Ainsi, il est vrai, seront rendues plus apparentes mes erreurs et mes lacunes; mais je n'aurai que de la reconnaissance pour ceux qui me les signaleront. Puissent-ils me juger avec quelque indulgence!

Dans la première partie, je ne cite que des textes européens et borne les notes au strict minimum; les transcriptions de mots arabes y sont d'une forme tout à fait courante. Je réserve pour la seconde partie les citations et discussions de textes orientaux, une transcription rigoureuse, l'index général, auquel je donnerai tous mes soins, en un mot tout l'appareil critique exigé avec raison par l'érudition moderne.

Paris, 30 mai 1911.

إِنَّهُ عِلْمٌ لِلسَّاعَةِ

C'est une révélation de l'heure.

(*Coran, XLIII, 61.*)

فبُعِثَ مع الساعة نذيرا لكم بين يدى عذاب شديد

Il (Mohammed) a été envoyé avec l'heure
pour vous avertir avant un châtiment terrible.

(*Ibn Saad, I, 1, p. 65, l. 26.*)

I

On admet généralement que le texte du Coran, tel qu'il nous est parvenu, est authentique (1) et qu'il reproduit exactement la pensée de Mohammed, fidèlement recueillie par ses secrétaires au fur et à mesure des révélations. On sait que quelques-uns de ses secrétaires étaient fort sujets à caution, que le successeur immédiat du Prophète fit une recension sévère, que, quelques années plus tard, la disposition du texte fut remaniée. On a des exemples évidents de versets supprimés, et la façon si bizarre dont le texte nous est présenté (par ordre de grandeur des chapitres ou sourates) prouve bien le caractère artificiel du Coran que nous possédons. Malgré cela, l'assurance avec laquelle les Musulmans — qui ne se font pas faute d'accuser Juifs et Chrétiens d'avoir altéré leurs Écritures — présentent cet assemblage

(1) « L'authenticité du Coran n'a jamais été mise en doute, et la science n'a fait que confirmer et sanctionner la tradition qui nommait Mahomet comme l'auteur du Livre dans tous ses chapitres et versets. » HARTWIG DERENBOURG, *Opuscules d'un Arabisant*, Paris, 1905, pp. 17-18 (*La composition du Coran*, réimpression d'une leçon d'ouverture faite à la Sorbonne en 1869). Cf. HOUTSMA, dans CHANTEPIE DE LA SAUSSAYE, *Manuel d'histoire des religions* (traduction Hubert et Is. Lévy, 1904), pp. 273-274, visiblement inspiré de NÖLDEKE, *Geschichte des Qorâns*, 1re éd., p. 189 et sq.

incohérent comme rigoureusement authentique en toutes ses parties en a imposé à presque tous les orientalistes, et la thèse que je vais soutenir paraîtra à beaucoup paradoxale et factice (1).

J'affirme cependant que la doctrine réelle de Mohammed a été, sinon falsifiée, du moins dissimulée avec le plus grand soin. Des raisons fort simples que j'exposerai bientôt ont amené Abou Bekr d'abord, Othman ensuite, à remanier de fond en comble le texte sacré, et ce remaniement a été fait avec une habileté telle que, désormais, il paraît impossible de reconstituer le Coran primitif. Si cependant ma thèse était acceptée, elle pourrait servir de point de départ à cette reconstitution, au moins pour tout ce qui touche aux révélations primitives, les seules vraiment intéressantes au point de vue où je me place, les seules, d'ailleurs, qu'il y ait eu quelque utilité de retoucher, au moyen, soit de très légers changements de texte, soit de déplacements. Les preuves abondent que les premiers Musulmans, malgré l'incontestable puissance de mémoire des Arabes, étaient profondément ignorants du Coran, et on pouvait, Mohammed mort, leur réciter des versets dont, de leur propre aveu, ils n'avaient jamais eu l'idée (2). Un remaniement qui n'altérait pas les formes *extérieures* des versets était donc des plus faciles. Sprenger, qui a eu une vague conscience de la thèse que j'expose, accuse Mohammed d'avoir jeté l'incohérence dans son texte, lui-même, pour faire disparaître la trace de paroles imprudentes (3). Je dis qu'en effet c'est pour une raison de ce genre que l'incohérence a été introduite, mais non pas par l'auteur — par ses successeurs. Partant de son point de vue, Sprenger

(1) Il semble cependant que, depuis un petit nombre d'années, il y ait une tendance à un néo-criticisme du Coran. Voir, par exemple, Hartwig Hirschfeld, *New Researches into the composition and the exegesis of the Qoran*, 1902, chap. XIII. *Interpolations*, p. 136 et sq. Cf. Goldziher, *Vorlesungen über den Islam*, 1910, p. 33.

(2) Voir plus loin, § II, fin.

(3) « Diese... Theorie, setzte ihn in Stand... eine neue Deutung zu geben, und um deutliche Aussprüche undeutlich zu machen, war Transposition und Einschiebung das einfachste Mittel. » *Das Leben und die Lehre des Mohammad*, 2ᵉ éd., p. 533.

en a normalement conclu un certain classement d'un groupe important de versets, et nous verrons que, si mon propre point de vue est le vrai, il doit conduire nécessairement à un classement de même genre (1). Ce classement sera un des éléments de la reconstitution dont j'ai parlé.

Avant d'entrer dans le fond de la question, je tiens à déclarer tout d'abord que je rejette *a priori* toute théorie tendant à suspecter la sincérité de Mohammed. Sans doute, on peut être porté à croire que, dans les derniers temps, les nécessités de la politique l'amenèrent à présenter ses idées personnelles pour des révélations divines, afin de se mieux faire obéir. Mais cela ne doit pas mettre sa sincérité en cause; un psychologue moderne y peut voir de l'auto-suggestion, et il est contraire à tout esprit scientifique d'affirmer, sans preuves, qu'il y a eu imposture et calcul. Toute l'histoire du prophète arabe prouve que son caractère est positif, sérieux et loyal. Même quand son pouvoir absolu est reconnu, il sait écouter les avis, admettre ses fautes et les corriger. La distinction entre ses propres vues, ses conceptions de la vie réelle, d'une part, et les enseignements d'en haut, d'autre part, est notée soigneusement par lui comme par ses Compagnons, et elle s'est perpétuée dans l'Islam, qui ne confond pas le Coran et la Sounnat et, même dans la Sounnat, sépare soigneusement ce qui a un caractère inspiré et ce qui n'est que rigoureusement personnel à Mohammed.

Quant à sa prétendue hystérie, sans m'aventurer à remplacer une hypothèse médicale par une autre, je crois qu'une contention cérébrale très anormale, un régime non moins anormal de jeûne et de solitude, suffisent à expliquer l'anémie ou la dyspepsie nerveuse (la neurasthénie, pour employer le terme aujourd'hui à la mode) dont Mohammed paraît avoir souffert (2).

(1) Voir § VII.

(2) Beaucoup d'orientalistes modernes n'acceptent même pas cette possibilité, par exemple de Goeje [*die Berufung Mohammed's* dans *Orientalische Studien* (Th. Nöldeke, *Geburtstag*, 1906), pp. 3-5]. Tout récemment, dans le *Journal asiatique* (janv.-fév. 1910, 10e série, t. XV, p. 158), M. Clément Huart refuse de voir en Mohammed un dyspeptique hypocondriaque : « Je n'ai, dit-il, pour ma part, jamais entendu parler de digestions difficiles chez Mahomet ».

Les vertiges, les hallucinations, les syncopes ne sont pas nécessairement les symptômes d'une maladie constitutionnelle. Encore bien moins pourrai-je accepter la théorie qu'une telle maladie aurait déterminé l'éclosion du prophétisme en Mohammed, et que cette éclosion devrait s'expliquer par la pathologie mentale de son fondateur. C'est proprement le contraire ; si la vie physiologique de Mohammed a été troublée, c'est que la vie intellectuelle s'est trouvée portée en lui à un tel paroxysme que le système nerveux a fléchi. Suivant une noble métaphore qui mériterait d'être arabe, la lame a usé le fourreau.

Donc si le Coran porte des traces de remaniement, s'il y a des contradictions peu conciliables avec la bonne foi, ce n'est pas Mohammed qui en est coupable; c'est quelque secrétaire peu scrupuleux ou les auteurs des recensions posthumes.

Il faut bien admettre que le Prophète était un homme de grande intelligence. La manière dont, pauvre et orphelin (1), voué dès l'enfance à la misère et à l'obscurité, il sut patiemment gagner la richesse et la considération; la maturité d'esprit et la prudence dont il fit preuve à l'apparition de ses premières révélations, l'art avec lequel il a su unir les tribus arabes, malgré leurs divisions séculaires, distinguer ce qu'il fallait garder des anciennes institutions et ce qu'il fallait rejeter, la magnificence incomparable de son langage dont nul autre Arabe n'eût pu même concevoir l'idée, tout prouve qu'il avait une vue nette des réalités, que le rêve et l'imagination n'étaient pas les caractéristiques de son génie, mais bien le goût et le sens de l'action, les qualités les plus précises et les plus positives de l'apostolat militant. Quel intérêt pouvait-il avoir, dans les premiers temps, à donner, comme réelles et divines, de pures imaginations? Peut-on supposer que, sur le tard, lui était venue l'ambition de gouverner la Mecque, la race arabe, le monde entier, et que, pour réaliser ce plan grandiose, il avait pensé à se faire chef religieux et, par là,

(1) C'est ce que dit le Coran (XCIII, 2). Nous verrons, il est vrai, qu'en ce passage, pauvreté et abandon doivent être pris dans un sens métaphorique, § IV.

tout-puissant? Cela ne peut se concilier avec son goût ordinaire de la solitude, avec le fait incontestable qu'il s'était jusqu'alors tenu à l'écart de la vie politique, et surtout avec la mentalité arabe, railleuse et sceptique, tout à fait étrangère, à cette époque du moins, aux spéculations mystiques (1). Il était homme trop avisé pour ne pas trouver, s'il avait été purement ambitieux, un moyen plus direct d'acquérir une influence que sa naissance et sa richesse rendaient fort légitime. Comment se serait-il obstiné si longtemps à vouloir imposer aux Mecquois des conceptions qui leur paraissaient ridicules et qui, loin de lui assurer de l'autorité, ne pouvaient que le décrier et le déconsidérer? Ce n'est que très tard et en désespoir de cause qu'il comprit que c'était en dehors de la Mecque et contre elle qu'il devait chercher des appuis. Son attitude est bien celle d'un homme inspiré, convaincu que tous, comme lui, reconnaîtront l'origine divine des paroles qu'il a entendues et qu'il répète naïvement, sans se demander un seul instant si, en accommodant ces paroles à la mentalité de ses contemporains, il n'a pas des chances bien plus grandes de les persuader. Une fois à Médine, à la tête d'une armée, il cesse d'être uniquement l'enthousiaste du début, et s'il l'était resté purement et simplement, il est clair que son parti se serait débandé, et qu'il n'aurait jamais vu le triomphe de ses doctrines. De prophète, à la façon de ses prédécesseurs d'Israël, il est devenu chef politique et militaire, et c'est alors qu'il déploie ses qualités primordiales de manieur d'hommes et d'organisateur. Lui reprocher, à ce moment, d'avoir des révélations d'un caractère moins purement religieux et impersonnel, c'est montrer qu'on ne comprend pas que, les conditions de sa vie étant radicalement transformées, sa pensée devait nécessairement évoluer en toute sincérité et en toute spontanéité. Cette évolution, il ne l'a pas vue, il n'en a pas eu la moindre conscience; Mohammed n'est pas un personnage de roman moderne qui étudie les fluctuations de son moi. Il voit le but, il le suit avec tout son instinct de politique avisé et lucide en même

(1) Sur ce scepticisme, voir Dozy, *Essai sur l'histoire de l'islamisme*, 9-13.

temps qu'avec son illumination de prophète sincère. Je le répète, n'eût-il eu alors que cette illumination pour le guider, il n'aurait pas abouti, il eût failli à sa destinée, il n'aurait pas été l'Arabe pratique et industrieux que sa vie antérieure nous a fait connaître (1).

La plénitude de spontanéité et de sincérité parfaitement compatible avec l'habileté et le sens des réalités ainsi reconnue chez Mohammed, c'est donc après sa mort que se fera l'altération du Coran. J'ajoute : *à cause de sa mort*, et cela parce que cette mort infligeait un démenti absolu à sa doctrine fondamentale. Cette doctrine, comme je vais essayer de le démontrer, est que, les temps annoncés par Daniel et Jésus étant révolus, Mohammed était le dernier prophète choisi par Dieu pour présider, conjointement avec le Messie revenu sur la terre à cet effet, à la fin du monde, à la résurrection universelle et au Jugement dernier. Lui mort, il fallait que l'union intime énoncée par le Prophète entre sa venue et la fin du monde fût dissimulée ou niée, sous peine d'anéantissement pour la nouvelle foi. C'est à cette pieuse fraude que nous devons le Coran d'Abou Bekr et d'Othman ; c'est elle que l'historien doit mettre en évidence avant de procéder à la reconstitution de la doctrine initiale de l'Islam.

(1) Dans cette esquisse du caractère de Mohammed, je suis heureux de me rencontrer avec M. Houtsma ; voir CHANTEPIE DE LA SAUSSAYE, *Manuel de l'histoire des religions* (trad. franç.), pp. 271-272.

II (1)

Admettons, tout d'abord, que le Coran est authentique en toutes ses parties. Nous remarquerons qu'il ne s'y trouve aucun énoncé d'idée politique, aucune règle s'appliquant au pouvoir temporel. De là découle une première conséquence qui domine entièrement l'histoire arabe. Deux partis politiques se sont formés, l'un qui déclare que l'*imam* ou souverain a été désigné par le Prophète et qui assigne des lois formelles à la succession de l'imam, l'autre qui déclare cette question indifférente à la religion et la traite à un point exclusivement laïque, si je puis dire. Le premier parti n'a triomphé que dans quelques rares occasions ; mais, d'une façon générale, il a été le parti d'opposition par excellence. Tous les mécontents, utopistes, révolutionnaires, aventuriers et autres, s'y sont ralliés plus ou moins sincèrement, et il s'est formé autour de ce principe, comme noyau, une masse confuse de croyances étranges, métaphysiques ou mystiques, dont beaucoup étaient exotiques et parfaitement étrangères au pur génie arabe. C'est assez dire que ces doctrines sont considérées comme hérétiques par les vrais Arabes, et que leurs adeptes qui ont réussi à établir là-dessus des gouvernements plus ou moins durables furent des Berbères ou des Persans. Exceptionnellement, on voit de tels gouvernements se fonder à l'est et au sud de l'Arabie, régions plus accessibles à l'influence persane. Ces sectaires, car telle est la signification étymologique du mot *Chiïtes*

(1) Ce chapitre et les suivants ont fait l'objet de mes leçons au Collège de France pendant le mois de mai 1909.

par lequel on les désigne, n'ont, à vrai dire, jamais désarmé, et le secret de leur puissance continue et de leurs réussites partielles est qu'ils donnent seuls une réponse à la question suivante. Pourquoi le Coran qui règle, par un détail souvent très minutieux, non seulement les croyances, mais les mœurs, le droit, le statut familial, etc., ne parle-t-il pas de cet élément non moins essentiel à la société : l'organisation politique ? Pourquoi, à défaut du Coran, révélation divine, le Prophète aurait-il négligé de traiter cette question personnellement, et d'assurer la transmission d'un pouvoir qu'il tenait, lui, de sa faculté prophétique et que nul, après lui, ne pouvait raisonnablement tenir que de lui seul ? Si Mohammed a été imam, c'est-à-dire chef (1) de la communauté arabe, non pas en tant qu'Arabe, Koreïchite, de telle ou telle famille, mais bien en tant que prophète, il faut de toute nécessité que l'imam, son successeur, soit reconnu par une qualité de même ordre, c'est-à-dire, à défaut du prophétisme qui ne peut plus se renouveler, par une désignation d'origine prophétique.

A cette argumentation, Ibn Khaldoun répond très clairement, avec tous les orthodoxes. « L'erreur des imamiens (c'est-à-dire de ceux qui ont cette doctrine spéciale sur l'origine et la transmission de l'imamat) provient d'un principe qu'ils ont adopté comme vrai et qui ne l'est pas : ils prétendent que l'imamat est une des colonnes de la religion, tandis que, en réalité, c'est un office institué pour l'avantage général et placé sous la surveillance du peuple. S'il était une des colonnes de la religion, le Prophète aurait eu soin d'en déléguer les fonctions à quelqu'un, de même qu'il l'avait fait pour la prière publique, dont il confia la présidence à Abou Bekr, et il aurait ordonné de publier le nom de son successeur désigné, ainsi qu'il l'avait déjà fait pour le chef de la prière. Les Compagnons (de Mohammed) reconnurent Abou Bekr pour khalife (2) à cause de l'analogie qui existait entre les fonctions de khalife et celles de chef de la prière. « Le

(1) Sur le sens de ce mot, voir plus loin, § VI, fin.
(2) Étendu dans son sens étymologique de : successeur.

« Prophète, dirent-ils, l'avait choisi pour veiller à nos intérêts « spirituels; pourquoi n'en voudrions-nous pas pour veiller à « nos intérêts mondains? » Cela montre que le Prophète n'avait légué l'imamat à personne, et qu'on attachait à cet office et à sa transmission beaucoup moins d'importance que de nos jours (1). »

J'avoue que cette réponse est aussi peu satisfaisante que possible et que la doctrine chiïte reste intacte quant à la nécessité d'un imam d'un caractère spécial. Bien que reconnaissant le silence de Mohammed sur la question de ses successeurs, Ibn Khaldoun n'en admet pas moins comme recevable la tradition suivante : « les imams se prennent dans la tribu de Koreïch » et celle du même genre que contient le *Sahih* de Bokhari : « l'autorité ne sortira pas de cette tribu de Koreïch ». Ce sont ces deux textes que cite le grand historien arabe, tout en indiquant qu'il y en a d'autres semblables. Mais le commentaire qu'il en donne n'est pas dénué de scepticisme. Il dit que, les gens de Médine prétendant à l'imamat pour un des leurs, ceux de la Mecque leur opposèrent les intentions du Prophète et que beaucoup de docteurs ont nié l'aphorisme en question. Puis il cherche, malgré tout, à justifier la nécessité de l'origine koreïchite, sans se contenter de l'explication généralement admise que, ayant donné naissance au Prophète, cette famille jouit d'une bénédiction spéciale. Avec son bon sens ordinaire, il en donne une raison essentiellement pratique, c'est-à-dire, comme je l'ai dit plus haut, exclusivement *laïque*. C'est, dit-il, que la tribu qui jouissait de plus d'autorité parmi les Arabes et qui, par conséquent, avait le plus de chances pour conserver la souveraineté était celle-là; que toute autre tribu aurait rencontré des résistances qui auraient engendré la discorde et l'anarchie (2). Que de telles considérations prouvent la sagesse politique chez ceux qui s'y sont conformés, nul n'en peut disconvenir; mais elles n'écartent pas cette objection fondamentale que les intéressés seuls ont

(1) *Prolégomènes*, traduction de Slane, t. I, p. 431.
(2) *Prolégomènes* (trad.), I, p. 397.

prononcé, sans consulter les autres. Ils ont pu, de bonne foi, donner une forme plus rigoureuse à la pensée du Prophète, plus d'une fois énoncée, que sa tribu, celle de Koreïch, avait une prééminence marquée, ce qui, d'ailleurs, était établi depuis fort longtemps; mais le fait que les gens de Médine n'avaient pas du tout la même conception prouve bien qu'aucune parole de Mohammed n'était connue à cette époque, qui contînt cette signification positive. Quant à la raison généralement donnée qu'Ibn Khaldoun reconnait lui-même insuffisante, elle n'est évidemment que du chiïsme atténué, je dirai même du chiïsme honteux. Si la tribu de Koreïch hérite de la bénédiction attachée au Prophète, comment la propre famille de ce Prophète, Ali son gendre et sa descendance ne seraient-ils pas encore plus spécialement désignés? En laissant de côté toute préoccupation d'orthodoxie étroite, on peut, même en étant musulman comme les docteurs que cite Ibn Khaldoun, rejeter ces traditions comme intéressées et faites après coup pour des raisons de pure politique.

Il nous reste, à nous qui ne sommes pas musulmans, et avons, par conséquent, le droit de traiter Mohammed comme un homme de génie ordinaire, sujet à l'erreur au milieu de ses plus hautes spéculations et de ses plus sages conceptions, il nous reste, dis-je, à expliquer pourquoi il a négligé de traiter une question d'importance si capitale. La raison est bien simple. Mohammed n'a pas pensé qu'il mourrait et qu'il laisserait des successeurs ; il a cru que la fin du monde était proche et qu'il y assisterait. Cette croyance à la proximité de la fin du monde est proprement chrétienne, et Mohammed se disait le dernier prophète annoncé par Jésus-Christ, comme devant compléter et parachever sa doctrine. Elle fut celle des premiers Musulmans comme de Mohammed lui-même, et si les Musulmans postérieurs ne purent se résigner à accepter une telle erreur chez leur Prophète, ils n'en ont pas moins conservé des paroles de lui dont ils ont vainement essayé plus tard de détourner le sens.

Le Coran fait de nombreuses allusions à l'*heure*, c'est-à-dire à la fin du monde, à la résurrection où seront jugés et séparés les bons et les méchants, mais il ne lui assigne aucune date : « Si on t'interroge là-dessus, dit Dieu à son Prophète, réponds que c'est le secret de ton Seigneur et qu'elle arrivera à l'improviste (1) ». On peut cependant relever un assez grand nombre d'autres passages où il est parlé assez clairement de la proximité : « l'heure est proche, la lune se fend... » (2) « l'ordre de Dieu est arrivé, ne le faites point hâter (à force d'incrédulité) (3) », etc. Mais il n'y a là rien de bien précis; on ne peut en tirer qu'une impression (qui se dégage, d'ailleurs, de tout le Coran) à savoir qu'il faut attendre, à tout moment, cette heure suprême.

Sur ce point de doctrine auquel il a attaché avec raison une très grande importance, Sprenger expose une théorie dont j'ai déjà parlé et qui, si l'on en dégage les parties hypothétiques, ne peut que renforcer cette impression. D'après lui, Mohammed, pour mieux convaincre les incrédules, les aurait menacés d'un châtiment temporel (zeitlich) c'est-à dire d'une catastrophe égale à celle de Sodome et de Gomorrhe ou d'autres cités détruites par la colère divine. Voyant ses menaces non suivies d'effet, on lui riait au nez (ce que Mohammed, avec très peu de bon sens, aurait pu facilement prévoir). Pour réparer son imprudence, le Prophète se serait résigné à renvoyer ledit châtiment, non pas aux calendes grecques, mais à la fin du monde. Cette seconde menace, pour être plus efficace que la première, impliquait nécessairement une date rapprochée, mais imprécise encore, et Sprenger constate, avec une malice non dissimulée, que c'est un grand progrès. Il l'attribue à l'influence des Chrétiens (4) qui avaient, bien avant Mohammed, compris l'utilité de présenter ce jour comme rapproché, mais de date incertaine. Combien en cela ils sont supérieurs aux Persans qui maladroitement ont un jour fixé et bien trop éloigné (5) !

(1) VII, 186; LXXIX, 42, etc.
(2) LIV, 1.
(3) XVI, 1.
(4) Nun musste er endlich seiner Drohungen eine ganz andere Bedeutung unterschieben und auf den jüngsten Tag beziehen. Diese neue Deutung steht mit christlichen Einflüssen auf Mohammad in Zusammenhang... *Das Leben und die Lehre*, I, p. 532.
(5) So ist doch eine grosse Verbesserung, deren sich auch das Christen-

Si je force un peu, dans ma traduction, l'accent railleur de Sprenger, c'est pour mettre bien en évidence son parti pris de traiter Mohammed en charlatan qui, mis au pied du mur, imagine un expédient ingénieux pour écouler quand même sa marchandise. C'est singulièrement rapetisser le caractère du Prophète et considérer ses adeptes comme de pauvres sauvages naïvement crédules, pour ne pas employer d'épithète plus forte. Or ce n'est pas ainsi qu'on peut juger les Arabes, tous gens fort railleurs et fort sceptiques de tempérament, dont nul n'aurait pu être dupe d'un si grossier escamotage. Introduire, après coup, dans son enseignement, la doctrine si nettement judéo-chrétienne de la fin du monde, et cela pour éviter le reproche de faux prophète, eût soulevé un inextinguible éclat de rire chez les plus convaincus de ses partisans, et eût dessillé les yeux des plus imbéciles. Il faut que cette doctrine ait été primitive.

Comment d'ailleurs, Mohammed ayant prédit à ses contemporains une catastrophe purement temporelle indépendante du châtiment *post mortem,* aurait-il été embarrassé d'en laisser la date incertaine, tout aussi bien qu'il a laissé celle de la résurrection ? Puisque Sprenger reconnaît que la seconde est présentée incontestablement comme très proche, on ne voit pas du tout l'avantage à la substituer à la première, mais on en aperçoit aisément le grave inconvénient. A cela Sprenger pourrait répondre que la faute de Mohammed fut d'annoncer un jour *fixé* pour le châtiment temporel (1). Mais rien ne nous prouve qu'il ait jamais fixé un jour. Le savant allemand prétend que ce jour était celui où tous ceux que Dieu avait résolu de convertir seraient devenus Musulmans et qu'il n'arriverait pas tant que Mohammed et les Croyants se trouveraient à la Mecque. Il cite à l'appui le Coran, XVII, 78-79 et XXXVII, 174-175. Je traduis littéralement le premier passage. « Et ils avaient failli te faire quitter la terre, afin de t'en chasser (définitivement) et

thum erfreut, sie nahe zu rücken, aber die Zeit unbestimmt zu lassen. Bei den Persern war der Termin bestimmt und viel zu ferne. *Ib.*, I, p. 536, note.

(1) [Mohammed] bekannte dass er sich, indem er sich früher etwas zu bestimmt über diesen Punkt ausgesprochen, geirrt habe..... *ib.*, I, p. 532.

alors, ils n'auraient séjourné sans toi que peu de temps. Pratique suivie par ceux de nos missionnaires que nous avons envoyés avant toi, et à notre pratique tu ne trouveras aucun changement ». Il y a là en effet, sous une forme peu claire, une menace conditionnelle, mais rien qui ressemble à un jour fixé, rien même qui annonce un châtiment explicitement distinct de la fin du monde. Quant au second passage, il est aussi peu compromettant que possible; je traduis toujours littéralement : « Détourne-toi donc d'eux jusqu'à un moment. Et vois-les. Et ils verront! » Voilà ce que Sprenger appelle « s'être exprimé avec trop de précision, *sich zu bestimmt ausgesprochen!* » Voilà ce qui obligeait le Prophète à se rétracter hypocritement et à *donner une autre signification à ses menaces !*

Si j'insiste sur cette discussion, c'est d'abord parce que les vues de Sprenger sont originales, qu'elles révèlent un effort des plus intéressants pour pénétrer la vraie pensée de Mohammed, et enfin parce que, devant me servir de la plupart des textes sur lesquels il appuie sa thèse, je ne puis pas le faire avant d'avoir établi les points où je diffère nettement d'opinion avec lui.

J'en viens à la proximité de l'heure. Sprenger (I, 533) cite, à propos du verset « L'ordre de Dieu est arrivé » (1), les paroles d'Ibn Abbas, recueillies par Wahidi (2). Dieu ayant révélé le verset : « L'heure s'approche (3) », les incrédules manifestèrent de l'inquiétude, puis, ne voyant rien venir, reprirent leur assurance. Alors Dieu révéla le verset : « Le jour de leur compte est arrivé pour les hommes (4). » Même inquiétude, puis même incrédulité. Alors furent révélés les mots : « L'ordre de Dieu est arrivé » ; les mécréants levèrent la tête, et une nouvelle révélation ajouta : « ne le faites pas hâter ». *C'est à cette occasion que le Prophète dit : Ma venue et l'heure sont séparées l'une de l'autre comme mon index de mon médius.*

(1) XVI, 1, voir plus haut, page 13.
(2) Auteur d'un commentaire, dont Sprenger possédait un exemplaire. Il mourut en 411 de l'hégire. Le texte en a été récemment édité.
(3) LIV, 1, voir plus haut, page 13.
(4) XXI, 1.

J'ai souligné ce dernier passage parce qu'il est un des arguments fondamentaux de ma thèse. Le commentaire de Tabari (antérieur d'un siècle à Wahidi) donne des traditions analogues sur l'enchaînement des révélations, mais ne mentionne pas, du moins à propos de ce verset, le dernier passage. Mais, au dire d'Ibn Khaldoun (1) et de Makrizi (2), ce même Tabari l'a utilisé pour en faire la base de son calcul sur l'époque exacte de la fin du monde.

Voici, sous une forme très résumée, ce que nous rapportent ces deux auteurs sur les opinions relatives à la durée du monde.

Tabari (mort en 310 de l'hégire) évalue à cinq cents ans la durée totale de l'islamisme, se fondant sur les considérations suivantes. Le Coran dit (XXII, 46) : « Un jour auprès de votre Seigneur fait mille ans selon votre calcul ». D'autre part, le Prophète a dit : « Comparée à l'existence de ceux qui vous ont précédés, la vôtre est comme l'intervalle entre l'après-midi (*asr*) et le coucher du soleil » et encore « j'ai été envoyé au moment que nous étions, l'heure et moi, comme ces deux (doigts) » et, en parlant ainsi, il montrait son index et son médius. Il a dit également : « La durée de ce monde-ci sera d'une semaine de l'autre monde, dont le jour est de mille ans ». Or, l'intervalle entre l'après-midi et le coucher du soleil est un quatorzième de jour, et c'est d'une même quantité que le médius dépasse l'index ; le monde ayant une existence totale de sept mille ans, c'est donc un quatorzième, soit cinq cents ans, qu'il lui restait à vivre au temps du Prophète.

Souheïli (mort en 531 de l'hégire) ne pouvait naturellement pas accepter de pareils calculs, si ingénieux fussent-ils. Mais il est obligé d'avouer que l'expression « nous sommes, moi et l'heure, comme ces deux (doigts) », indique la proximité. Il n'en propose pas moins une nouvelle solution qui ne nous intéresse pas.

(1) *Prolégomènes* (trad. de Slane), II, 209 et sq.
(2) Ma traduction (*Mémoires de l'Institut français d'archéologie orientale du Caire*, III), p. 20.

Quant à moi, je ne puis que me ranger à l'avis de Sprenger : cette parole du Prophète indique une proximité marquée. Dans notre langue française, « être comme les deux doigts de la main » est une expression courante qui indique entre deux personnes une relation, une dépendance étroite, absolue, l'*inséparabilité* en un mot. C'est une image proverbiale, tirée du fond même de l'humanité, et qui a nécessairement la même signification dans toutes les langues du monde. Il y a donc sinon certitude, du moins forte présomption que Mohammed avait en vue une dépendance du même genre, et qu'il voulait dire : « Ma venue et celle de l'heure sont inséparables ».

A ces indications Makrizi ajoute un texte d'al-Kindi (mort vers 260 de l'Hégire) où se trouve une autre tradition. « Vous n'êtes, aurait dit le Prophète, dans l'ensemble des peuples qui vous ont précédés que comme le poil blanc dans la robe du taureau noir, ou le poil noir dans la robe du taureau blanc. » En d'autres termes : ce qui vous reste à vivre est une quantité extrêmement petite.

Sprenger rapporte deux traditions encore plus précises. Mohammed, montrant un jeune homme, dit : « Avant qu'il n'arrive à la vieillesse, l'heure éclatera » et encore : « D'ici un siècle, il ne restera plus un seul homme sur la terre ». Cette dernière prédiction est rapportée par Masoudi (1) sous cette forme : « Il ne restera sur la face de la terre après cent (ans) pas un homme qui ne soit mort (2). » Et l'auteur d'ajouter : « Lorsqu'Abou Maçoud (el Bedri) répandit cette prédiction émanée du Prophète, elle excita une terreur générale. Ali en fut informé et dit : « Abou Maçoud a fidèlement rap-« porté les paroles, mais il n'en a pas compris le sens ; car le « Prophète voulait dire seulement que, dans cent ans, aucun « de ceux qui l'avaient connu ne serait encore vivant. » Si, en effet, c'est là ce que Mohammed avait voulu dire, il aurait fait de la prophétie à bon compte. L'interprétation d'Ali n'a évidemment d'autre but que de couper court à la terreur que

(1) *Prairies d'or*, éd. et trad. Barbier de Meynard, IV, p. 174.
(2) Je donne la traduction mot pour mot.

pouvait causer une telle parole prise à la lettre, mais elle est parfaitement arbitraire.

Enfin une autre tradition présente, sous une forme hyperbolique et d'autant plus saisissante, l'intime union de Mohammed avec la fin du monde : « Ma venue et celle de l'heure, aurait dit le Prophète, sont concomitantes ; même celle-ci a failli venir avant moi (1) ». Cette tradition, à elle seule, si on la tient pour authentique, est absolument décisive ; si elle a été inventée après la mort du Prophète, ce ne peut être que fort peu de temps après, et seulement par ceux qui espéraient son prochain retour (2).

Il y a, encore, en dehors des traditions, d'autres textes non moins caractéristiques qui attestent cette corrélation étroite. Par exemple, l'auteur de la vie du Prophète rapporte qu'un roi himyarite dont le fils avait été assassiné sur le territoire de la ville de Yathrib qui devint plus tard Médine (c'est-à-dire la ville du Prophète), que ce roi, dis-je, voulut, par vengeance, détruire la ville. Deux savants israélites le supplièrent de n'en rien faire, parce que, disaient-ils, cette ville était destinée à servir de retraite à un prophète qui doit paraître *à la fin des temps* (3). Dans un commentaire du poète Kab ibn Zoheïr il est dit que le père du poète eut un songe dans lequel il aperçut une corde descendant du ciel. Il voulut la saisir, elle lui échappa. Il interpréta ce songe par la venue du Prophète qui serait envoyé à la fin des temps et que lui, Zoheïr, ne connaîtrait pas. Effectivement il mourut peu de temps avant que Mohammed eût reçu la révélation.

D'après l'historien Ibn Saad, Nafi ibn Djobeïr, énumérant les noms du Prophète au khalife omeyyade Abd el-Melik (65-68 Hég.), expliquait celui de *hachir* « assembleur », par ces mots : « Il a été envoyé avec l'heure pour vous avertir avant un terrible châtiment ». Cette parole est si conforme à ma thèse que je l'ai adoptée pour épigraphe.

(1) Makrizi, ma traduction, p. 18.

(2) Nous parlerons plus loin de cette espérance.

(3) Caussin de Perceval, *Essai*, I, p. 92. L'expression : « à la fin des temps » *fî akhiri-z zamân* indique, sans l'ombre d'un doute, la fin du monde.

Ce qui le prouve encore, c'est le trouble profond où sa mort jeta les Musulmans. Ceux-ci refusaient d'y croire : « Comment serait-il mort, s'écriaient-ils, celui qui doit rendre témoignage de nos actions au jour du jugement dernier ? » Omar, le futur khalife, un des compagnons les plus intimes du Prophète, disait : « Non, il n'est pas mort, il est allé visiter le Seigneur comme jadis Moïse qui disparut pendant quarante jours. Mohammed nous sera rendu comme Moïse l'a été. Ceux qui le prétendent mort sont de faux Musulmans qu'il faut mettre en pièces ! »

C'est alors qu'Abou Bekr, beau-père du Prophète, homme avisé et fin politique, intervint : « O Musulmans, dit-il, Dieu seul ne meurt pas. Ne vous souvenez-vous pas de ce verset du Coran : Mohammed n'est qu'un missionnaire ; avant lui sont morts d'autres qui avaient aussi reçu des missions du ciel » et surtout de cet autre verset : « Tu mourras, Mohammed, et eux aussi mourront ».

De ces versets et particulièrement du dernier si explicite, nul, en effet, de tous ceux qui approchaient le Prophète, nul n'avait le moindre souvenir ; mais Abou Bekr avait été surnommé par le Prophète lui-même : as Siddik « le Véridique » ; il n'y avait qu'à s'incliner (1).

Ainsi une parole aussi caractéristique était inconnue des Compagnons du Prophète ! S'ils étaient si peu au courant des versets les plus importants, on nous accordera que les faussaires avaient beau jeu et qu'Abou Bekr le Véridique a pu, s'il l'a voulu, créer tout un Coran de fantaisie. Nul, autour de lui, ne devait être capable de le contredire. Ne sommes-nous donc pas autorisés à soutenir que le second

(1) CAUSSIN DE PERCEVAL, *Essai*, III, p. 324, d'après *Sirat-erraçoul* (= Ibn Hicham) et Ibn Khaldoun. Cf. le récit d'Ibn Hicham dans la traduction de Weil, II, 348-349 et 353. Dans le dernier passage, Omar se fonde sur un verset du Coran (II, 137) pour expliquer son erreur; il y voyait la preuve que Mohammed assisterait, de son vivant, au Jugement. D'après d'autres textes, Omar aurait comparé la mort de Mohammed, non pas à l'absence de Moïse, mais à la disparition de Jésus, qui, au dire des Musulmans, ne fut pas mis à mort par les Juifs, mais enlevé au ciel (Chahrastanî, trad. Haarbrücker, p. 17). J'inclinerais plutôt vers la seconde version : Omar dut être de ceux qui espéraient le retour. Voir § VI.

verset, au moins, a été créé de toutes pièces, après la mort de Mohammed et à cause de cette mort (1) ?

Que se passa-t-il réellement ? Les auditeurs se firent-ils les complices bénévoles de cette pieuse fraude, comprenant très bien les hautes raisons politiques qui la motivaient ? Y eut-il discussion ou entente préalable ? Ce ne sont pas les historiens arabes qui peuvent nous renseigner là-dessus, et nous devons nous contenter du précieux aveu qui leur est échappé. Joint aux phrases que nous avons citées et qui sont aussi des aveux inconscients, il prouve surabondamment que les premiers Musulmans considéraient leur Prophète comme étant le dernier de tous, celui qui devait présider au Jugement dernier et, à ce moment suprême, être devant Dieu leur justificateur.

Cette croyance, qui recevait un démenti si inattendu, va s'adapter aux circonstances, et nous en verrons les conséquences se dérouler à travers l'Islam, mais il nous faut d'abord retourner en arrière et essayer d'expliquer comment et pourquoi Mohammed l'avait conçue.

(1) Dans le § IV, nous verrons si, admis comme authentique, le verset n'est pas susceptible d'une autre interprétation : à savoir, que c'est au moment de l'heure que tout le monde (y compris le Prophète) doit mourir pour ressusciter immédiatement après.

L'authenticité du verset a été mise en doute, pour la première fois, par Silvestre de Sacy (*Journal des Savants*, 1832, p. 535 et sq.), puis par Weil (*Einleitung in den Coran*, 43). La réfutation de M. Nöldeke (*Geschichte*, 197-201) n'a convaincu ni Weil, qui maintient son point de vue dans *Einleitung*, 2e édition, p. 52, ni M. Hirschfeld (*New researches into... the Qoran*, 139). Dans *Geschichte der Chalifen* (I, 15, note 1) Weil a conclu que Mohammed se croyait immortel. M. Nöldeke, *loc. cit.*, dit que, si cette croyance avait été un article de foi, voire un demi-article de foi, sa mort eût entraîné l'anéantissement de tout l'Islam. C'est bien, en effet, ce qui faillit arriver, et il fallut tout le génie d'Abou Bekr pour arrêter l'effroyable débâcle qui suivit cette mort.

Je dois dire que le terme d'immortalité, *Unsterblichkeit*, n'est pas rigoureusement exact. Mohammed ne se croyait pas plus immortel que ses contemporains ; il pensait seulement qu'il ne mourrait pas avant la fin imminente du monde. Sauf cette nuance fort importante, la conclusion de Weil me paraît légitime. C'est le rayon de lumière qui éclaire toute la première histoire de l'Islam.

III

Nous rentrons ici dans un domaine plus hypothétique et où les faits nous ont été présentés par les auteurs arabes sous des formes plus légendaires qu'historiques. Voyons cependant si, à la lumière du principe que nous venons de poser, il ne sera pas possible de faire le départ de la légende et de l'histoire.

Remarquons, tout d'abord, que la doctrine de Mohammed, telle que nous venons de l'exposer sommairement, présente un curieux parallélisme avec celle du Christ, telle que l'expose Renan (1), sur le royaume de Dieu ou la résurrection. Les idées apocalyptiques de Jésus se résument ainsi : il y aura une immense révolution, une angoisse semblable aux douleurs de l'enfantement, une palingénésie précédée de

(1) *Vie de Jésus* (éd. de 1863), p. 272. Elle n'est pas contraire à celle que des écrivains catholiques autorisés reconnaissent avoir été la croyance des premiers Chrétiens. L'abbé de Broglie (*Les Origines de l'Islamisme*, dans la *Revue des Religions*, t. I, p. 22) dit positivement : « Les premiers Chrétiens avaient leurs regards fixés sur la vie future. La croyance à la *Parousie*, au retour prochain du Christ, était très répandue dans les premiers siècles. » Il oppose cette croyance à celle des Musulmans. « C'est à l'empire de la terre qu'ils prétendaient tout d'abord.... Ils croyaient sans doute à la fin du monde, et la doctrine du retour de Jésus-Christ avait pris dans leur croyance la forme de l'espoir de l'avènement du Mahdi. Mais ils rejetaient ces événements dans un avenir lointain. » Ce second point de vue n'est défendable que bien longtemps après la mort de Mohammed. J'essaierai de montrer que les premiers Musulmans eurent le même état d'âme que les premiers Chrétiens. Sur cet état d'âme, voyez encore ce que dit le Père Dillenseger, à propos de la Parousie (*De l'authenticité de IIa Petri*, dans *Mélanges de la Faculté orientale de Beyrouth*, II, pp. 207-208).

sombres calamités et annoncées par d'étranges phénomènes... Au grand jour, le Messie apparaîtra, les morts alors ressusciteront et le Messie procédera au jugement. Tout cela est pris à la lettre. La première génération chrétienne a pour croyance constante que le monde est sur le point de finir et que la grande révélation du Christ va bientôt avoir lieu. Cette proclamation « le temps est proche ! » ouvre et ferme l'Apocalypse. Jésus, aux questions sur la date, refusait de répondre, disant qu'elle n'est connue que du Père, que ce serait une surprise, qu'il fallait se tenir toujours prêt à partir, etc. Mais ses déclarations sur la proximité de la catastrophe ne laissent place à aucune équivoque : « La génération présente ne passera pas sans que tout cela s'accomplisse. Plusieurs de ceux qui sont ici présents ne goûteront pas la mort sans avoir vu le Fils de l'homme venir dans sa royauté. » « Comment vous qui jugez la face du ciel, ne savez-vous pas reconnaître les signes du temps. » Et Renan termine l'exposé que je viens de résumer par ces paroles : « Une telle doctrine n'avait aucun avenir... Si la doctrine de Jésus n'avait été que la croyance à une prochaine fin du monde [entendez : si ses successeurs s'étaient obstinés à la présenter uniquement sous cette forme], elle dormirait certainement aujourd'hui dans l'oubli (1). »

De là, on peut déjà conclure que la croyance primitive, initiale de Mohammed n'est autre que celle du Christ. *Maram atha* « Notre Seigneur arrive » était, nous dit encore Renan, un mot de passe chez les Croyants (2). Mohammed dit *atâ amr Allah* « l'ordre de Dieu arrive ». La croyance en l'arrivée du royaume tant désiré s'appelait la Bonne Nouvelle ; la doctrine n'avait pas d'autre nom pour les disciples du Christ (3). Le Coran dit : « Un secours (venant) de Dieu et une victoire proche ; annonce la bonne nouvelle aux Croyants : *bachchiri'l mouminin* (4) ». Enfin nous savons que l'islamisme se représente la fin du monde sous la forme chrétienne :

(1) P. 281.
(2) P. 276.
(3) P. 193.
(4) LXI, 13.

révolutions et catastrophes, apparition de l'Antéchrist puis du Messie qui préside au Jugement dernier. La seule addition originale est celle du Mahdi, qui, comme nous le verrons, n'est qu'un *avatar* de Mohammed en personne, un retour, sous une forme et un nom nouveaux, du Prophète qui, dans le premier Islam, devait effectivement apparaître avant l'Antéchrist et le Messie.

Nous sommes amenés ainsi à penser que Mohammed appartenait ou était affilié à une secte chrétienne qui croyait les temps révolus et n'attendait pour cela que la venue d'un prophète déjà prédit par Jésus-Christ sous le nom de Paraclet, dont l'équivalent arabe, d'après le Coran, était Ahmed (1). Or Ahmed est une autre forme de Mohammed.

Les auteurs arabes nous ont donné de nombreux récits qui, en partie légendaires, n'en attestent pas moins leur conviction qu'à l'époque de Mohammed, certains Chrétiens croyaient à l'apparition d'un prophète et reconnaissaient que ce prophète n'était autre que Mohammed. Même des non-Chrétiens avaient cette prescience, comme nous l'avons vu dans le rêve de Zoheïr (2). Ces textes sont bien connus des Orientalistes, mais il n'est pas inutile de les grouper pour en faire ressortir la signification.

Le plus curieux est celui que Sprenger a fait connaître le premier (3) et que M. Huart a reproduit dans une étude récente sur les sources du Coran (4). Il appartient au célèbre recueil appelé *Kitab al aghani* « le Livre des chansons », si précieux par les renseignements qu'il nous fournit sur la période antéislamique.

Omayya ibn Abou s-Salt était au courant de ces doctrines et il se flattait d'être, lui-même, le prophète désigné. Il avait consulté un savant moine qui lui avait dit : « Après Jésus-Christ, il y aura six retours [jusqu'à la fin du monde]; le sixième doit avoir lieu de nos jours ». Peu de temps

(1) LXI, 6.
(2) Voir plus haut, p. 18.
(3) I, p. 113.
(4) *Une nouvelle source du Coran* (*Journal asiatique*, 10e série, t. IV, p. 125 et sq.).

après, il eut une amère désillusion, le moine lui dit : « Le retour a eu lieu ».

Que sont ces retours ? En marge de l'édition de Boulak, il est dit que le mot signifie : « siècles ». Évidemment, Omayya a pu apprendre du moine qu'entre son époque et celle du Christ, il allait s'écouler six siècles, mais le récit prouve surabondamment qu'il y avait bien autre chose et que ces six siècles (ou retours) constituaient une période fatidique et définitive. C'est ce que j'ai rendu par les mots entre crochets qui donnent le vrai sens du passage et qui ont dû ici être supprimés plus tard, tandis que, dans d'autres prédictions analogues que nous avons déjà citées (1), ils ont été maintenus par inadvertance.

L'interprétation du mot *radjat* de ce texte par « siècle » est absolument arbitraire. En parlant d'un prophète, il signifie *réapparition*, et c'est dans ce sens que le prenait Abd Allah ibn Saba, lorsque, sous le khalifat d'Othman, il soulevait les populations, en leur disant : « Vous qui croyez au retour (*radjat*) de Jésus-Christ, pourquoi ne croyez-vous pas au retour de Mohammed (2) » ? Ce retour du Christ, pour Abd Allah ibn Saba, est unique et clôt la durée du monde ; pour le moine, il faut six retours en tout. Effectivement nous en connaissons déjà un par l'Évangile, peu après la résurrection de Jésus ; nous voyons ce que sera le dernier ; il en reste quatre dont le moine a probablement emporté le secret. Je dirai plus loin mon sentiment sur la signification du nombre six ; pour le moment, je ne veux retenir que la liaison affirmée par le moine entre la mission du Christ et celle du Prophète.

Plus connue et peut-être encore plus suggestive est l'histoire du moine Bahira, qui fut en rapport immédiat avec Mohammed, au dire des historiens arabes. Il n'entre pas dans mon sujet de discuter le plus ou moins d'authenticité de cet épisode. Je veux seulement le rappeler sommairement

(1) Voir plus haut, page 8.

(2) C'est de cette doctrine que naquit la conception du Mahdi (retour de Mohammed) comme nous l'établirons. Nous y avons déjà fait allusion, page 19, note 1.

pour montrer ses points de contact avec le récit qui précède.

La légende se présente sous deux formes principales. Dans l'une, Mohammed, encore jeune, est vu, lors d'un de ses voyages en Syrie, par un moine chrétien Bahira (Georges ou Nestor, d'après quelques variantes). Celui-ci reconnaît le prophète désigné et recommande à ses compagnons de bien veiller sur cet enfant appelé à de hautes destinées (1).

Dans l'autre forme, c'est la femme de Mohammed, Khadidja, qui, avertie par le moine Bahira, reconnaît la prophétie chez son mari. Les Byzantins ont reproduit cette version en donnant au Bahira des Arabes le nom de Sergius (2).

Sprenger, à plusieurs reprises, considère ce Bahira comme le chef d'une secte chrétienne dont Mohammed aurait fait partie. Tantôt (I, p. 34) il est le propagateur de la secte *hanifite* à la Mecque « der Verbreiter der Hanyferei in Makka », tantôt (II, p. 210 et 367) c'est un *Rahmaniste*, et dans les mêmes passages il est nommé professeur, mentor, inspirateur de Mohammed, « der Lehrer des Propheten ; der Mentor und Gewährsmann des Mohammed ». Bref, la pensée bien nette de l'orientaliste allemand est qu'une secte chrétienne existait qui croyait à la venue d'un prophète et qui inspira Mohammed. Les Musulmans ont une grande vénération pour ce Bahira, et un auteur cité par Sprenger (3) le mentionne parmi les gens de l'*Écriture* (chrétiens ou juifs) qui se convertirent à l'Islam.

Un autre personnage, considéré longtemps comme légendaire et dont l'historicité est établie depuis peu, est le célèbre Moukaukis d'Égypte, que de pieux biographes mentionnent parmi les Compagnons du Prophète et qui fit, dit-on, secrètement profession d'islamisme.

Dans un livre récent, M. Butler (4) a étudié la question et

(1) Caussin de Perceval, *Essai*, I, 319-340 ; Masoudi, *Prairies d'or* (trad. Barbier de Meynard), I, 146 ; IV, 124, 153, etc.

(2) Sprenger, II, 384, d'après sa traduction (en anglais) de Masoudi.

(3) *Ibid.*, I, 46.

(4) *The Arab Conquest of Egypt*, 1902, p. 508 et sq. Il avait déjà traité le sujet dans les *Proceedings of the Society of Biblical Archæology*, XXIII, 6.

mis hors de doute que le nom de moukaukis a été donné au patriarche melkite d'Alexandrie : Cyrus. Mais il n'a pas vu que ce nom s'applique antérieurement à un autre patriarche : celui-là monophysite et hérétique aux yeux de l'empereur de Byzance. J'ai déjà eu l'occasion d'indiquer cette circonstance curieuse, et, comme ici nous quittons le terrain de la légende pour aborder celui de l'histoire, il n'est pas inutile d'entrer dans quelques détails sur la personnalité du patriarche copte, ami de Mohammed : Benjamin.

Depuis que les Coptes avaient accueilli l'hérésie d'Eutychès, il régnait en Egypte un véritable schisme. Les Coptes refusaient de reconnaître le patriarche nommé par l'empereur de Constantinople et il y avait donc généralement deux patriarches : l'un grec (melkite), l'autre copte (monophysite). Vers l'an 616, les Perses conquirent l'Égypte et ne la rendirent à l'empereur de Byzance qu'en 630. Le patriarche grec s'était enfui ; le copte seul resta et s'accommoda fort bien de la domination perse. Vers 620, c'était Benjamin, et je pense qu'il dut jouer sous les Perses un rôle important, analogue à celui que jouent encore les patriarches dans l'empire ottoman, où ils représentent vis-à-vis du pouvoir les populations chrétiennes qu'ils administrent sous leur responsabilité. C'est donc probablement des Perses qu'il reçut ce titre inconnu jusqu'alors : καύκιος au dire des Coptes, *moukaukis* au dire des Arabes. On en a présenté diverses étymologies ; aucune ne me paraît satisfaisante parce qu'elles se rattachent plus ou moins directement au personnage de Cyrus, qui n'est que le second ou peut-être le troisième (1) moukaukis ; — et cela *a priori* n'est pas vraisemblable.

Ce qu'il y a de certain c'est qu'à l'époque où Mohammed envoya son ambassade à Benjamin, celui-ci était encore le personnage important que, suivant moi, en avaient fait les Perses. C'est, en effet, en l'an 6 de l'Hégire (mai 627 à mai 628) que le Prophète envoya Hatib au moukaukis du temps.

(1) Un nommé Georges paraît avoir précédé Cyrus comme patriarche melkite. Les Arabes donnent le plus souvent au moukaukis un nom mélangé de Georges et de Benjamin. Voir ce que j'en dis dans ma traduction de Makrizî (*Mém. de l'Institut français d'archéol. orient. du Caire*, III, p. 114, note 2).

Le plus ancien historien musulman de l'Égypte, Ibn Abd el Hakam, nous a donné, d'après des traditions remontant jusqu'aux contemporains, un curieux récit de l'entrevue (1). L'ambassadeur tint au souverain des Coptes ce langage : « Viens à l'Islam qui est la religion définitive. Moïse a prophétisé Jésus. Jésus a prophétisé Mohammed ; nous t'invitons à croire au Coran, comme toi-même invites les gens de la Bible à croire à l'Évangile. Ce n'est pas t'interdire la religion du Christ, bien au contraire ; c'est te demander de t'y conformer étroitement. » Le moukaukis répondit : « J'attendais, en effet, un prophète, mais je croyais qu'il viendrait de Syrie », et il demanda si Mohammed présentait les signes annoncés, le sceau de la prophétie entre les deux épaules, etc. Ce sont les mêmes signes que le moine Bahira avait remarqués chez le jeune Mohammed.

Il me paraît difficile de rejeter, comme entièrement et purement apocryphe, un tel récit, et j'admets volontiers que le patriarche d'Alexandrie fut frappé de voir l'esprit essentiellement chrétien de cette nouvelle doctrine, et de retrouver, dans ce qu'on disait du nouveau prophète, les idées qui avaient cours, de son temps, en Syrie et en Égypte. Le discours de Hatib n'est, d'ailleurs, qu'une paraphrase de ce verset du Coran (LXI, 6) : « Jésus, fils de Marie, a dit : O Israélites, je suis celui que Dieu envoie vers vous pour confirmer le Pentateuque que vous avez reçu avant moi et pour annoncer la bonne nouvelle, *moubachchiran*, qu'un prophète viendra après moi qui s'appellera Ahmed ». Ahmed, c'est un autre nom de Mohammed et, au dire des Musulmans, c'est celui du Paraclet. Le Paraclet, en effet, tel que le désigne l'évangile de Saint-Jean (2), doit mettre le sceau à la religion du Christ, et sa venue ne peut que coïncider avec la fin du monde. L'accueil fait par le patriarche à l'ambassadeur, les cadeaux précieux qu'il lui fit remettre pour son Prophète, plus tard, la profonde amitié qui le lia aux conquérants de

(1) Makrizi, traduit par Bouriant (*Mémoires de la Mission archéologique française du Caire*, t. XVII), pp. 79-81.
(2) XIV, 16-17; XV, 26; XVI, 7-8, 13.

l'Égypte quand il occupa à nouveau le siège dont l'avait chassé Cyrus, tout prouve que Benjamin avait une sympathie réelle pour la nouvelle doctrine. Peut-être, est-ce à la politique, à des raisons qui nous échappent (l'histoire de l'Égypte, à cette époque, nous étant fort mal connue), qu'il faut attribuer cette sympathie. Les Arabes ne l'en ont pas moins attribuée très nettement à une communauté d'opinions avec leur Prophète. Des autres ambassades envoyées par Mohammed, soit à l'empereur, soit au roi de Perse, soit même aux négus d'Abyssinie, ils sont loin de donner le même tableau. On ne s'expliquerait pas pourquoi ils auraient fait exception pour un personnage dont le rôle historique réel n'aurait même pas été soupçonné sans les particularités de cette ambassade. De toutes façons, se trouve fortifiée notre impression que des Chrétiens acceptaient fort bien, au temps de Mohammed, la venue du Prophète, venue qui, malgré le silence peut-être intéressé des traditions arabes, est nécessairement et étroitement liée avec le retour du Messie et le Jugement dernier.

Nous avons vu que les auteurs chrétiens admettent l'influence de leur Sergius. Dans une lettre à Abd al Massih, le Kindite, un Musulman, Abd Allah ibn Ismaïl, affirme ses sympathies pour les sectateurs de Nestorius : « Ils se rapprochent le plus des Musulmans par leurs croyances. Le Prophète les a loués et s'est lié envers eux par des engagements solennels. Il a voulu reconnaître de la sorte l'assistance que les religieux nestoriens lui avaient prêtée en prédisant la haute mission à laquelle il était appelé. Aussi, Mohammed leur portait-il l'affection la plus sincère et aimait-il à s'entretenir avec eux (1). »

Au même ordre d'idées se rattache l'épisode de Selman le Perse, que M. Clément Huart a récemment conté (2). Tout jeune, attiré par le culte chrétien, il apprend des saints hommes qu'il fréquente « l'arrivée prochaine d'un prophète chargé de renouveler la religion d'Abraham et de la pro-

(1) Lammens, *Le chantre des Omeyyades*, dans *Journal asiatique*, 9e série, t. IV (année 1894), p. 120. Cf. Muir, *The Apology of al Kindi*, pp. 1 et 2.
(2) *Mélanges Hartwig Derenbourg* (1909), p. 297 et sq.

pager parmi les Arabes ». Après diverses péripéties romanesques, il finit par joindre Mohammed et devient un de ses plus fidèles compagnons.

Enfin, pour terminer ce chapitre, je rappellerai la curieuse aventure de Tamim ad Dari, telle qu'il la conta à Mohammed, qui la transmit à son tour à ses disciples. Embarqué sur la mer avec un certain nombre de ses cousins, il avait été jeté par la tempête sur une île. Les naufragés y virent une bête énorme couverte de longs poils. « Qui es-tu, lui demandèrent-ils. Je suis, dit-elle, la *djassasat* « l'espionne » qui paraîs à la fin des temps (1). » Tamim rapporte d'elle encore quelques autres paroles. Elle leur dit : « Attention ! le maître du château ! » Comme ils regardaient, voici qu'ils étaient en présence d'un homme chargé de chaînes de fer, attaché à une colonne de fer, dont l'aspect était tel et tel. Il leur parla et les questionna. C'était le Dadjdjâl (l'Antéchrist). Il leur fit connaître un grand nombre de *malhamats* (2) et leur dit qu'il n'entrerait pas dans la ville du Prophète (3). Ainsi, de l'aveu des traditionnistes, Mohammed s'est considéré comme le contemporain de l'Antéchrist. Van Vloten nous apprend que les Arabes appellent l'Antéchrist *al masih al dadjdjâl*, « le messie mensonger », d'après l'araméen : « *daggolai mechîkhê* (Daniel) » ou « *mechîkhê-daggolè* (Saint Matthieu) » et que si le Coran ne le mentionne pas, la tradition mentionne un juif médinois, Sâf ibn Saïd (ou ibn Sayyâd), que le Prophète aurait déclaré être le Dadjdjâl (4).

J'en ai assez dit, je crois, pour montrer les origines immédiates de la doctrine de Mohammed. Quant à déterminer le caractère véritable de la secte chrétienne où le Prophète

(1) L'aoriste arabe signifie à la fois présent et futur; si l'idée de futur n'est pas indiquée de façon formelle, le sens peut osciller entre le présent et un futur peu éloigné, comme, par exemple, en français : « attendez-moi ; *j'arrive* dans un instant » ou encore : « je pars demain », etc. C'est en ce sens qu'il faut entendre les mots : « qui paraîs ».

(2) Sur la signification de ce mot, voir le § V.

(3) Masoudi, *Prairies d'or*, (édition et traduction Barbier de Meynard), IV, p. 28. J'ai, dans ma traduction, serré le texte de très près.

(4) *Recherches sur la domination arabe*, etc., Amsterdam, 1894, p. 59. Excellent petit livre, malheureusement défiguré par les fautes d'impression.

arabe a puisé ses convictions, l'état actuel de nos connaissances sur l'histoire du christianisme à cette époque nous rend, je crois, ce problème encore inaccessible (1). Je le laisse donc en l'état et poursuis mon étude sur la conception de Mohammed et la transformation qu'elle dut subir après sa mort.

(1) D'après M. Friedländer, ce serait le Docétisme (*The heterodoxies of the Shiites*, dans *Journal of the american oriental Society*, XXIX (1909), pp. 29-30). Ses rapprochements sont fort ingénieux, et je partagerais volontiers son opinion, si les preuves directes ne faisaient encore défaut.

IV (1)

Ainsi, dans le Coran, l'heure est représentée comme proche, comme imminente même, mais sans indication précise d'époque, tandis que la tradition (Sounnat) plus explicite lie aussi étroitement que possible la mission du Prophète et la venue de l'heure. Il reste à savoir si, dans le Coran, il n'y a pas trace de cette dépendance réciproque et, en particulier, si, comme je l'ai déjà fait entrevoir (page 20, note 1), la mort de Mohammed n'est pas comprise dans la mort universelle, conséquence immédiate de la catastrophe suprême.

« On sonnera dans la trompette et ceux qui sont dans le ciel et ceux qui sont sur la terre seront foudroyés, sauf qui Dieu voudra (excepter) ; puis on y sonnera une autre fois, et voici que, dressés, ils regarderont (2). »

« Le jour où on sonnera dans la trompette, alors ceux qui sont dans le ciel et ceux qui sont sur la terre seront épouvantés, sauf qui Dieu voudra (excepter), et tous iront à lui, prosternés (3) ».

Dans le premier verset, le terme que j'ai rendu, suivant l'étymologie, par « foudroyés » est entendu par les commentateurs comme impliquant une mort réelle ; par conséquent la suite du verset indique une résurrection. Le terme : « dres-

(1) Dans tout ce chapitre, pour la clarté de la discussion, nous poserons comme authentique chaque verset du Coran pris en lui-même, sans nous préoccuper du contexte, sauf dans le cas où plusieurs versets sont incontestablement d'un même groupe.

(2) XXXIX, 68.

(3) XXVII, 89.

sés », *kiyam*, rappelle, en effet, l'expression *kiyamat*, qui signifie « l'action de se dresser » et qui est régulièrement employée en arabe, conformément au Coran, pour désigner la résurrection. Le second verset est beaucoup moins explicite ; les deux phases ne sont pas aussi nettement indiquées et le mot « épouvantés » ne peut guère faire allusion à la mort. Est-il antérieur et la pensée de Mohammed a-t-elle pris, plus tard, plus de précision ? N'est-il qu'une forme incorrecte du premier, due à l'insuffisance de mémoire d'un secrétaire ou d'un compagnon du Prophète et admise cependant dans le texte sacré (1) ? C'est ce que je ne saurais discuter ici. Je devais simplement indiquer les deux formes, l'une forte et précise, l'autre un peu indécise, par lesquelles le Coran annonce une catastrophe universelle dans les cieux et sur la terre, une exemption possible pour quelques privilégiés, enfin une phase d'attente.

Sur le premier verset, Tabari nous donne, dans son grand commentaire, un fort curieux renseignement. Après avoir bien spécifié qu'il faut y voir une mort universelle, il nous rapporte, d'après le traditionniste Katada, que Mohammed avait obtenu d'un ange venu de Dieu que : 1° il serait le premier pour qui la terre s'entr'ouvrirait ; 2° il serait le premier intercesseur. Le Prophète ajoutait : « Alors, relevant la tête, je trouverai Moïse saisissant (déjà) le trône (de Dieu). Dieu seul sait s'il aura été foudroyé après le premier foudroiement ou non. » Tabari cite également Abou Horeïrat qui dit avoir entendu ces paroles du Prophète : « Je serai le premier à relever la tête et, à ce moment, Moïse saisira un des pieds du trône, et je ne sais s'il aura relevé la tête avant moi ou s'il aura été de ceux que Dieu aura exceptés ».

L'introduction de Moïse dans cette tradition me paraît fort tendancieuse. En effet, dans le passage en question, il ne peut être fait allusion à ceux qui sont déjà morts, et Tabari

(1) Le Coran est rempli de ces variantes, qui, à mon avis, ont été introduites dans le texte sur la foi de tel ou tel récitateur. C'est précisément pour couper court à la multiplicité inquiétante des variantes que le khalife Othman imposa un texte définitif et nécessairement arbitraire. De là, en grande partie, l'incohérence si justement reprochée au livre révélé.

le fait remarquer avec raison : cela ne peut s'appliquer qu'à ceux qui sont encore vivants. S'il en était autrement, Moïse et les autres prophètes devraient subir une seconde mort. Or, le Coran connaît bien une seconde mort, mais qui est réservée aux seuls pécheurs, car il est dit des élus qu'ils ne connaîtront pas, dans le paradis, la mort, hormis la première mort (déjà subie) (1). Les infidèles, au contraire, s'écrieront au moment venu : « Est-ce que nous mourrons (encore) hormis notre première mort (2) ». Autrefois ils disaient : « Ce n'est que notre première mort et nous ne serons pas ressuscités (3). » Enfin, s'avouant vaincus, ils diront : « Seigneur, tu nous as fait mourir deux fois, et tu nous as fait vivre deux fois ; nous reconnaissons nos péchés ; y a-t-il pour sortir (de l'enfer) quelque route ? (4) ». Remarquons qu'ici, le Coran paraît directement inspiré de l'Apocalypse de Saint Jean. « Au vainqueur (*i. e.* le juste) je lui donnerai de manger de l'arbre de vie, qui est dans le paradis de Dieu (5). Le vainqueur ne sera pas puni de la seconde mort (6). C'est la seconde mort, le lac de feu (7). Incroyants, idolâtres, etc., leur lot est dans le lac brûlant de feu et de soufre, qui est la seconde mort (8). » Ainsi les infidèles n'auront été ressuscités que pour peu de temps, et leur seconde vie sera éphémère. La conclusion est donc que les seuls qui mourront au moment de l'heure seront ceux qui en seront contemporains. Si donc les traditions rapportées par Tabari ont un fondement, elles ne peuvent signifier qu'une chose, c'est que Mohammed, foudroyé par l'heure,

(1) XLIV, 56.

(2) XXXVII, 56, 57.

(3) XLIV, 33.

(4) XL, 1.

(5) Τῷ νικῶντι δώσω αὐτῷ φαγεῖν ἐκ τοῦ ξύλου τῆς ζωῆς, ὅ ἐστιν ἐν τῷ παραδείσῳ τοῦ θεοῦ (II, 7).

(6) Ὁ νικῶν οὐ μὴ ἀδικηθῇ ἐκ τοῦ θανάτου τοῦ δευτέρου (II, 11).

(7) Οὗτος ὁ θάνατος ὁ δεύτερός ἐστιν, ἡ λίμνη τοῦ πυρός (XX, 14).

(8) Τοῖς δὲ δειλοῖς καὶ ἀπίστοις... καὶ εἰδωλατραίς... το μέρος αὐτῶν ἐν τῇ λίμνῃ τῇ καιομένῃ πυρὶ καὶ θείῳ ὅ ἐστιν ὁ θανάτος ὁ δεύτερος (XXI, 8). Les Targoums appellent aussi « seconde mort » le châtiment des méchants ou Jugement dernier. Cf. P. Humbert, *Le Messie dans le Targum des Prophètes* (Lausanne, 1911), p. 60.

sera le premier à ressusciter. Dans ce cas le Prophète ne sera pas de ceux que Dieu aura voulu exempter.

Ainsi entendue, la formule coranique : « Tous doivent mourir », n'a rien que de naturel. « Tout le monde meurt, et vous ne recevrez votre rétribution qu'au jour de la résurrection (1). Tout le monde meurt, et nous vous soumettons (pendant la vie) au mal et au bien en guise d'épreuve, et vers nous vous serez ramenés (2). Tout le monde meurt, et vers nous vous serez ramenés (3). » Il n'est pas indifférent de remarquer que chaque fois que cette formule est énoncée, elle est liée à l'idée de résurrection. Elle exclut donc positivement la survie, sans mort préalable, pour qui que ce soit, et la restriction contenue dans les premiers versets que nous avons cités, disparaît ici.

« Tu mourras (o Mohammed) et ils mourront ; — puis, au jour de la résurrection, auprès de votre maître, vous plaiderez (4). Nous n'avons accordé à aucun homme l'éternité ; est-ce que, si tu meurs, ils seront éternels ? (5). Mohammed n'est qu'un prophète ; des prophètes sont passés avant lui. Est-ce que, s'il meurt (de maladie) ou s'il est tué, vous tournerez les talons ?... (6). » Ici, la mort du Prophète est énoncée une seule fois d'une façon positive et sous une forme qui équivaut à la première formule : Tous mourront, eux et toi-même ; c'est au jour de la résurrection que seront réglés vos différends. Mais dans cela, et encore moins dans les deux autres versets où la possibilité de la mort est envisagée, il n'y a pas de preuve formelle que Mohammed doit nécessairement mourir avant l'heure. En re-

(1) III, 182.

(2) XXI, 36.

(3) XXIX, 57.

(4) XXXIX, 31, 32. Le v. 32 paraît étroitement lié au précédent et l'ensemble forme parallélisme avec la triple formule précédente. Le v. 31 est celui qu'Abou Bekr récita après la mort du Prophète. Cf. plus haut, page 19.

(5) XXI, 35. Ce verset est immédiatement suivi de la deuxième forme de la formule précédente et paraît s'y rattacher par la suite des idées.

(6) III, 138. C'est également un des versets récités par Abou Bekr. Comment les Musulmans pouvaient-ils l'ignorer, ou l'avoir oublié ? S'il est authentique, ce ne peut être qu'à la condition que l'hypothèse émise (car il n'y a qu'hypothèse) ait été considérée comme une pure figure de rhétorique.

vanche nous allons retrouver, à travers le texte coranique tel qu'il nous est parvenu, plus d'un passage attestant la *possibilité* pour le Prophète de vivre jusqu'à l'heure et d'autres contenant une promesse de Dieu, plus ou moins voilée, de l'y faire assister.

Les plus curieux de ces passages sont ceux qui disent positivement au Prophète : il se peut que tu y assistes ; il se peut que tu meures auparavant. Les voici, traduits aussi littéralement que possible.

« Ou nous te ferons voir une partie de ce dont nous les menaçons, ou nous te ferons mourir ; et vers nous est leur retour ; puis Dieu sera témoin sur ce qu'ils feront (1). Prends patience ; la promesse de Dieu est véridique ; ou bien nous te ferons voir une partie de ce dont nous les menaçons, ou nous te ferons mourir et vers nous ils seront ramenés (2). Ou nous te ferons voir une partie de ce dont nous les menaçons ou nous te ferons mourir. Tu n'as à ta charge que l'annonce (des événements) et à notre charge est le règlement (3). » L'expression « nous te ferons mourir » est ici toute différente de celle que nous avons vue employée précédemment ; elle a un caractère très spécial et, pour ma part, je doute fort qu'elle ait le sens traditionnel que j'ai conservé dans ma traduction. Le sens positif paraît être : « recueillir ». Quand il est dit : « L'ange de la mort qui est chargé de vous vous *recueillera;* puis vers votre maître vous serez ramenés (4) » le sens n'est pas douteux. Mais lorsque nous lisons : « Dieu *recueille* les âmes au moment de leur mort, et celles qui ne meurent pas (il les recueille) pendant leur sommeil ; il garde celles dont la mort est décidée, et il renvoie les autres jusqu'à un terme fixé (5) », n'est-il pas permis de se demander si le mot contient vraiment, quand il est employé seul, l'idée de mort? Ailleurs Dieu dit à Jésus: « Je te *recueillerai* et je t'élèverai vers moi (6) », alors que la

(1) X, 47.
(2) XL, 77.
(3) XIII, 40.
(4) XXXII, 11.
(5) XXXIX, 43, cf. VI, 60 : « Dieu vous *recueille* dans la nuit, etc. ».
(6) III, 48.

prétendue crucifixion et mort du messie Jésus est formellement niée dans un passage célèbre : « Vous ne l'avez pas tué réellement; mais Dieu l'a élevé vers lui (1). » Donc Dieu, en le recueillant, ne l'a pas fait mourir, et rien n'empêche que l'on interprète de la même façon les paroles de Dieu à l'égard du Prophète. Si Omar connaissait ces versets sur l'alternative promise au Prophète, c'est bien ainsi qu'il devait les interpréter, puisque, nous l'avons vu, il déclara, tout d'abord, que Mohammed était allé vers Dieu comme Jésus-Christ (2). Quoi qu'il en soit, l'idée est bien que, peut-être, Dieu le retirera du monde avant l'époque du châtiment des infidèles. Elle est exprimée sous cette forme, dans un autre passage : « Ou bien, nous t'enlèverons et nous nous vengerons d'eux; ou bien nous te ferons voir ce dont nous les avons menacés et nous serons maîtres d'eux (3) ». Ainsi Dieu est encore incertain : il n'a pas fixé le sort de Mohammed. Il y a donc autant de chances pour l'une ou l'autre alternative. Rien ne nous paraît plus invraisemblable que ce Dieu, maître des destinées, qui n'a pas encore résolu une question si simple, alors que la fin du monde a, comme il le répète souvent, un terme assigné. Ce terme est établi dans le temps par Dieu lui-même : il ne peut ignorer si la vie du Prophète ira ou n'ira pas jusque-là. Tous ces passages ne sont-ils pas suspects d'altération volontaire ; le second membre de l'alternative n'a-t-il pas été introduit après coup et l'affirmation primitive corrigée par l'adjonction de : « ou, ou bien » ?

Cette altération était possible dans des versets se présentant isolément. Elle ne l'est plus dans les suites de versets formant un tout où la pensée est manifestement celle-ci. Dieu exhorte son Prophète à la patience, les infidèles ont beau jeu maintenant, mais Dieu ne l'abandonnera pas et, *lui présent*, les châtiera. Beaucoup de sourates se terminent ainsi. Je choisis la quinzième comme la plus précise, à partir du verset 85.

(1) IV, 156. Cette affirmation est le principal point commun avec le docétisme.

(2) Ou comme Moïse. Voir plus haut, page 19, note 1.

(3) XLIII, 40-41.

« 85. Et nous n'avons créé les cieux et la terre et ce qui est entre eux que par la vérité, et l'heure arrive ; donc aie une belle indulgence.

« 86. Certes, ton maître est le Créateur, le Savant.

« 87. Déjà nous t'avons accordé sept bienfaits (1) et le Coran glorieux.

« 88. N'étends point ton regard sur les biens que nous accordons à quelques-uns d'entre eux (les infidèles), ne t'afflige pas à leur sujet, et abaisse ton aile sur les croyants.

« 89. Et dis : Moi je suis l'avertisseur évident.

« 94. Donc proclame ce qui t'a été ordonné et éloigne-toi des polythéistes (2).

« 95. Nous te suffisons contre les railleurs

« 96. Qui placent avec Allah un autre dieu ; ils apprendront.

« 97. Oui, nous savons que ton cœur est angoissé par les discours qu'ils tiennent.

« 98. Donc célèbre la louange de ton maître, et agenouille-toi.

« 99. Et adore ton maître, jusqu'à ce que t'arrive le *Certain*. »

Il n'est pas douteux ici, et les commentateurs en conviennent, que le *Certain* désigne l'heure. Donc il est formellement dit au Prophète que l'heure lui arrivera ; le verbe arabe employé dans le verset 99 est le même que dans le 85 : « et l'heure arrive ».

Toute l'âme du Prophète est là ; l'heure qu'il croyait si proche se fait bien attendre ; les incrédules se moquent de cette prédiction ; il faut, pour qu'il ne désespère pas, que le Seigneur lui rappelle la faveur constante dont il l'a honoré, et l'exhorte à la patience en l'assurant que l'heure arrivera, lui présent. Rien ne peut détruire le sens précis des derniers mots : c'est une promesse formelle. Ce que Dieu a déjà accordé au Prophète est un gage de la vali-

(1) Le mot employé ici est rattaché généralement à la racine : *doubler, répéter;* mais cette même racine a le sens de « louer, douer de belles qualités, etc. ». Dans le premier sens, on interprète les sept choses répétées par des versets ou des sourates du Coran. Or il est visible ici qu'il s'agit de quelque chose *autre* que le Coran.

(2) Les versets 90, 91, 92 et 93 paraissent avoir été intercalés ici arbitrairement. Dieu dit qu'il punira ceux qui scindent le Coran, etc.

dité de sa promesse, et c'est une raison de patience. Voici encore des exhortations semblables :

« Et s'il n'y avait pas une parole antérieure (venant) de ton maître et un terme assigné, il y aurait (déjà) eu un jugement.

« Supporte donc avec patience ce qu'ils disent et célèbre les louanges de ton maître avant le lever du soleil et avant son coucher...

« N'étends pas ton regard sur ce que nous accordons à quelques-uns d'entre eux, clinquant de la vie d'ici-bas (que nous leur offrons) pour les éprouver... (1) ».

« Prends patience, la promesse de Dieu est vérité et que ceux qui n'ont pas de certitude ne t'intimident point (2).

« Ils disent : « A quand cette *victoire*, si vous (les croyants) êtes véridiques ?

« Dis : le jour de la *victoire*, ceux qui ont été mécréants (antérieurement), leur foi ne leur servira pas et ils ne seront pas ménagés.

Détourne-toi d'eux et attends ; ils attendent (3) ».

« Éloigne-toi d'eux jusqu'à un *temps*
« Et regarde-les et ils regarderont.
« Est-ce qu'ils hâteront mon châtiment ?

. . . .

« Éloigne-toi d'eux jusqu'à un *temps*
« Et regarde-les et ils regarderont (4). »

Le *temps* dont il est parlé de façon si vague rappelle le terme assigné auquel Dieu s'est engagé. C'est, en tous cas, le temps du Jugement, comme le prouve une expression toute semblable : « Ce n'est (le Coran) qu'un avertissement au

(1) XX, 129-131.

(2) XXX, 60 et dernier.

(3) XXXII, 28-30 (dernier). La *victoire* dont il est parlé est le triomphe de Mohammed sur ses adversaires par l'arrivée de l'heure prédite. Cf. le fameux verset : « Une aide (venant) de Dieu et une *victoire* proche ; annonce la bonne nouvelle aux croyants » (LXI, 13). C'est une victoire *mystique* qui n'a rien à voir avec la conquête de la Mecque.

(4) XXXVII, 174-176, 178-179 (la sourate a 182 versets). Sur les versets 174-175, voir l'interprétation de Sprenger, plus haut, page 15.

monde. Vous en connaîtrez la *nouvelle* après un *temps* (1) ». Cette *nouvelle*, d'ailleurs, est celle que donne son nom à la sourate LXXVIII. « Sur quoi s'interrogent-ils ? — Sur la *nouvelle* immense — celle sur laquelle ils disputent. — Oui, ils sauront ! — Et encore, oui, ils sauront ! (2) »

Voici encore quelques fins de sourate dans le même esprit :

« Sois donc indulgent à leur égard et dis : Salut ! et ils sauront ! (3) ».

« Donc sois en observation ; ils sont en observation (4).

« Supporte avec patience ce qu'ils disent et célèbre les louanges de ton maître...

« Prête l'oreille au jour où le héraut appellera d'un endroit proche.

« Le jour où ils entendront le cri par la vérité ; c'est le jour de la sortie.

. . . .

« Le jour où la terre se fendra pour les rejeter précipitamment... (5). »

« Laisse-les donc, jusqu'à ce qu'ils rencontrent leur jour, celui où ils seront frappés.

« Le jour où leur fourberie ne leur servira de rien, et ils ne seront pas secourus.

. . . .

« Et attends avec patience le jugement de ton maître ; car tu es sous nos yeux. Célèbre les louanges de ton maître, quand tu te lèves

« Et, à la nuit, célèbre-les, et au départ des étoiles (6). »

« Suis donc ce qui t'a été révélé et prends patience, jusqu'à ce que Dieu juge ; c'est le meilleur des juges (7). »

(1) XXXVIII, 86-87 et dernier.

(2) LXXVIII, 1-5. Je considère ces cinq versets comme les premiers révélés au Prophète dont le nom : *nabi* est étymologiquement lié à la *nouvelle* ou *naba*. C'est lui qui est chargé par Dieu d'apprendre aux Juifs et aux Chrétiens que la question du Messie et du Jugement dernier qui fait l'objet de leur dispute va être enfin résolue, et qu'ils vont être fixés.

(3) XLIII, 88 et dernier.

(4) XLIX, 59 et dernier.

(5) L, 38, 40, 41, 43 (45 versets dans la sourate).

(6) LII, 45, 46, 48, 49 et dernier.

(7) X, 109 et dernier.

« Et prends patience, il n'y a de patience que par Dieu ; et ne te désole pas à leur sujet, et ne t'angoisse pas à cause de leurs ruses ; Dieu est avec ceux qui croient et font le bien (1). »

J'ai tenu à donner tous ces passages pour montrer comment la même préoccupation revient comme un refrain, avec d'assez nombreuses variantes, quelquefois avec des termes identiques. On y lit la poignante et constante inquiétude du Prophète, méprisé, bafoué, menacé et attendant en vain l'heure promise. Il y a des indices que, par moments, il faiblit; si la révélation s'arrêtait, il désespérerait. Mais elle ne l'abandonne pas : « Et si nous ne t'avions pas soutenu, déjà tu étais sur le point d'incliner vers eux un petit peu. — Alors nous t'aurions fait goûter double vie et double mort, puis tu n'aurais trouvé contre nous aucun secours (2). » Ce dernier passage appelle une observation. Nous nous rappelons que la double mort est le châtiment réservé aux infidèles; mais la double vie est pour tous ceux qui, morts une première fois, ressusciteront. Si donc Mohammed, resté inébranlable dans sa foi, n'est pas tombé sous le coup de cette menace divine, c'est qu'il ne devait avoir qu'une seule vie et, exceptionnellement, ne pas ressusciter. Nous avons vu, au début de ce chapitre, une telle exception énoncée comme possible ; et n'est-il pas tout naturel que Mohammed ait espéré en être un des bénéficiaires? Nous arriverions ainsi à cette conclusion que Dieu a promis au Prophète qu'il ne mourrait pas, même au moment de la catastrophe universelle: la double vie lui serait épargnée, et *a fortiori* la double mort. Comment accorder cela avec le passage si formel : « Tu mourras et ils mourront » et dont l'origine connue est à bon droit si suspecte ? Qu'on le supprime (3), et la mort du Pro-

(1) XVI, 128 et dernier.

(2) XVII, 76, 77.

(3) Il convient, d'ailleurs, de remarquer qu'il n'y a pas preuve absolue que « tu mourras » s'adresse au Prophète. Ce verset et le suivant (qui peut se rattacher à lui sans difficulté), sont tout à fait isolés dans la sourate et ont pu être transposés. Nous verrons plus loin que, dans un autre passage du Coran, les commentateurs considèrent le pronom « toi » comme ne s'adressant pas à Mohammed. Toutefois, dans l'un et l'autre cas, cette hypothèse me paraît invraisemblable.

phète n'est plus envisagée que comme une hypothèse, comme une menace sous condition. Par là, nous revenons à notre point de départ et nous expliquons l'incrédulité des Musulmans : « Comment peut-il être mort, ce Prophète qui doit être notre témoin (au jugement dernier (1))?

Je ne puis terminer ce chapitre relatif à la mort du Prophète sans signaler un point de vue tout à fait différent. S'il y a contradiction, elle ne m'est pas imputable. Le Coran présente bien des aspects divers qui reflètent sans doute les variations de pensée du Prophète, mais qui sont peut-être dus, beaucoup plus qu'on ne le soupçonne, à des interprétations étrangères glissées dans la révision officielle (2). D'après ce point de vue, le Prophète serait mort (réellement ou métaphoriquement) avant la révélation, et Dieu l'aurait rendu à la vie par une faveur spéciale. Voici le passage énigmatique auquel je fais allusion : « Ou bien est-ce que celui qui était *mort* et que nous avons fait vivre et auquel nous avons donné une lumière grâce à laquelle il marche à la tête des hommes est même chose que celui qui, plongé dans les ténèbres, n'en sort point ? C'est ainsi que les mécréants voient ce qu'ils font sous de belles couleurs (3) ! » Les commentateurs voient là une allégorie et dans le personnage en question reconnaissent Omar ou tout autre. Mais si quelqu'un a reçu de Dieu une lumière, n'est-ce pas Mohammed et cette lumière n'est-elle pas le Coran, désigné par ce mot même en divers endroits ? « Et ainsi nous t'avons envoyé un souffle (émané) de notre ordre ; tu ne savais pas ce qu'était le *livre* et la foi ; mais nous en avons fait une lumière par laquelle nous dirigeons qui nous voulons de nos serviteurs, et toi, tu conduis vers une voie droite (4) ». « Ceux qui suivent l'Envoyé, le Prophète..... et ceux qui ont cru en lui,

(1) Voir plus haut, page 19.

(2) Dans l'état actuel du Coran, n'en présenter qu'un aspect unique sur une question donnée, serait arbitraire et systématique. Ce serait imiter, dans un autre sens, l'erreur des commentateurs qui ont toujours une explication conforme à leur point de vue musulman et à leur respect aveugle du texte.

(3) VI, 122.

(4) XLII, 52.

l'ont aidé et secouru, et suivent la lumière qui a été révélée avec lui, ceux-là sont les bienheureux (1). » Aussi bien Mohammed paraît clairement désigné dans un autre verset d'un mouvement analogue. « Est-ce que celui dont Dieu a ouvert la poitrine pour l'islam et qui est au sein d'une lumière venant de son maître (2) ? Malheur à ceux dont les cœurs s'endurcissent à la mention de Dieu ; ceux-là sont dans un égarement évident (3). »

C'est le Prophète dont Dieu a ouvert la poitrine pour l'islam. « Ne t'avons nous pas ouvert la poitrine (4) ? » dit Dieu en un verset célèbre que la légende a pris à la lettre (5), mais qui, rapproché de celui que j'ai cité, ne peut avoir qu'une signification mystique (6). Le mot poitrine est employé par les Arabes là où nous employons le mot « cœur ». C'est ainsi que, dit le Coran, le diable chuchote dans les *poitrines* des hommes (7) ; etc.

Si mon interprétation est la vraie, voilà une des faveurs insignes accordées à Mohammed par Dieu : il était mort et il a été vivifié. C'est la septième de celles qui, outre le Coran (la lumière), lui ont été conférées. Les six autres sont énumérées dans deux sourates consécutives (XCIII et XCIV) que je reproduis, parce qu'elles rentrent dans la catégorie de

(1) VII, 156. Cf. IV, 74 et LXIV, 8, où il est parlé de la lumière que Dieu a fait descendre (ou révélée) et qui désigne indubitablement la foi nouvelle.

(2) Cette suspension de la phrase est une figure de rhétorique assez fréquente dans le Coran. L'idée sous-entendue est : Oseriez-vous comparer aux autres hommes (surtout aux infidèles) celui qui, etc. Voyez d'autres exemples dans la même sourate, versets 12 et 25 ; cf. XI, 20 ; XIII, 33 ; XXXV, 9 ; XLIII, 17.

(3) XXXIX, 23.

(4) XCIV, 1.

(5) Voir le récit traditionnel dans CAUSSIN DE PERCEVAL, *Essai*, I, 288.

(6) Nous retrouvons deux fois encore cette expression. Moïse s'écrie : « Seigneur, ouvre-moi ma poitrine ! » (XX, 26). Ailleurs, il est dit : « Dieu, lorsqu'il veut conduire quelqu'un, lui ouvre la poitrine pour l'islam » (VI, 125) — ce qui, cette fois, peut s'appliquer indistinctement à tout Musulman. Comme la suite de ce verset l'indique, le sens mystique répond à l'idée d'un repos, d'une béatitude.

On interprète généralement le mot : islam par : résignation ; mais, dans la pensée du Prophète, je crois qu'il signifie : sécurité. C'est, d'ailleurs, plus conforme à l'étymologie.

(7) CXIV, 5.

ces exhortations à la patience dont traite particulièrement le présent chapitre.

« XCIII. Par le jour lumineux, — Par la nuit quand elle s'épaissit, — Ton Seigneur ne t'a pas laissé et ne t'a point haï. — A la vie future tu auras mieux que la présente ; — Certes ton Seigneur te donnera et tu seras satisfait. — *Ne t'a-t-il pas trouvé orphelin et il a donné asile — Et il t'a trouvé errant et il a guidé — Et il t'a trouvé pauvre et il a enrichi.* — [....] — Donc pour l'orphelin ne sois pas tyran — [.....] — Pour le mendiant ne sois pas avare — Et pour la grâce de ton Seigneur aie des récits.

« XCIX. *Ne t'avons-nous pas ouvert ta poitrine ? — Et nous avons déchargé de toi ton fardeau — Qui accablait ton dos — Et nous avons élevé pour toi ton renom.* — Certes avec l'adversité est un bonheur. — Donc quand tu auras achevé, lève-toi — Et vers ton Seigneur aspire ! »

Dans la première de ces sourates j'ai laissé deux vides entre crochets parce qu'à mon avis la symétrie est rompue, et je crois qu'il y avait quatre faveurs indiquées et quatre exhortations correspondantes :

1° Orphelin tu as eu asile — ne sois pas tyran pour l'orphelin ;

2° Errant tu as eu un guide — [....... pour l'errant;]

3° Pauvre, tu as eu richesse — ne sois pas avare pour le mendiant ;

4° [......] — cette grâce, raconte-la.

Quelle est cette grâce merveilleuse, dont le Coran, rédigé postérieurement au Prophète, n'a pas gardé la trace ? Je ne voudrais pas terminer sur une hypothèse arbitraire ; mais je crois qu'elle contenait quelque idée analogue à celle de la mort mystique de Mohammed qui me paraît rentrer parfaitement dans le cadre des six expressions métaphoriques soulignées dans les deux sourates précitées. J'ai déjà dit comment l'ouverture de la poitrine a été prise à la lettre ; je crois que c'est par une même naïveté d'interprétation que les historiens du Prophète nous l'ont montré orphelin puis recueilli (par un parent), pauvre puis enrichi (par un mariage). Non, c'est Dieu qui l'a recueilli, c'est Dieu qui l'a enrichi, comme il a ouvert son cœur et dirigé ses pas, et comme il l'a débarrassé de son fardeau. Assistance mystique, opulence idéale qui n'ont rien de contradictoire avec l'idée d'une vie nouvelle qui est la foi. Cette dernière est une allégorie fort simple qu'on retrouve, par exemple, dans ce passage : « O vous qui croyez, répondez à Dieu et au Prophète quand il vous appelle à ce qui vous fait vivre (1). » Les commentateurs sont d'accord que c'est ici la foi (ou le Coran, etc.); Nisabouri en rapproche cette expression fréquente dans le Coran : « Dieu fait sortir le vivant du mort » (2), ce qui équivaut pour lui à : « Dieu fait de l'infidèle un croyant ». Il en rapproche aussi ce verset : « Si quelqu'un agit bien, homme ou femme, et qu'il soit croyant, certes nous le ferons vivre d'une vie délicieuse ; nous leur payerons leurs salaires au mieux de ce qu'ils auront fait (3). » La comparaison du non-croyant avec le mort n'ayant rien de choquant, il est donc fort admissible que Dieu ait dit au Prophète : « Tu étais mort et je t'ai fait vivre ! »

Pris ainsi métaphoriquement, ce nouveau point de vue du Coran sur la mort du Prophète n'est plus en contradiction formelle avec celui que j'ai d'abord exposé et où il était uniquement question de la mort *corporelle*. Jusqu'à quel point on pourrait l'introduire dans quelques-uns des passages où nous avons accepté l'interprétation littérale, c'est une question que je n'ose aborder ; l'exégèse allégorique est si difficilement conciliable avec les exigences d'une critique sérieuse ! Peut-être me reprochera-t-on déjà de lui avoir fait une trop grande part.

(1) VIII, 23.

(2) III, 26; VI, 95; X, 32; XXX, 18. Comme cette formule est accompagnée de : « et du vivant fait sortir le mort », je ne partage pas l'opinion de Nichabouri, mais je la cite pour montrer combien cette interprétation allégorique est naturelle.

(3) Ici l'allégorie n'est pas absolue, car il s'agit de la vie du paradis qui, dans le Coran, est une vie *réelle* et *matérielle*.

V (1)

Nous avons vu, plus haut (2), que le Dadjdjal ou Antéchrist avait appris à Tamim ad Dari un grand nombre de *malhamats*. Que signifie exactement ce mot ?

Ibn Khaldoun, dans ses *Prolégomènes*, l'emploie avec le sens de : « prédiction politique (3) ». Silvestre de Sacy qui, le premier, a fait connaître ce passage dans sa *Chrestomathie arabe* (4), dit : « Il paraît, par le passage d'Ibn Khaldoun, que le mot malhamat, qui signifie proprement *une guerre* ou *une bataille sanglante*, a été pris ensuite pour une prédiction qui annonçait des événements de ce genre, puis pour toute prédiction concernant les révolutions politiques (5) ». Mais le savant orientaliste n'a pas pris garde que ce ne sont pas des guerres quelconques, des révolutions politiques quelconques qu'Ibn Khaldoun a en vue. Le passage de cet auteur qu'il a traduit est relatif à la venue du Mahdi et ceux du même auteur auxquels S. de Sacy fait allusion dans sa note 33 se rapportent également à cette venue (6). Ces derniers, il est vrai, ne sont pas aussi explicites, et il semble, à première vue, qu'ils ne parlent que de l'avènement de nouvelles dynasties. C'est que les auteurs des ouvrages, en prose et en vers, qui prenaient le nom de *malhamat* (au pluriel : *malahim*) se pi-

(1) Le chapitre qui va suivre a été publié dans la *Revue de l'histoire des religions* (mars-avril 1910) sous le titre : *La malhamat dans l'Islam primitif* ; je le reproduis ici avec quelques modifications nécessitées par le plan adopté pour le présent livre.

(2) Page 29.

(3) Trad. de Slane, II, 226 et sq.

(4) 2e édition, II, 301-302.

(5) *Ibid.*, p. 302.

(6) *Ibid.*, p. 283.

quaient de connaître d'avance tous les événements politiques. Makrizi, d'après Ibn Dayat, parle d'un auteur de malhamats : *sahib al malahim*, qui d'avance savait que le nouvel émir d'Égypte Ahmed ibn Touloun aurait telle figure, telle démarche, etc. (1). Mais ce n'était que la conséquence de sa science prétendue qui devait, en réalité, embrasser tous les événements devant s'écouler *jusqu'à l'arrivée du Mahdi*. J'ai montré le premier d'après un autre texte de Makrizi (1) que la *malhamat* est elle-même un épisode de cette arrivée du Mahdi.

Dans ce texte où il est parlé de la destruction future de l'Égypte (précédant la fin du monde), un certain nombre de destructions ou ruines sont annoncées dans un ordre donné. La ruine du pays de Koufa est suivie de la malhamat, et de la conquête de Constantinople, puis de la venue du Dadjdjal. Telle est la tradition transmise par Kab al Ahbar et elle est confirmée par celle que donne Wahb ibn Mounabbih où la malhamat est appelée la *grande*. Ce dernier détail semble indiquer des malhamats moins importantes et antérieures, et je suis porté à croire, sans en avoir de preuve positive, que ces malhamats antérieures ne sont autres que les ruines successives dont il vient d'être question, la grande étant la dernière de toutes et précédant immédiatement la venue de l'Antéchrist. C'est évidemment ce que celui-ci racontait à Tamim ad Dari.

Ibn Khaldoun est d'avis que les traditions relatives aux malhamats remontent à ces Juifs du Yémen si suspects à ses yeux, comme Kab al Ahbar, Wahb ibn Mounabbih, Abd Allah ibn Salam, etc. (2). Effectivement, nous voyons les deux premiers cités par Makrizi ; mais, bien que ces personnages soient à bon droit considérés comme de grands fabricants de légendes musulmanes (3), sur ce point ils ne parais-

(1) *Description historique et topographique de l'Égypte* (dans *Mémoires de l'Institut français d'archéologie orientale*, III), p. 208.

(2) *Prolégomènes*, II, 461.

(3) LIDBARSKI, *De propheticis quæ dicuntur legendis arabicis*, pp. 37 et 44 ; CHAUVIN, *Recension égyptienne des Mille et une nuits*, p. 121 ; CLÉMENT HUART, *Wahb ibn Monabbih* (*Journal asiatique*, 10e série, t. IV, p. 331 et sq.).

sent pas avoir été les premiers inventeurs. La tradition qui remonte à Tamim ad Dari semble bien être vraiment indépendante d'eux.

Hadji Khalfa (1) attribue un livre (*kitab*) de *malahim* à Abou Daoud, l'auteur du célèbre recueil de traditions intitulé *kitab as sounan*. L'indication du célèbre bibliographe ne paraît pas être rigoureusement exacte, du moins un des chapitres du *kitab as sounan* porte précisément ce titre, et il est peu probable qu'il ait constitué à l'origine un livre distinct. Dans l'édition du Caire, ce chapitre est précédé de celui du Mahdi et de celui des *fitan* (pluriel de *fitnat*, révolution). Ce dernier mot est ici un synonyme de malhamat, car il s'entend des révolutions qui annoncent la fin du monde. Le chapitre des malahim comprend six pages et demie in-quarto et relate un grand nombre de traditions sur la fin du monde. Je relève les principales :

1° Sur l'autorité de Mouadh ibn Djabal (2) : «... la ruine de Yathrib (3) [est] l'apparition de la malhamat ; l'apparition de la malhamat [est] la conquête de Constantinople ; la conquête de Constantinople est l'apparition du Dadjdjal ». Le Prophète, ayant ainsi parlé, frappa, de la main, la cuisse de son interlocuteur en disant : « Cela est vrai, aussi vrai que tu es ici ».

2° Sur l'autorité du même personnage : « La grande malhamat, la conquête de Constantinople, l'apparition du Dadjdjal en sept mois ; »

3° Sur l'autorité d'Abd Allah ibn Bousr : « Entre la malhamat et la conquête de Médine (4) six années, et le faux Messie apparaîtra dans la septième. »

(1) Ed. et trad. Flügel, V, 157, n° 10521. Plus loin (VI, 102, n° 12841) l'auteur avait l'intention de donner une étude sur la science des malahim. Flügel n'en donne que le titre et néglige, dans la traduction, d'indiquer que l'intention n'a pas été suivie d'effet.

(2) Un des *Compagnons* les plus considérables, le plus versé, au témoignage du Prophète, dans la science du licite et de l'illicite.

(3) Ancien nom de Médine.

(4) *Al Madinat*; pris dans un sens absolu, ce mot signifie la ville, par extension : la ville du Prophète, Médine, équivalente à Yathrib de la première tradition.

4° Sur l'autorité d'Abou-d Darmâ : « la tente des Musulmans, le jour de la malhamat, [sera] dans la Ghoûtat (1) auprès d'une ville appelée Damas, une des meilleures villes de Syrie. »

Ce dernier passage semble identifier le jour de la malhamat à la fin du monde. Quant à celui qui précède, s'il est authentique, et si vraiment il faut traduire *al madinat* par Médine, il est d'une importance capitale pour prouver que le Prophète attendait incessamment l'arrivée du faux Messie ou Dadjdjal, ce que d'ailleurs le récit de Tamim ad Dari laisse entendre clairement. C'est plus tard que Constantinople a été substituée à Médine, alors que la prise de cette ville représentait aux yeux des Musulmans l'idéal à atteindre. La conquête de Médine serait donc l'hégire qui assura au Prophète la possession de cette ville sans coup férir, et la malhamat répondrait à la vocation du Prophète. Remarquons en passant l'analogie de cette période septénaire avec celle des six radjats (retours ou centenaires) qui font de Mohammed en quelque sorte une septième incarnation de Jésus-Christ (2), avec celle des sept millénaires assignés par quelques traditionnistes à la vie totale du monde, Mohammed apparaissant dans le cours du septième (3); enfin avec la fameuse théorie ismaïlienne du cycle des prophètes se succédant sept par sept, le septième ayant régulièrement un caractère très spécial : celui d'une réincarnation de la Divinité (4). On peut se demander si la malhamat n'est pas, à l'origine, précisément cette sixième radjat, cette sixième résurrection du Christ et par suite septième incarnation. Si cette théorie était bien la vraie, ne nous donnerait-elle pas le sens réel, conforme à l'étymologie, de la *malhamat*, puisque ce mot est formé de la racine *lahm* « chair » ? La forme malhamat ne convient pas, il faut le reconnaître, à celle qui, dérivée de *lahm*, pourrait répondre à notre mot incarnation. En arabe, celui-ci est rendu généralement par *tadjassoud*

(1) Nom que donnent les Arabes à la plaine de Damas.

(2) Voir plus haut, page 23.

(3) Makrizi, *Description*, t. III, p. 17, d'après une tradition d'Ibn Abbas, le cousin du Prophète. Cf. Ibn Khaldoun, *Prolégomènes* (tr.), II, 209.

(4) Cf. de Goeje, *les Carmathes du Bahraïn*, 2e édition, 166-169.

dérivé de la racine *djasad* « corps ». On aurait donc dit : « talahhoum » dans le même sens, ce qui nous éloigne fort de : malhamat. Mais de telles formes signifient : « l'acte même, le fait de l'incarnation » ; pour désigner le *temps*, l'*époque* de l'incarnation, la langue arabe tirera de la racine *lahm* ce qu'on appelle : un nom de temps ou de lieu (1) qui ne peut être que *malham* ou *malhamat*.

Je n'hésite pas à dire que, même à ce point de vue, on ne peut affirmer que le sens primitif du mot malhamat ait été : incarnation. Il faudrait une preuve plus décisive ; en attendant, ce que je viens de dire ne peut être considéré que comme une conjecture peut-être hasardée, peut-être susceptible d'être vérifiée plus tard.

Mais ce que je crois pouvoir affirmer, c'est que, quel que soit son sens, la malhamat primitive fait partie essentielle de la doctrine de Mohammed. De là vient le nom qu'il se donnait lui-même de *nabi-l malhamat* « prophète de la malhamat ».

Dans le chapitre consacré par l'historien Ibn Saad aux noms divers de Mohammed, celui-ci lui est attribué, sur l'autorité d'Abou Mousa al Achari, sous cette forme, et, sur l'autorité de Modjahid, sous la forme équivalente : *rasoul al malhamat*. Tabari, dans sa chronique, a reproduit la première tradition (2). Le grand traditionniste Mouslim, dans la liste qu'il dresse, à son tour, ne la donne pas ; mais Nawawi, son commentateur, signale brièvement une autre tradition avec la forme *nabi-l malahim*. Les dictionnaires arabes, à la racine LHM, mentionnent ce nom et l'expliquent de deux façons : ou par « prophète du combat » ou par « prophète du bon ordre et de la réunion des hommes ». La première version est admissible en soi, mais la seconde est bien étrange. Pour la comprendre il faut se rappeler que les lexicographes expliquent le sens de « combat » étymologiquement par : entremêlement des chairs, c'est-à-dire des corps ; ce même sens leur paraît donc convenir à la réunion des hommes

(1) S. de Sacy, *Grammaire arabe*, 2e éd., I, 302.

(2) Dans mon article de la *Revue de l'histoire des Religions*, j'ai eu tort de donner la priorité à Tabari, Ibn Saad étant antérieur d'un siècle.

(dans l'Islam). Mais il paraît plus rationnel de rapprocher, pour ce sens, l'arabe *malhamat* de l'hébreu *milhamah* qui signifie effectivement le combat. Comme, en hébreu, la racine LHM répond, non plus à « chair », mais à « pain », l'étymologie arabe n'a plus de base. De toutes façons, l'hésitation des lexicographes entre deux versions fort contradictoires prouve qu'ils n'ont pas compris et que le mot a ici un sens mystique spécial.

Ce sens mystique ou plutôt apocalyptique a été entrevu par M. Goldziher une première fois dans sa remarquable étude sur la littérature chiïte (1). En même temps M. Steinschneider faisait paraître un article sur les diverses apocalypses où la malhamat arabe est fort bien comprise (2). M. Goldziher a eu, plus tard, occasion de mentionner le mot à nouveau, mais ne paraît pas avoir songé à utiliser l'article de Steinschneider (3). Il en est de même de Van Vloten (4) qui n'a fait que côtoyer la vérité en remarquant que, outre le sens de « mêlée, combat », le mot « est employé dans le sens métaphorique d'événement grave et fatal qui ne pourrait être évité ». Aucun de ces auteurs n'ayant utilisé les traditions sur la malhamat recueillies par Abou Daoud et Makrizi (5), le caractère eschatologique de la malhamat leur a échappé (6).

Mohammed étant mort, il fallut bien se résigner à une malhamat sans sa participation ; mais les premiers Musulmans n'en restèrent pas moins convaincus que cette malhamat allait apparaître d'un jour à l'autre. Ce devait être, avant toutes choses, leur principale préoccupation, et ce ne fut, semble-t-il, qu'à la fin du premier siècle de l'Hégire qu'on commença à délaisser l'étude chimérique des malahim. Tel est le sens d'un curieux passage de l'historien égyptien Ibn

(1) *Beiträge zur Literaturgeschichte der Sî'â*, Vienne, 1874, p. 54.

(2) *Apocalypsen mit polemischer Tendenz* dans *Zeitsch. der deutsch. morgenl. Ges.*, XXVIII, Leipzig, 1874, pp. 627-659; voir surtout pp. 628, 629, 650, 652.

(3) *Muhammedanische Studien*, Halle, 1890, II, 73, 127.

(4) *Recherches sur la domination arabe*, etc., Amsterdam, 1894, p. 57.

(5) Seul M. Goldziher y fait une brève allusion, *Muh. St.*, II, 127.

(6) Je dois dire que Sprenger en a eu le sentiment dans *Leben und Lehre*, III, 219 (l'index porte fautivement, 319), note 1. « Es ist ein hebräisches Wort, welches in Weissagungen oder, wenn vom Antichrist die Rede ist, gebraucht wird. »

Younous reproduit par ses successeurs, Makrizi, Aboul Mahasin, Souyouti, etc., et, avant eux, par Nawawi dans son savant commentaire de Mouslim. C'est d'après ce dernier que M. Goldziher a, le premier, fait connaître ce texte (1). Je le résume ainsi : Yazid ibn Abou Habib (mort en 128 de l'Hégire) fut le premier qui s'occupa de vraie science en Égypte ; avant lui, on ne s'occupait que des malhamats et des fitnats.

S'il pouvait y avoir quelques doutes, l'indication des fitnats le dissiperait. En effet, comme nous l'avons déjà remarqué, ce mot qui a ordinairement le sens de « trouble, sédition » signifie, quand il est pris dans un sens absolu, les troubles qui doivent précéder la venue du Mahdi. C'est dans ce sens qu'il est pris par Abou Daoud dans le chapitre des fitnats, *kitab al fitan*, dont nous avons parlé plus haut. Il faut donc entendre qu'avant Yazid ibn Abou Habib, le seul sujet d'étude était la science des malhamats, fitnats, etc., c'est-à-dire des symptômes de la fin du monde. Van Vloten a fort bien montré comment cette question, aux premiers temps de l'Islam préoccupait tous les esprits (2). « Le temps de troubles que la théologie rabbinique désigne par les mots *Kheblê ham-machîakh* (douleurs de l'enfantement du Messie) est nommé *hardj* par les Arabes. Ce mot signifie ordinairement un tumulte, une émeute... On pourrait constater des traces de cette expectation du *hardj* dans les mots de Zobaïr (quand à Basra on refuse de se joindre à lui contre Ali) (3) « Ceci est bien la sédition (*fitna*) dont on nous a parlé. »

Van Vloten cite ensuite, d'après Ibn Saad, un curieux récit. A un moment de troubles très profonds un cheïkh vénérable s'écrie : Je donnerais beaucoup pour que la sédition prenne fin !... Puis un homme lui ayant demandé : Que craignez-vous donc ? c'est un tumulte tout au plus, il répondit : je crains *al hardj*. — Et qu'est-ce qu'*al hardj* ? — Ce dont parlaient les Compagnons du Prophète, la tuerie (*al qatl*) qui précédera « l'heure » suprême (le jugement dernier) alors que les hommes ne vivront en paix sous aucun

(1) Dans les deux passages des *Muh. St.*, indiqués plus haut.
(2) *Recherches sur la domination des Arabes*, p. 57 et sq.
(3) En 36 de l'Hégire, dès le début du khalifat d'Ali.

imâm. Et par Allah si cela arrivait, je voudrais être sur la cime d'une montagne, là où je n'entendrais ni le son de vos voix, ni le cri de votre rappel, jusqu'à l'arrivée de celui qui rappellera mon père (l'ange du jugement). »

Le même auteur nous montre également l'attente du Dadjdjal hantant les esprits au temps du Prophète comme après sa mort (1).

Ainsi, sous différentes formes *filnat; hardj*, etc., nous retrouvons toujours la préoccupation de la malhamat. Nous arrivons ainsi à une explication fort naturelle du sens que ce mot prit plus tard. Un traité de malhamats (2) en prose ou en vers n'est autre qu'un traité sur les signes avant-coureurs de la fin du monde, c'est-à-dire précédant immédiatement l'apparition du Dajddjal, celle du Mahdi et enfin du Messie. Ainsi les malhamats sont bien les événements futurs mais avec cette nuance qu'ils se rattachent à la fin du monde (3).

L'identité de « fin du monde » et de « malhamat » me paraissant hors de doute, il faut en conclure que le nom que Mohammed se donnait de *nabi-l malhamat* signifie proprement : « prophète de la fin du monde ». Ce prophète qui devait préparer la venue du Messie, Juifs et Chrétiens l'admettaient (4) et Mohammed ne leur pardonna point de ne l'avoir pas reconnu en lui. Nous en avons l'aveu chez un commentateur du Coran fort prisé des Orientaux : Nisabouri. Commentant la sourate *lam iakoun* (5) où le Prophète reproche aux gens de l'Écriture leur obstination à fermer les yeux à l'évidence et les déclare plus haïssables que les païens, il explique que les gens de l'Écriture reconnaissaient *le pro-*

(1) *Op. cit.*, p. 59 et sq.

(2) *Kitab al malahim*, voir plus haut, pp. 45-46.

(3) Cf. Al Birouni (trad. Sachau, p. 19) : « le mahdi... celui dont il est dit dans le *kitab al malahim* qu'il remplira la terre de justice, etc. »

(4) Généralement c'est Élie qui vit encore et qui doit reparaître à cet effet ; cf. Malachie, IV, 5. Ce peut aussi être un prophète quelconque. C'est ainsi qu'à l'apparition de saint Jean-Baptiste, on lui demande : « Es-tu Élie ou le prophète ? » (Év. selon saint Jean, I, 21). D'après saint Mathieu (XI, 14) Jésus affirme que Jean-Baptiste « est Élie qui devait venir ».

(5) La 98e appelée aussi : al bayyinat « l'évidence ».

phète de la fin du monde et que Mohammed ne faisant que confirmer leur prophète et leur livre, il était inadmissible qu'ils lui fussent ennemis. Le mot employé par Nisabouri pour « confirmer » est assez vague et il est visible que l'idée est un peu enveloppée, mais le sens positif est que Mohammed n'est autre que ce prophète de la fin du monde. Par « confirmer » il faut entendre : « établir l'authenticité de ». Or Mohammed étant prophète ne peut établir l'authenticité du prophète reconnu par les Juifs et les Chrétiens que par sa propre vocation. Dira-t-on qu'il faut traduire : « reconnaître (dans le Coran ou la Sounnat) qu'un tel prophète doit paraître » ? Mais il sera évidemment identique avec Mohammed que le Coran déclare le sceau, c'est-à-dire, le dernier des prophètes ? De quelque façon qu'on examine la phrase du commentateur, elle ne peut avoir que cette signification : le prophète prédit par les gens de l'Écriture pour préparer à la fin du monde la venue du Messie est *réalisé* par Mohammed. C'est lui qui est le prophète de la fin du monde, le prophète de la malhamat.

Mais ce prophète une fois mort, il fallait le remplacer. C'est pour cela que, malgré l'axiome posé par Mohammed : « Il n'y a pas de prophète après moi », les Musulmans furent amenés à la conception du mahdi qui n'est autre que la prolongation même de Mohammed en tant que prophète de la malhamat ou prédécesseur du Messie. C'est l'origine et le développement de cette nouvelle conception qui va faire le sujet du chapitre suivant.

VI

De tous les auteurs qui ont écrit sur le mahdisme, celui qui a eu, à mon avis, la vue la plus juste est d'Herbelot quand, dans sa *Bibliothèque orientale*, à l'article Mohammed Aboulcassem (douzième Imam et Mahadi), après avoir exposé la doctrine du Mahdi chez les partisans des douze imams (1), il ajoute : « Cette fable est prise apparemment d'une tradition qui est commune aux Juifs et aux Chrétiens, selon laquelle Élie qui vit encore, doit, vers la fin des siècles, paraître dans le monde pour préparer les voies à la venue du Messie, et précéder le jugement de tous les hommes que les Musulmans croient, aussi bien que les Chrétiens, devoir être fait par Jésus-Christ, contre le sentiment des Juifs. »

A mon tour, je dis : le mahdi n'est autre que le prophète de la fin du monde reconnu par les *gens de l'Écriture*, au dire de Nichabouri, et que Mohammed devait réaliser. Il n'est autre que le prophète de la malhamat que devait être Mohammed. Il n'est, en un mot, que Mohammed se survivant à lui-même sous une autre forme et achevant son œuvre messianique.

S'il n'en était pas ainsi, le mahdisme qui est l'essence même de l'Islam en serait également la négation, puisque, comme nous l'avons dit, il va à l'encontre de la doctrine fondamentale de Mohammed : « il n'y a pas de prophète

(1) La conception du mahdi se présente sous deux formes distinctes : 1° celle du mahdi isolé et n'apparaissant qu'avec la fin du monde ; 2° celle du mahdi qui, terminant une série d'imams (série de sept, de douze, etc.), a apparu une première fois, puis a disparu et doit reparaître à la fin du monde.

après moi ». Cette contradiction a justement frappé M. Blochet qui, dans un mémoire intitulé *Le Messianisme dans l'hétérodoxie musulmane* (1) y revient à diverses reprises et conclut qu'en adoptant le mahdisme, le chiïsme s'écarte de la vraie religion musulmane : « Le dogme fondamental de l'hétérodoxie shîite, qui fait que ceux qui la professent n'ont en réalité aucun droit à se prétendre des Musulmans, est la croyance qu'une mission prophétique peut exister après celle de Mohammed (2) » et plus loin : « La doctrine des Shîites, d'après laquelle il peut exister un ou plusieurs autres prophètes après Mahomet, implique cette idée que sa mission sera *abrogée* par celle de nouveaux envoyés divins et que le Koran sera lui aussi *abrogé* par d'autres livres » (3). Ce point de vue est, effectivement, celui auquel doit s'arrêter quiconque voit dans le mahdisme une hétérodoxie, une réaction contre l'Islam. C'est pour cela que le sounnisme, sans rejeter absolument (4) cette doctrine qui paraît appuyée sur des traditions fort importantes, la tient cependant à l'écart. Elle n'en reste pas moins très profondément ancrée dans l'âme populaire, comme en témoignent les révolutions qu'elle suscite, de temps à autre, au milieu des populations musulmanes même les plus orthodoxes.

Mais pour qui croit, au contraire, que le chiïsme primitif (avant ses exagérations et ses visées révolutionnaires) est la véritable orthodoxie musulmane, le point de vue diffère nécessairement. Le mahdisme n'est pas, dans l'Islam, une anomalie, mais un simple compromis que les Omeyyades une fois maîtres du pouvoir ont cherché à annuler, que les Abbassides ont fait revivre, en l'exploitant, puis que les nécessités politiques ont à nouveau rejeté hors de l'orthodoxie officielle. L'opposition s'en est emparée et, devenue un instrument de parti, la doctrine s'est nécessairement modifiée

(1) Paris, Maisonneuve, 1903.
(2) *Op. cit.*, 141.
(3) *Ibid.*, 142.
(4) Quelques docteurs seulement la rejettent. Voir Ibn Khaldoun, *Prolégomènes* (tr.), II, 188; l'auteur, sounnite très décidé, ne paraît pas personnellement y ajouter grand'foi.

et déformée. Ces modifications et ces déformations multiples sont des plus intéressantes à étudier pour l'histoire de l'esprit humain, mais ce n'est pas ici notre sujet. C'est la doctrine primitive et dans sa pureté originelle que nous avons à dégager. Nous avons surtout à démontrer qu'elle découle, directement et sans l'intervention d'aucune corruption philosophique ou religieuse étrangère, de l'enseignement de Mohammed.

Dans une étude sur le dernier mahdi qui, il y a une trentaine d'années, fit son apparition au Soudan et attira vivement l'attention de l'Europe, Darmesteter, avec sa compétence particulière, a montré surtout la forme persane du mahdisme. Il n'en a pu aborder les origines les plus lointaines; mais il n'en a pas moins démêlé la vraie nature et l'a énoncée dans une formule heureuse : « Strauss prétend que la figure de Jésus est une projection lancée par l'imagination populaire du fond des vieilles prophéties d'Israël : la vie du Mahdi, c'est la théorie de Strauss en action ; le Mahdi est le reflet vivant de Mahomet (1). » A son tour, M. Snouck Hurgronje a entrepris d'expliquer au public européen cette curieuse figure, mais bien qu'il traite tout d'abord l'article de Darmesteter avec quelque dédain et qu'il aborde le sujet avec une compétence plus spéciale et plus avertie, il me semble avoir eu une vue moins claire du problème (2). Il y a cependant un moment où le savant orientaliste hollandais, si au courant des choses de l'Islam, frôlé, si je puis dire, la solution quand il montre que la conception du mahdi n'est pas *contemporaine* du Prophète. « Il (Mohammed) a toujours cru la fin du monde assez proche, si bien que dans la plus ancienne tradition on peut compter la venue de Mohammed elle-même parmi les signes de l'approche de la fin du monde. Aussi longtemps que le Prophète était en vie, on pensait si peu dans son entourage à la possibilité de sa mort que son beau-

(1) *Le mahdi, depuis les origines de l'Islam jusqu'à nos jours* (Association scientifique de France; bulletin hebdomadaire, 22 et 29 mars 1885, extrait), pp. 22-23.

(2) *Der Mahdi* (Revue coloniale internationale, II, n° 1, janvier 1886, pp. 25-69).

père et premier successeur (Abou Bekr) eut beaucoup de difficulté à convaincre les croyants que Mohammed était véritablement mort (1). » La conclusion que M. Snouck Hurgronje a laissée en suspens, est la thèse même que je développe. Mohammed, nécessaire à la fin du monde, étant mort, il fallait le faire revivre par suite de la même nécessité.

De là naquit la doctrine du retour : *radjat*, qui est l'origine incontestable du mahdisme.

Tel fut, nous l'avons vu, le premier cri d'Omar, un des plus fervents Musulmans, un des plus avertis de la pensée du Prophète. « Non, il n'est pas mort ; comme Moïse ou Jésus, il est auprès de son Seigneur, il va nous *revenir* (2) ». Et tel fut, à travers l'histoire de l'islamisme, le cri répété de proche en proche comme un écho infini (3). Mohammed mort et ne revenant pas, on pensa à Ali pour le remplacer comme ayant été son légataire. Ali mort, on s'écria qu'il reviendrait. Comme il ne revenait pas, on voulut retrouver Mohammed dans un nouveau Mohammed fils d'Ali. Celui-ci mort à son tour, ses partisans affirmèrent qu'il reviendrait, et ce procédé se reproduisit à volonté dans l'Islam.

Uno avulso non deficit alter.

C'est lors de l'application du procédé à ce fils d'Ali que le mot de mahdi apparaît, semble-t-il, pour la première fois dans la langue arabe avec un sens mystique que je traduis proprement par : réincarnation de Mohammed. Comme nous

(1) *Loc. cit.*, p. 26 : « Endlich hat er das Weltende doch immer ziemlich nahe geglaubt, sodass man in der älteren Tradition sogar die Sendung Muhammeds selbst zu den Vorzeichen des nahenden Weltendes zählen könnte. So lange der Prophet noch am Leben war, dachte man in seiner Gemeinde so wenig an die Möglichkeit seines Todes, dass es bekanntlich nachher seinem Schwiegervater und erstem Nachfolger recht schwierig wurde, die Gläubigen davon zu überzeugen dass Muhammed wirklich gestorben sei. »

(2) Voir plus haut, page 19.

(3) Ce cri contient si bien en germe toute la théorie du mahdisme qu'un auteur chiite voulant légitimer la *ghaïbat* (disparition momentanée) du Mahdi, douzième imam, rappelle tout d'abord l'attitude d'Omar en cette circonstance. Ibn Babouyeh dans E. Möller, *Beiträge zur Mahdilehre des Islams*, p. xx ; texte, p. 31.

le savons, la similitude de nom en est un des éléments essentiels.

Après l'affirmation d'Abou Bekr que Mohammed était mort, Omar semble, au dire des historiens musulmans, avoir renoncé à son espoir. Mais d'autres relevèrent le propos et s'en firent une arme contre le nouvel état de choses. Je ne veux pas examiner ici si la réaction générale qui suivit la mort du Prophète et que son très habile successeur, Abou Bekr, étouffa dans le sang ne fut pas au moins en grande partie due à la croyance déçue du retour. Nous ne disposons pas de données suffisantes pour en déterminer les causes véritables, et, malgré quelques indices favorables à ce point de vue, je ne puis affirmer qu'une chose, c'est qu'une telle réaction devait nécessairement se produire si la mort du Prophète était vraiment incompatible avec sa doctrine elle-même. Elle s'explique ainsi pleinement, et peut-être beaucoup moins par d'autres considérations.

Je passe tout de suite à l'époque d'Othman, troisième successeur de Mohammed, avec qui l'aristocratie mecquoise des Omeyyades, humiliée et vaincue par Mohammed et ses compagnons, reprenait le dessus et commençait de réaliser son rêve de domination universelle sur le peuple arabe. Le parti d'Othman était le parti des pires ennemis du Prophète, des hommes les plus étrangers aux croyances naïves des vrais Musulmans et pour qui la fin du monde, les récompenses et châtiments de la vie future, avaient infiniment moins d'importance que la conquête des biens temporels que la nouvelle religion assurait à ses chefs. Se gorger de richesses, conquérir pour piller et dominer pour jouir, telle est la psychologie indéniable des Omeyyades, et l'on est surpris de voir un prêtre catholique, comme le savant Père Lammens, prendre la défense de ces effrontés sceptiques et railler la naïveté d'Ali éternellement dupé par eux (1). Je n'irai pas

(1) *Études sur le règne du Calife Omaiyade Mo'awia Ier* (Mélanges de la Faculté orientale de Beyrouth), II, 36-39; 169-172. Rien de plus piquant que ces études où l'auteur, admirablement versé dans l'histoire de cette époque, se passionne pour ou contre les personnages, où plaidoyers et réquisitoires se succèdent à l'envi. La conclusion en indique l'esprit : « Et voilà comment, au lieu d'être salués comme les principaux bienfaiteurs de la religion

jusqu'à dire que cette tendresse chrétienne exagérée est la condamnation même des Omeyyades au point de vue musulman, car il ne me sied pas davantage de me faire le défenseur ou l'admirateur d'Ali. Mais il est certain qu'Ali représentait seul à ce moment le pur esprit de l'Islam et il ne nous importe pas, au point de vue où nous devons nous placer ici, que ce pur esprit de l'Islam fût une grave menace pour l'existence du christianisme, voire pour la civilisation. Nous n'avons ni à déplorer la défaite d'Ali et de ses partisans, ni à nous en réjouir. Ce qui nous intéresse, avant tout, est de savoir si le parti d'Ali était, ou non, le vrai dépositaire de la doctrine du Prophète.

Sous le khalifat d'Othman, à une époque qui reste encore à déterminer, un homme prononça cette parole : « N'est-il pas étrange que des Musulmans admettent le retour, *radjat*, de Jésus-Christ et que ces mêmes Musulmans nient le retour de Mohammed (1) ? » Curieuse argumentation qui reprenait l'idée même énoncée par Omar. Ce personnage, un Juif yéménite converti, dit-on, se nommait Abd Allah ibn Saba et les historiens musulmans voient en lui le créateur du chiïsme. Outre ce propos, ils lui en prêtent d'autres que j'examinerai successivement.

Nous aussi dirons avec cet Abd Allah : « puisque le retour

de Mahomet, les califes de Damas portent dans l'histoire musulmane le stigmate flétrissant de اعداء الدين [*ennemis de la religion*]! » Nous ne partageons pas cette surprise et croyons fermement que les Musulmans d'autrefois étaient les meilleurs juges sur ce point.

(1) Dozy, *Essai sur l'histoire de l'islamisme*, pp. 221-222. Cf. Friedlander, *The heterodoxies of the Shiites* (*Journal of the american oriental Society*, XXIX, année 1909) p. 24. L'étude de ce savant sur la *radjat* est fort intéressante; il essaie de la rattacher à l'hérésie chrétienne du docétisme. Celle-ci, en effet, comme le Coran, déclare que Jésus n'a pas été crucifié, qu'un autre l'a été à sa place ; mais contient-elle l'idée du retour de Jésus? C'est ce qui n'apparaît pas (*ibid.*, p. 29). M. Wellhausen tranche la question en déclarant que le parallèle entre le retour de Mohammed et celui de Jésus est une méprise, *Missverständnis*, car, dit-il, Mohammed ne revient pas au Jugement dernier (*Die religiös-politischen Oppositions parteien*, p. 93, note 2). Je ne vois pas la *méprise*. Ibn Saba, comme Omar, était parfaitement logique ; ce n'est pas leur faute si les Musulmans ont renoncé, plus tard, à cette conséquence, ou plutôt ont substitué à Mohammed sa forme mystique : le mahdi.

de Jésus en qualité de Messie, dogme essentiel de l'Islam, était lié étroitement à la vocation de Mohammed, puisque Mohammed était le prophète (reconnu par les Juifs et les Chrétiens) qui doit préparer les voies au Messie, comment les Musulmans pouvaient-ils concevoir *le retour de Jésus non précédé du retour de Mohammed* ? » Logiquement les croyants sincères devaient maintenir un prophète de la fin du monde et ressusciter Mohammed à l'heure dite, car il ne pouvait être question d'un autre prophète que lui. Ainsi la doctrine du mahdisme, quoique non encore énoncée, est bien contenue dans cette remarque, en est la conséquence immédiate. Cependant, comme je l'ai dit, le mot de mahdi n'est pas encore prononcé, à moins qu'on ne reconnaisse comme authentiques les traditions attribuées à Mohammed sur le Mahdi. Mais ces traditions sont en contradiction avec tous les indices que nous avons recueillis d'une connexion étroite entre Mohammed et la fin du monde, elles rendent impossible l'erreur générale des Compagnons les plus intimes du Prophète sur l'impossibilité de sa mort. Admettre que le Prophète ait parlé de ce qui devait se passer après sa propre mort, c'est du même coup admettre que ces paroles, tout autant que les versets du Coran récités après coup par Abou Bekr, étaient absolument inconnues aux Compagnons. Et ce sont ces mêmes Compagnons qui servent d'autorité pour toutes les traditions ! Il y a là une incompatibilité, tranchons le mot : une absurdité évidente. L'authenticité de telles traditions supposerait l'ignorance ou la mauvaise foi chez leurs auteurs et se détruirait donc elle-même (1).

Un second propos non moins suggestif, est attribué à Abd Allah ibn Saba ; mais, tandis que tous les historiens le lui attribuent concurremment avec le premier, je crois, au contraire, qu'il représente une modification appréciable (partant une étape nouvelle) de sa pensée. Il est ainsi rapporté : « Tout prophète a un mandataire ou légataire ; celui de Mohammed

(1) On trouvera dans Ibn Khaldoun, *Proleg.* (tr.), II, 158-189, une critique très serrée de ces traditions. Nous avons déjà remarqué son scepticisme (plus haut, page 55, note 4).

fut Ali. Alors c'est un crime d'infidélité que d'obéir à un autre que le légataire de Mohammed (1). »

C'est alors que ses partisans combattirent, à un point de vue tout religieux, le khalifat d'Othman. Puis la propagande s'étant étendue, une conjuration se forma qui amena l'assassinat du khalife et la nomination d'Ali comme son successeur.

Cette conception tout à fait nouvelle et qui tend à donner dans l'Islam post-mohammédien, si je puis dire, une place prééminente à Ali, est manifestement distincte de la première. Il ne s'agit plus de la fin du monde ; il s'agit de l'organisation rationnelle de l'Islam en attendant cette fin du monde. Ainsi réduite, elle représente une doctrine plus politique que religieuse : elle oppose l'idée de monarchie de droit prophétique (qui deviendra rapidement de droit *divin*) à l'idée de monarchie de droit *aristocratique*, telle que le prétendaient pratiquer les Omeyyades. Il ne faut pas aller jusqu'à dire, avec M. Wellhausen, que le parti, la *chial* d'Ali était primitivement purement politique et sans élément religieux (2). Ce serait méconnaître profondément la pieuse fureur que les vrais Musulmans devaient ressentir contre le retour au pouvoir de ceux qu'ils avaient tant combattus (3). Mais il est incontestable que, se plaçant sur le terrain des réalités, donc de la politique, on opposait parti à parti. C'est alors que l'Islam se divisa en *Alides* et en *Othmanides*.

Pas plus que les Alides, les Othmanides ne se cantonnaient uniquement dans la question politique. M. Goldziher (4) a, le premier, montré la signification de ce second terme qui est, en quelque sorte la forme mystique du terme plus généralement employé de : Omeyyade appliqué au parti

(1) S. DE SACY, *Exposé de la religion des Druzes*, XIV ; CHAHRASTANI (tr.), I, 200 ; FRIEDLANDER, *The heterodoxies of the Shiites*, I, 37 ; II, 18 ; DOZY, *Essai sur l'hist. de l'islamisme*, p. 222.

(2) « Die Schiat Ali war ursprünglich eine politische Partei und keine religiöse Sekte ». *Prolegomena zur ältesten Geschichte des Islams* (*Skizzen und Vorarbeiten*, VI), p. 125.

(3) Dozy, bien plus avisé connaisseur des choses arabes, l'a fort bien mis en lumière dans les premiers chapitres de son histoire des Musulmans en Espagne (III-V).

(4) *Muhammedanische Studien*, II, p. 119 et sq.

contraire à Ali. Van Vloten (1), puis le P. Lammens (2) ont complété les vues de M. Goldziher en montrant ce terme appliqué même à des personnes nullement dévouées à Othman ou aux Omeyyades mais neutres dans la querelle élevée entre ceux-ci et Ali. En fait qui dit : *Othmanide* à cette époque dit positivement : *anti-Alide*. C'est une de ces divisions profondes qui éclatent dans l'histoire des peuples et survivent longtemps aux querelles qui en furent l'origine, analogue à celle des Guelfes et Gibelins. Plus tard, les Othmanides représentant la race arabe, les Alides se recrutèrent surtout parmi les Persans, mais l'influence iranienne ne s'applique qu'aux formes postérieures de l'*Alisme* ou chiïsme proprement dit. C'est une singulière assertion que celle de M. Wellhausen qui nie l'action politique d'Abd Allah ibn Saba parce qu'on lui attribue une propagande par correspondance secrète, procédé inconnu, dit le savant allemand, à cette époque et qui ne fut employé que plus tard par les Persans pour la propagande abbasside (3). Comme si le monopole d'une telle propagande pouvait être revendiqué pour un parti, pour une époque à l'exclusion des autres ! Il faut reconnaître cependant que le principe de cette critique est juste : les éléments proprement persans doivent être écartés des origines du chiïsme. Alides et Othmanides représentent l'opposition de deux partis purement arabes, de deux familles, que dis-je, de deux branches d'une même famille. Ce sont des descendants d'Abd Manaf qui sont divisés en Omeyyades et Hachimites (4) et les Hachimites ne prennent position contre les Omeyyades que comme parents immédiats et dépositaires de la pensée du Prophète.

A cela les Omeyyades ou Othmanides répondaient : 1° que d'après l'usage pratiqué de temps immémorial chez les Arabes, le chef de la famille étant le chef de la branche aînée, la parenté de Mohammed ne conférait le pouvoir qu'à la ligne

(1) *Recherches sur la domination des Arabes*, p. 36, note 3.

(2) P. Lammens, *Mélanges de la Faculté orientale de Beyrouth*, II, pp. 11, 17.

(3) *Prolegomena zur ältesten Geschichte des Islams* (*Skizzen und Vorarbeiten*, VI), p. 124.

(4) P. Lammens, *Mél. Fac. orient. de Beyrouth*, II, pp. 46, 51.

d'Abd Chams (père d'Omeyyat) frère aîné de Hachim ; 2° que Othman, khalife régulièrement désigné, était aussi qualifié que tout autre. Le martyr d'Othman lui donna même une véritable auréole mystique et un des Othmanides alla jusqu'à le comparer au Christ (1). Le culte rendu à sa mémoire prit même le nom de religion, *din* (2), et, en accusant Ali d'être complice du crime, les Omeyyades se donnaient le rôle de vengeurs et de justiciers. Ali, excédé de leurs revendications plus ou moins sincères, eut la faiblesse de vouloir se justifier aux yeux de ses cyniques adversaires. Il commit là une faute suprême ; un grand nombre de ses partisans les plus dévoués, puritains de l'Islamisme, traitèrent cette condescendance d'infidélité, et le malheureux khalife eut contre lui, non plus la moitié, mais les deux tiers du monde musulman. Malgré tout, il fallut le poignard pour venir à bout de cet homme aussi vaillant sur le champ de bataille que timoré sur le terrain de la politique et de la diplomatie (3).

Abd Allah ibn Saba, ayant appris sa mort, répondit comme Omar parlant de Mohammed, qu'il n'en était rien, qu'Ali allait revenir. C'est le troisième propos attribué à Abd Allah et qui a été mis en doute parce qu'on ne le trouve que chez les historiens postérieurs. Qu'il n'en soit pas l'auteur, c'est possible; mais il y en eut d'autres, à coup sûr, pour aboutir à cette conclusion logique, et ils portent le nom de Sabaïtes (par-

(1) Goldziher, *Muh. Studien*, II, 120, semble présenter cette comparaison comme courante. Mais le texte qu'il cite ne la donne que comme une boutade du fameux al Hadjdjadj, boutade qui fut d'ailleurs fort mal accueillie.

(2) Goldziher, *id.*, *ibid.*

(3) Je rappelle, en passant, les faits historiques auxquels je fais allusion. En 35 de l'Hégire, le khalife Othman de la famille omeyyade est assassiné pour avoir trop favorisé les membres de sa famille et leurs partisans. Ali est reconnu khalife par les habitants de Médine; un premier groupe de dissidents est défait par lui à la bataille dite du Chameau. La famille omeyyade déclare sa nomination nulle ; on en vient aux mains à Siffin (37). Les Omeyyades, près d'être battus, demandent un arbitrage pour décider de la légitimité d'Ali. Celui-ci y consent: les arbitres le déposent. Il refuse d'accepter la sentence. Entre temps, les Kharidjites déclarent qu'Ali, pour avoir accepté l'arbitrage, est devenu aussi coupable que les Omeyyades, et prennent les armes contre lui. Il en fait un grand massacre à Nahrawân (38). Un de ces fanatiques l'assassine (40). Pour plus de détails, voir Weil, *Geschichte der Chalifen*, I, 191-260.

tisans d'Ibn Saba) à tort ou à raison. D'après leur doctrine, Ali vit dans les nuages ; l'éclair est son fouet, le tonnerre est sa voix, il reviendra à l'heure dite pour rétablir sur la terre la justice et le bonheur universel (1).

La forme définitive se constitue après la mort d'Ali, de Hasan et de Houseïn, ses deux fils. A Abd Allah ibn Saba succède Moukhtar ; aux *Sabaïtes* les *Keïsanites*. Pour ceux-là le mahdi est le troisième fils d'Ali, dont la mère s'appelait la Hanafiyat. S'il ne descendait pas du Prophète, comme ses frères Hasan et Houseïn, en revanche il en portait le nom, même le prénom (*kouniat*). D'après une tradition rejetée par les Sounnites, le Prophète avait dit à Ali : « Tu auras un fils à qui tu donneras mon nom et mon prénom (2) ». A partir de ce moment, le vrai mahdi doit porter le nom et prénom (3) du Prophète et même, d'après certains, le père du mahdi doit porter le nom du père de Mohammed : Abd Allah. Cette seconde caractéristique paraît être une invention postérieure, peut-être pour combattre le fils de Ali et de la Hanafiyat. Pour les *duodécimains* (partisans du mahdi douzième imam) cette condition n'existe pas ; leur imam attendu s'appelle Abou-l Kasim Mohammed fils de Hasan.

L'histoire de Moukhtar, de Mohammed fils de la Hanafiyat, des Keïsanites, etc., est bien connue. Il n'entre pas dans mon sujet de m'y arrêter (4), comme je l'ai déjà dit, encore moins de poursuivre l'évolution de la *radjat* dont j'ai parlé au début de ce chapitre. Si même je l'ai suivie jusque-là, c'est

(1) Voyez S. de Sacy, *Religion des Druzes. Introduction*, p. xiv ; Van Vloten, *Recherches sur la domination des Arabes*, p. 41 ; Dozy, *Essai sur l'hist. de l'islamisme*, pp. 222-223.

(2) Le prénom ou *kouniat* est formé essentiellement du mot *abou* « père » plus rarement *akhoû* « frère » suivi d'un nom propre ou commun. Ici c'est Abou-l Kasim. Ce trait prouve que l'idée de paternité n'est pas nécessairement contenue dans la kouniat, erreur beaucoup trop répandue chez les Orientalistes même les plus savants. Si quelquefois un Arabe prend une kouniat au nom de l'un ou l'autre de ses fils, plus généralement la kouniat est donnée au titulaire en même temps que le nom, *à la naissance*.

(3) La liaison entre le nom et le prénom, sans être de règle absolue, est très fréquente. Même dans certains pays actuellement, elle est rigoureuse.

(4) Consulter Dozy, *Essai sur l'histoire de l'islamisme*, 223-225 ; Van Gelder, *Mohtar de valsche Profeet* ; Wellhausen, *Oppositions-parteien*, 74-95. Sur les Keïsanites v. Ibn Khaldoun, *Prol.* (tr.), I, 406 ; Chahrastani (tr.), I, 165-174.

seulement pour noter l'apparition du premier personnage authentiquement reconnu comme mahdi et, de là, essayer de tirer quelques éclaircissements sur la signification précise de ce mot.

Masoudi nous rapporte du poète Kouthayyir un vers qui, s'il est authentique, en donne, je crois, la plus ancienne mention (1). Ce poète était Keïsanite, et, en parlant de ce Mohammed fils d'Ali, il dit :

> C'est le Mahdi que nous a fait connaître Kab, l'homme des récits au temps passé.

Il est le dernier des quatre imams et il n'est pas mort, il vit caché dans la vallée de Radwa, près de la Mecque ; ses partisans attendent impatiemment son retour (2).

La doctrine du mahdisme apparaît ainsi liée étroitement à celle de l'imamat et je crois que les deux mots mahdi et imam sont, à l'origine, identiques, ou, tout au moins, complémentaires l'un de l'autre (3).

Dans le Coran, le mot imam apparaît un certain nombre de fois avec des significations assez distinctes ; la plus fréquente est celle de « chef inspiré, désigné par Dieu », et aussi voisin que possible de « prophète ». Dans un de ces passages (sourate XVII, verset 73), il est dit qu'au jugement dernier chaque peuple y sera avec son imam et que les croyants (se distinguant ainsi des autres) recevront leur livre dans la main droite. Il est clair que, cette fois, Mohammed est désigné sous le nom d'imam, car on est d'accord que Mohammed rassemblera son peuple au jour suprême (4) et qu'il sera son représentant auprès de Dieu (5). Il suit de

(1) *Prairies d'or*, V, 181.

(2) *Ibid.*, 182-183.

(3) Au dire d'un historien assez ancien des sectes musulmanes, Abd el Kahir el Bagdadi, les partisans d'Abd Allah ibn Saba auraient déjà désigné Ali comme le mahdi attendu. Ce témoignage est isolé et je n'en puis garantir l'exactitude. Il viendrait à l'appui de ma théorie sur l'identité d'imam et mahdi.

(4) De là un de ses noms : *al hachir* « celui qui rassemble ». Voir page 18.

(5) IBN KHALDOUN, *Prolégomènes* (tr.), I, 194. « J'espère, dit Mohammed, qu'au jour de la Résurrection j'aurai une suite plus nombreuse qu'aucun autre prophète. » Cf. Coran, II, 137 (plus haut, page 19, note 1).

là que le mahdi, s'il est, lui aussi, un imam, fera au Jugement dernier qu'il précède et annonce, double emploi avec Mohammed lui-même. Ce point n'est pas élucidé dans ce que nous savons de l'eschatologie musulmane; le rôle du mahdi au dernier moment est complètement passé sous silence et après avoir été au premier plan, dès le début, il semble s'évanouir. Tout au contraire, le Prophète qui semble d'abord confondu dans la foule des hommes ressuscités prend graduellement la première place (1). Les Musulmans ne s'embarrassent donc pas de ces deux imams ; Mohammed revenu, un mahdi n'est plus nécessaire.

Dans deux autres passages du Coran il est dit que les prophètes sont des imams qui conduisent *a'imatan iahdoûna* (2). Or c'est du verbe *hadâ* « conduire » que dérive le mot : mahdi. A première vue, il semble qu'il devrait signifier : « celui qui conduit » et les premiers Orientalistes, dans cette pensée, prononçaient : *mouhdi* qui, effectivement, a ce sens. Mais il ne peut y avoir de doute : les Arabes y voient le participe passé de la première forme et prononcent : mahdîy (3). Dans le vers que nous avons cité plus haut, la mesure exige impérieusement cette prononciation. Il faut donc entendre : « celui qui est conduit (par Dieu) ».

Malgré tout, il me paraît fort étrange que le madhi-imam soit *conduit* alors que l'imam conduit. Sans discuter la signification exacte du mot imam (4), sans insister sur le nom d'imam donné au conducteur de la caravane, il est positif que lorsque le mot apparaît après le Coran, il implique l'idée de direction donnée et non reçue. Le célèbre poète Al Farazdak (20-110 Hég.) parlant d'un khalife omeyyade l'ap-

(1) Voyez, par exemple, dans Ghazalî, *la Perle précieuse* (édité et traduit par L. Gautier), pp. 53 à 66 de la traduction.

(2) XXI, 73; XXXII, 24.

(3) La forme normale serait : *mahdoûy*, mais d'après les lois qui régissent en arabe les sons *oû* et *î*, le premier est ici remplacé par le second. *Mouhdî* serait le participe présent du même verbe à la quatrième forme. A la première forme, le participe présent est *hâdî* qui est effectivement un des noms attribués au mahdi.

(4) M. Van Berchem en a donné une rapide esquisse dans le *Journal asiatique* (mars-avril 1907), 10e série, t. IX, p. 260 (*tirage à part*, 20), note 1.

pelle : *l'imam par lequel les cœurs sont conduits* (1). D'ailleurs, il est bien entendu que l'imam ne dirige que parce que Dieu le dirige, car il est, en même temps, khalifat Allah « vicaire de Dieu ». Il est donc plus rationnel de donner à l'imam l'épithète de mouhdi « directeur ». On aurait ainsi une explication fort simple du mot lui-même. Mais comme elle a contre elle l'unanimité des auteurs et que je ne puis donner aucune preuve positive en sa faveur, je ne la présente que comme une interprétation personnelle.

L'intime union des mots imam et mahdi est également attestée par ce fait curieux que le premier khalife qui, sur sa monnaie, se donne le titre d'imam, est précisément celui qui portait le surnom de Mahdi (2). Il n'était pas même encore khalife, mais seulement héritier présomptif. D'ailleurs s'il s'était adjugé le surnom de Mahdi, c'est qu'il s'appelait Mohammed ibn Abd Allah et que fort probablement son père (le khalife Abd Allah al Mansour) voulait l'opposer à un descendant d'Ali lequel s'appelait, lui aussi, Mohammed ibn Abd Allah et se proclama mahdi (3).

En définitive, je crois que mahdi est l'équivalent rigoureux d'imam et qu'en principe, tout imam est mahdi (4). Peut-être, en poursuivant l'histoire du mahdisme, trouverions-nous d'autres indices plus explicites de cette identité. Mais j'ai déjà dit que ce serait sortir de mon sujet qui est proprement : la doctrine de Mohammed sur la fin du monde ; et, l'ayant examinée dans ses premières conséquences et après lui, je pense qu'il est temps de conclure.

(1) *Divan* (éd. et traduit par Boucher), p. 28, de la traduction.

(2) Et non Mamoun, comme le dit M. Van Berchem, *op. cit.*, *ibid.* Cf. Tiesenhausen, *Monnaies des khalifes orientaux*, n° 802. C'est sur une monnaie en bronze, frappée à Bokhara en 151 de l'Hég., fort commune. La Bibliothèque nationale en possède trois exemplaires (Catalogue Lavoix, *Khalifes orientaux*, n°s 1554, 1555 et un non catalogué).

(3) Sur ce personnage, appelé « l'âme pure », voir Ibn at Tiqtaqa, *al Fakhri*, (traduit par M. E. Amar dans *Archives Marocaines*, t. XVI), pp. 268-273. Il fut tué en 145 de l'Hégire.

(4) Sur la signification du mot, voir une note importante de M. Goldziher, *Vorlesungen über den Islam*, p. 267 (12).

VII

Ma conclusion est donc que le Coran, comme les livres de *malahim* (1) qui en sont la continuation naturelle, est une apocalypse, au moins dans toute sa première partie (non juridique). C'est une révélation sur la fin du monde; c'est le cri si souvent poussé depuis que le christianisme a donné vie au Messie : « Les temps sont révolus. » Même, à notre époque de si profond scepticisme, ne voit-on pas éclore, çà et là, des sectes mystiques fondées sur la croyance fatidique ? N'est-ce pas cette même croyance qui fut le rêve de Christophe Colomb et dont sortit une réalité si inattendue (2)?

Ce qui fait l'originalité de l'apocalypse coranique, c'est qu'elle donne à Mohammed le caractère du prophète attendu, du prophète prédit dans l'Ancien et le Nouveau Testament. Cette doctrine, nous ne la retrouverons nulle part ailleurs sous une forme aussi précise; assez vaguement indiquée par les anciens Prophètes hébreux et par l'Évangile, elle a dû cheminer sourdement dans une des innombrables sectes de l'Orient et il n'est pas impossible qu'elle ait été enseignée par des moines à ce Bédouin mystique. Sous ce rapport, les traditions musulmanes, que j'ai sommairement rappelées dans le paragraphe III, exactes ou non dans les détails, me paraissent un reflet de la réalité.

La doctrine musulmane sur la fin du monde, telle qu'elle nous est présentée, est essentiellement chrétienne : différents signes épouvantables l'annoncent; l'Antéchrist apparaît, puis Jésus le messie revient sur terre ; puis Dieu procède au Juge-

(1) Voir plus haut, p. 45 et sq.

(2) Voir dans la *Grande Encyclopédie* à l'article Colombo, l'excellente monographie de M. André Berthelot (t. XI, p. 1039, col. 2).

ment (1). Dans cet ensemble, un seul détail important est introduit par l'islamisme : le mahdi. Aucun de ces éléments n'est explicitement mentionné dans le Coran (2). Au contraire, la tradition est très précise là-dessus. C'est là, à mon avis, un phénomène des plus étranges. J'en ai donné l'explication pour le mahdi. Mais, pour l'Antéchrist et pour le retour de Jésus, le silence du Coran me paraît une énigme. Le messie fils de Marie, ou le messie Isa fils de Marie qui n'est pas mort sur la croix, mais a été enlevé au ciel, joue, dans le Coran, le rôle d'un simple prophète ; le mot *messie* y figure comme un titre purement honorifique ; mais le rôle *messianique* de Jésus n'y est nulle part mentionné. Comment les Musulmans, d'autre part, auraient-ils pu emprunter aux Chrétiens, après la mort de Mohammed, les données qu'ils ont attribuées à leur Prophète ? Et si ces données viennent bien de lui, pourquoi ne sont-elles pas dans le Coran ? Il n'y a qu'une réponse possible : c'est qu'elles étaient dans le Coran primitif et qu'elles en ont été arbitrairement éliminées par les recensions postérieures. Pourquoi ? Probablement parce qu'elles présentaient sous une forme trop précise (nous l'avons vu pour la mystérieuse *malhamat*) le caractère apocalyptique de leur Prophète. C'est pour la même raison que la tradition prête à Mohammed sur ce point des paroles beaucoup plus explicites que celles du Coran. On n'a laissé dans le livre révélé que celles qui sont revêtues d'une forme plus ou moins vague ou même ambiguë ; encore a-t-on dû prendre le soin de les semer discrètement dans le vaste champ des sourates, pour en affaiblir la portée.

C'est ainsi que Mohammed dit, dans la tradition : « L'heure et moi sont tellement liées que l'heure a failli arriver avant moi (3) ». Le Coran dit : « Il est plus proche de toi et (encore)

(1) Voir par exemple *le Livre de la Création et de l'histoire*, traduit par M. Clément Huart, t. II, 145-204 (*Publications de l'École des langues orientales vivantes*, IVe série, t. XVII).

(2) Voir Van Vloten, *Recherches sur la domination des Arabes*, p. 58. Un verset (celui dont j'ai tiré le premier épigraphe) fait allusion, d'après quelques commentateurs, à Jésus, comme « signe de l'heure ». Mais cette interprétation est arbitraire et, à mon avis, insoutenable.

(3) Voir plus haut, page 15.

plus proche — puis, il est plus proche de toi et (encore) plus proche (1) ». Mais on a trouvé le moyen de ramener le comparatif *plus proche* à une autre forme qui signifie : malheur ! Donc, d'après les commentateurs, il faut entendre : « malheur à toi ! » et Dieu qui s'adresse généralement à Moḥammed s'adresse ici à quelque autre ; la fantaisie des commentateurs peut se donner carrière. Ailleurs, Dieu dit : « Oui, l'heure arrive; peu s'en faut que je la fasse apparaître (2) ». Par malechance, le verbe arabe de la fin peut signifier tout le contraire, et on peut traduire : « Peu s'en faut que je la cache ! » Quel fond pourrait-on faire sur ce passage à double sens ? Ailleurs, il est dit : « L'*affaire* de l'heure n'est pas autre chose que l'éclair ou elle est (encore) plus proche (3) ». Mais le mot que je traduis par « affaire » est des plus vagues. Il signifie plus généralement « ordre », et on peut dire, avec les commentateurs que l'*ordre* de Dieu à peine énoncé, l'heure apparaîtra ; il n'aura qu'à dire : « sois » et elle sera. L'expression « plus proche » qui, cette fois, n'est pas douteuse, ne s'y prête guère, et je soupçonne fort que le mot : *affaire* a ici positivement le sens de « existence, venue ». Mais comment l'affirmer ?

Je pourrais encore donner quelques exemples de cette ambiguïté du Coran là où la tradition est claire et précise; mais je crois en avoir assez dit pour montrer la possibilité d'une retouche habile sur tous les points. Je n'admets point l'imposture chez Mohammed, et ne puis croire qu'il ait, lui-même, employé des expressions vagues pour être sûr de n'être pas contredit par les événements, car, s'il en était ainsi, il ne se serait pas compromis dans les propos familiers qui nous ont été rapportés de lui. Mais rien ne me paraît plus plausible que l'imposture chez les héritiers du Prophète, les chefs officiels de l'Islam.

Est-ce à dire que la pensée du Prophète n'ait pas varié et que sa confiance dans la prompte venue de l'heure et dans

(1) LXXV, 34.

(2) XX, 15. Ce verset est artificiellement *semé* entre les autres. La rime est toute différente.

(3) XVI, 79.

le rôle glorieux qui lui y était réservé se soit toujours exprimée avec la même énergie et la même assurance ? Non. Nous avons déjà vu qu'il traversa une période d'angoisse et de quasi désespérance. Sous ce rapport on peut déterminer dans le Coran trois phases bien distinctes, quoique mêlées et confondues à plaisir dans la recension officielle.

Dans la première, il affirme l'imminence de l'heure (1); dans la seconde, il hésite et déclare qu'il ne sait plus si elle est proche ou lointaine. Plus tard, absorbé par ses nouvelles fonctions de général en chef et de législateur, il délaisse la question et ne s'occupe que des nécessités de l'heure présente.

La première révélation est, à mon sens, dans le début de la sourate intitulée : l'annonce (2). C'est comme le fameux *eureka* d'Archimède, le cri d'exaltation qui suit les longues méditations sur un angoissant problème. « Sur quoi s'interrogent-ils ? — sur l'annonce immense. — au sujet de laquelle ils se disputent. — Oui, ils sauront ! — Puis, oui, ils sauront ! » Cette immense nouvelle, Mohammed la connaît et il va la proclamer. C'est de là, comme nous l'avons vu plus haut (3), que lui vient son nom d'annonciateur, *nabi* ou prophète.

Ensuite vient la menace du feu qui tout d'abord semble réservée aux riches : « Accumuler est votre préoccupation — jusqu'à ce que vous ayez rendu visite aux cimetières (4). — Oui, vous saurez ! — Puis, oui, vous saurez ! — Oui, si vous aviez la science du certain ! — Vous verrez le *djahim*, — puis, vous le verrez de l'œil du certain, — puis, ce jour-là, vous serez interrogés sur la richesse ! (5). » Qui ne voit la parenté étroite de ces versets avec les précédents : ils sont du même jet âpre et violent. La grande nouvelle, c'est la science du *certain*; nous trouverons le même mot que Dieu emploiera

(1) Ceci est reconnu par M. Houtsma (Chantepie, *trad. franç.*, 263, l. 6).

(2) LXXVIII, 1 à 5. Après ces versets, la sourate change de rime et aussi de ton. Il est visible qu'ils y ont été annexés artificiellement.

(3) Page 39, note 2.

(4) Expression énigmatique qu'on explique généralement par : « jusqu'à ce que vous mouriez ».

(5) CII, en entier.

plus tard pour calmer les inquiétudes de l'annonciateur : « Prie et attends, jusqu'à ce que t'arrive le certain (1) ! » C'est encore aux riches qu'il en veut dans la sourate CIV ; après le *djahim* (2), c'est maintenant le *hotama* qu'il leur annonce et il le définit : « le feu de Dieu allumé sur les cœurs ». Dans le sourate CXI, il va même jusqu'à désigner personnellement un de ces mauvais riches dont le nom : Abou Lahab prêtait à un lugubre rapprochement avec la flamme : *lahab*.

C'est un point curieux que cette première malédiction, si chrétienne, contre les riches ; il n'y aurait même rien de surprenant qu'il y ait ici une influence directe des moines. Venir, au milieu des puissants de la terre, leur annoncer l'horrible sort qui leur est réservé, leur proclamer ouvertement ce *mané*, *técel*, *pharès*, c'est bien le premier élan du néophyte inspiré par des ascètes implacables ! Remarquons, en passant, combien cela est peu conciliable avec la tradition qui fait de Mohammed un homme riche et considéré (3). D'ailleurs le Coran le dit positivement : Mohammed est méprisé par les riches, et il en est toujours ainsi ; toujours ce sont dans un pays les riches qui méprisent les prophètes (4). Mais je ne veux pas m'attarder à cette question ; je me contente de la signaler, parce que, si je ne me trompe, elle n'a jamais été envisagée.

Ce n'est qu'après ces diatribes de la première heure que Mohammed distingue les hommes en bons et méchants, d'abord — en croyants et infidèles ensuite. Les sourates XCIX et CI qui ont une grande parenté appartiennent au premier groupe : « La terre tremble, etc. ; les hommes voient leurs œuvres ; qui a fait du bien pour le poids d'un atome le verra. » — « Quand

(1) Voir plus haut, page 37.

(2) Le mot, fréquent dans le Coran, est considéré comme désignant le feu de l'enfer.

(3) Nous avons vu (p. 43-44) que l'enrichissement dont parle le Coran ne peut être que mystique.

(4) Les infidèles s'écrient : « Si au moins ce Coran avait été révélé à quelque personnage considérable des deux cités ! » XLIII, 30 ; cf. XXXIII, 40. Le thème est développé surtout dans XXXIV, 33-36 ; XLIII, 22 ; XVII, 17 ; cf. encore LVI, 44 ; XXIII, 66.

viendra le *coup*, etc., ceux dont les balances seront lourdes (de bonnes œuvres) auront une vie agréable, ceux dont les balances seront légères, auront pour séjour un feu ardent. » Avec les sourates CIII et LXXXIII apparaît la nouvelle conception : « L'homme est perdu, sauf ceux qui croient, etc. ». — « Malheur aux négateurs; ils seront dans le feu; les croyants riront des infidèles, etc. » Mais déjà deux autres éléments apparaissent : l'homme opposé à Dieu et son ingratitude envers les bienfaits de Dieu. C'est cette ingratitude qui, dans la langue du Coran, devient l'infidélité. Tout un groupe de sourates fort important énonce cet aphorisme qui, on le voit, a un caractère théologique. Par un processus remarquable qui n'appartient qu'aux puissantes intelligences, la doctrine s'élargit et prend une ampleur souveraine ; c'est par coup d'ailes que la pensée du Prophète s'élève peu à peu et plane dans la sphère des hautes spéculations de l'esprit. « Invoque (1) le nom de ton Seigneur qui a créé, — qui a créé l'homme d'un grumeau de sang. — Invoque ; ton Seigneur est le plus généreux, — lui qui a enseigné par la plume, — qui a enseigné à l'homme ce qu'il ne savait pas. — Oui, l'homme est injuste, etc. (2) ». Les exégètes musulmans sont d'accord pour déclarer que les cinq premiers versets sont ceux qui ont été révélés tout d'abord à Mohammed (3). Mais cela vient uniquement, à mon avis, du premier mot de la sourate : *icra* à la racine duquel se rattache le mot Coran. Les versets qui suivent, au moins jusqu'au huitième, ne peuvent en être détachés, la thèse étant : à Dieu bienfaiteur, homme ingrat. La sourate LXXVI, précisément intitulée « l'homme » développe ce thème (4) et, en même temps, donne le pre-

(1) Je partage l'opinion d'Hirschfeld (*Beiträge zur Erklärung des Koran*, p. 6), sur la vraie traduction, non seulement par comparaison avec les textes hébreux qu'il cite, mais avec l'arabe où le même verbe ne signifie pas toujours « lire » comme les commentateurs veulent le traduire ici.

(2) XCVI, 1-6.

(3) Cf. Nöldeke, *Geschichte des Corans*, p. 62 (2e édition, p. 78). Malgré l'accord unanime des traditions arabes énumérées par ce savant qui voit, dans cet accord, une preuve de véracité, je considère comme tout à fait artificielle la séparation des cinq premiers versets d'avec les trois suivants.

(4) On le retrouve bien souvent et sous bien des formes ; mais il est surtout mis en valeur dans les dernières sourates de la recension officielle qui

mier tableau détaillé des joies du paradis et des supplices de l'enfer. L'idée du pacte fondamental entre l'homme et Dieu arrive rapidement à sa plénitude. Remerciez Dieu, est-il dit en substance, adorez Dieu, priez-le, et, au jour suprême, vous échapperez au supplice ; bien plus, vous serez magnifiquement récompensés. C'est à cette sourate, qu'est rattachée, à tort ou à raison (je ne puis décider), la mention probablement la plus ancienne du mot Coran (verset 33).

Non seulement l'homme est ingrat ; il est présomptueux (1) et ne veut pas voir sa faiblesse et sa misère. En raillant impitoyablement ce ridicule orgueil, le Prophète exalte Dieu et rencontre les accents les plus éloquents. Si Dieu a créé l'homme, ne peut-il le créer à nouveau ? S'il l'a fait vivre une fois, ne peut-il le faire revivre ? Qu'ont-ils donc à rire des prédications de Mohammed ? Rira bien qui rira le dernier !

Telle est l'attitude que prend tout d'abord le Prophète à l'égard de ses compatriotes sceptiques : il nuance, à son tour, sa menace d'ironie méprisante. N'a-t-il pas, d'ailleurs, pour appuyer ses dires et fortifier sa mission, les gens de l'Écriture, ces Juifs et Chrétiens qui peuvent différer sur l'époque, sur quelques détails de circonstance, mais savent que l'heure doit infailliblement venir ?

Il n'est pas douteux qu'il y a dans le Coran — dispersées et, par là, affaiblies, mais formelles, cependant — des paroles affirmant que les gens de l'Écriture reconnaissent comme leur la doctrine nouvelle. Il faut soigneusement distinguer la période où le prophète arabe parle avec assurance de leur assentiment, de celle où, mieux éclairé, il cherche à les ramener par la persuasion pour finir par la malédiction et l'anathème sur ces cœurs endurcis. Cette distinction n'est pas suffisamment indiquée, je crois, chez les auteurs qui ont étudié le Coran ; c'est pourquoi je vais citer tout au long les passages qui s'y rapportent (2).

sont unanimement reconnues comme les plus anciennement révélées. Je cite particulièrement : XLI, 49 et sq.; LXXX, 16, 24; LXXXII, 6; LXXXIV, 6; LXXXVI, 5; LXXXIX, 14, 24; cf. LV, où les bienfaits de Dieu sont rappelés en refrain.

(1) Voir LXXV, en entier ; XXXVI, 77 et sq., etc.

(2) Comme toujours, je me fais une loi de transcrire littéralement sans

« C'est ainsi que nous avons fait descendre vers toi le *livre* (*i. e.* le Coran) et ceux à qui nous avons donné le *livre* (*i. e.* l'Écriture) croient en lui et, parmi ceux-là (les compatriotes de Mohammed) il en est qui croient en lui et nul ne nie nos signes hors les Infidèles (1) ». On voit que le Prophète emploie le même terme pour désigner le Coran et la Bible; peut-être quand il parle des gens du *livre* (ou de l'Écriture), pense-t-il précisément au grec βίβλος qui, dans les langues européennes, est synonyme de l'Écriture (Ancien et Nouveau Testament). On sait de reste que, pour lui, le Coran n'est qu'une suite de l'Écriture. Quoi qu'il en soit, le verset que je viens de citer oppose nettement deux groupes : les gens de l'Écriture et les Arabes qui croient au Coran d'une part, les Arabes incrédules, d'autre part. Dans la même sourate, le deuxième des versets qui suivent celui que je viens de traduire présente une idée semblable. « Mais lui (le Coran), ce sont des signes évidents dans les cœurs (2) de ceux qui ont reçu la *science* (*i. e.* la Révélation) et nul nie nos signes hors les malfaiteurs. » Le mot *science* dans la langue du Coran est synonyme de *livre*, et j'en conclus que l'expression : « ceux qui ont reçu la science » désigne ici positivement les gens de l'Écriture.

« Ceux à qui nous avons donné le *livre* avant lui, ceux-là croient en lui (*i. e.* le Coran); — et lorsqu'on le récite devant eux ils disent : nous croyons en lui, il est la vérité (venue) de notre Seigneur; avant lui, nous étions musulmans (3). Ceux qui ont reçu la science voient que ce qui est descendu vers toi (venant) de ton Seigneur, est la vérité et qu'il conduit vers la route du Puissant et Glorieux (4). Dis : croyez en lui ou n'y croyez pas ; ceux qui ont reçu la science avant lui, lorsqu'on le récite (le Coran) devant eux, tombent sur leurs faces, prosternés, et disent: gloire à notre Seigneur ! la

tenir aucun compte des commentaires plus ou moins arbitraires ; s'il y a obscurité, je la laisse subsister, sans jamais interpréter, sauf par des parenthèses indispensables.

(1) XXIX, 46.

(2) Littéralement : « les poitrines », cf. plus haut, page 42.

(3) XXVIII, 52, 53.

(4) XXXIV, 6.

promesse de notre Seigneur est accomplie. — Ils tombent sur leurs faces, prosternés; ils pleurent et Il les augmente en humilité (1). Ceux à qui nous avons donné l'Écriture se réjouissent de ce qui est descendu vers toi; et parmi les partis (arabes), il en est qui en nient une partie... (2) ... ceux à qui nous avons donné l'Écriture savent qu'il (le Coran) est descendu de Dieu par la vérité; ne sois donc pas de ceux qui doutent (3) ! Ceux qui ont reçu l'Écriture savent qu'il (le Coran) est la vérité (venue) de leur Seigneur, et à Dieu n'échappe pas ce qu'ils font (4). Ceux à qui nous avons donné l'Écriture le récitent (le Coran) suivant la vérité de sa récitation; ceux-là y croient et ceux qui y sont incrédules, ceux-là sont les perdus (5). Ceux qui suivent le prophète populaire qu'ils trouvent mentionné (litt. « écrit ») chez eux dans la Tora et l'Évangile... et qui suivent la lumière qui est descendue avec lui, ceux-là sont les fortunés (6). Nous n'avons mis comme gardiens des feux (de l'enfer) que des anges, et nous n'avons mis leur nombre (7) que pour éprouver les infidèles, afin que ceux qui ont reçu l'Écriture aient certitude et que ceux qui croient soient augmentés en foi; — et ne doutent ni ceux qui ont reçu l'Écriture, ni les Croyants (8). » Ce dernier verset fait tellement redondance que je le soupçonne d'avoir été intercalé là pour lui enlever son caractère primitif d'affirmation. Le subjonctif et le pré-

(1) XVII, 108 et 109.

(2) XIII, 36.

(3) VI, 114.

(4) II, fin du verset 139, qui ne se rapporte en rien au contexte et a dû être insérée artificiellement; cependant la réflexion finale semble indiquer l'époque où Mohammed commence à douter de l'adhésion des Juifs et Chrétiens à ses doctrines.

(5) II, 115.

(6) VII, 156. Je traduis le mot *oummi* du texte par « populaire », comme dérivant de *oummat* « peuple ». Ainsi que cela a déjà été suggéré par GEIGER, *Was hat Mohammed aus dem Judenthume aufgenommen* (2e édit.), p. 27, note, SPRENGER, *Leben*, II, 401, NÖLDEKE, *Geschichte*, 10 (2e éd., 14), il se peut que le mot, opposé ailleurs très nettement à « ceux de l'Écriture » réponde au mot « gentil » dans le sens biblique.

(7) Allusion au nombre de dix-neuf qu'il vient d'énoncer, dans le verset antérieur.

(8) LXXIV, 31, 32.

sent ne se distinguant en arabe que par une voyelle brève, l'altération fut très aisée. Si l'on passe tout de suite au verset 33, « Et pour que ceux dans les cœurs desquels est une infirmité et les infidèles disent, etc. », on voit combien le 32 est facile à enlever. Ici la conjonction « pour que » est répétée et la symétrie interrompue par le 32 reprend toute sa valeur. Joignez à cela que la rime du 32 est étrangère à celle du groupe où il figure, et nous serons autorisés à lui rendre sa physionomie véritable, en mettant le verbe au présent. Ma traduction permettant l'une et l'autre interprétation, le verset se détache sans difficulté.

« Il est (le Coran) dans les textes des anciens. — N'est-ce pas pour eux (les Arabes) un signe, (ce fait) que les savants des Israélites le connaissent (1) ? ... Dieu élève (ou élèvera (2)) ceux d'entre vous (les Mecquois) qui croient et ceux qui ont reçu la science, de (plusieurs) degrés, et Dieu est au courant de ce que vous faites (3). »

On remarquera que j'ai présenté pêle-mêle ces divers passages : j'aurais pu en combiner l'énumération de manière à en renforcer la signification et à en mettre en évidence les rapprochements. Mais leur extrême dispersion dans le Coran est telle qu'on peut hésiter sur le rattachement réel de quelques-uns d'entre eux à la première période (l'assurance de Mohammed sur l'adhésion des Juifs et Chrétiens). Je n'ai donc pas voulu m'exposer à leur faire une place arbitrairement déterminée dans mon exposé. L'ensemble n'en présente pas moins, je crois, l'affirmation que Mohammed, pour ébranler les incrédules, leur montre, comme appartenant à une même famille favorisée par Dieu, les premiers Musulmans et les gens de l'Écriture (4). C'est l'assentiment formel de ces der-

(1) XXVI, 196, 197.

(2) Cf. page 29, note 1.

(3) LVIII, 12. La fin rappelle celle du verset cité plus haut (II, 139) où il vaut peut-être mieux lire aussi : « ce que vous faites » au lieu de « ce qu'ils font ». Dans la langue et l'écriture arabes cette confusion des deux temps est des plus faciles; il suffit de déplacer deux points.

(4) Cf. le fameux verset (II, 59) que tous les Musulmans considèrent comme abrogé et qui est, en effet, en contradiction formelle avec les sentiments de colère que l'attitude des gens de l'Écriture souleva plus tard au cœur du Prophète : « Juifs, Chrétiens et Musulmans, s'ils font le bien, seront

niers qu'il invoque, et c'est, en effet, un argument qui a dû en décider beaucoup. J'estime, pour ma part, que cet assentiment, au début, fut réel ; ce grand mouvement que suscitait le prophète arabe vers la croyance à l'heure prédite par les textes sacrés ne devait pas déplaire aux Juifs et aux Chrétiens qui pouvaient légitimement espérer de le détourner à leur profit. Le point délicat était le rôle que s'attribuait Mohammed, et c'est probablement là-dessus que se fit, plus tard, la rupture.

Les Juifs surtout paraissent avoir été les plus empressés à saluer avec sympathie la nouvelle doctrine à ses premières effusions. Nous venons de voir que le Coran fait une allusion positive à une reconnaissance de cette doctrine par les Rabbins. Un autre passage le dit sous une forme un peu plus enveloppée : « Dis : avez-vous vu (les conséquences) s'il (le Coran) est de Dieu, et que vous lui avez été infidèles, et qu'un témoin parmi les Juifs a témoigné sur ce qui lui est semblable et qu'il a cru, alors que vous avez fait les dédaigneux ? Dieu ne conduit pas les gens injustes (1). »

Ainsi Mohammed affirme qu'un Juif a donné témoignage et a cru. Quelques commentateurs pensent qu'il est fait allusion au juif Abdallah ibn Salam qui, effectivement, se fit musulman ; mais d'autres remarquent que la sourate ayant été révélée à la Mecque, donc avant l'hégire, est antérieure à cette conversion, et proposent d'y voir Moïse ! Par « ce qui est semblable à lui », il faudrait entendre, suivant eux, la Tora (Pentateuque). Je crois, en effet que cette expression du Coran que j'ai littéralement traduite signifie : « a témoigné de sa ressemblance avec la Bible juive » ; mais quant au personnage auquel il est fait allusion, nous devons nous résigner à l'ignorer. Il n'importe guère ici; ce qui est à retenir c'est l'argumentation vis-à-vis des sceptiques. « Quoi ! un Juif, un de ces privilégiés à qui Dieu a donné une *science*, une révélation, me donne confiance, reconnaît l'exactitude de ma doctrine; et vous, pauvres Arabes ignorants, vous osez en faire fi ! »

sauvés ». Il suffit de lire une traduction quelconque pour voir que ce verset a été arbitrairement intercalé dans la sourate II (une des plus tardives). Même remarque s'applique à V, 73, qui est identique.

(1) XLVI, 9.

Telle est, à ce moment, la psychologie du Prophète. La suite est bien connue; la colère de Mohammed fut d'autant plus violente que son assurance primitive avait été plus sincère ; elle se répand dans tant de versets qu'il serait superflu de les mentionner. Je rappelle cependant que le nouvel état d'âme du Prophète est synthétisé en quelque sorte dans la sourate de l'évidence : « Ceux qui ont été infidèles parmi les gens de l'Écriture et les polythéistes n'ont fait scission que lorsque leur arriva l'*évidence*, — un prophète (venant) de Dieu qui récite des pages pures où sont des écritures vraies, — ceux qui ont reçu l'Écriture ne se sont séparés qu'après que leur est venue l'évidence, etc. (1). » Nous avons vu comment les commentateurs ont interprété ces versets suivant leur sens réel, et comment l'un d'eux a laissé échapper un précieux aveu (2). Les gens de l'Écriture croyaient *au prophète de la fin du monde* ; c'était évidemment Mohammed; ils ont fermé les yeux à l'évidence. Combien leur crime est immense, combien leur châtiment sera impitoyable ! C'est bien sur cette question délicate que se fit la rupture.

Ce dut être un grave problème pour Mohammed que la nécessité où il se trouva de se dédire. Le point d'appui dont il était si fier allait-il lui manquer ? L'esprit subtil de sa race lui inspira ce trait de génie : puisque les gens de l'Écriture refusaient définitivement leur sanction, il se passerait d'eux. Il avait mieux : une révélation qu'ils ne pouvaient contrôler et dont Dieu communiquait le secret à lui seul, celle-là même dont Abraham avait eu le dépôt. Les sectateurs de Moïse et de Jésus pouvaient désormais se refuser à lui ; il avait pour lui Abraham qui n'était ni Juif, ni Chrétien, mais *Musulman* (3). Il avait déjà dit imprudemment que les gens de

(1) XCVIII, 1 à 3. La mention des polythéistes dans le premier verset ne s'explique pas, à moins qu'elle ne désigne les Chrétiens généralement compris avec les Juifs dans le terme de : « gens de l'Écriture ». Le troisième verset ne fait que répéter le premier et n'en est fort probablement qu'une variante : je suis porté à croire qu'il représente la version la plus correcte.

(2) Voir plus haut, pages 52-53.

(3) III, 60. Il est dit aussi qu'il est hanif. Ce mot, sur lequel on a tant discuté, me paraît simplement une autre forme du mot : musulman. C'est ce que M. Houtsma (Chantepie, *trad. franç.*, p. 258) a fort bien vu. A ce qu'il en dit j'ajouterai une remarque. De même que « musulman » signifie : « qui

l'Écriture se reconnaissaient *musulmans* (1); mais maintenant il n'avait plus de démenti à craindre, car ceci échappait à leur compétence : « O gens de l'Écriture pourquoi discutez-vous sur Abraham, alors que la Tora et l'Évangile ne sont descendus qu'après lui ? Ne comprenez-vous pas ? Voilà ; vous êtes ceux qui discutez sur ce dont vous avez une *science* (*i. e.* une révélation); pourquoi discutez-vous sur ce dont vous n'avez aucune *science ?* Dieu sait, et vous ne savez pas! Abraham n'était ni Juif, ni Chrétien, mais il était *hanif*, *musulman* et n'était pas un polythéiste. — Les hommes les plus proches d'Abraham sont ceux qui l'ont suivi et ce prophète, et ceux qui ont cru. Dieu est l'ami des croyants (2). »

C'était bien un trait de génie, car, du même coup, le Prophète se retournait vers ses compatriotes et exaltait leur fierté de race en leur rappelant qu'ils étaient les descendants d'Abraham et en les plaçant, cette fois, décidément au-dessus des gens de l'Écriture. Ce sont les Arabes désormais qui seront le peuple favorisé, et islamisme deviendra synonyme d'arabisme. La pensée de Mohammed atteint ici le sommet dont elle ne devait plus descendre et du haut duquel il menace et raille tour à tour les incrédules. Il est à l'abri de toute controverse et il est sûr du lendemain; déjà il peut prévoir la ruée des Arabes vers leur religion révélée : « Lorsque vient le secours de Dieu et la victoire — et que tu vois les gens entrer dans la religion de Dieu par légions — célèbre les louanges de ton Seigneur; implore son pardon; il est généreux (3). »

Ici finit la première période; je ne reviendrai pas sur

se livre (*i. e.* à Dieu) » hanif signifie « qui incline (vers Dieu) ». On trouve une fois la forme complète, XXII, 32.

(1) XXVIII, 53. Voir plus haut, page 75.

(2) III, 58-61.

(3) CX, en entier. La recension officielle la donne comme de Médine (*i. e.* après l'Hégire) ou de la Mecque (*i. e.* avant l'Hégire). L'hésitation vient sans doute de ce que la victoire dont il y est parlé paraît faire allusion au triomphe final de Mohammed par la prise de la Mecque ; mais j'y vois une allusion à l'heure (cf. LXI, 13 : « un secours (venant) de Dieu et une victoire proche; annonce la bonne nouvelle aux Croyants »). J'estime que cette sourate appartient à la toute première période. Sur cette victoire mystique, voir plus haut, page 38, note 3.

les divers versets où il est fait allusion à la proximité de l'heure. Je veux seulement en citer un que j'ai réservé comme méritant une discussion : « N'attendent-ils que l'heure, (c'est-à-dire) qu'elle leur arrive à l'improviste ; déjà les signes en sont venus. Et quand elle leur sera venue, où sera leur souvenir ? (1) ». Deux choses sont donc distinguées: 1° ce que l'on interprète généralement par les signes prémonitoires; 2° l'heure elle-même. Beïdawi nous dit que parmi ces indices sont la mission de Mohammed (2) et le miracle de la lune fendue. Ce dernier miracle, on le sait, est une interprétation tout à fait fantaisiste du verset LIV, 1, « l'heure s'est approchée et la lune s'est fendue », interprétation que la langue du Coran autorise, il est vrai, par l'abus qu'elle fait du passé pour mieux affirmer l'avenir (3). Quant aux autres signes, ils manquent dans le Coran ; mais la tradition est mieux renseignée, comme nous le savons déjà.Les Musulmans ont fini par prendre leur parti de l'intervalle toujours grandissant qui sépare les deux premiers signes des suivants toujours attendus ; mais il est clair que Mohammed entendait bien ici que l'heure elle-même frapperait ses contemporains, et il savait que tout était prêt. Pour lui, la période préparatoire était achevée ; il n'y avait plus, pour me servir d'une image qui nous est familière, qu'à lever le rideau.

Nous avons vu, au début de cette étude, combien Sprenger, tout en y découvrant à tort une preuve d'astuce, a bien mis en évidence le caractère de menace personnelle et immédiate que contient plus d'un passage à l'adresse de ceux qui riaient au nez de l'infortuné prédicateur d'une heure qui ne se décidait pas à venir. Au fur et à mesure que le temps s'écoulait, la situation devenait difficile. Encouragés par l'impunité, les railleurs le mettaient au pied du mur, le sommaient

(1) XLVII, 20.
(2) Cf. plus haut, page 56, citation de M. Snouck Hurgronje.
(3) Cette formule hyperbolique, exceptionnellement usitée dans toutes les langues, est employée à tout propos par Mohammed, et rend souvent bien perplexe celui qui essaie de comprendre le texte en philologue et non en exégète.

de fixer un jour. Après la défection des gens de l'Écriture, ce démenti perpétuel infligé par les faits dut être l'épreuve la plus dure pour Mohammed et pour tous ses néophytes qui devaient être ébranlés les premiers et dont l'anxiété devait se communiquer à lui.

C'est alors qu'une nouvelle théorie se présente : Dieu seul sait le moment de l'heure, elle viendra à coup sûr, mais Mohammed n'en peut dire davantage (1) ; qu'il s'y résigne et fasse crédit à son Seigneur. Nous avons vu que cette résignation ne lui fut pas facile : il est probable qu'elle eut sombré dans la désespérance finale si les événements n'avaient enfin apporté au Prophète un tel secours qu'il était autorisé à y voir, en toute sincérité, la preuve vivante et tangible que Dieu était avec lui. L'Hégire, les premiers succès, le triomphe définitif entraînaient tout. Maintenant on pouvait attendre avec confiance; un jour plus tôt ou plus tard, qu'importait ! Il n'y avait plus de railleurs pour les compter, et le glaive du vainqueur était prêt à fermer la bouche des derniers récalcitrants.

Nous avons vu la souplesse de l'esprit de Mohammed devant les difficultés qui naissaient sous ses pas. Cette même souplesse ne dut point manquer chez ses successeurs. Il est fort probable que, contrairement au récit des historiens arabes, on calma les Musulmans en les berçant de l'espoir du retour de Mohammed et que ce n'est qu'à la longue que les esprits lassés se décidèrent à le remplacer par Ali d'abord, par Mohammed fils d'Ali ensuite en qui s'incarna la première conception du mahdi (2). Nous avons esquissé l'histoire de cette conception qui est l'effort suprême de l'Islam pour maintenir à travers les siècles la continuité de la pensée maî-

(1) VII, 184, 187; XXVII, 73, 74 ; XLII, 16 ; XLVII, 25, 26 ; LXXII, 26 ; LXXIX, 42, 46. Cette évolution de la pensée de Mohammed a déjà été indiquée par SPRENGER, *Leben*, II, 497 et sq. ; par M. WELLHAUSEN, *Reste arabischen Heidentums*, 2e éd., p. 240. Il est remarquable de voir comment ici le prophète arabe tient le même langage que Jésus (voir plus haut, page 22). Cf. Maurice VERNES, *Histoire des idées messianiques*, page 224, note 1 ; pp. 239-240 ; la psychologie de Jésus y apparaît fort semblable à celle de Mohammed, telle que je l'expose ici. Elle résulte des mêmes conceptions.

(2) Peut-être même s'était-elle déjà incarnée en Ali; voir page 65, note 3.

tresse du Coran: « les temps sont révolus, le prophète de l'heure s'est levé ! » Aujourd'hui, il n'est pas un Musulman qui ne se dise tout bas: il va se lever, l'iniquité va disparaître, le jugement dernier va être prononcé ! Voilà le rêve éternel qui hante tous les cœurs jour et nuit.

Pour définir cet état d'âme qui est l'essence même de l'Islam, pour traduire la parole intérieure de ce misérable Arabe qui, accroupi dans son burnous déguenillé, semble absorbé par un songe vide et sans pensée, il suffit de modifier un peu les vers enthousiastes du poète :

Une immense espérance a traversé la terre.....
Qui de nous, qui de nous va devenir *mahdi?*

3005. — Tours, imprimerie E. Arrault et Cie.

NOTES COMPLÉMENTAIRES

TRANSCRIPTION DES LETTRES ARABES

FIGURES	VALEUR	FIGURES	VALEUR	FIGURES	VALEUR
أ	a, 'a	ص	ṣ	و	oû, w
آ	a, —	ض	ḍ	ى	î, y
ب	b	ط	ṭ	ـَ	a
ت	t	ظ	ḍh	ـَا	â
ث	th	ع	'	ـِ	i
ج	dj	غ	gh	إ , ئ	i, 'i
ح	ḥ	ف	f	ـِي , ئ	î, î'
خ	kh	ق	ḳ	ـَي	aï, eï
د	d	ك	k	ـَى	â
ذ	dh	ل	l	ـُ	ou
ر	r	م	m	ـُ , أُ	ou, 'ou
ز	z	ن	n	ـُو , ؤ	oû, oû'
س	s	ه	h	ـَو	aoû, au, ô
ش	ch	ة	at (fin des noms)		

ABRÉVIATIONS

Pour les indications bibliographiques, voir à l'index spécial.

Dans le courant du texte, j'emploierai souvent :

M. pour Mouḥammad ; C. pour Ḳourân (Coran) ; A. pour Aboû ; I. pour Ibn ; b. pour (i)bn ; P. pour Prophète (désignant Mouḥammad).

Page 3, première épigraphe.

Le verset auquel je l'emprunte est ainsi conçu : « Et *il* est une science pour l'heure et n'en doutez pas (de l'heure), et suivez-moi, cela est une route droite ». Ṭabarî dans son commentaire (XXV, p. 48 ult. et seq.) nous dit qu'il y a divergence sur le pronom *il*, le ه de إِنَّهُ. Les uns disent qu'il s'agit de Jésus et entendent le passage ainsi : « l'apparition de Jésus est une science, عِلْمٌ (ou un signe, عَلَمٌ) par laquelle on connaît la venue de l'heure parce que son apparition en est un des avant-coureurs, اشراط (1), et sa descente sur la terre est l'indice de l'anéantissement du monde et de l'arrivée de l'autre vie. » Mais d'autres disent : « c'est le Coran qui nous apprend le lever de l'heure et qui vous instruit à ce sujet ». Ṭabarî ajoute que quelques-uns veulent lire عَلَم et non عِلْم; mais que cette seconde lecture a pour elle la grande majorité et qu'il la considère comme la vraie. Il est clair que la première interprétation suppose : عَلَم et la seconde : عِلْم. Nulle part, ailleurs, le C. ne fait la moindre allusion au rôle *messianique* de Jésus quoiqu'il lui donne le titre (purement honorifique) de messie, المسيح. Il y a un autre passage où le même pronom ه est interprété de même par quelques-uns, et où il est dit de Jésus qu'il sera témoin des gens de l'Ecriture au jour de la résurrection (2). Mais à ce moment, chaque peuple aura son témoin (3); donc ce n'est pas là une allusion à l'apparition spéciale de Jésus qui, dans la tradition musulmane, est un des éléments de l'heure.

Ce verset qui apparaît isolé dans la sourate ne peut donc se rapporter à Jésus ; au contraire, comme il y en a de nombreux

(1) Allusion à C. (XLVII, 20) qui affirme que déjà sont venus *les avant-coureurs*. Remarquer que ce verset est formel et ne fait pas prévoir d'autres avant-coureurs après le moment où il est révélé; d'ailleurs il ne les spécifie pas et la tradition a beaucoup amplifié. J'en ai déjà parlé (1re partie, p. 81). J'en reparlerai avec détails dans la suite (notes complémentaires de la 1re partie, p. 81).

(2) IV, 157.

(3) XVI, 91. ويوم نبعث فى كل امة شهيدا عليهم من انفسهم

exemples dans le texte révélé, le pronom ه désigne ici, sans autre explication : le Coran.

Le C. est une science, et cette science c'est l'heure. Comme, d'ailleurs, la conception de l'heure est antérieure au C., cette science doit apprendre quelque chose non enseignée encore : son immédiate proximité.

Que le C. soit une science, c'est ce que de nombreux passages prouvent. Mohammed désigne la révélation (Bible ou Coran) indifféremment par : le livre (ou l'Ecriture) الكتاب et par : la science, العلم.

« Les hommes n'étaient qu'une seule nation ; Dieu envoya les Prophètes annonciateurs et avertisseurs, et il fit descendre avec eux le *livre* par la vérité, afin qu'il jugeât entre les hommes ce sur quoi ils disputaient; et ne disputèrent là-dessus que ceux qui l'avaient reçu, après que les évidences leur étaient venues, par esprit de querelle entre eux.... (1). Certes, la religion auprès de Dieu c'est l'islam, et ceux qui ont reçu le *livre* n'ont disputé qu'après que leur fut venue la *science*, par esprit de querelle entre eux.... (2). Ne soyez pas comme ceux qui se sont divisés et ont disputé après que leur étaient venues les évidences... (3). Nous avons logé les Israélites dans d'excellentes demeures et les avons nourris des meilleures choses, et ils n'ont disputé qu'après que leur est venue la *science*. Certes ton Seigneur jugera entre eux, au jour de la Résurrection, ce sur quoi ils disputaient (4). Et ils ne se sont divisés qu'après que leur est venue *la science*, par esprit de querelle entre eux ; et s'il n'y avait une parole précédente (venue) de ton Seigneur (pour renvoyer) à un terme fixé, il aurait été (déjà) jugé entre eux, et certes ceux qui ont hérité du *livre* après eux, sont à son égard dans un doute profond (5). Et nous leur avons donné des évidences par l'ordre (6) et ils n'ont disputé qu'après que leur fut venue la *science*, par esprit de querelle

(1) II, 209.
(2) III, 17.
(3) III, 101.
(4) X, 93.
(5) XLII, 13.
(6) من الامر. Ne faut-il pas entendre : au sujet de la chose (l'heure) ? Cf. امر الساعة.

entre eux. Certes Dieu jugera entre eux, au jour de la Résurrection, ce sur quoi ils disputaient (1). » Il résulte de ces divers passages que la division entre les gens de l'Écriture est née après qu'ils eurent reçu l'Écriture (avant, ils ne formaient qu'une seule nation) (2). L'Écriture est désignée par « science » ou « évidences ». Nous reviendrons sur cette question.

«... Et si tu suivais leurs passions, après ce qui t'est venu de *la science*, tu n'aurais contre Dieu ni ami ni auxiliaire (3) .... Et si tu suivais leurs passions après ce qui t'est venu de la *science*, tu serais alors un injuste (4). Si quelqu'un argumente avec toi là-dessus, فيه, après ce qui t'est venu de la *science*, dis leur.... (5). Nous avons fait descendre vers toi le *livre* par la vérité.... et ne suis pas leurs passions hors de ce qui t'est venu de la vérité (6). Et ainsi nous l'avons fait descendre pour toi comme un code arabe (7), et si tu suivais leurs passions après ce qui t'est venu de la *science*, tu n'aurais contre Dieu ni ami ni protecteur (8). » Ici la *science* (var. la *vérité*, الحق) désigne la révélation de l'islam, donc le C. (9).

Ailleurs le même mot désigne toute révélation; par ex. : « O gens de l'Écriture, pourquoi argumentez-vous au sujet d'Abraham alors que la Tora et l'Évangile n'ont été révélés qu'après lui? Ne comprendrez-vous pas? — Voilà que vous êtes ces gens qui argumentez au sujet de ce sur quoi vous avez une *science*, et pourquoi argumentez-vous au sujet de ce sur quoi vous n'avez pas de *science*? Dieu sait et vous ne savez pas!» (10). Il est clair que, dans le second verset, *science* peut être remplacée par « livre révélé comme la Tora et l'Évangile ». Et l'allusion à la dispute là où ils ont un livre révélé confirme l'interprétation que nous avons donnée du premier groupe de versets.

(1) XLV, 16.
(2) امة qui peut s'entendre aussi : « religion ».
(3) II, 114 ult.
(4) *Ib.*, 140 ult.
(5) III, 54.
(6) V. 52.
(7) حكما عربيا. La vraie traduction est « une décision rédigée en langue arabe ».
(8) XIII, 37.
(9) Cf. XXIX, 7 : « ce sur quoi tu n'as pas de *science* ».
(10) III, 58, 59.

A cette *science* qui est l'islam s'oppose l'*ignorance* الجاهلية, « Alors que les Infidèles ont mis dans leur cœur le *trouble* الحمية, le trouble de l'*ignorance*, Dieu a fait descendre sa *paix* sur son Prophète et sur les Croyants.... (1). Et une troupe qui, poussée par ses propres inspirations, pensait sur Dieu autre chose que la vérité, pensée de l'*ignorance*.... (2). Est-ce la décision de l'*ignorance* qu'ils veulent? Et qui est meilleur que Dieu comme décision pour ceux qui ont une foi sûre ? (3). N'affectez pas le luxe de l'*ignorance* première » (4). Dans les derniers versets le mot est interprété comme signifiant : l'époque antérieure à l'islam. On sait que tel est le sens passé depuis dans la langue arabe.

M. Goldziher (*Muh. St.*, II, 219 et sq.), connaisseur pénétrant des choses de l'islam, a émis une théorie aussi ingénieuse que savante suivant laquelle ce mot signifie non pas *ignorance* mais *barbarie*. Il a montré qu'effectivement, dans la langue, le contraire de جاهلية est non pas علم, mais حلم, c'est-à-dire la possession de soi-même, le sang froid, la bonne tenue, en un mot. Mais toute science, prise dans son sens absolu, contient idée de discipline (le mot vient de *discere*). En français, un homme grossier, le جاهل des Arabes, est un *mal appris*; on ne lui a pas appris le *savoir*-vivre. La différence entre l'instruction et l'éducation est très prononcée à notre époque, parce que la première se prolonge longtemps après la seconde ; mais chez des peuples de culture moins intensive, elle est minime. M. Goldziher a donc raison et tort à la fois; il a raison d'une façon générale et au point de vue philologique pur; il a tort au point de vue de l'esprit coranique. Je préfère l'opinion de M. Wellhausen qui, sans discussion d'ailleurs, nie le point de vue de M. Goldziher et rapproche la جاهلية du grec ἄγνοια (5). A mon tour je rapprocherai volontiers le علم coranique de la γνῶσις. Peut-être le gnosticisme n'est-il pas étranger à l'islam. Mais

(1) XLVIII, 26.
(2) III, 148.
(3) V, 55.
(4) XXXIII, 33.
(5) *Reste arabischen Heidenthums*, 2e éd., p. 71, note 1 : « *Gâhilija* (Heidenthum) scheint ein Terminus christlichen Ursprungs zu sein, Übersetzung des neutestamentlichen ἄγνοια (Act. 16, 30). Der Gegensatz ist nicht hilm, sondern 'ilm = dîn. »

c'est là une hypothèse trop en dehors de mon sujet, et que je me réserve d'examiner dans une autre occasion (1).

Je reviens à la question que j'ai laissée en suspens. Les hommes qui ont reçu la science se sont divisés et disputés. Sur quel sujet? Les versets que j'ai cités ne nous le disent pas, mais seulement que le différend sera tranché au jour de la Résurrection. Pour ma part, je crois qu'il faut y voir النبأء العظيم « l'immense nouvelle » sur laquelle, dit le C., ils s'interrogent et disputent, et ils sauront (LXXVIII init.). Ce sont les mêmes termes que M. emploie pour désigner sa mission : قل هو نبأء عظيم (2), en sorte que نبأء ne diffère pas de علم. C'est donc l'annonce de l'heure qui est le sujet des disputes, et il est bien évident que la meilleure solution du différend est la Résurrection elle-même. Que l'époque et les conditions de l'heure aient été un sujet de querelle entre Juifs et Chrétiens, que la conception messianique ait été présentée, depuis les débuts jusqu'à M., sous des formes variées et contradictoires, que ces querelles n'aient pu prendre naissance qu'après les révélations des prophètes hébreux sur cette mystérieuse doctrine, voilà qui est conforme à la réalité et qui répond fort bien à l'idée exposée par le groupe de versets cités plus haut et que j'appelle : le groupe de la dispute. Ce groupe peut être grossi de beaucoup d'autres passages où il est parlé d'un différend qui sera réglé, le jour de la Résurrection (3). On peut l'entendre de la contestation élevée sur la mission de M., d'une façon générale; mais rien ne s'oppose à y voir, là encore, le point capital de la mission : l'arrivée de l'heure.

Telle est la portée du mot علم que j'ai tenu à mettre en évidence par l'épigraphe. Au point de vue grammatical, je le considère comme un *maṣdar*, et, par suite, le ل qui le suit est اللام لتقوية العامل (4); de là ma traduction : « C'est une révélation de l'heure ! » إِنَّهُ عِلْمٌ لِلسَّاعَةِ

(1) Je ne puis me résigner à voir dans les Sabéens du C. une secte chrétienne ; il est plus rationnel d'y voir certains Gnostiques à tendances messianiques. M. fut-il Sabéen, comme l'en accusèrent ses compatriotes, au début de l'islam, et ce sabéisme du début était-il un gnosticisme? Je pose la question sans la résoudre.

(2) XXXVIII, 67.

(3) II, 107 ; III, 48 ; V, 53 (à rapprocher de II, 209); VI, 164; X, 20 et XVI, 94 (à rapprocher de II, 209 et XLII, 13) ; XVI, 41, 125 ; XXII, 68; XXXII, 25.

(4) Caspari (éd. Uricœchea) § 394.

Page 3, deuxième épigraphe.

Ibn Sa'd (I, 1, p. 64-67) nous donne, sur les divers noms de M., de précieux renseignements que j'aurai souvent l'occasion d'utiliser. Presque toutes les traditions, citées par lui, donnent, entre autres, au P. l'épithète de : الحاشر *al ḥâchir ;* quelques-unes seulement y ajoutent un commentaire. La huitième tradition (p. 65, l. 18) dit : وانا الحاشر الذى يُحشَر الناسُ على قدمى « Je suis le rassembleur sur les pas de qui les hommes sont rassemblés ». La dixième (l. 26) : فاما حاشر فبُعِثَ مع الساعة نذيرًا لكم بين يدى عذاب شديد « Quant à *ḥâchir*, c'est qu'il a été envoyé avec l'heure pour vous avertir avant un châtiment terrible ». Du rapprochement de ces deux commentaires qui ne s'excluent pas, il résulte que M. arrive en même temps que l'heure et procède aussi au rassemblement des hommes (qui se fait précisément au moment de l'heure). Le premier commentaire s'attache au mot ; le second à l'idée. L'un et l'autre établissent un lien étroit entre la mission du P. et l'heure.

Le verbe *ḥachara*, dans le C., n'a pas seulement le sens de : rassembler, mais encore celui de : convoquer (ensemble ou individuellement). Il est clair, par exemple, que, dans XX, 124 et 125, il faut traduire, non pas : « et nous le rassemblerons » et il dira : « Seigneur pourquoi m'as-tu rassemblé ? » mais : « et nous le convoquerons... pourquoi m'as-tu convoqué ? » Presque toujours, le sens de convoquer, c'est-à-dire d'amener par appel, apparaît le plus normal. L'idée physique d'agglomération et de réunion n'est jamais indispensable. Dès lors, on peut se demander si le premier commentaire est bien exact et si le second ne répond pas mieux au sens verbal. D'abord le premier ne répond pas strictement à ce qu'on attendrait ; *al ḥâchir* signifie « celui qui rassemble lui-même, ou qui ordonne de rassembler (1) » et non pas « celui sur les pas de

(1) Il est vrai que l'on peut lire, dans le texte d'I. Sa'd, يَحْشُر à l'actif : mais je crois, comme l'éditeur E. Mittwoch, qu'il faut le passif.

qui se fait le rassemblement ». L'interprétation attribuée au P. est donc arbitraire. Au contraire, si *al ḥâchir* a le sens de « convocateur, appeleur » il répond positivement à la mission de Moḥammed et s'accole étroitement au *nadhîr* « avertisseur » qui est une des plus fréquentes épithètes de M. dans le C. Prise à ce point de vue, la seconde explication est très rationnelle. C'est M. qui convoque ou qui appelle son peuple, pour le prémunir contre les conséquences redoutables de l'heure. C'est sur cette convocation qu'effectivement son peuple se trouvera formé en un groupe compact et distinct, au moment suprême.

Par là, se trouvent conciliées les deux interprétations qui, au premier abord, semblent légèrement divergentes.

Si je ne me trompe, la première seule s'est maintenue. On la retrouve dans Mas'oûdî (*Prairies d'or*, IV, 120) sous une forme équivalente : والحاشر الذى يحشر اللهُ الخلقَ على عقبه. Il serait oiseux d'en rechercher les différentes formes chez les écrivains postérieurs. Je signale seulement, en passant, ce qu'en dit Mouradja d'Ohsson (1), auquel renvoie l'éditeur de Mas'oûdî. « *Haschy* (sic) *le réunisseur*, pour désigner la réunion de divers peuples sous les enseignes de sa loi et de sa doctrine ». Dans cette explication, l'allusion à la fin du monde a complètement disparu.

Quant à la seconde interprétation qui, à mes yeux, a un caractère de véracité remarquable, il me paraît utile d'en dire encore quelques mots.

Elle ne nous est pas présentée comme venant du Prophète, mais d'un familier du khalife oumayyade 'Abd al Malik, ce qui représente une époque déjà tardive. Le récit est fait par Ḥoudjaïn b. al Mouthannâ, A. 'Oumar, auteur du *Loû'loû'*, d'après al Laïth b. Sa'd qui le tenait de Khâlid i. Yazîd, par Sa'îd, c'est-à-dire I. Aboû Hilâl. Ce dernier le tenait de 'Outbat b. Mouslim qui rapporte de Nâfi' b. Djoubaïr qu'étant entré chez 'Abd al Malik ibn Marwân, celui-ci lui dit : « Comptes-tu les noms du Prophète tels que Djoubaïr, c'est-à-dire Ibn Mouṭ'im, les énumérait? — Oui, répondit-il, ils sont six :

(1) *Tableau général de l'empire othoman*, I, 200.

Mouḥammad, Aḥmad, Khâtam, Ḥâchir, 'Âkib, Mâḥî ». Nâfi' ajouta l'explication des quatrième et cinquième noms.

Ce Nâfi' b. Djoubaïr est un *tâbi'*. Il n'a donc pas connu M. ; mais, d'après Nawâwî (*tahdhîb*, 587) il a recueilli des traditions de 'Abbâs et de 'Alî, entre autres. Toujours d'après le même auteur, il est considéré comme une excellente autorité. Il mourut en 99 (1). Quant à Djoubaïr b. Mouṭ'im, il n'est autre que le père de Nâfi'. Au dire de Nawâwî (*ibid.*, 198), il rapporta, de la bouche de M., soixante traditions dont six admises par Boukhârî et Mouslim, trois par Boukhârî seul, et une par Mouslim seul. Son fils Nâfi' est mentionné parmi ceux qui transmirent ses traditions.

L'idée d'un avertisseur avant la catastrophe est une théorie assez souvent énoncée par M. dans le Coran. Par exemple dans XXVIII, 59, il est dit : « Votre Seigneur ne détruit pas les cités sans envoyer (auparavant) parmi leur peuple, un prophète qui leur récite nos versets ». L'expression رسولا يتلو عليهم اياتنا s'applique spécialement à M. (2). De même, on lit dans XXVI, 208, 209 : « Nous n'avons pas détruit de cités, sans qu'il y eût pour elles des avertisseurs, منذرون, — comme indication, ذكرى ; et nous n'avons pas été injuste ». Comme suite logique de ce raisonnement, la fin du monde, qui est le dernier châtiment, doit être annoncée par le dernier prophète qui est M. Les innombrables répétitions des récits de catastrophes précédées d'envoi de prophètes méconnus ne sont que l'illustration de ce raisonnement qui, d'ailleurs, n'est contenu qu'implicitement dans le C. S'il y a jamais été pleinement exposé, la recension officielle n'a pu le garder. Mais il est contenu visiblement dans ce commentaire très ancien du nom *ḥâchir* sur lequel on me pardonnera d'insister. Toute ma thèse y est en germe, et n'en est elle-même qu'un commentaire plus étendu.

Sprenger (I, 156) a donné une traduction de ce même passage où مع الساعة « avec l'heure, en même temps que l'heure »

(1) Cf. Ibn Sa'd, V, 152-153.

(2) L'allusion paraît ainsi se rapporter à un châtiment spécial des incrédules de la Mecque, auquel M. aurait cru, en dehors de la fin du monde. Cf. la théorie de Sprenger à ce sujet, et ce que j'en dis, dans la première partie, page 14.

est rendu par « unmittelbar vor dem Gerichstag » ce qui n'est pas tout à fait la même chose. Nous verrons qu'il n'y a pas deux époques distinctes : la venue de M. d'abord et celle de l'heure ensuite. Les deux ne font qu'un rigoureusement (1). Il est arbitraire d'affaiblir ainsi un texte dont la portée est par là méconnue. Peut-être Sprenger, en adoptant une traduction rigoureusement littérale, aurait-il été amené à en comprendre les conséquences. Pour ma part, j'estime qu'il faut reproduire les textes mot pour mot, quitte à les discuter et en dégager la vraie signification par un examen ultérieur.

Le texte d'Ibn Sa'd appelle une autre observation : la seconde partie est empruntée au C. (VI, 45) : « Il n'y a pas en votre compagnon de *djinnisme* (2); il n'est qu'*un avertisseur pour vous, avant un châtiment terrible* ». Pour qui connaît le respect d'un musulman envers la parole de Dieu, il est bien difficile de croire, si le récit d'Ibn Sa'd est authentique, que Nâfi' b. Djoubaïr à qui il attribue la réflexion en question, ait transformé ainsi un texte sacré. On ne peut, en effet, considérer comme insignifiante une addition telle que « en même temps que l'heure ». Si Nâfi' a réellement prononcé ces mots, c'est qu'ils étaient dans le C., et, s'ils n'y sont plus, c'est qu'on les y a effacés pour la raison que nous savons. Si nous avions une preuve positive en faveur de l'exactitude d'Ibn Sa'd, nous en aurions une, à peu près concluante, que la recension moderne du C. est postérieure à l'anecdote et peut, sans difficulté, se placer à l'époque du khalife 'Abd al Malik interlocuteur de Nâfi'. Ce dernier mourut en 99, comme nous l'avons vu plus haut (3).

Nous verrons bientôt qu'un certain nombre de circonstances nous portent à croire qu'en effet la recension du C. s'est faite au temps de ce khalife (65-86), peut-être sous son inspiration.

(1) Cf., dans ma première partie, pages 18, l. 5; 56, l. 30; 81, l. 9.

(2) Je traduis ainsi, faute d'un autre mot. Le sens est que M. n'est pas inspiré par un djinn ou un démon, comme l'étaient les autres voyants et comme ses adversaires prétendaient qu'il l'était lui-même. Nous parlerons, plus tard, de cette conception du djinnisme.

(3) Page 94.

Page 3, l. 4.

Les auteurs arabes nous ont donné plusieurs listes de ces secrétaires, lesquelles ne sont pas absolument concordantes. J'ai recueilli et comparé dans le tableau suivant les indications fournies par Ibn Sa'd (1), Ṭabarî (*Chronique*, I, 1782), Nawâwî (*Tahdhîb*, 37) (2), Ḥalabî (*Insân = Sîrat ḥalabîyat*) (3), Diyârabakrî (*tâ'rîkh al khamîs*, II, 181). J'indique, par un trait, les noms qui, dans une des listes, sont communs à la première.

I. Sa'd (I. al Athîr)	Ṭabarî	Nawâwî	Ḥalabî	Diyârabakrî
1 'Oubayy b. Ka'b	—	—	—	—
2 Zaïd b. Thâbit	—	—	—	—
3 'Abd Allah b. Sa'd b. A. Sarḥ	—		—	—
4 'Abd Allah b. al Arḳam az Zouhrî		—	—	—
5 'Alî b. A. Tâlib	—	—	—	—
6 A. Bakr		—	—	—
7 'Oumar b. al Khaṭṭâb		—	—	—
8 'Outhmân b. 'Affân	—	—	—	—
9 Az Zoubeïr b. al 'Awwâm		—	—	—
10 Khâlid b. Sa'îd b. al Âṣi	—	—		—

(1) Nöldeke-Schwally (*Geschichte des C.*, p. 46, note 5) renvoie à « die Briefe bei Ibn Sa'd ». Je suppose que c'est un chapitre faisant partie d'un volume non encore publié de l'œuvre d'Ibn Sa'd. J'emprunte la liste à Ibn al Athîr (*Ousd*, I, 50).

(2) Qu'il emprunte à al Ḳâsim, historien de Damas sur lequel je n'ai pas de renseignement.

(3) Il la tire de la *Sîrat* d'al 'Irâḳî. Cet 'Irâḳî doit être 'Abd ar Raḥîm ibn Ḥouseïn al 'Irâkî († 806) sur lequel voir Brockelmann, II, 64-65.

11 Abân b. Sa'îd b. al 'Âṣi				
12 Ḥandhalat al Ousayyidî				
13 Al 'Alâ b. al Ḥaḍramî		(b. ar. Rabî')		
14 Khâlid b. al Walîd				
15 'Abd Allah b. Rawâhat				
16 Mouḥammad b. Maslamat				
17 'Abd Allah b. 'Abd Allah b. 'Oubayy b. Saloûl				
18 Al Moughîrat ibn Cha'bat				
19 'Amrou b. al 'Âṣi				
20 Mou'âwîat b. A. Soufiân				
21 Djouhaïm b. aṣ Ṣalt (1)				
22 Mou'aïkîb b. A. Fâṭimat				
23 Chourḥabîl b. Ḥasanat				
	24 al Arḳam b. A.-l Arḳam			
	25 Thâbit b. Ḳaïs			
	26 'Abd Allah b. Zeïd b. 'Abd Rabbihi			
	27 Al 'Alâ b. 'Oukbat			
	28 As-Sidjill			(2)
		29 Yazîd b. A. Soufiân		

(1) Le texte porte ici جهم ; mais, à l'ordre alphabétique (I, 311), ce personnage est appelé جهيم.

(2) Dans l'édition de 1283, écrit : السحبل.

			30 'Âmir b. Fouheïrat (1)	
				31 Ṭalḥat
				32 Sa'îd b. A. Waḳḳâṣ
				33 A. Soufiân
				34 Sa'îd b. al 'Âṣi
				35 Ḥoudhaïfat b. al Yamân
				36 Ḥouweïṭib b. 'Abd al'Ouzzâ
				37 Barîdat
				38 Ḥouṣeïn b. Noumeïr
				39 A. Salamat b. 'Abd al Asad
				40 Ḥâṭib b. 'Amrou b. Ḥanḍhalat (2)

Le *Fihrist* (I, 27) nomme, comme ayant été les rassembleurs, جمّاع, du C., du vivant même du P. : 'Ali b. A. Ṭâlib; Sa'd b. 'Oubaïd b. an Nou'mân b. 'Amrou b. Zeïd ; A.-d Dardâ 'Ouweïmir b. Zeïd; Mouâdh b. Djabal b. Aoûs; A. Zeïd Thâbit b. Zeïd b. an Nou'mân, 'Oubayy b. Ka'b b. Ḳaïs b. Malik b. Imrou-l Ḳeïs, 'Oubeïd ibn Mou'âwiat b. Zeïd b. Thâbit b. aḍ Ḍaḥḥâk. Nöldeke (*Geschichte*, 189) en cite, d'après d'autres auteurs, quatre seulement : 'Oubayy b. Ka'b, Mou'âdh b. Djabal, Zeïd b. Thâbit, A. Zeïd al Anṣârî. Il ajoute que quelques-uns en comptent plus de quatre. Parmi ceux qu'il indique, je relève dans Boukhârî (éd. Krehl, III, 397) (3)

(1) Dans l'édition de Ḥalabî, il y a quelques lacunes ; en effet il annonce d'après al 'Iraḳî, quarante-deux noms et n'en donne que vingt. Il avait d'abord dit qu'on en comptait généralement vingt-six.

(2) Diyârabakrî emprunte les quatre derniers noms, en y ajoutant celui de 'Abdallah b. Sa'd (nº 3) à la *Sîrat* de Moughlaṭâï (Brockelmann, II, 48). Il dit, d'après le *charîf* ad Dimṭâṭî qu'il y avait un peu plus (نيّف) de quarante secrétaires, et il cite l'ouvrage *mouzîl al khafâ* (Voir Hâdji Khalfa, IV, 59, l. 6). C'est un commentaire, fait par Aḥmad b. M. ach Choumounnî, du *Kitâb ach chifâ fî ḥouḳoûḳ al moustafâ* du kadi 'Iyâḍ (Brockelmann, I, 369 § 5, nº 1, d.).

(3) *Kitâb faḍâ'il al ḳourân ; bâb* 8 ; 5e et 6e traditions.

la tradition transmise par Ḥafṣ b. 'Oumar, par Hammâm, par Ḳatâdat. Ce dernier interroge Ana's b. Mâlik sur ce sujet. La réponse est : quatre, tous *Ansars*, 'Oubayy b. Ka'b, Mou'âdh b. Djabal, Zeïd b. Thâbit, A. Zeïd (1). La même tradition est donnée comme venant d'Anas par une autre voie. Une seconde, transmise par Mou'allâ b. Asad, par 'Abd Allah b. al Mouthannâ, par Thâbit al Bounânî et Thoumâmat, attribue à Anas ce propos : « lorsque le Prophète mourut, quatre seulement avaient rassemblé le Coran : Aboû-d Dardâ, Mou'âdh b. Djabal, Zeïd b. Thâbit; Aboû Zeïd. » On voit que de Boukhârî à l'auteur du *Fihrist*, il y a eu place pour des variantes importantes. Il serait oiseux, je crois, d'en rechercher ailleurs. Si, déjà dans Boukhârî, il y a divergence sur un des quatre noms, on peut affirmer qu'il y avait incertitude, et qu'une forte dose de fantaisie a présidé à la constitution des listes de secrétaires ou d'*assembleurs*.

Page 3, l. 5.

Si l'ensemble des listes est déjà fort suspect par les nombreuses divergences qu'on y peut relever, quelques-uns des noms qu'on y relève ne sont pas moins suspects par eux-mêmes.

1° Zeïd b. Thâbit (n° 2) joue un rôle, non-seulement, comme secrétaire de M. et rassembleur du C. au temps de M., mais il est encore choisi par A. Bakr pour rassembler le C. de nouveau, et encore par 'Outhmân pour établir la recension *ne varietur*. Il est surprenant qu'A. Bakr ait choisi pour une affaire si grave un jeune homme de vingt et un ans qui, au dire d'I. Sa'd (2), ne faisait autrefois que suppléer 'Oubayy. Or ce dernier vivait au temps d'A. Bakr et même au temps de 'Outhmân (3). Comment ne songeait-on pas à lui? Il était bien autrement qualifié.

Il semble bien, d'ailleurs, que Zeïd se soit attribué lui-même

(1) Mêmes détails, à peu près, dans Mouslim (éd. de Dehli, II, 494 *init.*; *faḍâ'il Ibn Mas'oûd*) et Tirmidhî (éd. de Boulak, II, 309, l. 24; *manâḳib Mou'âdh*, etc.).

(2) Copié par ibn al Athîr (*Ousd*, I, 50, l. 12).

(3) *Ousd*, I, 49.

ce rôle prépondérant : car c'est à lui seul que remonte la tradition sur la recension du C. sous le khalifat d'A. Bakr. Ce récit qui a été recueilli par les traditionnistes Boukhârî (1) et Tirmidhî (2) ne se retrouve pas, chose curieuse, chez l'historien Ṭabarî et ne figure chez son successeur, et copiste très postérieur I. al Athîr, qu'incidemment et comme suite à l'histoire, non d'A. Bakr, mais de 'Outhmân. I. al Athîr (3) semble avoir emprunté aux traditionnistes le double récit qu'il ajoute, je crois, de sa propre autorité, au texte de Ṭabarî (4). Le silence de ce dernier est-il dû à une lacune du texte, tel qu'il nous est parvenu? Je ne crois pas, pour ma part; mais on ne peut pas se prévaloir de l'argument *a silentio*, quand il est isolé. Nous verrons cependant que d'autres indices concordent avec ce singulier silence.

2° A. Soufiân (n° 33) et ses deux fils Mou'âwîat (n° 20) et Yazîd (n° 29).

Cet A. Soufiân fut le plus acharné des ennemis de M. Chef de l'aristocratie mecquoise, il avait infligé aux Musulmans la défaite d'Ouḥoud. M. envoya à la Mecque un émissaire pour l'assassiner. Celui-ci échoua. A. Soufiân commandait les Coreïchites au siège de Médine. Plus tard, prévoyant la défaite, il alla au devant de M., et, grâce à 'Abbâs, l'oncle de celui-ci, obtint son pardon, et, après quelque résistance, embrassa la nouvelle religion. M. très habile politique, sut se l'attacher, lui et ses fils. Mais de telles conversions pouvaient-elles être sincères (5)?

Mou'âwîat eut de grandes destinées. La puissance que M. avait arrachée à son père, il la reprit à son tour, centuplée par les triomphes de l'islam, en l'arrachant au gendre de M. et en la faisant passer à sa propre famille. C'était un politique avisé et cynique. Son histoire a été récemment étudiée par le P. Lammens qui l'a traitée en connaisseur admirablement documenté, mais peut-être aussi en panégyriste (6). Le P. Lammens s'ef-

(1) Ed. Krehl, III, 392. *K. faḍâ'il, bâb* 3.

(2) Ed. de Boulak, II, 186. *tafsîr soûr. at taubat*; *fin*.

(3) Ed. Tornberg, III, 85-87.

(4) Remarquons que ce même Ṭabarî le reproduit tout au long dans son Commentaire (I, p. 19 *in fine* et seq.).

(5) Voir les détails dans Caussin de Perceval, *Essai*, III, 80 et seq.

(6) *Études sur le règne du calife omaiyade Mo'awia I*er dans *Mélanges de la*

force de le défendre contre les imputations des pires adversaires de la dynastie oumayyade. Il remarque, avec quelque raison, que les seuls récits historiques que nous ayons proviennent de ces adversaires et que nous n'avons pas de contrepartie. Ce qu'il y a de certain, c'est que tous les Musulmans ont donné raison à 'Alî contre lui, même ceux qui, en leur qualité de Sounnites, estiment que, par définition, les premiers Musulmans doivent être considérés tous, sans exception, comme infaillibles (1). Pour ma part, j'estime qu'il ne fut jamais un musulman sincère, même une fois khalife. Si M. le prit vraiment pour secrétaire, ainsi que son frère, ce fut évidemment par politique et probablement ils n'en eurent que le titre, sans en exercer les fonctions. Dans le cas contraire, nous connaissons assez Mou'âwîat pour affirmer qu'il ne se serait fait aucun scrupule de falsifier le texte. Si le C. n'avait pas d'autre garantie, son authenticité serait des plus compromises.

3° 'Abd Allah b. Sa'd b. A. Sarḥ (n° 3). Ce que nous croyons Mou'âwîat capable d'avoir fait, le cas échéant, fut accompli effectivement par celui-ci qui fut un des partisans les plus fervents des Oumayyades. Dans la liste d'Ibn Sa'd, que nous avons relevée plus haut d'après I. al Athîr (*Ousd*), il est dit qu'il fut renégat et qu'il retourna (de Médine) à la Mecque. C'est à son sujet que fut révélé au P. le verset (VI, 93) : « Qui est plus coupable que celui qui invente, à l'encontre de Dieu, un mensonge, ou bien dit : « il m'a été révélé » alors que rien ne lui a été révélé ? ».

Ṭabarî (*Commentaire,* VII, p. 166) rapporte, en effet, parmi les diverses interprétations de ce verset, celle qui vise le secrétaire infidèle. « Quand le P. dictait : *'azîz*, *ḥakîm*, 'Abd Allah écrivait : *ghafoûr*, *raḥîm*. Le P. le changeait ; puis il lui récitait ceci et cela lorsqu'il avait fait la modification ; il répondait « oui, c'est même chose ». Plus tard, il abandonna l'islam et vint rejoindre les Coreïchites. Il leur dit : « Lorsqu'il (le P.)

Faculté Orientale de l'Université de Beyrouth, I, 1-108 ; II, 1-172 ; III, 145-312. Cf. ce que j'en dis dans la première partie, p. 58-59.

(1) Voir la curieuse dissertation d'Ibn Khaldoûn à ce sujet. *Prolégomènes* (Sl.) I, 433-444 (3e section ; chap. de la succession de l'imâmat).

reçoit en révélation les mots *'azîz*, *ḥakîm*, il les change; je lui dis ce que j'écris; il répond : oui, c'est même chose ».

Puis il revint à l'islam avant la conquête de la Mecque, comme le P. était descendu à Marr. Wâḳidî (*Maghâzî*, 414) rapporte qu'il s'était enfui chez un des partisans du P. qui était son frère de lait et le fils de son affranchie Mahânat. Il vint avec lui chez le P. et le salua à deux reprises; deux fois, le P. détourna la tête, espérant que quelqu'un des assistants se lèverait pour le tuer. Il n'en fut rien, et le P. se plaignit qu'on ne l'eût pas compris. Quelqu'un lui répondit : « C'était mon désir, mais j'attendais que tu me fisses signe. — Le Prophète, dit M., ne peut faire un signe qui aurait tout l'air d'une traîtrise » (1). Ibn Sa'd (II, 1, p. 102, l. 10), Ibn Hichâm (éd. Wustenfeld, I, 818, II, 189) et Ṭabari (*Chronique*, I³, 1639) donnent des détails analogues (2), en affirmant que ce frère de lait était 'Outhmân b. 'Affân, ce qui paraît peu vraisemblable.

Ni les uns ni les autres ne nous disent si le P. lui rendit ses fonctions de secrétaire.

4° As Sidjill (n° 28).

Après les suspects et les coupables vient l'inexistant. Je n'en parlerais pas si on n'y voyait, prise sur le vif, l'absurdité à laquelle aboutissent les interprètes du C. qui prétendent tout y expliquer. Il y a, en effet, dans le C. (XXI, 104), l'expression suivante : « Le jour où nous plierons (3) les cieux, comme as Sidjill plie les livres ». Ce mot ressemble tellement au mot latin *sigillum* (4) qu'il est difficile de n'y pas voir ce sens : « comme on roule les livres (ou les écrits) pour y apposer le *sigillum* (sceau)». Une légère correction donnerait exactement ce sens. Il suffirait de lire كطى للسجل الكتب au lieu de كطى السجل للكتب. Il faudrait supposer cependant qu'à l'origine il y avait كطى الكتب للسجل et que les interprètes qui y voyaient un nom

(1) Cf. Wellhausen, *Muhammed in Medina*, p. 345.

(2) Cf. Caussin de Perceval (*Essai*, III, 236); Dozy (*Histoire des Musulmans d'Espagne*, I, 47).

(3) C'est-à-dire : « plierons » ou « roulerons » à la façon d'un tapis.

(4) Ou le grec σιγίλλιον. Frænkel (*De vocabulis in... Corano peregrinis*, p. 17) écrit σιγίλλον ; mais la première forme est celle de Zonaras cité par R. Estienne, *Thesaurus gr.* et Ducange, *Gloss. inf. graec.*

propre ont interverti et corrigé en même temps. La forme كطى للسجل الكتب serait en effet incorrecte. En rétablissant à nouveau la forme supposée primitive, on aurait : « nous plierons les cieux comme on plie les livres pour le sceau ». Le sens du texte actuel sera, en tout cas : « comme le sceau plie (*i. e.* nécessite, pour son application, qu'on plie) les livres ». La phrase a alors un aspect si peu naturel que l'on a été aisément tenté d'y voir un nom propre.

Ce verset est évidemment inspiré d'Esaïe, XXXIV, 4 : וְנָגֹלּוּ כַסֵּפֶר הַשָּׁמָיִם, ἑλιγήσεται ὡς βιβλίον ὁ οὐρανός, « les cieux seront roulés comme un livre ». Y a-t-il un rapport entre la racine hébraïque גלל et l'arabe سجل ?

La même image se retrouve dans *Apocalypse*, VI, 14 : καὶ ὁ οὐρανὸς ἀπεχωρίσθη ὡς βιβλίον ἑλισσόμενον, et dans les livres Sibyllins, III, 81-82 :

ὁπόταν Θεὸς αἰθέρι ναίων
Οὐρανὸν εἱλήσῃ, καθάπερ βιβλίον εἱλεῖται.

Ṭabarî (*Commentaire*, XVII, 70-71) note les interprétations suivantes : 1° *as sidjill* est un ange (1); 2° un homme qui écrivait pour le P. (c'est l'opinion d'I. ʿAbbâs) ; 3° c'est le feuillet, صحيفة, sur lequel on écrit. Ṭabarî se rallie à la troisième, et explique le ل de للكتب comme ayant le sens de : على I. al Athîr (*Ousd*, II, 261) fait au pseudo *As Sidjill* une place, d'après l'interprétation d'I. ʿAbbâs, mais le traite d'*inconnu*, مجهول.

Page 3, l. 6-8.

Pour ne pas mêler toutes les questions, j'ai admis provisoirement, dans l'exposé de ma thèse, le récit traditionnel des deux recensions officielles sous Aboû Bakr et sous ʿOuthmân. Mais je dois indiquer quelques-unes des raisons qui me font tenir ce récit pour très suspect.

(1) C'est l'opinion la plus répandue. Cf. Niekrens (*Die Engel-und Geistvorstellungen des Korans*, p. 35-36) qui remarque que Sprenger a, le premier, traduit : zum Siegeln (*Lehre*, II, 445).

En premier lieu, comme je l'ai dit plus haut (page 100), le récit nous est parvenu par la voie du *ḥadîth* et non par celle de la chronique. Il est donc à craindre qu'il n'ait été inventé à l'époque de la compilation du ḥadîth et, peut-être, pour répondre à certaines attaques contre le mérite du C. Voilà pourquoi, je pense, le premier en date des compilateurs, al Boukhârî, le place dans le livre des *faḍâ'il* ou mérites exceptionnels du C.

Voici comment il le présente (1).

« Chapitre de la réunion, جمع, du C. D'après Mousâ b. Isma'îl qui le tenait d'Ibrahîm b. Sa'd, I. Chihâb (2) s'exprime ainsi. D'après 'Oubeïd b. as Sabbâḳ, Zeïd b. Thâbit fit le récit suivant : « A. Bakr, lors du massacre des gens du Yamâmat « me fit appeler. 'Oumar b. al Khaṭṭâb était auprès de lui. A. « Bakr dit : *'Oumar est venu me dire :* « *la mort, à la journée* « *du Yamâmat a considérablement sévi sur les récitateurs,* قُرّاء « *du C. Je redoute qu'elle ne sévisse de même sur eux dans les* « *divers pays et qu'une grande partie du C. ne disparaisse. C'est* « *pourquoi j'estime que tu dois ordonner la réunion du C.* ». *Je* « *lui répondis : Comment ferais-tu une chose que le P. n'a pas* « *faite? 'Oumar riposta :* « *Par Dieu! cela est un bien* ». « *'Oumar revint à la charge, tant et si bien que Dieu m'ouvrit la* « *poitrine* (3) *à ce sujet, et j'eus le même sentiment que* « *'Oumar*. A. Bakr, dit Zeïd, ajouta : *Tu es jeune, intelli-* « *gent; nous ne te suspectons pas. D'ailleurs tu as écrit la* « *révélation pour le P. Donc recherche le C. et réunis-le*. Par « Dieu! s'il m'avait chargé du transport d'une montagne, ce « n'eût pas été pour moi plus lourd que cette besogne : réunir « le C.! Je dis : *Comment ferez-vous une chose que le P. n'a* « *pas faite?* A. Bakr répondit : *Par Dieu! cela est un bien.* « Puis il revint à la charge, tant et si bien que Dieu me « rasséréna sur ce point comme il avait rasséréné A. Bakr

(1) Ed. Krehl, III, 392 *k. faḍâ'il; bâb* 3.

(2) C'est le célèbre az Zouhrî qui, au dire des Musulmans, fut le premier compilateur du ḥadîth, اوّل من دوّن الحديث. Cf. Goldziher (*Muḥamm. Stud.*, II, 210). J'aurai bientôt l'occasion d'en parler.

(3) C'est-à-dire : « me rasséréna ». Cf. plus haut (1re part., page 42, note 6).

« et 'Oumar. Je recherchai le C. pour le réunir, etc. (1). »

On remarquera tout d'abord qu'il y a contradiction avec la tradition recueillie par le même Boukhârî, reproduite par nous plus haut (page 99) qu'au temps même du P., quatre *Anṣârs* avaient réuni, جمع, le C. Ici, A. Bakr et Zeïd affirment successivement que cette réunion n'a pas été faite par le P. (c'est-à-dire par ordre du P.). Si donc l'une et l'autre traditions sont rigoureusement authentiques, Zeïd inflige un désaveu formel à ceux des Anṣârs qui s'étaient permis cette opération. A moins qu'A. Bakr, 'Oumar et Zeïd fussent complètement ignorants de cette particularité ! Nous voilà donc fort embarrassés !

A priori, il paraît invraisemblable que le C. n'ait pas été réuni au temps même du P. ou, au moins, immédiatement après sa mort. Pour qu'il n'en ait pas été ainsi, il faut une raison péremptoire et d'un caractère spécial. La thèse que nous soutenons fournit une telle raison. A quoi bon réunir le C. si l'heure est imminente ? A quoi bon en connaître par cœur tel ou tel élément du moment qu'on suit les prescriptions si simples de l'islam : un Dieu unique, la résurrection, le prophète qui l'annonce, voilà pour le dogme ; la prière, l'aumône, le pèlerinage, voilà pour la pratique. Nous conclurons donc que Zeïd avait raison ; ni le P. ni ses contemporains n'y avaient songé. Mais, pour que les Musulmans y aient songé après lui, il faut qu'ils aient renoncé à cette croyance dans la fin imminente du monde et qu'ils se soient résignés à expliquer plus ou moins allégoriquement les affirmations de M. à ce sujet. Ce ne peut être que beaucoup plus tard. Nous renvoyons donc Zeïd et les autres « rassembleurs » dos à dos.

Quant à admettre une seule des traditions comme vraie au détriment de l'autre, c'est ce qui me paraît impossible sans tomber dans l'arbitraire. Nöldeke (*Gesch.*, 189-190) constate simplement leur antinomie et en conclut que la seconde est seule exacte. Mais on peut en conclure, aussi bien, que c'est la première qui, seule, vaut. L'argumentation de M. Nöldeke est que si vraiment le C. avait été réuni sous M., on ne se serait pas

(1) La même tradition est reproduite ailleurs : *K. tafsir* ; *soûr.* براءة *in fine* (éd. Krehl, III, 257) et *K. aḥkâm* ; *bâb* الامام ا (*ibid.*, IV, 398).

donné, plus tard, tant de peine pour le réunir (1). Mais, il n'y a qu'à nier qu'on se soit effectivement donné tant de peine pour le réunir. Affirmer que la deuxième version est une tradition non ambiguë « unzweideutige » (2) n'empêche pas d'affirmer que la première n'est pas davantage ambiguë. Le choix est arbitraire.

Mais enfin il faut choisir. Acceptons donc la seconde. Zeïd réunit le C. Qu'en va-t-il advenir? Rien. Les choses resteront en l'état et il va falloir recommencer. Voilà qui est bien étrange si on admet que la conservation de ce texte ait été jugée indispensable par A. Bakr et 'Oumar. Il est vrai, nous dira-t-on, qu'un unique exemplaire de cette recension fut retrouvé et servit de base à la seconde recension. Mais qui ne sait que cette histoire d'exemplaire ancien, reconstitué ou retrouvé d'une façon plus ou moins miraculeuse, est le procédé habituel quand il s'agit de faire passer sur le papier des doctrines religieuses jusqu'alors purement orales?

Passons maintenant à la troisième tradition sur la « réunion » du C., et nous y verrons, je crois, que la seconde a tout l'air d'avoir été inventée purement et simplement pour justifier la troisième, laquelle, à son tour, ne fut probablement inventée que pour justifier l'opération réelle de la rédaction officielle accomplie beaucoup plus tard.

C'est toujours Boukhârî (*id. ibid.*) qui parle. « Moûsâ b. Isma'îl rapporte d'après Ibrahîm qui le tenait d'Ibn Chihâb à qui Anas b. Mâlik l'avait raconté, le récit suivant : Ḥoudheïfat b. al Yamân était allé auprès de 'Outhmân après avoir conduit les Syriens à une incursion pour la conquête de l'Arménie et de l'Adherbeïdjân avec les Irâkiens. Or, il avait été fort choqué de leurs divergences dans la récitation (du C.). Il dit donc à 'Outhmân : « Émir des Croyants, rattrappe ce peuple avant « qu'il ne se dispute sur la révélation, الكتاب, comme se dis- « putent les Juifs et les Chrétiens ». 'Outhmân envoya dire à Ḥafṣat de nous envoyer les feuillets, صحف, pour que nous les copions dans les exemplaires, المصاحف ; nous les lui rendrions

(1) Wenn sie aber den ganzen Qorân gesammelt haben, warum bedurfte es denn später so grosse Mühe, denselben zusammenzubringen ?

(2) L'affirmation est appuyée sur l'*itḳân* d'as Souyoûṭî (fin du IXe siècle Heg.). C'est une autorité bien tardive.

ensuite. Ḥafṣat les fit remettre à 'Outhmân qui donna des ordres à Zeïd b. Thâbit, à 'Abd Allah b. Zoubeïr, à Sa'îd b. al 'Âṣi, à 'Abd ar Raḥmân b. al Ḥârith b. Hichâm. Ceux-ci copièrent donc les feuillets dans les exemplaires.

« 'Outhmân dit au groupe des trois Coreïchites : « Si vous êtes « en désaccord avec Zeïd b. Thâbit sur quelque point du C., écri- « vez-le dans le dialecte de Coreïch ; car, c'est dans ce dialecte « qu'il fut révélé ». Ainsi firent-ils. Les feuillets une fois copiés dans les exemplaires, 'Outhmân les rendit à Ḥafṣat, etc. » (1).

Qui est Ḥafṣat? Quels sont ces feuillets? Pourquoi les feuillets, صحف, sont-ils opposés aux exemplaires, mot que j'ai adopté à défaut d'autre plus clair pour traduire le مصاحف de la tradition? Le terme مُصْحَف au pluriel مصاحف, signifie : « établi en feuillets » et s'applique plus spécialement au livre contenant la totalité du C. On dit aussi مِصْحَف, qui signifierait proprement : « instrument à feuilleter ». Dans le C. on trouve assez souvent le premier mot (toujours au pluriel), mais jamais le second. Sans discuter le sens d'autres passages, je noterai celui-ci (XCVIII, 2) : « Un prophète venant de Dieu qui récite des صحف purs dans lesquels sont des écrits justes ». Réciter des feuillets paraît bizarre. Ce ne sont donc pas seulement des feuilles matérielles, mais aussi leur contenu qui est désigné par là. En un mot, c'est un terme générique pour indiquer un livre sacré : bible d'Abraham, bible de Moïse, bible de M. Il est donc évident qu'ici il désigne ce que j'appelle la bible de M., donc le C. lui-même. Pourquoi donc l'exemplaire de Ḥafṣat est-il ici désigné d'un nom différent des autres exemplaires qui sont copiés sur lui. L'idée naturelle est qu'il est l'*original* et que les autres sont des copies. Le terme مصحف signifierait donc « fait d'après l'original, صحف » et il ne devrait s'appliquer qu'aux exemplaires copiés ainsi par ordre du Khalife. Par extension, tous exemplaires postérieurs se sont ainsi appelés. Le mot « feuillets » ne serait donc pas ici la vraie traduction (2).

(1) Même récit dans Tirmidhî, II, 187.
(2) Cf. Nöldeke (*Gesch.*, 193, note 1) qui donne une étude philologique très intéressante de ces mots.

Mais quel était cet original et pourquoi se trouvait-il chez Ḥafṣat? Pourquoi enfin, ce qui paraît résulter de la tradition, n'y avait-il qu'un original? Et s'il n'y en avait qu'un, comment le khalife lui-même n'en était-il pas dépositaire? Boukhârî est muet sur ces divers points. Mais, dans la seconde tradition, il y a ces mots que j'avais réservés : « Les feuillets, صحف, furent chez A. Bakr jusqu'à ce qu'il mourut, puis chez 'Oumar, puis chez Ḥafṣat, fille de 'Oumar ». Ces quelques lignes qui terminent la seconde tradition dans trois passages différents ne sont pas rigoureusement identiques dans chacun d'eux. La première fois seulement : il y a : « les feuillets *dans lesquels était réuni le Coran* » et, la troisième fois seulement, « furent chez A. Bakr *pendant sa vie* ». Dans la troisième tradition (recension de 'Outhmân) il y a donc allusion à ces *feuillets* et, par conséquent, les deuxième et troisième traditions ne forment qu'un seul ensemble. Anas b. Mâlik, dans le récit fait à Ibn Chihâb, suppose que tout le monde le comprend quand il s'agit de Ḥafṣat et des feuillets, et trouve naturel que le khalife ait besoin de les faire prendre chez elle. Mais nous pouvons trouver étrange que celui-ci ne les ait pas hérités de 'Oumar? C'était donc partie du patrimoine personnel de 'Oumar puisqu'il était passé à sa fille. C'était donc partie du patrimoine personnel d'A. Bakr, et ce khalife l'avait fait faire pour sa pure satisfaction. Dans l'intervalle, on s'en était fort bien passé et la mort avait épargné les récitateurs.

Les premières copies établies, dit la suite de la troisième tradition, 'Outhmân en fit envoyer une à chaque province, افق, et ordonna qu'*en dehors d'elles tout Coran, ou feuillet ou volume, fût brûlé* (1). Il y avait donc d'autres exemplaires, en feuillets ou en volumes, et ceux-ci différaient évidemment de l'original d'A. Bakr. Qui donc avait réuni ainsi le C., ce que le P. n'avait pas fait et qu'A. Bakr n'avait fait qu'après tant d'hésitations? Ce dernier point nous ramène à la première tradition qui se trouve implicitement justifiée. En réalité, tout le monde avait dû réunir peu ou prou du C. Si A. Bakr en avait un à lui, pourquoi les autres n'en auraient-ils pas eu? Rien, si nous accep-

(1) Les mots en italique ne se retrouvent pas dans Tirmidhî (II, 187).

tons les traditions comme authentiques dans le fond, ne prouve que l'on ait, avant l'initiative de 'Outhmân, attribué à ce Coran d'A. Bakr une valeur supérieure et prééminente. Rien ne prouve que 'Outhmân ait eu le droit de la lui attribuer, et, à plus forte raison, de détruire ceux qui en différaient. En tous cas, il y a eu des Corans de diverses sortes et non pas un seul Coran. Nous avons, tout au plus, le Coran de Zeïd b. Thâbit; nous n'avons pas celui de M.

Si on soutient avec M. Nöldeke (*Gesch.*, 191 et sqq.) que ni Zeïd, ni A. Bakr, ni 'Oumar n'ont pu altérer le C., il faut admettre que *les autres* ne l'ont pu davantage. Pourquoi donc brûler les copies de ces autres, si elles n'étaient pas altérées ? Pour moi, je le répète, je ne puis tirer de tous les récits que cette conclusion. Il y avait, du temps du P. comme après lui, une foule de versions diverses du C., dont une rédigée par Zeïd b. Thâbit; 'Outhmân voulut établir un texte *ne varietur* et prit pour base la version de Zeïd.

La question se complique encore si nous interrogeons I. Sa'd, auteur antérieur à Boukhârî. Dans ses *ṭabaḳât* (1), il consacre un chapitre à ceux qui ont rassemblé, جمع (2), le C. au temps du P. Il s'y trouve, sur ce sujet, dix traditions assez divergentes, qui nomment tantôt six, tantôt quatre, tantôt cinq personnages, en ajoutent de contestés, etc. Dix sont nommés, ce sont : 'Oubayy (par 11 traditions), Mou'âdh (par 10 trad.), Zeïd b. Thâbit (par 8 trad.), Aboû Zeïd (par 7 trad.), Aboû-d Dardâ (par 6 trad.), Sa'd b. 'Oubeïd (par 2 trad.), 'Oubâdat b. Sâmiṭ (id.), A. Ayyoûb (id.), Tamîm ad Dârî (par 3, dont 2 contestées), 'Outhmân b. 'Affân (par 2, dont 1 contestée).

De plus (p. 113, l. 26), une tradition, suivant l'isnâd : M. b. 'Oumar, A. Bakr b. 'Abd Allah b. Sabrat, Mouslim b. Yasâr, Ibn Marsâ, dit : « 'Outhmân b. 'Affân rassembla le C. *sous le khalifat de 'Oumar* ». Quant à la tradition de Zeïd b. Thâbit, elle n'est donnée ni dans ce chapitre, ni dans le suivant qui est précisément consacré à ce personnage. Voilà un démenti très net au récit du ḥadîth, tel que l'a accueilli Boukhârî.

(1) Éd. Sachau, II, 2e partie (par Friedrich Schwally, parue en 1912), p. 112-114.

(2) Variantes : قرأ ; اخذ.

M. Nöldeke (*Gesch.*, 193) a noté cette dernière tradition d'I. Sa'd. Il n'hésite pas à la rejeter. Pour moi, ne voyant aucune raison pour rejeter l'une plus que l'autre, je préfère me récuser. A priori, cependant, je crois que les traditions rapportées par les auteurs les plus anciens doivent (sauf preuve contraire) avoir le pas sur les autres.

En tous cas, il est positif qu'I. Sa'd n'admet que la recension à l'époque même du P. et, exceptionnellement, sous 'Oumar. On peut en conclure que si on connaissait des auteurs plus anciens, ils seraient encore moins favorables à la version de Zeïd b. Thâbit.

Mais, encore une fois, acceptons-la. Que va devenir cette recension officielle ?

Ici les traditionnistes sont muets. Ils sont peut-être convaincus que tout C. ne sera désormais qu'une copie stricte des feuillets de Ḥafṣat. Mais, au dire d'autres auteurs, il n'en est pas ainsi. Il était réservé à un nouveau personnage de donner au C. une dernière forme dont on ne peut nier l'importance. Le célèbre al Ḥadjdjâdj ibn Yoûsouf, le terrible champion des Oumayyades, fit mettre des points diacritiques sur le C. — qui, jusqu'alors, en était totalement dépourvu (1).

En rapportant, sous une forme résumée, les récits traditionnels sur le C., l'abbé Périer, auteur d'une histoire fort bien documentée et fort bien présentée d'al Ḥadjdjâdj, introduit un nouvel élément encore inconnu aux Orientalistes et qui, examiné de près, donne une toute autre physionomie à cette dernière recension (2). C'est l'ouvrage du chrétien Ya'ḳoûb al Kindî, dont je dois ici dire quelques mots.

La première mention en est due, si je ne me trompe, à Silvestre de Sacy qui, dans les notes de l'appendice d'Abd-allatif (*Relation de l'Égypte*, p. 488) signale « dans la Bibliothèque « Impériale, parmi les manuscrits syriaques, sous le n° 257,

(1) Nöldeke (*Gesch.*, 306-308) d'après des auteurs assez tardifs. Le savant allemand remarque avec raison la coïncidence de cette recension avec l'islamisation des chancelleries et des monnaies. L'époque de 'Abd al Malik est celle d'une réorganisation profonde dans tous les ordres. Cf. Becker, *Beiträge zur Geschichte Aegyptens*, p. 97 *in fine*.

(2) Périer (*al-Ḥadjdjâdj*, 255-256).

« une défense de la religion Chrétienne contre les objections « des Musulmans ; écrite en caractères Syriaques, mais en « langue Arabe, et dont l'auteur est nommé (*fol.* 13 *recto*) « *Yakoub Kendi* ». S. de Sacy donne quelques détails et propose (à tort, nous le verrons) d'y voir un Kendi qui florissait vers l'an 893 de Jésus-Christ (280 de l'hégire).

Steinschneider (1) renvoie à ce passage de S. de Sacy, en décrivant, sous le numéro 112 b : كتاب الكندى اليعقوبى, et il ajoute que les mss. de Paris 204 et 205 établissent l'identité de cet ouvrage avec celui qu'il a décrit sous le numéro 75 et qui répond au ms. karchouni de la Bibliothèque de Gotha, n° 160 (catalogue Möller).

Zotenberg, dans le Catalogue des mss. syriens de la Bibliothèque Nationale, décrit en effet, sous les n°s 204 (anc. fonds 126 ; Colbert 4643) et 205 (anc. fonds 127 ; Colbert 4832) deux mss. karchounis. Le second a été exécuté en 1930 des Grecs (1619 de J.-C.).

Pertsch, dans le Catalogue de la Bibliothèque de Gotha, signale sous le n° 2884, 1, le ms. correspondant au n° 160 (Möller). Il renvoie à Steinschneider, et donne, en outre (2), quelques indications bibliographiques. Il signale, en effet, une première édition à Londres, 1880, petit 8°, 166 p., et nous apprend que l'éditeur est Rev. Anton. Tien, à Gravesend (Kent) (3). Enfin il signale une seconde édition en 1885 avec titre : *The apology of El Kindi,* etc.

Dans le *Supplément aux dictionnaires* (paru en 1881), Dozy, en tête de la liste des auteurs cités indique : « Abd-al-masîh « al Kindi.... ouvrage sur la religion chrétienne (*sic*) dont une « édition a été commencée à Londres; mais elle a été mise au « pilon parce qu'elle était trop mauvaise. M. Wright en a vu « des épreuves ».

(1) *Polemische und apologetische Literatur*, p. 131. L'auteur, par inadvertance, écrit : Abulfeda au lieu de : Abd-allatif.

(2) Notes du tome V, p. 61 (et non pas 60, comme le dit l'index).

(3) D'après Goldziher, communication de décembre 1883. Références : Wissentschaftlicher Jahresbericht für 1881, p. 128, note 96 (cf. Goldziher, *Muhamm. Stud.*, II, 401, n. 2) ; Muir ; *Journal of the Roy. As. Soc.* Nouvelle série XIV (1882), p. 118 (lire : 1-18).

Très peu après la 1re édition, W. Muir en donnait dans *Indian Female Evangelist* (avril 1881) une esquisse qu'il reprenait et complétait, en 1882, dans un travail important portant le titre suivant : The Apology of al Kindy, written at the court of al Mâmûn (A. H. 215 (1); A.D. 830) in defence of Christianity against islam. With an Essay on its Age and Authorship read before the Royal Asiatic Society (2). Il établit d'une façon irréfutable l'authenticité du livre qui contient un passage cité par al Biroûni, et, d'après le texte, il essaie d'en fixer la date. En effet, d'une part, il est fait allusion à Bâbek le Khorramite qui se révolta au début du IIIe siècle Hégire; d'autre part, l'auteur dit qu'un peu plus de 200 ans se sont écoulés depuis l'hégire. W. Muir propose 215. Mais le texte dit (3) : لان هذه نيف ومائتا سنة قد مضت من ذلك الوقت. Or نيف indique un nombre compris entre 3 et 10; donc la date de l'écrit est entre 203 et 210. Le texte relatif à Bâbek confirme ce point. En effet (1re éd., p. 47) on lit : اتابك (= بابك) خرمى هذا الذى قد تناهى الى سيدنا امير المومنين والينا خبره بما عمل وارتكب من ظلم الناس « ce Bâbek Khorramî dont la nouvelle est parvenue à notre maître l'émir des Croyants et à nous, au sujet de ses actes et des crimes qu'il a commis envers les hommes ». Cela semble bien indiquer que la nouvelle en est encore récente à la cour, qu'elle y est encore le sujet des entretiens. Or Mas'oûdi (*Prairies*, VII, 62) annonce, en 204, cette révolte de Bâbek. C'est donc vers cette année que la nouvelle en fut connue à la cour de Bagdad, et la date véritable doit être 204 ou 205.

W. Muir donne de l'apologie d'al Kindî une analyse très détaillée qui, dans les passages les plus importants, prend l'allure d'une traduction. Dans sa préface, il mentionne spécialement le rôle d'al Ḥadjdjâdj (p. XI, et note).

Pour compléter ces indications bibliographiques, je citerai les quelques lignes consacrées à la lettre d'al Kindî et autres controverses similaires par M. Blochet (4). M. Blochet ne con-

(1) Date un peu arbitraire, comme nous verrons.
(2) Cet *Essay* est la reproduction de l'article signalé par Pertsch.
(3) Reproduit par W. Muir, p. IX.
(4) *Revue d'histoire des Religions*, 1898, t. XXXVII, p. 37.

naît que les manuscrits karchoûnis de la Bibliothèque Nationale 204, 205, et un ms. arabe copié en 1887 et acquis par la Bibliothèque Nationale. Dans le catalogue manuscrit, ce dernier porte le n° 5141. L'auteur de l'explicit de ce manuscrit paraît avoir utilisé la préface de W. Muir; mais soutient cependant que l'auteur est le même qu'al Kindî le philosophe, assertion très péremptoirement réfutée par Muir.

L'authenticité de la lettre d'al Kindî est hors de doute; elle contient des détails qu'un faussaire eût difficilement inventés et qui sont confirmés par d'autres indices. En effet, elle a été traduite au moyen âge, en latin. On peut en reconnaître deux versions, l'une qui daterait de 1141 de notre ère et a été imprimée dans l'*Alcoranus* de Bibliander (1543 et 1550), l'autre qui est restée manuscrite.

Dans l'*Alcoranus* de 1543, le texte figure dans la deuxième partie intitulée *Confutationes*, etc., (pages 1 à 20) et il est suivi de quelques mots au lecteur. Il en est de même pour l'édition de 1550, mais le texte y est disposé sur deux colonnes par page et contient trente colonnes numérotées. J'ai cette seconde édition sous les yeux. Le texte débute par ce titre : « De haeresi Heraclii et principatu ac lege Machumeti. Disputatio Christiani eruditissimi, etc., etc. ». Deux paragraphes de préambule finissent par ces mots : « Hunc autem librum fecit dominus Petrus abbas Cluniacensis de Arabico in Latinum transferri, a magistro Petro Toletano, juvante Petro monacho scriptore; cum esset idem abbas in Hispaniis constitutus, cum imperatore Alphonso, eo anno quo idem imperator Choriam civitatem cepit, et inde Saracenos fugavit ».

Ce qui suit répond à la traduction du texte de Londres (1880) à partir de la page 42, l. 8 هذا الرجل كان يتيما فى حجر عمه عبد مناف ainsi traduit : « Homo igitur iste videlicet Machumet, pupillus fuit in sinu patrui sui Abdamanef ». La traduction saute beaucoup de lignes et déforme les noms propres, mais est exacte. Le texte arabe est suivi (de la page 42 à la page 123) jusqu'à la colonne 20. A partir de là, il n'y a plus concordance, et il semble que ce soit un résumé très condensé. A la fin (col. 30) il est dit : « Haec breviter excerpsi». Le passage relatif à la constitution du C. et à ses diverses recensions se trouve col. 13-16.

On y voit mentionné le rôle de Elehagig filius Vizes (*sic*) = الحجاج بن يوسف.

Aucun des auteurs qui ont traité de la matière n'ont pu déterminer l'original de cette *disputatio*. Des trois plus récents, Leclerc (1), Wüstenfeld (2), Steinschneider (3), le troisième seul a eu des vues justes. Le premier ne connaît de Pierre de Tolède et du frère Pierre qu'une traduction du C. (*sic*) et ne les nomme que d'après une lettre de Pierre, abbé de Cluny, à Saint-Bernard, sans autre référence (p. 384-385). Le second a mal compris la lettre de l'abbé de Cluny (reproduite en tête de l'Alcoranus) et a confondu la traduction annoncée au début avec le résumé qui en est fait, plus loin, dans la dite lettre et qui commence par ces mots : « Incipit quaedam summula brevis contra haereses et sectam diabolicae fraudis Saracenorum sive Ismahelitarum » (p. 47-48). Il n'a donc pas reconnu la traduction là où elle était.

Avec M. Steinschneider nous sommes sur un terrain de vraie érudition. Il analyse la lettre de l'abbé de Cluny, et montre que la traduction a été reproduite par Vincent de Beauvais (Spec. Hist. libr. 24) avec les mêmes détails d'origine que Bibliander a donnés plus tard (*Polemische Literatur*, p. 228-234). Il se demande si cette traduction doit s'identifier avec le *dialogus Christiani contra Saracenum*, qui figure dans la première édition de la *Disputatio* d'Alphonse Bonhomme (ibid., p. 138; 234 *in fine*; cf. *Europæischen Uebersetz.* A, p. 60, § 94). J'ai pu voir cette première édition (1465) à la Bibliothèque Nationale (4), et me suis assuré qu'il n'y avait aucun rapport entre ce *dialogus* et la *risâlat* d'al Kindî. C'est, en effet, un dialogue alterné entre deux interlocuteurs qui se répondent par nombreuses et courtes répliques.

(1) *Histoire de la médecine arabe*, t. II (Paris, 1876), livre VIII.

(2) *Die Uebersetzungen Arabischer Werke* (*Abhandl. Königl. Ges. der Wissenschaften*, XXII, Göttingen, 1877).

(3) *Polemische und apologetische Literatur* (*Abhandl. für die Kunde des Morgenl.*, VI, n° 3) et *Die europäischen Uebersetzungen aus dem Arabischen* (*Sitzungsberichte kais. Ak. der Wissens.*, Vienne, 1904 et 1905, avec introduction dans *Anzeige der Phil. histor. klasse der Ak.*, année 1904, nr II).

(4) Catalogue des Imprimés, § Buenhombre. Le *dialogus* est inséré entre fos LVI et LVII.

Je passe aux traductions manuscrites qui sont très complètes, au moins dans les deux manuscrits de la Bibliothèque Nationale que j'ai pu consulter.

Reinaud (1) a déjà remarqué que le manuscrit latin n° 3393, (fol. 153 v°) contient « une lettre d'un Sarrazin, cherchant à attirer un Chrétien à sa religion, et la réponse du Chrétien qui le réfute par des arguments victorieux » (pages x et xi) (2) et que ces deux pièces appartiennent à des recueils contenant la compilation de Bibliander. Il ajoute qu'elles manquent dans l'édition et « qu'elles manquaient sans doute aussi dans le manuscrit dont s'est servi Bibliander puisqu'il ne les a pas reproduites » (page xiii, note 1). Évidemment, Reinaud n'a pas eu le courage de lire attentivement la compilation.

Leclerc, de son côté (3), signale dans le ms. 3649 de la même bibliothèque « lettre d'un Sarrasin à un Chrétien et réponse du Chrétien au Sarrasin » dont il attribue la traduction à Alphonse Bonhomme. Il déclare : « impossible de déchiffrer le nom du « musulman,... sous le nom d'El-chesinî filius al ahabet, à peine « peut-on tirer le nom d'El Cassem ». Il est évident qu'avant d'avoir le texte arabe sous les yeux on n'y pouvait reconnaître : الهاشمي من ولد العباس « le Hâchimite, de la famille 'abbâsside ».

Son analyse, très rapide, est exacte. Nous allons la reprendre, car c'est ce manuscrit que nous avons tout particulièrement étudié.

Le manuscrit, que le catalogue attribue au xve siècle, contient : 1° Saraceni Christianum ad suam sectam invitantis et Christiani eidem sinceram fidem persuadentes epistolae ; 2° Epistola Rabbi Samuelis, etc. (l'œuvre célèbre d'Alphonse Bonhomme) (4).

Voici la copie du prologue (5); j'y joins le texte arabe pour

(1) *Roman de Mahomet...* par Reinaud et Francisque Michel, Paris, 1831 (préface).

(2) Il signale les mêmes pièces dans un ms. de la Bibliothèque de l'Arsenal, mais sans le préambule.

(3) *Hist. de la médecine arabe*, II, 480-481.

(4) D'après le titre, les deux pièces seraient l'œuvre d'Alphonse Bonhomme en 1339.

(5) Je tiens à remercier M. Dorez qui m'a aidé à déchiffrer les abréviations nombreuses du texte.

qu'on voie l'exactitude de la traduction (les déformations des noms propres étant dues aux copistes).

F° 2, r°. Tempore abdalla helmemun (1) emir helmomini fuit quisdam vir de prudentissimis et excellentissimis helehesimim filiis alhabet de familiaribus regis; notus in religione et probitate et in fide maurorum perfectissimus atque profundus et implens mandata ejus. Manifestus in hoc tam in publicis quam in privatis. Et erat illi amicus de christianis doctus et sapiens ex quinda oriundus in fide Christianorum perfectus et erat in servitio regis et proximus illi. Et amici erant carissimi ad invicem : alter in alterum mutua amicitia confidentes. Et erat emir helmomini helmemun et omnes primates et adherentes regno ejus scientes hoc. Horum duorum nomina aliqua de causa scribere recusavimus. Scripsit itaque helesimini christiano cartam : cujus exemplar hoc est.

ذكر انه كان فى زمن عبد الله المامون رجل من نبلا الهاشميين واظنه من ولد العباس قريب القرابة من الخليفة معروف بالنسك والورع والتمسك بدين الاسلام وشدة الاغراق فيه والقيام بفرائضه وسننه مشهور بذلك عند الخاصة والعامة وكان له صديق من الفضلا ذو ادب وعلم كندى الاصل مشهور بالتمسك بدين النصرانية وكان فى خدمة الخليفة وقريبا منه مكانا فكانا يتوادان ويتحابان يثق كل منهما بصاحبه وبالاخلاس له وكان امير المومنين المامون وجماعة اصحابه والمتصلون به قد عرفوهما بذلك وكرهنا ان نذكر اسميهما لعلة من العلل فكتب الهاشمى الى النصرانى كتابا هذه نسخته

Les principaux passages qui servent à appuyer l'authenticité de cette lettre sont : 1° les sacrifices humains des Harraniens (citation d'al Bîroûnî); 2° la mention de Bâbek al Khourramî. Nous trouvons le premier au f° 14 r° : « Nos quoque accepi-

(1) Il est surprenant que Leclerc ait lu : Abdallah Hebeniemu emir al Moumi-nin, ce qui l'a fort dérouté.

mus quod Abraam post nonaginta annos descendit in aran, حران, et erat cultor ydoli quod vocabatur elize, العزى. Ipsum enim ydolum notum erat in aran et colebatur sub nomine lunae et habitatores aran ei serviebant. Qui etiam cultus in progenie eorum permanet usque nunc non latenter sed publice sed praeter publica sacrificia quae faciunt de hominibus quae in aperto facere timent. » Le deuxième passage (21 v° *in fine*) est ainsi traduit : « Behig elgurmi cujus scelerata fama ad dominum nostrum emir helmomini et ad nos usque manavit ». Si on corrige *h* en *b*, on voit que Behig elgurmi répond à بابك الخرمى, le ز arabe étant transcrit par un *g* (1).

A la fin se trouve une conclusion signalée par Leclerc et qui manque dans l'édition de Londres (2). Comme elle est courte et fort curieuse, je crois bon de la reproduire (f° 65 r°). « Conclusio lata a rege emir-helmomini infideli pro Christiano. Quum vero pervenissent istae duae epistolae ad emirhelmomini jussit et christianum et maurum venire apud se et utriusque epistolam recitari et non destitit intente et diligenter audire donec perlectae sunt et dixit mauro utinam non provocasses eum, nec hoc certamen cum ipso committeres. Tu enim sciebas eum doctum et prudentem in omnibus nunc enim nichil (*sic*) ei respondere possumus. Dixit quoque item emirhelmomini. Nos scimus duas esse fides unam istius secli et alteram futuri. Fides vero et institutio hujus secli est quam dedit daradast (*sic*) (3) fides autem futuri secli quam dedit Christus orationes dei super eum. Sit nobis deus adjutor et protector procurator benignus in omnibus amen. Explicit ».

Le ms. latin 3393 contient : 1° Alcoranus ex arabico.... a Roberto Ketenensi....; 2° Chronica mendosa et ridicula Saracenorum; 3° Saraceni ad Christianum epistola.... sequitur Christiani responsum; 4° Petri Venerabilis... epistola. Le Catalogue le dit du xve siècle. On voit, comme le dit Reinaud, que

(1) Probablement un *q* primitif; *cf.*, dans le prologue, كندى rendu par : « ex quinda ».

(2) M. Massignon me fait remarquer que cette édition signale la dite conclusion, comme se trouvant dans un manuscrit égyptien.

(3) L'édition de Londres écrit : دراستة et propose de lire : زرادشت, qui, en effet, répond mieux (avec l'erreur si fréquente : د pour ز) à la transcription latine.

ce sont les éléments de la compilation de Bibliander qui, il est vrai, a substitué au texte complet de la lettre du Sarrazin et de la réponse du Chrétien, l'abrégé de la réponse donné jadis par Vincent de Beauvais. Lettre et réponse sont identiques terme pour terme avec la traduction contenue dans le 3649; les seules divergences sont dans les noms propres. Elles vont des f°s 153 v° à 195v° qui contient la conclusion. A 168 v° on lit : « behig elguran = بابك الغرمى ».

On m'excusera d'avoir donné tous ces détails. Ils prouvent que l'ouvrage était connu en Espagne du XIIe au XIVe siècle. Les manuscrits arabes qui le contenaient existent-ils encore dans quelque bibliothèque d'Espagne? Il serait intéressant de les y retrouver (1).

(1) Ibn Ḥazm (384-456) écrivait en Espagne à peu près vers le même temps qu'al Biroûnî (362-440). Il a dû connaître, aussi bien que lui, la *risâlat* du Kindite et c'est probablement à elle qu'il fait allusion quand il réfute les objections des Chrétiens sur l'authenticité du C. Sauf en ce qui concerne le travail d'al Ḥadjdjâdj, on y retrouve les principales imputations du Kindite. Je ne puis que résumer l'argumentation de l'auteur espagnol (éd. du Caire, Heg. 1317-1321; II, 75-80). Les Chrétiens disent : le C. d'Ibn Mas'oûd, مصحف عبد الله بن مسعود, diffère de votre C. مصحفكم; 'Outhmân a supprimé beaucoup de lectures, قراآت, authentiques en rédigeant le C. d'après une seulement des sept versions, الاحرف السبعة, dans lesquelles il a été révélé. I. Ḥazm répond que le C. d'I. Mas'oûd ne présente de divergence que dans sa lecture, قراءته, qui est celle de 'Âṣim, bien connue chez tous les Musulmans. [Voilà une nouvelle interprétation qui ne se concilie guère avec la haine que portait al Ḥadjdjâdj à cette lecture].

Quant à 'Outhmân, il y avait, de son temps, de nombreux Musulmans et des C., مصاحف, et des mosquées et des lecteurs. A Koûfa et ailleurs, il y avait des C. *innombrables;* jamais 'Outhmân n'aurait pu faire de suppressions. [S'il y avait tant de C., ou ils étaient tous d'accord, et alors la recension de 'Outhmân est incompréhensible, ou il y avait des divergences et elles devaient être graves puisque le khalife fit brûler tout ce qui n'était pas conforme à sa recension. — Après cette réfutation sommaire, l'auteur fait, à sa façon, qui d'ailleurs diffère des autres, l'historique de la question]. Du temps du P., dans tous les pays conquis, on bâtit des mosquées où on lisait le C.; après sa mort, sous A. Bakr, on ne fit que multiplier la lecture du C., grâce à l'extension des conquêtes, et *les gens réunirent les C.*, المصاحف, *comme 'Oubayyi, 'Oumar, 'Outhmân, 'Ali, Zeïd, A. Zeïd, I. Mas'oûd, etc.*, et il n'y eut pas de pays qui n'eut son *mouṣḥaf*. [Le récit de Zeïd sur la première recension, par ordre d'A. Bakr, est implicitement rejeté]. A. Bakr meurt; 'Oumar ajoute à ses conquêtes et les *mouṣḥafs* de se multiplier; à la mort de 'Oumar, il devait bien y en avoir dans les cent mille (*sic*). Puis vient 'Outhmân; à ce moment, nul, s'il eut voulu compter le nombre des *mouṣḥafs*, ne l'eût pu. [Et l'auteur conclut] : Comment aurait-on pu changer un mot au C.? Si quelqu'un avait voulu ajouter ou supprimer un vers de Nâbighat, de Zouheïr, etc.,

Il faut donc, je crois, dans l'histoire critique du C., faire une place de premier ordre au Chrétien Kindite.

Ecrivant vers 204 de l'hégire, il est le plus ancien des auteurs connus de nous qui aient relaté les diverses péripéties de la composition du Coran, Boukhârî étant né en 194 (1). Ce qu'il en dit est de la plus haute importance.

D'abord, nous remarquerons qu'il est muet sur une recension d'Aboû Bakr. Le Coran de M. aurait été rédigé sous l'inspiration du moine Sergius (2). A la mort de ce dernier, deux docteurs juifs, ʿAbd Allah [ibn Salâm] et Kaʿb [al Aḥbâr] héritèrent de son influence. A la mort du P., ils gagnèrent ʿAlî et, dans le texte qu'il avait reçu de M., firent de nombreuses interpolations. Lorsque ʿAlî se résigna à prêter hommage à Aboû Bakr, celui-ci lui demanda pourquoi il était resté si longtemps (quarante jours ou, selon d'autres, six mois) à l'écart. ʿAli répondit : « J'étais occupé à réunir le livre de Dieu, car le P. me l'a recommandé, كنت مشغولا بجمع كتاب الله لان النبى اوصانى بذلك (3). »

Que peut bien signifier ce mot : être occupé à réunir le livre de Dieu ? s'exclame al Kindî, ne sait-on pas qu'al Ḥadjdjâdj a, lui aussi, réuni le Coran, المصاحف, et il en a supprimé bien des choses ! Est-ce que le livre de Dieu est *réuni ?* Est-ce que quelque chose en est supprimé ?

Cette exclamation d'al Kindî paraît un peu obscure. Evidemment, ce qui le met hors de lui, c'est l'expression : *livre de Dieu*. Il trouve étrange que ce que les Musulmans appellent de ce nom ait pu subir le moindre changement, la moindre tractation. Pour lui, si un tel livre existait, il aurait un caractère

il ne l'aurait pu. [Voilà une dernière assertion qui, au regard de la critique moderne, paraîtra quelque peu outrecuidante ! En tous cas, il est clair, et c'est ce que je voulais montrer, c'est qu'I. Ḥazm ignore complètement l'historique *classique* du C., tout comme I. Saʿd et le Chrétien Kindite, ainsi que nous allons le voir. Etant donnée la grande autorité de l'écrivain espagnol, c'est un argument non méprisable contre la valeur de cet historique.]

(1) Ibn Saʿd, mort en 230, a peut-être écrit dans le même temps qu'al Kindî. Nous avons vu que ses indications ne sont pas strictement les mêmes que celles de Boukhârî (voir page 109).

(2) Ou Baḥira, voir 1re pie, p. 25.

(3) 1re éd., p. 78, l. 17.

immanent, indiscutable ! Ainsi conçue, son objection est bien celle que le simple bon sens oppose à l'authenticité du C., dès qu'on fait abstraction des récits musulmans. Comment M. n'aurait-il pas pris, lui-même, le soin d'établir le C. *ne varietur?* Comment ses secrétaires n'auraient-ils pas fait ce travail? C'est à cette objection qu'ont répondu ceux qui, nous l'avons vu, affirment que ce travail a été fait. Mais d'autres affirmations y sont contraires, et al Kindî se range de leur côté. Avant de donner quelques détails sur l'acte d'al Ḥadjdjâdj, il nous conte à sa façon l'histoire du C. Elle diffère sensiblement de celle qu'a faite M. Nöldeke (1) ; mais l'auteur prend bien soin d'affirmer qu'il est d'accord avec les Musulmans, et que c'est à eux qu'il emprunte ses renseignements, وانت واهل مقالتك عارفون بذلك غير منكرين لان الثقات من رواتكم نقلوا هذه الاخبار وصححوها. Il affirme même qu'il n'y a pas, là-dessus, de désaccord chez eux : فليس بينهم فيها خلف. Donc ils rapportent que le premier exemplaire, نسخة, était celui qui était chez les Koreïchites, بين القريشيين et que ʿAlî, en ordonna la saisie, امر باخذها, pour le mettre à l'abri de toute addition ou suppression. C'était la copie, conforme à l'Évangile, que M. avait reçue de Nestorius (2) appelé par les Musulmans tantôt Gabriel, et tantôt Esprit Saint, الروح الامين. Quand ʿAlî dit à A. Bakr qu'il réunissait le C., on lui dit : « nous avons une version et tu en as

(1) La première édition (1860) ignorait le livre d'al Kindî. La seconde en traitera sans doute dans le deuxième volume qui, au moment où j'imprime ces lignes, n'a pas encore paru (décembre 1913).

(2) Le texte (p. 79, l. 6) porte bien : نسطوريوس. W. Muir traduit : Sergius (p. 25). D'ailleurs, il avait été appelé Sergius, سرجيوس, au début du récit. Cf. Bibliander, *Alcoranus*, 2e éd. (*Disputatio Christiani*), col. 13, *med.* Prideaux, qui a souvent utilisé cette *Disputatio*, dit que c'est de là que vient le nom de Sergius adopté par les écrivains d'Occident, bien qu'ignoré de ceux de l'Orient (*Vie de Mahomet*, Amsterdam, 1698, p. 45). Masʿoûdî, cependant, signale, dans les livres des Chrétiens, la forme سرجس (*Prairies d'or*, I, p. 146). Peut-être fait-il allusion à la *risâlat* d'al Kindî.

Pourquoi, dans le cours du récit (traduction latine et texte arabe) Sergius devient-il Nestorius ? Je suppose qu'il y a confusion et qu'il faut entendre : « le Nestorien ». Je reviendrai là-dessus dans les *Notes complémentaires* de la 1re partie, page 25, l. 12.

une. Est-ce que le livre d'Allah est réuni (1)? » Al Kindî ne nous dit pas quelle réponse fit 'Alî; mais il affirme qu'ils se concertèrent et réunirent les fragments qu'ils avaient conservés en leur mémoire, ou qui étaient écrits sur des pierres, des feuilles de palmier, etc. (2). Ce ne fut pas réuni dans un volume, مصحف, mais laissé à l'état de feuillets, صحف, et rouleaux ادراج à la façon des rouleaux des Juifs. Il y eut de grandes divergences de lecture. Les uns adoptaient la lecture de 'Alî, d'autres celle des Koreïchites (définie plus haut). D'autres suivaient celle d'Ibn Mas'oûd; d'autres celle de 'Oubay b. Ka'b; toutes deux étant d'ailleurs fort voisines. Le désordre était à son comble quand 'Outhmân arriva au pouvoir. Ici le récit est sensiblement le même que celui de Boukhârî. Quatre exemplaires furent déposés, un à la Mecque, un à Médine, un à Damas, الشام, qui est aujourd'hui à Malaṭîat, ملطية (3). Celui qui était à la Mecque fut détruit du temps d'Aboû-Sarâyâ (200 Heg.). Quant au quatrième exemplaire, il fut déposé à Koûfa. On dit qu'il existe encore; mais, en réalité, il a été détruit lors de l'insurrection d'al Moukhtâr (67 Heg.). Malgré l'ordre donné par 'Outhmân de détruire tous exemplaires, des divergences subsistèrent. L'exemplaire d'Ibn Mas'oûd resta chez lui et, jusqu'à aujourd'hui, il est transmis par héritage (aux siens). De même l'exemplaire de 'Alî est resté dans sa famille.

Puis vint l'opération faite par al Ḥadjdjâdj ibn Yoûsouf qui ne laissa aucun exemplaire sans le *réunir* (4), الا جمعه et faire de larges suppressions. On dit qu'elles portaient sur les noms d'Oumayyades ou de descendants de 'Abbâs (5). Les copies telles qu'elles furent établies par son ordre furent rédigées dans six exemplaires. Un fut envoyé à Miṣr (Fousṭâṭ d'Égypte) un à Damas, الشام, un à Médine, un à la Mecque, un à Koûfa,

(1) C'est, sous une autre forme, la répugnance signalée par Boukhârî successivement chez A. Bakr et Zeïd (plus haut, page 104).

(2) Détails conformes à la tradition de Zeïd. Cf. Nöldeke (*Gesch.*, p. 190-191).

(3) C'est Mélitène (Arménie). On ne s'explique pas ce transfert.

(4) Il faut entendre le mot avec le sens ironique de plus haut (page 119).

(5) Comparez l'assertion de Kashî (cité par Friedländer, *Heterodoxies*, II, 90, l. 2) que le C. contenait primitivement, au dire de Dja'far aṣ Ṣadiḳ, sept noms dont les Koreïchites enlevèrent six pour ne laisser que celui d'A. Lahab.

un à Bassora. Il mit la main sur les anciens exemplaires, les fit plonger dans l'huile bouillante. Ils furent donc détruits, et ainsi, il imita ce que 'Outhmân avait fait.

Voilà un singulier récit (1). Si nous en retranchons le rôle de Nestorius (ou Sergius) et des deux Juifs qui n'est peut-être qu'exagéré, mais sur lequel nous n'avons aucune autre donnée sérieuse, il en résulte que, dès la mort du P., deux versions furent en présence, celle de 'Alî et celle des Koreïchites. Cette dernière, d'ailleurs, fut variable jusqu'au temps de la recension de 'Outhmân, qui lui donna une forme définitive. Cependant celle de 'Alî subsista et même celle d'I. Mas'oûd. Enfin al Ḥadjdjâdj remania la recension de 'Outhmân. Nous avons vu que les Musulmans attribuent un rôle, assez restreint, à al Ḥadjdjâdj. Mais, en groupant certains indices, nous verrons que ce rôle a dû être plus considérable et probablement dans le sens qu'indique al Kindî.

On remarquera d'abord que le récit relatif à la destruction des exemplaires anciens, et l'envoi d'exemplaires types est identique, au fond, dans l'histoire de 'Outhmân et d'al Ḥadjdjâdj. L'un des deux a dû être copié sur l'autre. Si celui d'al Ḥadjdjâdj est authentique, il est probable qu'on l'a reporté à 'Outhmân pour rapprocher de l'époque du P. la recension officielle, de même qu'on a créé, pour servir de prototype au C. de 'Outhmân,

(1) Il est intermédiaire entre ceux d'Ibn Sa'd et de Boukhârî. Qu'on compare le petit tableau suivant :

I. Sa'd	Kindî	Boukhârî
1° Rassembleurs du C. au temps de M. 2° 'Outhmân (sous le khalifat de 'Oumar).	1° Nestorius (ou Sergius). 2° 'Abd Allah et Ka'b. 3° 'Alî. 4° Koreïchites. 5° 'Outhmân khalife. 6° al Ḥadjdjâdj.	1° Rassembleurs du C. au temps de M. 2° A. Bakr khalife. 3° 'Outhmân khalife.

La tradition qui lie étroitement la recension de 'Outhmân à celle d'A. Bakr manque chez les deux premiers, et il est rationnel de la considérer comme tardive. Voir plus haut, pages 106-109.

un C. d'Aboû Bakr. On ne pouvait aller plus loin, sans tomber dans la tradition d'une recension au temps même du P. que rendait impossible ce qu'on savait des nombreuses divergences sur le C. Ce qu'il y a de certain, c'est que c'est par ordre d'al Ḥadjdjâdj que le C. reçut sa forme définitive et aucun des exemplaires connus ne remonte au-delà de cette époque. L'écriture des plus anciens est contemporaine de ʿAbd el Malik, sous qui vivait al Ḥadjdjâdj (1). On trouve, çà et là, mention d'exemplaires de ʿOuthmân ; j'en donnerai plus loin une liste, incomplète assurément. Mais il est bien évident que toute mosquée où se trouvait quelque très vieil exemplaire du C. devait se flatter de le faire remonter à ʿOuthmân ; de préférence, on y voyait celui que le malheureux khalife portait sur lui au moment où il fut tué. Les traces de sang qu'on y pouvait voir donnaient

(1) Peut-on obtenir quelque précision sur la paléographie des premiers C. connus ? J'en doute, dans l'état actuel de la science. Je n'en trouve ni dans Amari (*Bibliographie primitive du Coran* éditée par H. Derenbourg dans *Centenario della nascita di Michele Amari*, Palermo, 1910, I, pp. 15-21) ni dans Nöldeke (*Gesch.*, 301-329). Le premier dit (p. 15) que les plus anciens exemplaires connus en Europe et peut-être dans le monde entier sont ceux auxquels appartenaient les fragments que possède la Bibliothèque Nationale. Ils ont été classés par Reinaud et réunis sous les numéros 324-335 du Fonds arabe. Le catalogue de Slane les donne effectivement sous ces numéros. Or les plus anciens fragments sont dits du commencement du IIe siècle de l'Hégire. De son côté, M. Nöldeke, après une étude fort serrée, conclut (p. 325) : 1° Il est invraisemblable que parmi nos manuscrits koufiques il y en ait quelques-uns du Ier siècle ; 2° même du IIe siècle un petit nombre est conservé.

M. B. Moritz (*Arabic palæography*, Cairo, 1905) assigne aux plus anciens spécimens (tables I à XVI) l'époque fort vague : I-IIe siècles. Si on les compare au fragment de pierre miliaire de ʿAbd al Malik dont M. Clermont-Ganneau a donné la photographie en 1887 (*Journal Asiatique*, VIIIe série, t. IX, p. 484) on est frappé de l'identité des formes. Je signalerai spécialement le ن final à forme lunaire, le ر isolé, de même forme qu'un ن vertical, tout entier au dessus de la ligne, le و très serré et également au-dessus de la ligne, le ع initial dont la courbe supérieure est à peine indiquée, le ق final à appendice curieusement sinueux. Je crois donc qu'on peut être un peu plus hardi et placer ces fragments vers 80 de l'hégire, à l'époque de ʿAbd al Malik. La question mérite une longue étude que je n'aurai probablement jamais ni le temps ni les moyens matériels d'entreprendre.

M. Van Berchem m'écrit (en Juin 1913) qu'il a songé à un mémoire sur l'origine de l'écriture arabe. Nous ne pouvons que souhaiter ardemment qu'il réalise cette intention, en utilisant le témoignage des plus anciennes inscriptions et en se méfiant des renseignements donnés par les auteurs arabes. Lui seul aujourd'hui peut le faire.

une preuve péremptoire. Je ne crois pas qu'aucun se présente avec une filiation légitime, comme on n'eût pas manqué d'en établir s'il y avait eu tradition ancienne et *a fortiori* si cette tradition eût remonté jusqu'à l'origine, c'est-à-dire à 'Outhmân. Les historiens de l'Egypte nous ont, par fortune, conservé sur d'anciens C. des détails fort intéressants. Je les emprunte à Ibn Doukmâk (1).

« Le Coran d'Asmâ. La raison pour laquelle ce C. fut écrit est qu'al Ḥadjdjâdj b. Yoûsouf ath Thakafî écrivit des C. et en envoya dans les capitales. Un d'eux fut expédié à Misr. 'Abd al 'Aziz b. Marwân, alors gouverneur d'Égypte, au nom de son frère 'Abd al Malik (le khalife), s'en irrita et dit : « Il envoie un « C. dans un *djound* (2) à la tête duquel je suis ! » Alors, sur son ordre, on écrivit ce C. qui est aujourd'hui dans la Mosquée (de 'Amrou) » (3). Suit un récit sur une faute trouvée en ce C., par un personnage que l'historien Ibn Yoûnous appelle Zar'at b. Souheïl ath Thakafî. Cette mention d'Ibn Yoûnous est précieuse, car cet historien est ancien et nous n'avons de lui que les citations nombreuses qu'en donnent les historiens postérieurs de l'Égypte (4). Je reprends la traduction : « Le C. achevé, on le portait de la maison de 'Abd al 'Azîz à la mosquée le matin

(1) *Description de l'Egypte*, 1re partie, p. 72-74. Le même texte se retrouve dans Maḳrizî, *Khiṭaṭ*, II, 454, l. 6-455, (2e éd. IV, 17, l. 18-19, l. 22). Cf. 'Ali Pacha Moubârek, *Khiṭaṭ djadida*, III, 7.

(2) Gouvernement militaire. Expression primitive qui prouve que le texte est ancien. M. Nöldeke (*Gesch.*, 234) s'est mépris sur le sens de ce mot ; il l'a reconnu plus tard et l'a signalé à M. Friedländer qui avait commis la même méprise, d'ailleurs fort naturelle (*Heterodoxies*, II, 127, l. 34). Ainsi que le prouve le présent texte et celui que cite M. Nöldeke : كل جند من اجناد المسلمين, ce n'est pas seulement aux districts de Syrie que s'applique le mot, comme l'a cru Guyard (dans Aboulféda, *Géographie*, trad. II, 2e partie, p. 2, note 6). Lane, dans son *dictionnaire*, pense que le terme usité d'abord en Syrie le fut ensuite en Espagne; mais je crois plutôt qu'il a été général pour désigner les premiers territoires conquis (où les Musulmans ne pensaient faire d'abord qu'une occupation militaire). Plus tard, il s'est localisé en Espagne et surtout en Syrie. Une monographie de ce terme nous éclairerait sur la première organisation, si obscure, de l'empire musulman. Je ne puis m'y arrêter.

(3) Encore existante, dans l'ancienne Miṣr, appelée Masr el Atika et, improprement, par les Européens, vieux Caire.

(4) Kœnig (*History of Governors of Egypt*, Introd., p. 27-29) en a fait une courte monographie. Il vécut de 281 à 347. Nous verrons qu'on peut faire remonter le récit plus haut encore.

de chaque vendredi ; on y faisait la lecture ; puis on le reportait à sa place. Le premier qui y fit la lecture fut ʿAbd ar Raḥmân b. Ḥoudjeïrat al Khawalânî, parce qu'à cette époque, il avait les fonctions de ḳâḍî et faisait les *ḳiṣaṣ*; cela en l'an 76. ʿAbd al ʿAzîz mort en 86, le C. est vendu avec ses biens et est acheté, par son fils A. Bakr, mille dinars. A la mort de celui-ci, sa fille Asmâ l'acquiert pour sept cents dinars.... A la mort d'Asmâ, son frère al Ḥakam l'achète ; sur le conseil du préposé aux ḳiṣaṣ à cette époque, il le place en 118 à la mosquée et constitue un traitement mensuel de trois dinars à qui en serait le lecteur. » Suivent divers détails que je passe sous silence, mais dont la minutie atteste l'authenticité. « (En 311) un homme de l'Irâk était venu à Miṣr qui apportait un C. qu'il disait être celui de ʿOuthmân, celui-là même qui était entre ses mains le jour du meurtre, يوم الدار (1). Il y avait des traces du sang. Il disait qu'il le tenait du trésor d'al Mouḳtadir, le khalife.... Il fut placé dans la mosquée.... L'imâm lisait alternativement dans ce C. et dans celui d'Asmâ. Cela se pratiqua jusqu'à ce qu'il fût enlevé (2), et la lecture se fit exclusivement dans celui d'Asmâ; cela à l'époque d'al ʿAzîz billah (khalife fatimide) le 5 de mouḥarram 378. Bien des gens niaient que ce fût le C. de ʿOuthmân.

« Ils disaient : « sa transmission n'est pas authentique et le « récit d'un seul homme ne peut faire foi. La preuve (3) de la « fausseté de ce qu'il a dit est que c'est en opposition avec le « fait que la conjuration contre ʿOuthmân fut fomentée par (la « tribu de) Toudjîb et ses alliés (4). » L'exactitude de la première (objection) est attestée par ceci. On examina ce C. ; — c'est celui qui est sur le *koursî* (meuble spécial) à l'ouest du C. d'Asmâ — et on constata qu'il n'avait jamais été ouvert.

(1) Littéralement : « jour de la maison (où fut tué le khalife) ». Sur cette expression, cf. Masʿoûdi, *Prairies d'or*, V,205 et la note de Barbier de Meynard, p. 493-494.

(2) Comme l'indique la suite du texte, il faut entendre qu'il ne fut plus utilisé. Il resta conservé dans la mosquée.

(3) Ces mots et ce qui suit sont attribués par Maḳrîzî à Ibn al Moutawwadj qui est, en effet, l'auteur le plus souvent copié par I. Douḳmâḳ. Il écrivait en 725 (Maḳrîzî, *Khiṭaṭ*, I, 342, l. 33 = 2e éd. 149, l. 16 ; ma traduction, p. 298).

(4) Le texte ici est un peu obscur. Je ne sais si je l'ai rendu exactement.

Seulement chacun avait brodé quelque récit pour justifier le premier. Dieu est le plus savant ! »

L'auteur primitif, qu'ont copié I. Doukmâḳ et Maḳrîzî ajoute qu'il a lu, sur le dos de ce C., une inscription qu'il reproduit tout au long. Il donne la première partie comme sûre et y lit le nom du donateur : al Moubârak Mas'oûd b. Sa'd al Haïtî, ce qui ne répond pas au nom d'Aboû Bakr al Khâzin à qui il a attribué le don un peu plus haut. La fin de l'inscription, dit-il, est effacée. Il transcrit ce qu'il croit y lire et j'y relève seulement la date du mardi 1er dhoû'lḳa'dat 347.

Voilà donc mention de trois C. Le premier venant d'al Ḥadjdjâdj avait été, suivant toute probabilité, envoyé à la mosquée et, en sa qualité de livre saint, il put être relégué, mais non être détruit. Le second fut fait pour 'Abd al 'Azîz, et, plus tard, sous le nom d'Asmâ, resta dans la mosquée où il servait pour la lecture. La filiation en paraît rigoureusement authentique. Enfin un troisième, attribué à 'Outhmân, comme tant d'autres, est sans caractère d'authenticité. J'en signalerai un quatrième qui a subsisté jusqu'à nos jours. Il est conservé dans la Bibliothèque Khédiviale du Caire. Dans le précieux album de paléographie arabe publié par le savant Directeur de cette Bibliothèque, M. Moritz, deux photographies en sont données aux nos 17 et 18. La première contient un court fragment du texte coranique, dont l'écriture est conforme au type de 'Abd al Malik (1). La seconde nous offre une inscription du même genre que celle qui a été relatée plus haut. Elle en diffère notablement sur les points importants. Le nom du donateur est Aboû-n Nadjm Ṭâriḳ et la date est ramaḍân 368 (2). Le nombre des centaines est en partie détruit, mais la seconde lettre est sûrement un ا ou un ل. Or on ne peut lire مائة, 100, car, dans le texte, la mosquée est appelée la mosquée ancienne : الجامع العتيق بفسطاط مصر, Ce titre n'a pu lui être donné qu'à une époque où il y avait une mosquée *nouvelle* (3), donc après

(1) Ce type s'est maintenu fort longtemps pour le Coran ; de même que, dans nos beaux missels ou livres de piété, on conserve encore les caractères gothiques.

(2) Le nombre 60 est écrit : سس au lieu de : سسس. Faut-il lire : ثلثين, 30 ?

(3) Il s'agit bien entendu de la mosquée officielle, où se fait, le Vendredi, la réunion des fidèles et la khouṭbat officielle. Cf. Ibn Khaldoûn, *Prolégomènes* I, 546.

la fondation de la mosquée d'al 'Askar en 169 (1). On peut hésiter entre ماثتين, 200 et ثلثمائة 300 ; mais cette dernière lecture me paraît plus vraisemblable (2). Faut-il croire que l'auteur du précédent récit a mal lu l'inscription et que nous avons là le fameux C. de 'Outhmân ? Il y aurait alors des divergences bien difficiles à expliquer, même en supposant l'auteur peu expert à déchiffrer les anciennes écritures. Celle que nous donne la photographie est si nette, là où elle est restée intacte, qu'une telle méprise est peu croyable. Il devait, certes, y avoir nombre de C. semblables dans la mosquée de 'Amrou ; cependant, celui qu'on disait être celui de 'Outhmân, devait avoir beaucoup plus de chances d'être conservé. Je laisse la question en suspens.

Mais ce qu'il y a de certain, c'est que l'assertion du Chrétien al Kindî est ici rigoureusement confirmée, et que des deux autres C., l'un, d'origine authentique, est postérieur à la recension d'al Ḥadjdjâdj, l'autre prétendu de 'Outhmân n'a qu'une filiation fantaisiste. C'est la morale même du récit. La recension d'al Ḥadjdjâdj a existé ; celle de 'Outhmân est une fable.

Il n'est pas indifférent de remarquer que le récit relatif au C. d'al Ḥadjdjâdj est emprunté au plus ancien historien de l'Egypte Ibn 'Abd al Ḥakam. Weil le signale d'après une copie d'Ewald faite sur le manuscrit de Paris 655 (3).

En effet, ce ms. (actuel 1687) en parle à la page 165 l. 5., et le même texte se trouve, dans l'actuel 1686, au f° 76 v°, et dans le ms. du British Museum (Supp^t. 520) au f° 45 r°. Après avoir dit que le C., dit C. d'Asmâ, était d'abord dans le masdjid al 'Aïtham, I. 'Abd al Ḥakam en rapporte l'origine, d'après Yaḥyâ b. Bakîr et autres qui ont fait des récits plus ou

(1) Voir Maḳrîzi, *Khiṭaṭ*, I, 308, l. 18 (= 2e éd. II 95, l. 12) ; ma traduction, p. 485, l. 5.

(2) A cause de la rareté de la forme ماثتين ; on écrit plus fréquemment : مئتين, si je ne me trompe.

(3) *Einleitung*, p. 51, note 2 (2e éd. p. 60, note 3). Sur cette copie qui a servi à l'édition de Karle, cf. Ewald (*Gesch. des Volkes Israël*, I, 363, note 2) qui renvoie à Zeitschrift für das M., III, 3. Il faut entendre : Zeitschrift für die Kunde des Morgenlandes (1840), Bd. III. Heft 3, p. 333, note 1, où Ewald dit qu'il a fait lui-même sa copie d'après les deux mss. 655 et 785. Cf. Rieu, *Cat. Br. Mus. Mss. arabes. Supp^t*, p. 321.

moins complets : حد ثنا يحيى بن بكير وغيره يزيد بعضهم على بعض.

Ibn ʿAbd al Ḥakam est mort en 256 Heg. (1). Quant à ce Yaḥyâ, nous savons par Dhahabî qu'il mourut en 231 (2). C'était donc un contemporain du chrétien al Kindî.

Celui-ci nous dit qu'Ibn Masʿoûd avait gardé son C. qui était resté dans sa famille. Au temps d'al Ḥadjdjâdj, il devait y avoir encore des adhérents à sa version, car Ibn al Athîr nous apprend qu'al Ḥadjdjâdj proscrivait rigoureusement la lecture d'Ibn Masʿoûd, قراة ابن مسعود (3). Au dire de Maḳrîzî (*Khiṭaṭ*, II 349, l. 33 = 2ᵉ éd. IV, 171, l. 4) un chef d'école, Ḍirâr, rejetait aussi cette lecture. Chahrastânî (texte, 63) y joint celle de 'Oubayy ibn Kaʿb, en employant l'expression : حرف « lettre » ou « texte » au lieu de قراة « lecture ». Nous ne savons à quelle époque vivait ce Ḍirâr ; mais la secte des Moudjabbirites à laquelle il appartient ne paraît pas être plus ancienne que le IIᵉ siècle de l'Hégire. Les divergences sur le Coran se seraient donc perpétuées bien longtemps.

Le zèle tout particulier d'al Ḥadjdjâdj pour le Coran nous est encore attesté par un passage de Djâḥiḍh, (4) يـديـن عـلى الـقران.

Je ne puis m'étendre davantage sur cette question. Je voulais simplement montrer quelles raisons on peut avoir de suspecter les récits traditionnels. J'ajouterai que, si quelqu'un considère comme incroyable qu'on ait songé, si tard, à la recension du livre sacré, je répondrai qu'en effet cela est incroyable, si les Musulmans se souciaient d'autre chose que de l'imminence de la fin du monde. Pour moi, en les appliquant aux premiers Musulmans, j'emprunterai les paroles de l'abbé

(1) Brockelmann, *Arab. Litter.*, I, 148.

(2) *Tadhkirat al Ḥouffâḍh*, (éd. d'Hayderabad, 1309, Heg.,) II, 9.

(3) *Chronique*, éd. Tornberg, IV, 463, l. 14, cité par Périer (*Ḥadjdjâdj*, p. 257). Cf. Masʿoûdî, *Prairies d'or*, V, p. 330-331. « Cet esclave de Houdhaîl qui lit le Coran comme une poésie arabe, يقرا القران كانه رجز العرب. Par Dieu, si j'avais vécu de son temps, je lui aurais tranché la tête ; — il voulait parler de 'Abdallah b. Masʿoûd ». Le reproche est assez inattendu et ne concorde pas avec ce que nous avons vu précédemment.

(4) *Kitâb al ḥayawân*, V, 63, cité par M. Goldziher (*Vorlesungen*, p. 133.) Ces paroles (qui sont à la ligne 20) sont attribuées à 'Abd ar Raḥmân b. M. b. al Achʿath (l. 16). Sur ce personnage, général révolté contre les Oumayyades et mis à mort par al Ḥadjdjâdj en 85, voir Périer, *Ḥadjdjâdj* (index).

de Broglie sur les premiers Chrétiens. « Cette croyance (à la *Parousie*, au retour prochain du Christ).... avait pour effet de détourner les Chrétiens des préoccupations historiques : à quoi bon écrire l'histoire d'un monde qui va finir? C'est pour les générations postérieures que l'on conserve les souvenirs et qu'on les met par écrit; si le monde doit finir avec la génération actuelle, à quoi bon se donner cette peine (1) ». De ce raisonnement qui me paraît parfaitement juste, on conclura que Coran, Ḥadîth et Sîrat du Prophète, n'ont pu être consignés par écrit qu'à l'époque où la grande majorité des Musulmans se résignait à oublier la fin du monde, lorsqu'à la place de la radj'at, رجعة et du mahdisme, elle adopta l'*irdjâ*, ارجا (2), c'est-à-dire le renvoi à plus tard de cette fin du monde. C'est le Mourdjisme, première forme du Sounnisme, qui, s'opposant au Mahdisme, ramena les Musulmans du ciel sur la terre, et les incita à faire l'inventaire de leurs doctrines et de leur histoire. C'est, sous un autre nom, l'Othmânisme qui, s'opposant à l'Alisme, donna le pas aux considérations politiques sur les préoccupations religieuses. De tous les Othmânides le plus convaincu, peut-être, fut précisément al Ḥadjdjâdj (3).

J'ajoute, à titre documentaire, quelques indications sur les divers C. de 'Outhmân mentionnés par les auteurs.

Quatremère a donné, en 1838, dans le *Journal Asiatique* (4), malheureusement sans références précises, une liste assez étendue que je vais reprendre avec quelque détail. Je désignerai par la lettre Q les exemplaires qu'il a signalés. Récemment, M. Chauvin, dans sa bibliographie du Coran (5), a donné quelques indications bibliographiques nouvelles, mais peu

(1) *Les origines de l'islamisme* dans *Revue des Religions*, I, p. 22. Cf. ce que je dis plus haut, 1re partie, p. 21, note.

(2) L'expression, assez énigmatique en apparence, de إرجا est probablement inspirée par une opposition verbale à رجعة. J'en reparlerai avec détails plus tard, en développant l'étude de la رجعة, dont je n'ai exposé que les traits généraux dans la 1re partie (pages 57 à 64).

(3) Cf. 1re partie, page 63, l. 4 et 27.

(4) 3e série, t. VII, 41 et seq ; réimprimé dans Quatremère, *Mélanges d'histoire et de philologie orientale*. Paris, s. d., p. 7 et seq.

(5) *Bibliographie des ouvrages arabes. X. Le Coran et la Tradition*, Liège et Leipzig, 1907, p. 54.

abondantes. Je les désignerai par les lettres Ch. Enfin, M. Nöldeke (1) et Weil (2) ont donné des listes du même genre que j'utiliserai. Dans mon énumération je suivrai l'ordre adopté par Quatremère.

1. L'exemplaire que tenait 'Outhmân quand il fut assassiné passa à son fils Khâlid et à ses descendants. Il disparut ensuite; mais, suivant le rapport de quelques docteurs de Syrie, il existait dans la ville d'Antartous (Q).

La source que ne nomme pas Quatremère est un commentaire qui se trouve à la Bibliothèque Nationale (cat. de Slane, ms. 610) d'un poème sur la composition du C. Le commentateur est 'Alam addîn 'Alî as Sakhâwî (mort en 643 Heg.); le poète, Ḳâsim ibn Ferro (538-590 Heg.). S. de Sacy a donné une notice sur ces personnages, et a édité et traduit le début du poème dans les *Notices et Extraits* (3). Le premier passage (23 r°) est donné comme venant d'Ibn Ḳouteïbat, point très important, cet auteur étant assez ancien (213-276 Heg.). Il se retrouve en effet, dans le *Kitâb al ma'ârif* de cet auteur (4). Quant au récit des docteurs syriens, c'est à Sakhâwî seulement qu'il a été fait, et il perd, par conséquent, beaucoup de sa valeur (5).

2. Abou-Obaïdah(*sic*) -Kâm(*sic*) -ben-Selam mentionne le même exemplaire dans la bibliothèque d'un émir (Q).

Il faut lire : Aboû 'Oubeïd al Ḳâsim ibn Salâm. C'est au même Sakhâwî (Bibl. Nat., cat. de Slane, 610, 23 r°) que Quatremère a emprunté ce récit. Ḳâsim ibn Ferro rapporte ces paroles de l'imâm Mâlik (97-179) : « le C. de 'Outhmân manque, يغيب ; nous n'en avons trouvé parmi les cheïkhs de la bonne voie aucune mention ». Puis le poète ajoute : Aboû 'Oubeïd dit : « des « préposés à une des bibliothèques (6) l'ont sorti pour moi et j'ai

(1) *Geschichte des Q.*, p. 238.

(2) *Einleitung*, 1re éd., p. 51; note 2; 2e éd., p. 60, note 3; reproduit Quatremère avec quelques indications supplémentaires.

(3) T. VIII, 1re partie, p. 353 et seq.

(4) Éd. Wüstenfeld, p. 101.

(5) Ibn Ḥauḳal (éd. de Goëje, p. 117, l. 10) et Iṣṭakhrî (éd. de Goëje, p. 61, l. 10) signalent, vers le milieu du IVe siècle, à Anṭartous, مصحف عثمان بن عفان. L'un et l'autre auteur ne sont que les copistes d'al Balkhî, qui écrivait en 309 (Brockelmann, *Arab. Litter.*, I, 229).

(6) خزائن (pluriel de خزانة) peut s'entendre d'une armoire, d'un cabinet, d'un trésor (comme traduit S. de Sacy).

« vu les traces du sang ». Le commentateur développe ce vers dans les termes que Quatremère a reproduits et dit effectivement : بعض خزائن الامرا « une des bibliothèques des émirs ». S. de Sacy traduit ici : « un des trésors des khalifes » (1) et M. Nöldeke, d'après lui, « im Schatze des Chalifen (2) ». Ce dernier note que cet Aboû 'Oubeïd est mort en 224 (3). C'est donc à lui que remonterait la plus ancienne mention du C. ensanglanté.

3. A Cordoue, il y avait quatre feuillets de cet exemplaire, avec traces de sang. On le retrouve plus tard à Fez (Q).

Quatremère cite Edrisi et Ibn Khaldoûn. J'ai consulté ces auteurs et quelques autres de façon à faire une monographie assez édifiante de cet exemplaire (4).

Edrisi, dans la description de la mosquée de Cordoue (5), dit : « On voit dans le trésor un exemplaire du Coran que deux hommes peuvent à peine soulever à cause de sa pesanteur, et dont quatre feuilles proviennent du Coran que 'Othmân a écrit de sa propre main ; on y remarque plusieurs gouttes de son sang. Cet exemplaire est extrait du trésor tous les vendredis ». Comment ces quatre feuilles, اوراق, sont-elles venues à Cordoue et pourquoi étaient-elles insérées dans un autre exemplaire ; c'est ce que personne, à ma connaissance, n'a expliqué. Makkarî (6) dit qu'il y avait à Cordoue le C. de 'Outhmân, المصحف العثماني, que les Musulmans d'Espagne s'étaient transmis ; puis il passa aux Almohades, puis aux Mérinides (de Fez).

Il donne à ce sujet un remarquable passage d'Ibn Marzoûk que je résume : « D'après Ibn Bachkoûwâl, c'est une des quatre « copies envoyées par 'Outhmân à la Mecque, à Bassora, à « Koufa et à Damas. En 556, il fut enlevé par l'Almohade « 'Abd al Mou'min. On dit qu'il y a sur cet exemplaire du « sang de 'Outhmân ; c'est invraisemblable. S'il est vraiment

(1) *Not. et Ext.*, VIII, p. 348.
(2) *Gesch. des Q.*, p. 238, n. 3.
(3) Nawâwî, (*Tahdhib al 'asmâ*, éd. Wustenfeld, p. 746) donne aussi la date de 223.
(4) M. Bel en a donné une bibliographie assez complète, dans son histoire des Benî Abd el Wâd, Alger, 1904, t. I, p. 153, note 2 (Cb).
(5) Ed. Dozy et de Goëje, texte p. 210 ; trad. p. 260.
(6) Edit. Dozy, Wright, etc., p. ٣٩٨ (cf. ٣٧.).

« un des quatre, il doit être celui de Syrie. Cependant, d'après « Aboû-l Ḳâsim at Toudjîbî, celui de Syrie subsiste dans la « mosquée des Oumayyades à Damas (1), où il le vit en 657, « comme il vit celui de la Mecque. Ibn Marzoûḳ dit aussi les « avoir vus et, en plus, celui de Médine en l'an 735. Ce serait « donc celui de Bassora ou celui de Koûfa. D'ailleurs 'Outhmân « n'a écrit aucun C; mais, comme cela est mentionné sur l'exem- « plaire de Médine, il a fait faire des compilations, جمع عليها « par quelques-uns des Compagnons, Zeïd ibn Thâbit, 'Abd « Allah ibn az Zoubeïr, Sa'd ibn al 'Âṣi.

« Les Almohades le portaient dans leurs expéditions. En 645, « al Mou'taḍid, quand il marcha sur Tlemcen, l'avait avec « lui. Dans la bataille livrée près de Tlemcen, le sultan fut tué, « ses bagages furent pillés et le précieux livre disparut. On « dit cependant qu'il passa dans le trésor de Tlemcen.

« D'après cette version, il fut pris à Tlemcen en 737 par le « sultan mérinide, et en 745, il fut porté à Fez ».

Gayangos, qui a utilisé ce texte (2), remarque, en note (3), qu'Edrisi et Ibn al Abbâr en ont parlé. Il ne donne pas d'autre référence, et je n'ai point trouvé, dans ce que M. Codera a publié d'Ibn al Abbâr (4), le passage auquel il est fait allusion. Gayangos ajoute que le géographe Ibn Iyâs en parle, et renvoie au ms. 7503 du British Museum. Le manuscrit analogue de la Bibliothèque Nationale (catal. de Slane, n° 2207) est muet là-dessus (5).

Si, comme le dit Gayangos, Ibn al Abbâr († 658 Heg.) a vu les traces du sang sur les quatre feuillets à Cordoue, l'enlèvement en 556 par 'Abd al Mou'min n'est qu'une légende. On remarquera, d'ailleurs, qu'une fois hors de Cordoue, ce ne sont plus quatre feuillets, mais un exemplaire complet qu'on

(1) Voir plus loin, n° 6.

(2) *Mohammedan Dynasties in Spain*, I, p. 222-224 et p. 497, note 27. Il dit que le C. fut déposé dans *Jámi-Karawayin*. Mais je ne vois pas ce détail dans le texte de Maḳḳari. Il y a seulement : à Fez dans le trésor, الخزانة.

(3) *Ibid.*, p. 498, note 31.

(4) *Bibliotheca arabico-hispana*, IV, V, VI, Madrid, 1886-1889.

(5) M. Amedroz, de Londres, a eu la grande complaisance de copier pour moi, dans le ms. indiqué par Gayangos, tout ce qui concerne la ville de Cordoue (f° 9 *a*). Pas plus que dans celui de Paris il n'y est parlé du C.

nous décrit. Ce n'est pas tout; nous allons voir qu'au lieu d'un exemplaire, il y en aura deux à Fez.

'Abd al Wâḥid al Marrâkouchî écrivait son histoire du Maghrib en 621 Heg. (1), donc très sensiblement dans le temps qu'Ibn al Abbâr voyait le C. de Cordoue. Il est, si je ne me trompe, le premier en date qui signale entre les mains des Almohades, une des copies de 'Outhmân, من نُسَخ عثمن, provenant des trésors des Oumayyades, من خزاين بنى امية. Il donne de curieux détails sur les honneurs que lui rendaient les Almohades (2). L'expression : « les trésors des Oumayyades » me paraît exclure la mosquée de Cordoue. Ibn Khaldoûn dit également : les trésors de Cordoue, خزائن قرطبة, et non la mosquée, lorsqu'il raconte la bataille livrée et perdue par le sultan almohade à l'émir Ziyânide (ou Abd-el-ouadite) de Tlemcen en 646 (3). Le vainqueur s'empara de la tente du vaincu où se trouvait, entre autres trésors, le C. de 'Outhmân. On prétend, dit-il, qu'il était un de ceux qui furent rédigés, انتسخت, sous son khalifat. Les Oumayyades de Cordoue le possédaient (il n'est pas dit comment). Il passa aux Lemtouna ou Almoravides qui le prirent aux petits princes successeurs des Oumayyades, puis de là vint aux Almohades. Du temps d'Ibn Khaldoûn, il était dans le trésor des Mérinides à Fez (4) depuis 737, année de la conquête de Tlemcen par cette dynastie.

On voit qu'aucun des auteurs postérieurs à Ibn al Abbâr ne mentionne les taches de sang si caractéristiques, ni les quatre feuillets. En somme la filiation de ce Coran depuis Cordoue (sous les Almohades) jusqu'à Tlemcen paraît authentique. Celui que les Mérinites prirent à Tlemcen était-il le même? D'après le récit de Makkarî, il y a doute.

Il n'y a pas d'intérêt à reproduire le récit des auteurs plus tardifs encore. On en trouvera la mention dans la note de M. Bel, *loc. cit.* (5).

(1) Brockelmann, *Arabische Litteratur*, I, 322.

(2) Dozy, *History of the Almohades*, 2e éd., Leyde 1881, p. ١٨٢ (=257-258); Fagnan, *Histoire des Almohades*, Alger, 1893, p. 218-219.

(3) Et non 546, comme l'écrit Quatremère, *loc. cit.*

(4) De Slane, *Histoire des Berbères*, texte, II, 115-116; traduction, III, 349-350.

(5) M. Pérétié, dans une étude sur les madrasas de Fès d'après des notes de Salmon (*Archives marocaines*, 1912; t. XVIII, p. 360-362) dit qu'aujourd'hui

4. Ibn Khaldoûn mentionne à Fez un autre C. de 'Outhmân venu par une voie différente (Q).

Quatremère le distingue du précédent mais écrit cette phrase bizarre : « un autre exemplaire ne tarda pas à remplacer cette copie vénérable (celle qui avait été prise à Tlemcen) ». Aucun auteur ne parle de « remplacement ». Ibn Khaldoûn qui, à ma connaissance, est le seul à nous renseigner, dit seulement qu'en 692 Hégire, Ibn al Aḥmar, prince de Grenade, se trouvant à Tanger, envoya au sultan mérinide de magnifiques cadeaux, parmi lesquels un Coran qui, prétendait-on, était un des quatre exemplaires de 'Outhmân, مصاحف عثمان, envoyés aux divers pays. « Celui-ci était destiné au Maghrib, à ce que rapportent les anciens. Les Oumayyades de Cordoue se l'étaient transmis les uns aux autres (1) ». Je n'ai pas besoin de faire remarquer qu'au temps de 'Outhmân le Maghrib n'était pas encore conquis. De Slane traduit : le pays de l'Ouest, ce qui n'est pas compromettant. Cela désignerait alors soit l'Égypte, soit la province d'Ifrikiya. De toutes façons, il apparaît que ce récit est controuvé et fait double emploi avec le précédent. Il y avait à Fez un C. qu'on disait de 'Outhmân et on l'identifiait à celui qui, dans la mosquée de Cordoue, au temps des Oumayyades, passait pour contenir quatre feuillets du C. que lisait 'Outhmân quand il fut assassiné. Les uns le faisaient venir de Tlemcen par conquête ; d'autres de Grenade par cadeau. Peut-être y en avait-il deux qui se disputaient la même provenance. Je ne trancherai pas la question.

5. Le même exemplaire se trouvait dans la principale mosquée de Fostat, en Égypte (Q).

encore on prétend que la bibliothèque de la fameuse madrasat dite al Karâwîn contient le C. de 'Outhmân. Il fait à ce sujet un petit historique, sur des références pas toujours précises. Il termine par ces mots : « En 737 (1336 av. J.-C.) le sultan Abou'l-Hasan al-Merini s'empara de Tlemcen et reprit le *Mouçhaf*; lui aussi le transporta dans ses pérégrinations. A Tarifa, le manuscrit fut pris par les Portugais, mais par ruse Abou'l-Hasan réussit à se l'approprier de nouveau et le transporta à Fès (1344 J.-C.). Il fit partie de sa bibliothèque jusqu'en 750 (1349 J.-C.). A cette époque, Abou-l-Hasan s'étant embarqué de Tunis pour le Maghreb eut à essuyer une tempête ; le navire qui le portait sombra et avec lui le *Mouçhaf el-Othmani*, qui resta dès lors au fond de la mer ». Ce dernier détail ne s'accorde pas avec ce que dit I. Khaldoûn (voir plus haut, page 133).

(1) De Slane, *Histoire des Berbères*, texte II, 316, trad. IV, 133.

C'est celui dont nous avons parlé plus haut. Quatremère ajoute : « C'est probablement le même manuscrit qui, peu d'années avant l'expédition d'Égypte, fut retrouvé par Mourad-bey, dans un souterrain de cette mosquée ». Quatremère emprunte, sans le dire, ce détail à Marcel qui, dans son ouvrage sur l'Égypte (1), le donne comme une anecdote qu'on lui conta au Caire. Il ajoute qu'il acquit quelques feuillets; les fac-similés qu'il donne prouvent qu'ils ne diffèrent point des vieux C. comme on en trouve partout. Ce ne sont pas, comme il le dit, « de magnifiques caractères koufiques de l'époque d'Amrou-ben-él Aas » mais des caractères déjà stylisés sur le modèle de l'écriture contemporaine de ʿAbd al Malik. En tous cas, ils n'ont aucun rapport avec le C. dont nous ont parlé Ibn Doukmâḳ et Makrîzî (voir plus haut, page 124).

Toujours en Égypte, Quatremère signale un exemplaire de même genre que le sultan Kanṣoû al Ghoûrî emporta avec lui dans la campagne de Syrie, où il périt. Dans la défaite, l'exemplaire disparut.

J'ai retrouvé, dans la chronique d'Ibn Iyâs, le passage évidemment emprunté par l'érudit orientaliste (2). L'exemplaire en question est appelé, d'abord : مصحف لخط الامام عثمان بن عفان et plus loin : المصحف العثمانى.

Ce dernier récit doit être authentique, Ibn Iyâs étant un auteur très bien renseigné et contemporain des événements. Il est donc vraisemblable que c'est l'exemplaire décrit par Makrîzî et Ibn Doukmâḳ un siècle plus tôt, car je ne crois pas qu'une nouvelle légende ait pu se former à une époque si tardive. Toutefois Kanṣoû était souverain de Syrie aussi bien que d'Égypte et ledit exemplaire était peut-être celui de Damas dont il va être parlé.

Plus loin, Quatremère cite un passage de Nowaïri d'après lequel le sultan Beïbars aurait envoyé en 661 de l'Hégire à Bérékeh, khan mongol du Kaptchak, entre autres présents, un C. de la main de ʿOuthmân. D'où provenait-il? Ceux de Fostat et de Damas nous sont décrits par des auteurs posté-

(1) *Collection de l'Univers*. Paris, Firmin-Didot, 1848, p. 248-249.
(2) Édition de Boûlâḳ, 1312 Hég., t. III, ٤٣-٤٧.

rieurs à cette date. Il est peu vraisemblable, d'ailleurs, que le sultan ait dépouillé une mosquée pour faire un tel cadeau à un infidèle. Peut-être appartenait-il au trésor des sultans.

Le ms. 1578 de la Bibliothèque Nationale, qui est de Nowaïrî, contient, en effet, à la date de 661 et d'après l'historien de Beïbars, Ibn ʿAbd aḍh Ḍhâhir (1), les mots suivants (page 21 vers la fin) : وكان فى جملة الهدية ختمة شريفة ذكر انها خط عثمان.

6. Un autre exemplaire se retrouvait dans la ville de Maroc (Q). Je n'ai pu retrouver la source ici utilisée.

7. Un exemplaire ayant appartenu à ʿOuthmân était à Tibériade et fut transporté à Damas en 507 de l'Hégire (Q).

Le savant orientaliste donne comme références : 1° un historien anonyme; 2° l'auteur d'une histoire de Damas; 3° Ebn-Batoutah. En réalité, il y a un très grand nombre de textes sur ce sujet, et qui concordent assez exactement. Mais je n'ai pu identifier ni l'historien anonyme, ni l'auteur d'une histoire de Damas.

Ibn al Ḳalânisî, dans son complément à l'histoire de Damas, récemment édité par M. Amedroz (2) dit, à l'année 506, que l'émir de Mossoul, Maudoûd, allait visiter tous les vendredis le C. que ʿOuthmân avait transporté de Médine à Tibériade et que l'atabek (de Damas) avait transporté de Tibériade à la Mosquée de Damas. Le savant éditeur nous apprend que l'auteur du *Ta'rîkh al islâm* (i. e. Dhahabî) dit, sous l'année 492, que l'atabek Ṭoghtikîn transféra l'exemplaire de ʿOuthmân, المصحف العثمانى, de Tibériade à Damas, par crainte (des Croisés). Il fut placé dans une armoire, خزانة, dans la maḳṣoûrat de la Mosquée. Dans la *Description de Damas*, publiée par Sauvaire (3), on lit : « Dhahabî dit : « En l'année 507, il y

(1) Ce passage doit se trouver dans l'ouvrage de cet auteur qui est conservé au British Museum (Catalogue mss. arabe 1729).

(2) Beyrout, Imprimerie des Pères Jésuites, 1908. ذيل تاريخ دمشق *History of Damascus*, p. 187. Ibn al Ḳalânisi (voir la préface p. 6) est appelé par Dhahabi : Hamzat..... Aboû Yʿali at Tamîmi, et il est, par conséquent, identique avec Abou-Iali-Témimi dont parle l'historien de Damas cité par Quatremère.

(3) *Journal asiatique*, 9e série, t. VII, p. 228, *tirage à part*, 2e volume, p. 284. L'ouvrage que Sauvaire a traduit se trouve dans le ms. 4943 de la Bibliothèque nationale, j'y ai vérifié le passage, f° 37 r°; mais le ms. 5912, qui est le ms. Schefer également utilisé par Sauvaire et dont le premier ms. n'est que l'abrégé, n'y fait

« avait à Tibériade le C. de ʿOṭmân, Toghtakîn le transporta « à la grande mosquée de Damas. C'est l'exemplaire qui est « déposé dans le *maqṣoûrah* de la prédication. » On voit que la date et la citation de Dhahabî sont erronées.

Cette vénération de Maudoûd pour ce C. nous est attestée par d'autres auteurs, Aboû'l Maḥâsin, Ibn al Djauzî (1) ; mais il est à noter qu'Ibn al Athîr, l'historien très renseigné des atabeks de Mossoul, n'en parle pas. Au dire de l'historien cité par Quatremère, Ibn ʿAsâkir également n'en parle pas. Il était cependant contemporain d'Ibn al Ḳalânisî (mort en 555 (2)) puisque lui-même mourut en 571 (3).

Nous avons vu, plus haut (page 132), qu'Aboû-l Ḳâsim at Toudjîbî l'avait vu en 657. Ibn Baṭoûṭat (703-719), décrivant la grande mosquée de Damas dite des Oumayyades dit que, dans le coin oriental (de la maḳṣoûrat), en face du miḥrâb, est une grande armoire, خزانة, où est le glorieux C., المصحف الكريم, que ʿOuthmân envoya en Syrie (4).

Marcel y fait allusion (5), d'après Barthelemi d'Edesse (in confutatione Hagareni). Le passage se trouve dans la Patrologie grecque de Migne, t. CIV, p. 1443. L'époque où écrit cet auteur est incertaine ; comme il parle (p. 1394) du sultan à Babylone (= Bagdad) on peut la circonscrire entre 447 et 525 de l'Hégire qui est la période où les sultans Seldjoukides résidèrent, par intermittences, à Bagdad (6). Au temps d'al Kindî, comme nous l'avons vu (page 121), l'exemplaire destiné à Damas passait pour avoir été transféré à Mélitène.

aucune allusion dans le passage correspondant (description de la Mosquée 298 v° à 311 r°). Du moins, je ne l'y ai pas trouvé.

(1) *Académie des Inscr. Historiens orientaux des Croisades*, III, p. 497, 567, 550.

(2) Amedroz, *loc. cit.*, *préf.*, p. 6.

(3) Brockelmann, *Arab. Litter.*, I, 331.

(4) Ed. Defremery et Sanguinetti (1893), I, 202.

(5) *Palæographie arabe*, Paris, 1828, p. 7. Indiqué par Ch.

(6) Après la mort de Mahmoud II, en 525, les khalifes secouèrent la tutelle seldjoukide. Cf. *Acad. des Inscr.; Hist. orient. des Croisades*, I, p. XII. M. Carl Güterbock, dans un ouvrage récent (*Der Islam im Lichte der Byzantinischen Polemik*, Berlin, 1912 ; p. 23) croit qu'il n'y a jamais eu de sultan à Bagdad, et qu'il faut entendre, par Babylone, la ville d'Egyte bien connue, identifiée à Fosṭaṭ et au Caire. Dans ce cas, il s'agirait des sultans d'Egypte (à partir de la fin du XIIe siècle de notre ère). Ce n'est pas impossible ; mais il n'est pas prouvé qu'il s'agisse de Babylone d'Egypte.

8. Ibn Baṭoûṭat vit près de Bassorah, à la mosquée de ʿAlî, le C. ensanglanté. Les traces de sang étaient sur le feuillet où est le verset (1) : « Dieu te suffira contre eux ; il entend et il sait » (Q).

Le passage se trouve, en effet, dans l'édition de Lee (2) et celle de Defrémery-Sanguinetti (3). Ch. le donne, à tort, sous la rubrique : mss. de ʿOumar.

Ibn Baṭoûṭat est, semble-t-il, le seul à localiser la légende sur ce point. La mosquée dont il parle était jadis comprise dans l'enceinte de la ville (4).

9. Nous avons vu, plus haut (page 123), que l'exemplaire envoyé à la Mecque passait pour avoir été détruit en 200 de l'Hégire. Aboû-l Ḳâsim prétendit l'avoir vu en 657 (5).

10. Ibn Marzoûḳ dit avoir vu celui de Médine (6) en 735.

Burckhardt (*Voyages en Arabie*, trad. Eyriès, II, p. 62), parle d'un « koran en caractères cufiques considéré comme une relique précieuse parce qu'il avait appartenu à Othman ibn Affan ». Il ajoute : « On dit qu'il existe encore à Médine, mais on peut douter qu'il ait échappé à l'incendie qui détruisit la mosquée ».

11. Du temps d'al Kindî (vers 204), on disait que celui de Koûfa existait encore ; mais, en réalité, il avait été détruit en 67 (7).

12. Le même al Kindî mentionne à Mélitène de son temps, celui de Damas (8).

13. Nöldeke (9) signale un tel manuscrit à Tibrîz, d'après le ms. Wetzstein 154, page 1. C'est, dans le catalogue des manuscrits arabes de Berlin par M. Ahlwardt, I, n° 431 (= I, p. 165). L'éditeur du catalogue n'y relève pas cette mention.

14. Ch. mentionne (p. 33, n° 94) un « Coran coufique écrit,

(1) II, 131.
(2) *Travels of Ibn Batuta*. Londres, 1829, p. 35.
(3) II; 10. L'index renvoie aussi, mais à tort, à *ibid.*, 228.
(4) Ed. D.-S., *ibid.*, p. 8.
(5) Voir plus haut, page 132.
(6) *Ibid.*
(7) Voir plus haut, p. 121.
(8) *Ibid.*
(9) *Gesch. des Q.*, p. 238, n. 3.

d'après la tradition, de la propre main du troisième calife Osman (664-656) et se trouvant maintenant dans la Bibliothèque impériale publique de Saint-Pétersbourg... Le manuscrit est connu sous le nom de Coran de Samarkande... éd. de S. Pissareff. Saint-Pétersbourg, 1905 ».

Je n'ai trouvé cette édition ni à la Bibliothèque de l'Ecole des Langues orientales, ni à la Bibliothèque nationale. Je renvoie donc, pour toutes références bibliographiques, à Ch. (1).

15. Ch. signale Vollers, mss. Leipz., p. 211.

Dans la description du manuscrit arabe 665 de la Bibliothèque de Leipzig (2), le regretté savant signale : Ibn Ketir p. 62 : « الفتنة التيموية die in der ein Qoran des Chalifen Othmân verloren gegangen sein soll ». Quelle est cette révolte? C'est ce que je n'ai pu découvrir.

16. D'Ohsson (*Tableau de l'empire othoman*, II, 384) décrivant l'étendard sacré de Constantinople (*sandjak charif*) dit qu'il est surmonté d'un pommeau d'argent qui contient « un livre du *Cour'ann* écrit de la main du khaliphe Osman ». Cf. Hughes (*a Dictionary of islam*, § Standard).

Outre ces C., il en est d'attribués à ʿOumar (Ch.) et à d'autres personnages antérieurs à ʿOuthmân (Nöldeke, *loc. cit.*), dont le caractère légendaire n'est pas contestable.

Des détails que je viens de donner il résulte évidemment qu'il y a deux légendes : l'une sur les quatre C. envoyés par ʿOuthmân aux villes les plus importantes de l'islâm à son époque, l'autre sur le C. dans lequel il lisait quand il fut assassiné. Ce dernier détail, inventé probablement par les propagandistes de l'othmanisme afin de donner une auréole à leur martyr, n'aurait-il pas été le point de départ de l'une et l'autre légende? ʿOuthmân tenait un C; c'était un C. écrit de sa main; il y avait donc des C. du temps de ʿOuthmân; c'est lui qui en avait arrêté la composition, étant khalife ou (variante plus significative) avant de l'être. Voilà un processus légendaire qui n'a rien d'invraisemblable.

(1) Le manuscrit n'est pas mentionné dans le catalogue des manuscrits et xylographes orientaux de la Bibliothèque impériale publique de Saint-Pétersbourg 1852. — Samarcande a été conquise par les Russes en 1868.

(2) Katalog der Handschr. der Univers.-Bibliothek zu Leipzig, II (1906).

A quelle époque remonte la légende? Nous avons vu que Mâlik, mort en 179, ne la connaît pas. Aboû ʿOubeïd, le plus ancien écrivain qui la mentionne, est mort en 224. Mais l'auteur du *mouḳniʿ* prête à ce même personnage un propos remontant successivement à Ḥadjdjâdj, Haroûn et ʿÂṣim al Djahdarî (1). Je n'ai trouvé, nulle part, mentionné le dernier personnage; mais comme l'*isnâd* ou chaîne de tradition procède généralement de maître à disciple, l'écart représente trois générations ou un siècle environ. Cet ʿÂṣim serait donc le contemporain et même l'aîné de Mâlik. Ce dernier admet l'existence du C., mais le déclare disparu, يغيب. Al Djaḥdarî aurait relevé certaines particularités d'écriture « sur l'exemplaire prototype de ʿOuthmân qu'il avait écrit pour le peuple, فى الامام مصحف عثمان الذى كتبه للناس ». Mâlik ne considérait certes pas al Djaḥdarî comme un des cheikhs de la bonne voie, اشياخ الهدى, en admettant qu'il l'ait connu et que l'isnâd soit authentique.

Quoiqu'il en soit, j'estime que l'affirmation catégorique du grand jurisconsulte de Médine est d'une importance qu'on ne saurait exagérer. Comment s'expliquer, alors, que des exemplaires si vénérables et d'inestimable valeur pour les Musulmans n'aient pu survivre un siècle, alors que les C. de quarante ans plus tard (comme l'atteste leur écriture) en exemplaires plus ou moins complets ou en simples fragments, sont innombrables. Beaucoup, il est vrai, de ceux qu'on conserve dans les mosquées ou les bibliothèques ne sont que des imitations plus tardives du prototype d'al Ḥadjdjâdj qui, rédigé à Koûfa, a rendu légendaire le caractère *koufique* dans lequel il fut écrit (2). Encore aujourd'hui ne publie-t-on pas des Bibles ou

(1) S. de Sacy, *Not. et Extr.*, VIII, 332; ms. arabe de la Bibliothèque Nationale (Cat. de Slane, 593), f° 7 r°.

(2) Telle est l'explication toute naturelle de ce terme. Elle avait été soupçonnée par Eichhorn dans *Repertorium für bibl. und morgenland. Litter*, IX, 251 (à propos des lettres de Reiske sur les monnaies arabes). S. de Sacy qui le cite (*Mém. sur l'origine et les anciens monuments de la littér. parmi les Arabes*, p. 310) l'énonce ainsi : « M. Eichhorn conjecture que cette dénomination peut être due à ce qu'il y avait à Cufa un grand nombre de copistes fort employés et que ce fut là que se multiplièrent d'abord les copies de l'Alcoran ». Le célèbre orientaliste ne trouve pas cette raison satisfaisante et cependant celle qu'il pro-

livres de piété en caractères gothiques à imitation de nos vieux manuscrits ! Le koufique fut le gothique des Arabes et sa vogue s'explique. Nous savons, d'ailleurs, depuis longtemps, qu'il n'est pas l'écriture des tout premiers temps de l'islâm, comme le prouvent les plus anciens papyrus arabes d'Égypte.

Pour terminer cette longue dissertation qui est bien loin cependant d'épuiser un tel sujet, je tiens à apporter un argument d'ordre moral auquel personnellement j'attache une très grande importance. On dit que 'Outhmân a détruit tout ce qui n'était pas la seconde recension de Zeïd, soit. Mais les fragments d'os, de palmier, etc., sur lesquels étaient écrits, de la main des secrétaires, les versets dictés par le Prophète, et qui avaient servi à la première recension, sous Aboû Bakr, que sont-ils devenus ? Je me refuse à croire qu'ils auraient été détruits. Quel extraordinaire sacrilège ! Comment aurait-on pu traiter ainsi ces témoins les plus directs de la révélation ? (1) Enfin, s'ils avaient existé, comment expliquer la crainte que 'Oumar et Aboû Bekr témoignèrent de voir le C. disparaître par la mort des récitateurs ? Et pourtant, ils ont dû exister puisque, d'après une remarque très juste de Muir (2), le C. s'intitule lui-même « un écrit, une Écriture » car tel est le sens du mot arabe كتاب. S'ils n'avaient pas existé, tous les passages si nombreux où le C. est ainsi désigné auraient été introduits après coup ! Voilà bien des contradictions inhérentes au récit traditionnel, et toutes se résolvent par la conclusion que j'adopte. Le Coran a été mis, par écrit, pour la première fois, par les soins d'al Ḥadjdjâdj qui probablement s'appuyait sur la légende

pose (p. 314) en diffère bien peu : « quelques changemens, quelques améliorations imaginées sans doute par les copistes et les lecteurs de l'Alcoran établis à Cufa ». Je crois que, si les *premières* copies ont été faites à Koûfa, le problème se résout de lui-même. Peut-être un lecteur non prévenu jugera-t-il que la réciproque est vraie.

Si l'on admet que le C. a été écrit sous A. Bakr et sous 'Outhmân, il faudra bien dire, comme l'écrivait récemment M. Moritz (*Encyclop. musulmane*, I, 393) : « il semble étrange qu'on ne se soit pas servi, tout au moins pour le livre sacré, de l'écriture de l'une des villes saintes ».

(1) On a conservé des reliques du P. qui, vraies ou fausses, avaient, certes, moins de valeur !

(2) *Life of Mahomet* (1re éd.), introduction, p. III, note 1.

d'un prototype dû à ʿOuthmân. Il est possible qu'il y ait eu des transcriptions antérieures, mais sans caractère officiel et, par conséquent, sans unité. Il est fort possible aussi, et, à mes yeux, fort vraisemblable que les Musulmans n'aient pas senti le besoin, avant cette époque, de transcrire tout ou partie de la révélation (1). J'ai expliqué pourquoi.

Page 3, l. 8. On peut voir dans Nöldeke, *Gesch. des Q.*, p. 174-188 (2e éd., 234-261) le paragraphe intitulé : Offenbarungen, die in unserem Qorân fehlen, aber anderweitig erhalten sind. La conclusion du savant allemand est celle-ci : « Il y a encore un petit nombre de passages coraniques supprimés, plus que ne le croit Muir (I, XXV). D'ailleurs Muir a raison de rejeter l'opinion de Weil que M. aurait volontairement détruit ces révélations. Parmi les passages ici mentionnés, il n'en est pas un seul pour lequel il y ait de sûrs indices qu'ils aient été enlevés par lui ou sur son ordre. Les arguments allégués par Weil pour son opinion à l'égard de tel ou tel verset ne sont nullement convaincants. »

Ce chapitre a été remanié et amplifié dans la deuxième édition. La conclusion citée plus haut a disparu. A la place figure cette très intéressante remarque. « Les révélations hors Coran sont désignées par les Musulmans sous le nom de *ḥadîth* divin ou sacré, الحديث الالهى ou : الحديث القدسى, par opposition au *ḥadîth* prophétique qui ne contient que les paroles mêmes du P. ». Il y a là pour moi un aveu tacite que ce qui ne fut pas accepté pour figurer dans le C. fut reporté dans le ḥadîth.

Je ne suivrai pas les savants auteurs de la deuxième édition dans leur nouvelle conclusion. Je voudrais seulement ajouter quelques indications.

(1) L'objection de Muir que je viens de signaler tombe si on interprète partout le mot : كتاب par « révélation ». Voir ce que j'en ai dit, plus haut, page 88. D'ailleurs, la rigoureuse authenticité du C. une fois abandonnée, il n'y a plus d'impossibilité à rejeter comme tendancieux ou altérés tels ou tels des passages invoqués. L'objection ne garde toute sa force que contre les partisans d'une recension à la fois postérieure et authentique.

M. Friedländer mentionne, d'après Kashi (187 et 195) un propos de Dja'far aṣ Ṣâdiḳ, suivant lequel le C. aurait contenu les noms de sept personnages, dont un seul, celui d'Aboû Lahab aurait été conservé par les Koreïchites (1).

Au sujet des versets disparus de la sourate LIII (entre 20 et 21) qui ne sont pas mentionnés dans ce chapitre, mais plus haut (2), je mentionnerai un passage de 'Abd al Ḳâhir al Baghdâdî (3). Un partisan de la secte des Khourramites disait que les prophètes n'étaient pas infaillibles, et indiquait, comme preuve de la faillibilité de M., l'énoncé des mots : تلك الغرانيق العلى شفاعتها ترتجى. A quoi l'auteur réplique que cela appartient à la *récitation* de Satan qui l'introduisit dans une lacune de la récitation du P., وقال اهل السنة ان تلك الكلمة كانت من تلاوة الشيطان القاها فى خلال تلاوة النبى (4). Il est piquant de rapprocher des expressions comme تلاوة الشيطان et تلاوة النبى de la remarque faite par Nöldeke (2e éd., p. 258, note 2) que le C. est appelé التلاوة. Il y aurait donc eu un C. de Satan et un C. du P.

M. Chauvin, dans sa bibliographie des ouvrages arabes (5) consacre un court chapitre aux sourates non admises dans le Coran.

(1) *The Heterodoxies of the Shiites* (*Journal of american orient. Soc.* (année 1909) XXIX, p. 90). Cf. ce que dit al Kindî des passages supprimés par al Ḥadjdjâdj, comme insultants pour des Oumayyades (trad. Muir, p. 28; texte, éd. 1880, p. 82, l. 14). J'y ai déjà fait allusion, page 121, note 5.

(2) Page 72 (= 2e éd., p. 100).

(3) L'ouvrage de cet auteur sur les sectes musulmanes a paru en 1910, donc postérieurement à Nöldeke (2e éd.).

(4) Ed. Moḥammed Bekr, Le Caire; p. 210.

(5) X, p. 44. L'ouvrage, ayant paru en 1907, ne connaît que Nöldeke (1re éd.).

P. 3, l. 13. M. Goldziher a fort bien traité cette question dans son article : Über Muhammedanische Polemik gegen Ahl al-Kitâb (1). Les Musulmans accusent couramment les Chrétiens et les Juifs d'avoir sciemment altéré de toutes façons les Saintes Ecritures, تحريف وتبديل وتغيير الكتب المنزلة. De la lecture de ce savant article, il résulte que, sous prétexte de dénoncer les dites altérations, les Musulmans se sont livrés aux plus impudentes falsifications de ces livres qui, pour eux, sont aussi sacrés que le C. Le peu de respect qu'ils témoignent au texte des uns ne peut inspirer à un critique impartial une confiance illimitée dans leur absolue fidélité au texte de l'autre.

Page 4, l. 17-22. M. Nöldeke (2) a, d'après un récit rapporté par l'auteur du *Kitâb al aghânî* et Ibn Ḥadjar al ʿAsḳalânî, montré comment un « musulman ordinaire savait peu du C. » Comme à la bataille de Ḳâdisîyat, on devait donner une part supplémentaire de butin à ceux qui savaient le C., un des principaux chefs ʿAmr b. Maʿdîkarib déclara n'avoir jamais eu le temps d'en apprendre un seul mot. Un autre put dire tout juste : bismi-llâhi-r raḥmâni-r raḥîm. Il en était alors ce qu'il en est aujourd'hui où, à part quelques spécialistes de sciences coraniques, bien peu de Musulmans savent le C. On m'a raconté au Caire l'anecdote que voici. Je la donne parce qu'elle paraît rentrer dans le cycle de la précédente.

Quand un Musulman meurt, il est porté en terre par des gens, parents, amis ou autres qui crient sans interruption la formule : la ilâh illâ-llah, Mouḥammad rasoûl Allah. C'est pour que le mort entende bien et se grave cette formule libératrice dans la tête ; car, dès qu'il sera en terre, il faudra répondre aux

(1) *Zeitschr. der deutsch. Morgenl. Gesellschaft* (a. 1878), XXXII, p. 341-387. C'est un complément du livre de M. Steinschneider : *Polemische Litteratur*. MM. A. Müller et Steinschneider lui-même y ont joint quelques remarques.

(2) *Gesch. des Q.*, 203-204. Le passage de l'Aghâni se trouve dans l'éd. de Boûlâḳ, t. XIV, p. 40.

deux anges Mounkar et Nakîr qui s'informeront d'abord de sa religion. Un pauvre diable de fellah fut fort penaud, après sa mort, quand le moment de l'interrogatoire arriva. Il répondait bien : je suis musulman; mais il fallait le prouver. Rien, il ne savait rien. Les anges étaient, à leur tour, fort embarrassés. Quelque chose leur disait que le mort était sincère ; mais s'il ne l'était pas? L'un d'eux eut un trait de génie : il chatouilla les pieds du fellah qui éternua. Sur ce réflexe physiologique se greffa aussitôt un réflexe psychologique, car le mort dit machinalement ce qu'en sa vie il avait l'habitude de dire après l'éternuement : al ḥamdoulillah ! « Allons, dirent les anges, bons enfants, la preuve est faite; c'est bien un Musulman ».

Ce qui s'explique aujourd'hui est bien peu compréhensible aux premiers temps. On dira, avec M. Nöldeke, qu'il s'agissait de musulmans « ordinaires » *gewöhnlich*. Mais ceux qui étaient autour d'Aboû Bakr, après la mort de M., n'étaient pas ordinaires. Et pourtant aucun ne savait que le C. avait pertinemment affirmé la mort de M. Je reviendrai là-dessus, car ce point doit être discuté à fond (1).

Sur la prodigieuse mémoire des Arabes, il y a de nombreuses anecdotes. Je me contenterai de rappeler celle que donne le *Kitâb al Aghânî* sur Ḥammâd le rhapsode (2) et que Caussin de Perceval a reproduite dans son étude sur trois poètes arabes (3).

(1) Voir la discussion relative à 1re partie, p. 19.

(2) V, 164-165.

(3) *Journal Asiatique*, 2e série, XIV, p. 25, tirage à part, p. 95. Des Vergers le cite dans l'*Arabie* (coll. de l'Univers), p. 133. — Cf. Muir, *Life of Mahomet*, 1re éd. Introduction, p. v.

Page 4, note 1. M. Nöldeke, dans sa première édition, n'admet aucune falsification « keine Fälschung » ni du temps d'Aboû Bakr, ni du temps de 'Outhmân (1), mais, dans la deuxième, il est d'accord, avec M. Fischer, qu'il faut admettre, sans restriction, la possibilité d'interpolations (2).

Je dis qu'il y a non-seulement des interpolations, mais des suppressions (nous l'avons vu plus haut), des intercalations fautives de versets, des gloses, des erreurs de récitation ou d'écriture, des répétitions qui ne sont que des variantes d'un même texte, en un mot tous les genres d'altérations volontaires ou involontaires qui peuvent se trouver réunis dans un texte sacré transcrit bien longtemps après sa révélation.

Il faut, en effet, nous représenter la mentalité des peuples illettrés de jadis pour qui l'enseignement oral était tout. Ni la Bible, ni l'Avesta, ni le Coran n'ont eu besoin d'être mis par écrit au début. Il en est de même de l'Évangile. Bien entendu, quand on reconnaît la nécessité de cette mise par écrit, c'est parce que les mémoires faiblissent, parce que les altérations volontaires ou involontaires, les variantes se multiplient. On a besoin d'un canon. On choisit alors une version qu'on déclare officielle, *ne varietur*, et, parce qu'il s'agit de choses sacrées, on invoque la conformité de la recension avec un texte miraculeusement retrouvé, ou avec une nouvelle révélation, etc. Il serait extraordinaire, au point de vue de la psychologie générale des religions, que le C. ait échappé à cette loi. La répugnance que la tradition attribue à Aboû Bakr puis à Zeïd quand 'Oumar propose la « réunion » du C. me paraît répondre au véritable état d'âme des premiers Musulmans, les plus pieux.

Pour cette même raison, je suis tout à fait opposé à l'esprit de la tradition postérieure qui veut que ce soient les plus pieux qui aient fait cette recension. Elle n'a pu être faite que pour des raisons politiques, comme l'Avesta et, peut-être, comme la Bible. C'est pour des raisons politiques que le khalife 'Abd al Malik créa la vraie monnaie musulmane, alors qu'avant lui

(1) Voir page x, le résumé de la 2e partie. Le même auteur (*Orientalische Skizzen*, 56) écrivait : « Der Korân enthält nur echte Stücke ». C'est ce qu'a déjà noté M. Hirschfeld, *New Researches*, p. 137 (note 18).

(2) P. 99, note 1.

elle était de pure imitation sassanide ou byzantine (1). C'est pour des raisons du même genre qu'il dut ordonner la recension du C.

Déjà, à cette époque, le livre n'était guère compris. « Si obscurité et manque de cohérence avec le contexte dans notre C. moderne devaient être considérés comme une preuve de non-authenticité, je crains bien que nous ne dussions condamner plus d'un verset » dit M. Nöldeke (2). J'avoue, pour ma part, que j'accepte et ces prémices et cette conclusion. Obscurité et incohérence sont des raisons, non pas de nier absolument, mais de suspecter l'authenticité, et elles autorisent tout effort pour restituer un texte plus clair et plus cohérent.

Qu'on me permette quelques exemples caractéristiques. Je les ai recueillis par une étude attentive du texte coranique, et j'aurais pu les multiplier, mais c'eût été grossir inutilement ce livre. D'ailleurs, dans la plupart des cas, tout en sentant l'étrangeté et l'obscurité des termes, que la naïve exégèse des commentateurs ne fait que mieux ressortir, on est fort embarrassé pour proposer une solution raisonnable, une restitution vraisemblable. Je dois me tenir d'autant plus sur la réserve qu'on ne manquerait pas de m'accuser (cela a déjà été fait) de déclarer falsifiés tels passages parce qu'ils contrarient ma thèse. Pour me défendre de ce reproche, j'ajouterai à cette liste d'altérations une courte analyse de celles qui ont été signalées avant moi par des savants tout à fait étrangers à ladite thèse.

Dans la deuxième sourate, il y a un passage célèbre, relatif à l'adoption du temple de la Mecque comme *ḳiblat*, c'est-à-dire comme point vers lequel doit s'orienter le croyant quand il prie. Je donne à la reproduction de ce passage la disposition typographique qui permet de reconnaître l'intercalation étrange d'un verset.

(1) Voir le curieux récit que Baïhaḳi rapporte, d'après al Kisâ'i, qui le tenait de la bouche de Haroûn ar Rachîd (*kitâb al maḥâsin*, éd. Schwally, Giessen 1902; p. 498 et seq). Il a été reproduit par Damîri dans son *kitâb al ḥayawân* (éd. du Caire, 1319; p. 53, § khalifat de 'Abd al Malik). Cf. Sauvaire, *Matériaux pour... la numismatique... musulmane* (dans *Journal Asiatique*, 7e s., t. XIV), p. 480.

(2) *Gesch. des Q.*, p. 202.

II 136. Les imbéciles, parmi les hommes, disent : « qui les a détournés de leur *ḳiblat* dont ils se servaient (d'abord)? » Dis : à Dieu est l'orient et l'occident; il conduit qui il veut vers la voie droite.

137. Et c'est ainsi que nous avons fait de vous une nation intermédiaire (1) pour que vous soyez des témoins à l'égard des gens et que le Prophète soit un témoin à votre égard.

138. Et nous n'avons établi la *ḳiblat* dont tu te servais que pour distinguer qui suit le Prophète de qui se retourne sur ses talons et c'était une grave (épreuve), sauf pour ceux que Dieu a conduits. Dieu n'irait pas ruiner votre croyance; Dieu, certes, est pour les hommes compatissant et miséricordieux.

139. Nous avons vu que tu tournais ta face (de tous côtés) dans le ciel. Nous te dirigerons vers une *ḳiblat* qui te satisfera. Dirige-donc ta face dans l'orientation de l'oratoire sacré, etc....

(1) Les commentateurs entendent : « privilégiée ». Mais le contexte signifie, a mon avis, que les Croyants seront au-dessus des autres hommes comme le Prophète au-dessus des Croyants. C'est la nation arabe musulmane qui est la *moyenne proportionnelle* : $\frac{\text{Musulmans}}{\text{Non-Musulmans}} = \frac{\text{Prophètes}}{\text{Musulmans}}$.

Le rôle de témoin (au jour du jugement) constitue une supériorité évidente. Il en résulte donc que la nation arabe est privilégiée, ce qui justifie le sens donné

Considérons maintenant, dans la même sourate, le verset 209 qui se détache sans difficulté de ce qui précède et de ce qui le suit, et nous verrons que le 137 s'y va accoler très aisément.

II. 209. « Les hommes étaient une seule nation ; or Dieu envoya les prophètes chargés de bonnes nouvelles et d'avertissements, et fit descendre avec eux le livre par la vérité afin qu'il décidât entre les hommes sur le sujet de leurs différends. Et ce n'était un sujet de différends que pour ceux qui l'avaient reçu (le livre) après que leur étaient venues les évidences, par esprit de rébellion entre eux. Or Dieu a conduit ceux qui ont cru en la vérité qui était le sujet de leurs différends, — (qui ont cru) par sa permission. C'est que Dieu conduit qui il veut vers la voie droite. »

137. « Et c'est ainsi que nous avons fait de vous (qui avez cru) une nation intermédiaire pour que vous soyez des témoins à l'égard des gens (qui n'ont pas cru) et que le Prophète soit un témoin à votre égard. »

Le déplacement du verset s'explique aisément par la similitude de la phrase finale des 136 et 209. C'est une confusion fréquente. Le cheïkh Djamâl ad dîn Moḥammed avec lequel, quand j'étais en Égypte, j'apprenais le Coran qu'il me dictait par cœur, avait souvent de la peine à ne pas se laisser dévier par des finales de versets à d'autres versets que ceux du morceau qu'il récitait. Ce dut être, si l'on croit avec moi que le C. fut longtemps récité avant d'être mis par écrit, une des causes de la confusion et de l'incohérence que, pour ma part, je ne puis me résoudre à admettre comme primitives dans le texte sacré.

Au verset 137 de la même sourate se rattache le 171, isolé, lui aussi, dans son contexte moderne :

« Et cela parce qu'Allah a fait descendre le livre par la vérité et, certes, ceux qui sont en différend sur le livre sont dans une discordance profonde ».

On retrouve là un écho des expressions du 209.

Si je suis arrivé à réunir les trois versets, ce n'est pas seulement parce qu'ils sont incohérents, quand ils sont isolés, et cohé-

par les commentateurs à l'idée contenue dans le verset. Mais tel n'est pas le sens du mot lui-même : وسطا.

rents une fois réunis ; c'est parce qu'ils se rattachent à un thème fort important dans le C. Ce thème est assez obscur dans ses détails, car on ne démêle pas très bien « le sujet des différends après la révélation du livre » et comment la nation unique formée primitivement par les hommes s'est divisée seulement après cette révélation. Mais le sens apparaît assez clair si on se borne à ces deux éléments : il y avait une seule nation, *oummat*, avant la prophétie ; après la prophétie, il y a une *oummat* infidèle (ou plusieurs) et une *oummat* fidèle. Ce thème se rattache à un autre qui déclare que l'*oummat* fidèle, c'est celle d'Abraham. Le jour où M. prend pour *ḳiblat* le temple de la Mecque, il abandonne définitivement l'espoir de se concilier les Juifs et les Chrétiens. Il confond ensemble le peuple arabe, *oummat* privilégiée, et l'*oummat* d'Abraham qui répond probablement à l'*oummat* primitive, celle qui n'était pas divisée puisqu'elle n'avait pas encore de révélation (1). Cette conception, comme je l'ai montré dans ma conclusion (2), est le point culminant de l'évolution de son génie. J'y reviendrai, car elle mérite un examen approfondi. Ici je voulais seulement montrer comment on peut rendre plus vraisemblable, plus conforme à la pensée du P., telle et telle mutation de versets.

Voilà un exemple de déplacement involontaire. Voici maintenant quelques exemples d'interpolation d'origine politique.

Quand il s'agit de faire la théorie de la souveraineté en droit musulman, les docteurs sont assez embarrassés par le silence du C. sur une question si importante (3). Pour justifier l'obéissance au souverain, ils allèguent cependant le verset suivant (IV, 62) : « O vous qui croyez, obéissez à Dieu et obéissez au P., *et à ceux de vous qui ont l'autorité*, وَاولِي ٱلأَمْرِ مِنْكُم, et si vous êtes en désaccord sur un point, soumettez-le à Allah et au P. si vous croyez en Dieu....... ». On voit que les mots : « ceux qui ont l'autorité » ne se retrouvent plus dans la seconde partie

(1) Nous avons vu (1re partie, p. 79-80) que, pour M., les gens de l'Écriture n'ont aucune révélation ou *'ilm* sur Abraham.

(2) Même passage.

(3) Silence qui, pour moi, est absurde si M. croyait mourir, et tout naturel, au cas contraire.

du verset. Il en est de même dans deux autres versets où l'obéissance est prescrite seulement à Dieu et au P. (XXIV, 63 et XLVII, 35). Les trois mots, d'ailleurs aussi vagues que possible, ont un caractère apologétique et ils sont si faciles à détacher du texte que je n'hésite pas à les attribuer à ceux qui ont eu, après M., la dite autorité. Du temps de M., lui seul l'avait, et l'expression : اولى الامر منكم ne répondait à aucune réalité. Il y a interpolation *politique*.

Une autre interpolation politique est celle qui concerne la fameuse *choûrâ* invoquée aujourd'hui pour justifier le parlementarisme en pays musulman et qui, à la regarder de près, est totalement dénuée de sens. Elle s'éclaire si on se rappelle que 'Oumar, avant de mourir, a institué, par une audacieuse innovation, une *choûrâ*, c'est-à-dire une assemblée élective, très restreinte d'ailleurs : un *conclave*. Ce *conclave* fut, suivant toute probabilité, inventé pour empêcher l'élection de 'Alî par les Musulmans de Médine, et il y réussit. Afin de justifier cet acte purement politique, 'Oumar trouva facilement quelque lecteur du C. pour lui réciter : « Ceux qui ont répondu à l'appel de leur Seigneur, et ont pratiqué la prière, *et dont l'affaire est une délibération entre eux*, et qui, des biens que nous leur donnons, dépensent une part (pour la foi) ». On est tout de suite frappé, au point de vue grammatical, du caractère adventice de la formule (toujours aussi vague que possible) : وامرهم شورى بينهم. Là encore, si on la supprime, le verset conserve toute sa fluidité et son allure grammaticale est d'une netteté parfaite : والذين استجابوا لربهم واقاموا الصلوة ومما رزقناهم ينفقون (XLII, 36).

Ce n'est pas une condition suffisante, mais c'est une condition nécessaire de telles interpolations qu'elles se détachent d'elles-mêmes du contexte.

Maintenant, quel est le sens de cette formule où nous retrouvons le mot si élastique : امر « ordre, autorité, affaire, chose, etc. » ? Tout récemment le très savant P. Lammens a été amené à l'examiner au cours de ses études sur la succession des Oumayyades (1). Il déclare que le verset est « extrêmement

(1) *Mélanges de la Faculté Orient. de Beyrouth*, 1911, t. V, p. 79 et seq.

vague ». Il ajoute qu'il doit désigner les musulmans pieux : « vivant entre eux sur le pied de l'égalité, sans ambition, comme des frères » (1). L'explication est ingénieuse ; mais si le contexte exige, en effet, une interprétation de ce genre puisqu'il n'y est question que de piété, le mot « choûrâ » contient bien le sens de : consultation, délibération, et on ne peut le concilier d'une façon naturelle avec le contexte. Par sa forme grammaticale, comme par le sens, la formule est étrangère au verset, — tout autant que la mise en pratique fut étrangère aux précédents.

Est-ce 'Oumar ou 'Outhmân ou, plus tard, quelqu'un des 'Outhmânides qui introduisit ces trois mots pour justifier la légitimité du khalifat de 'Outhmân. La troisième hypothèse me paraît personnellement la plus vraisemblable, mais les deux premières sont également plausibles.

Une troisième interpolation d'origine politique est celle qui a créé, pour les Juifs et Chrétiens, le fameux impôt de la *djizyat* الجزية عن يد : « Combattez ceux qui ne croient pas en Dieu et dans le dernier jour et n'observent pas les défenses de Dieu et de son prophète et ne professent pas la religion de la vérité, *parmi ceux qui ont reçu l'Ecriture*, jusqu'à ce qu'ils apportent la compensation de main, étant humiliés (2) ».

Les mots que j'ai soulignés : من الذين اوتوا الكتاب, se détachent sans peine, et, là encore, l'allure grammaticale du verset est beaucoup plus fluide et aisée après la suppression. Quant au sens, il est fort bizarre si on garde les mots suspects. En effet, *ceux qui ont reçu l'Ecriture* croient en Dieu et dans le dernier jour, donc le verset ne s'applique pas à eux, dans la première partie. Or, dans le système politique de l'islam, la djizyat ne peut s'appliquer qu'aux gens de l'Ecriture. Les autres non musul-

(1) *Loc. laud.*, p. 91, note 3. La tradition de Tirmidhî, rapportée dans la note 2, est une paraphrase arbitraire du verset et Tirmidhî la reconnait lui-même de peu d'autorité. Elle ne peut être invoquée dans la présente discussion.

(2) IX, 29. Il est probable qu'aux prisonniers laissés en vie on coupait primitivement une main et que cette mutilation fut, plus tard, remplacée par un impôt de compensation. Cette explication, pour hypothétique qu'elle soit, vaut bien les dires des commentateurs. C'est, en tous cas, une expression qu'on ne comprenait plus, lors de la recension du C.

mans qui cependant remplissent les deux premières conditions n'y sont pas admis. Tous ceux qui étaient Arabes durent accepter l'islam ; or, ce verset ne le leur impose pas. Il vise évidemment en bloc tous ceux qui ne sont pas musulmans, et tous ceux-là pouvaient se racheter. Pour des raisons politiques encore obscures et que, d'ailleurs, je n'ai pas à examiner ici, il fut décidé, après M., que seuls, les gens de l'Ecriture (non Arabes) pourraient se racheter. De là l'interpolation.

Dira-t-on que les deux dernières conditions seules s'appliquent aux gens de l'Ecriture et qu'il faut entendre : 1° ceux qui ne croient ni à Dieu, ni au jour dernier, d'une façon générale ; 2° ceux qui, comme les gens de l'Ecriture, croient bien à Dieu et au jour dernier, mais qui ne remplissent pas les autres conditions. Je répondrai que, les mots suspects étant placés après l'énoncé des quatre conditions que rien ne différencie et qui forment un tout inséparable, il faut absolument que ce verset vise ceux qui les réunissent toutes ensemble. D'ailleurs, s'il n'en était pas ainsi, il faudrait en conclure, ce que n'ont jamais fait les Musulmans, que ceux qui ne croient ni à Dieu ni au jour dernier pouvaient se racheter. Je le répète, la mention des gens de l'Ecriture comme seuls bénéficiaires de la *djizyat* (car c'est ainsi que le droit musulman interprète la chose) a dû être introduite, après coup, pour des raisons politiques (1).

A côté de ces interpolations politiques, il y a des choses puériles qui sont entrées dans le texte. Par exemple, M. Fischer a montré que les deux derniers versets de la sourate CI n'étaient qu'une interpolation grammaticale à allure coranique pour expliquer un terme non compris. « L'expression était évidemment فَأُمُّهُ هَاوِيَةٌ incompréhensible déjà (à l'époque de la recension) à une grande partie, sinon à la plus grande partie des Compagnons du P.; plus exactement de ses Compagnons de la Mecque et de Médine (2) ». M. Fischer ne paraît pas troublé de cette constatation. Pour ma part, je dis

(1) Les Chiïtes considèrent comme une interpolation de ce type, le verset IX, 40, qui, au dire des Sounnites, est un argument capital en faveur de la prééminence d'A. Bakr. Cf. Friedländer, *Heterodoxies*, I, p. 50, l. 18 et II, p. 59, l. 22.

(2) *Eine Qorân-Interpolation* dans *Orientalische Studien Theodor Nöldeke .... gewidmet*, I, p. 51-52 ; tirage à part, 19-20.

que les contemporains de la recension ne comprenaient plus bien des expressions. Au temps où je la place, c'est-à-dire sous 'Abd al Malik et à Koûfa, ce phénomène s'explique : il n'y avait plus guère de Compagnons en vie. Mais quand ces Compagnons vivaient encore, est-il admissible qu'ils fussent, tous (1), si ignorants ?

Le verset XVII, 62 est ainsi conçu : « Nous n'avons créé la vision que nous t'avons montrée que pour éprouver les hommes, et l'arbre maudit dans le Coran, et nous les effrayons, et cela ne sera pour eux qu'un surcroît de grande rebellion ».

Qu'est cette vision? Un commentateur a écrit la glose : « l'arbre maudit dans le C. » et cette glose a été, en dépit de toute syntaxe et de tout bon sens, accolée au texte. Il est évident que 1° entre : « éprouver les hommes » et « et nous les effrayons » la phrase ne peut supporter une telle intercalation; 2° qu'on ne peut dire : nous avons créé (2) la vision, — et l'arbre; 3° que les mots « dans le C. » c'est-à-dire « dans le livre ainsi appelé » ne peuvent venir que d'un commentateur.

Voici d'autres exemples de gloses introduites dans le texte. Le verset LXX, 4 est suspect parce qu'il ne rime pas avec ceux qui le précèdent ou le suivent et qu'il contient un passage contradictoire, au moins en apparence, avec d'autres. Il peut être écarté sans inconvénient, et enfin, il n'est qu'une explication, un commentaire d'un terme effectivement très énigmatique que contient le verset immédiatement précédent. Dans ce dernier, Dieu est appelé Dhoû'lma'ârîdj ce qui se traduit littéralement : « qui a des degrés (comme ceux d'une échelle) ». Cette idée d'assimiler Dieu à une échelle paraît se rattacher à une légende sémitique dont j'aurai bientôt l'occasion de parler. Mais elle pouvait paraître bizarre à la masse des Musulmans et l'explication a pris place dans le texte sacré. Elle est ainsi conçue : « Les Anges et l'Esprit montent, يعرج, dans un jour dont la valeur est de cinquante mille ans ». Si l'on se reporte au verset XXXII, 4, on lit

(1) Je ne vois pas pourquoi M. Fischer dit seulement : « une grande ou la plus grande partie ».

(2) Le verbe جعل peut se traduire aussi par « placer ». La vision est probablement celle du voyage nocturne (XVII, 1).

que l'*amr* (= l'ange ou l'Esprit qui le transmet) « monte يعرج vers Lui dans un jour dont la valeur est de mille ans suivant votre calcul ». Cette dernière formule, inspirée de la Bible (1) est évidemment la véritable, et la contradiction n'est pas imputable au P., si l'on admet ma conclusion.

Le xxxiii, 7, si on le compare au iii, 75 contient une glose évidente. Ce dernier est ainsi conçu. « Quand Dieu a pris le pacte, ميثاق, des Prophètes : voici ce que je vous donne, en fait de livre et de sagesse; puis il vous est venu (= il vous viendra) un prophète confirmant ce que vous avez, pour que vous y croyiez et le secouriez. Il dit : est-ce que vous reconnaissez, et prenez-vous là-dessus un engagement? Ils dirent : nous reconnaissons. — Donc soyez témoins, et je serai avec vous témoin. » Il tombe sous le sens que ce pacte est à la charge des Prophètes en faveur de M. Ainsi l'a compris I. Hichâm (2). Donc il n'est pas pris de M. Or, le xxxiii, 7 dit : « Quand nous avons pris des prophètes leur pacte, ميثاقهم, *et de toi et de Noé et d'Abraham et de Moïse*, et nous avons pris d'eux un pacte rigoureux ». Ce que j'ai écrit en italiques est une glose, ou, tout au moins, les mots : *et de toi*, qui, logiquement, devraient être les derniers de l'incise.

Le ix, 112 est ainsi conçu : « Dieu a acheté des croyants leurs personnes et leurs biens moyennant, بِأَنَّ, qu'ils auront le paradis, [ils combattent dans le chemin de Dieu et ils tuent et ils sont tués], promesse à sa charge, créance (3) (inscrite) dans la Tôra, l'Evangile et le Coran; et vous qui vous conformez à votre engagement (venu) de Dieu, recevez la bonne nouvelle de votre contrat que vous avez contracté envers lui; ceci est le gain immense! » Les mots que j'ai mis entre crochets n'ont aucun support grammatical et sont une glose soit de la

(1) Psaumes 89 (90), 4. כִּי אֶלֶף שָׁנִים בְּעֵינֶיךָ כְּיוֹם; Ὅτι χίλια ἔτη ἐν ὀφθαλμοῖς σου ὡς ἡ ἡμέρα. Cf. 2e Epitre de saint Pierre, iii, 8.

(2) Éd. Wustenfeld, p. 150.

(3) حقًّا. Ce mot حق est de sens très variable dans le C. Le sens juridique que je lui donne est conforme à l'esprit de la métaphore commerciale qui domine le verset du début jusqu'à la fin. La langue du C. est très souvent commerciale. M. Torrey, dans *The commercial-theological terms in the Koran* (Leyde,

phrase du début, soit du mot : les croyants, المومنين par réminiscence de XLIX, 15 où le C. stipule bien que ceux-là sont croyants, مومنون, qui « contribuent, جاهدوا, de leurs biens et de leurs personnes dans le chemin de Dieu ». Les autres peuvent dire : nous sommes musulmans, اسلمنا, mais non : nous sommes croyants, امنّا (1).

Ailleurs, on peut relever des fautes de texte. Par exemple, VII, 26, je crois qu'il faut lire : فى أُمَم قّد دخلَتّ من قبلكم comme le prouve la suite : كلما دخلتّ امةٌ et non, comme le porte la recension moderne, فى أُمَم قد خَلَتّ من قبلكم, qui est, sans doute, sous l'influence de XLI, 24.

Dans LVI, 90 on lit : فسلام لك من اصحاب اليمين « salut *à toi* de la part des hommes de la droite ». L'expression *à toi* est inattendue; dans la description du début qui concerne les plus favorisés, sélection parmi les élus, il est dit qu'ils n'entendront qu'un mot : سلامًا (ib., 25). Il est rationnel d'entendre que le salut va aux hommes de la droite également et non pas *de leur part*. Je serais tenté de proposer : فسلام لكل من اصحاب اليمين. « Donc salut à tous les hommes de la droite ». Mais ce serait incorrect.

M. Snouck Hurgronje (2), en comparant XXXVIII, 99 à XV, 53 et à LI, 28, propose de corriger حليم en عليم; conjecture fort plausible.

XXVIII, 85 est réellement incompréhensible. « Oui celui qui t'a gratifié du C. te rend (te rendra?) لرادّك à un retour, معاد ». Nous verrons — car nous reviendrons là-dessus — que les premiers partisans de la radj'at (3) ('Abd Allah b. Sabâ et ses

1892) en a donné quelques exemples, mais il est loin d'avoir épuisé ce point de vue qui lui avait été suggéré par une remarque d'Aug. Muller (Der Islam, I, 191). Sur les premiers mots du verset dont je parle, M. Torrey (p. 39) a fait quelques remarques fort justes.

(1) C'est une distinction capitale que plus d'une secte a prise à son compte. Cf. S. de Sacy, *Religion des Druzes*, II, *in fine*, 494, note 2; Guyard, *Doctrine des Ismaélis*, p. 102. De là, l'importance primitive du titre protocolaire : Amîr al mou'minîn dont j'aurai l'occasion de parler plus tard.

(2) *Het mekkaansche feest*, p. 31, n. 3.

(3) 1re partie, p. 59, l. 15.

disciples) s'appuyaient sur ce verset. Leur interprétation était logique ; celle des commentateurs ordinaires qui y voient la prophétie d'un retour triomphal à la Mecque est-elle admissible? Pour moi, l'idée contraire me paraît plus rationnelle : « Non, Dieu ne te ramènera pas en arrière au point dont tu es parti (1), c'est-à-dire ne laissera pas ton œuvre périr ». C'est pourquoi, j'aimerais mieux lire : لا رادّك « ne te rendra pas ». L'altération, s'il y a eu altération, aurait-elle été volontaire ou involontaire? J'ai dit que je traiterai la question plus au long.

Nous avons vu, dans le commentaire de la deuxième épigraphe, que VI, 45 contenait probablement, en parlant de M., les mots : بُعِث مع الساعة, que l'on retrouve dans les paroles attribuées à Nafi' — paroles qui sont une allusion incontestable au dit verset. Les versets XX, 15-17 dont les deux premiers sont si caractéristiques : « Certes l'heure arrive; peu s'en faut que je ne la fasse apparaître (2) — pour que toute âme soit rétribuée suivant sa conduite » se trouvent étrangement mêlés à l'histoire de Moïse et aux paroles que Dieu lui adresse. Comment admettre que Dieu ait parlé à ce prophète de l'heure imminente? Le verset 15, d'ailleurs, a une rime différente des autres dans le début de la sourate (3) et est, peut-être, indépendant des 16 et 17 qui ont une rime plus exacte. Il semble bien qu'il y a eu déplacement volontaire.

Une remarque analogue à celle de la deuxième épigraphe m'est suggérée par la formule des Khâridjites : « il n'y a de *houkm* qu'à Dieu, لا حكم الا لله ». Il est étonnant qu'elle se présente dans le C. sous une forme qui ne soit pas rigoureusement identique. Pourquoi des Musulmans aussi attachés au C. que ces sectaires s'écartaient-ils des expressions formelles du texte sacré? Trois passages seulement se rapprochent de la formule (VI, 57, XII, 40 et XII, 67); ils l'énoncent ainsi : إِنِ الحكم الا لله « le *houkm*

(1) معادٍ, c'est le point où l'on revient, donc identique au point de départ.
(2) Sur le double sens de : اخفيها voir ce que j'ai dit (1re partie p. 70, l. 10-12).
(3) J'ai déjà fait cette remarque (*ibid.*). Toutefois il n'y a pas incompatibilité absolue, les assonances du C. étant souvent flottantes, et il convient peut-être d'atténuer la rigueur de ma remarque.

n'est qu'à Dieu ». D'ailleurs la formule complète des Khâridjites, paraît comporter ces mots : « et pas de *ḥoukm* aux hommes, ولا حكم للرجال (1) » qui n'ont aucun équivalent dans le C. J'ai publié (2) une monnaie de 'Alî, chef des Zendj, qui se rattachait à la doctrine Khâridjite ; elle porte une formule encore plus complète où figure cette fois une phrase purement coranique. Le dernier mot seul reste douteux : لا حكم الا لله ولا حكم للرجال ومن لم يحكم بما انزل الله فاولائك هم (الكافرون) « Il n'y a de *ḥoukm* qu'à Dieu : il n'y a pas de *ḥoukm* aux hommes, et ceux qui ne pratiquent pas le *ḥoukm* suivant ce que Dieu a révélé, ceux-là sont (les *mécréants*). » Le C. présente trois fois, dans la même sourate v, la même fin de phrase avec variante sur le dernier mot. Comme les Khâridjites voyaient dans tout adversaire un *mécréant* كافر, je pense que c'est ce terme qu'il faut rétablir conformément à v, 48. La variante : الفاسقون (v, 51) rappelle la doctrine mou'tazilite qui substituait l'expression فاسق à كافر pour désigner les Musulmans coupables (3). Quant à la variante : الظالمون (v, 49) elle appartient peut-être à une autre école.

Il me paraît inadmissible que les Khâridjites aient fait un mélange si singulier, et le fait que je signale prouve, à mon avis, que le C. des Khâridjites n'était pas, en tout point, identique à celui de la recension moderne (4).

J'ai laissé en suspens la traduction du mot *ḥoukm*, car, dans la langue des Khâridjites, si l'on en croit les auteurs orthodoxes que nous connaissons, il vise l'arbitrage, accepté par 'Alî pour terminer les guerres civiles, et rejeté par ces sectaires. Au contraire, dans le C., il a plusieurs sens, et c'est une question que je dois réserver. Sous cette réserve, on peut, dans les textes que j'ai cités, le traduire par « décision ».

M. Knieschke (5) est le premier, je crois, qui a montré com-

(1) Maḳrîzî, *Khiṭaṭ*, II, 354, l. 17.

(2) *Revue numismatique* (1893), p. 510-516.

(3) Mas'oûdî, *Prairies d'or*, VI, 22.

(4) Était-il plus conforme à la « lecture » d'I. Mas'oûd ? On s'expliquerait ainsi la haine qu'elle inspirait à al Ḥadjdjâdj qui dut livrer de si rudes combats contre eux.

(5) *Die Erlösungslehre des Qorân* (Berlin, 1910), p. 5.

bien la petite sourate, mise en tête du C., sous le nom de fâtiḥat, oumm al kitâb, etc., présente de caractères suspects. Il n'admet pas, malgré l'autorité de M. Nöldeke, qu'elle soit authentique; il y voit une imitation tardive des doxologies juives et chrétiennes. Comme le *Pater noster*, son prototype, elle a sept versets. Elle répond au besoin des Musulmans d'avoir une oraison à réciter dans leurs prières quotidiennes.

Il est certain que son aspect *extra coranique* est frappant. Bien que dite révélée à la Mecque, donc ancienne, elle a tout le caractère d'une préface, mais d'une de ces préfaces qu'on ne rédige qu'une fois le livre terminé. Elle a l'allure des *khoutbats* des ouvrages arabes, lesquels lui empruntent généralement ses premiers mots, الحمد لله. On dira que les auteurs de ces ouvrages prennent naturellement modèle sur le livre sacré. Mais c'est une idée antimusulmane; le modèle est inimitable, ce serait sacrilège de l'imiter. Il est plus probable que la formule des *khoutbats* (orales ou écrites) a été imitée par le rédacteur de la recension. Elle n'est pas une parole de Dieu ou de Gabriel à M., comme l'est essentiellement le C., et l'apostrophe à Dieu : اياك نعبد واياك نستعين الخ est insolite (1). Le fait que certains commentateurs l'identifient aux sept *répétitions*, سبعًا من المثانى (2), que Dieu joint au C., ferait craindre qu'on l'eût inventée pour justifier cette explication du mot مثانى, parfaitement absurde, à mon humble avis.

Je ne puis que partager l'impression de M. Knieschke, sans cependant aller jusqu'à une affirmation positive. Je tiens seulement la fâtiḥat pour très suspecte.

Gerock (3) considère comme certain, *gewiss*, qu'il y a dans le C. des expressions et récits qui ne sont pas authentiquement mohammediens, nicht echt mohammedisch. Cette expression un peu étrange semblerait impliquer qu'il y a des parties non authentiques dans le texte actuel, et l'auteur se réjouit qu'on ait

(1) Cf. cependant II, 286.
(2) Voir 1re partie, p. 37, n. 1, et ce que nous en disons au commentaire de cette note.
(3) *Christologie des Koran*, p. 7.

fait, si tôt après la mort de M., une recension authentique, eine authentische Sammlung. « Sans cela, combien s'y serait glissé des traditions souvent absurdes de la Sounnat. » Je ne sais si Gerock a mis quelque ironie dans sa phrase; mais elle implique un grand scepticisme dont la limite est subordonnée à l'époque de la recension. Plus on recule cette époque, plus ce scepticisme s'accroît (1).

Quant à Sprenger, sans se prononcer sur le caractère de la recension, il a pris tant de libertés avec le texte du C. qu'on peut légitimement supposer qu'il n'en a jamais accepté l'authenticité. La note qu'il a mise au bas de *Leben und Lehre*, II, 484, est caractéristique : il lit le C. comme il lui plaît et « même aurait-il devant les yeux un exemplaire de la propre main de M. qu'il maintiendrait sa lecture ». Peut-être, négligeant M., prend-il ses renseignements à la source, auprès de l'ange Gabriel,... je n'ose aller plus loin.

M. Hirschfeld (2) a nettement combattu l'intégrité, généralement admise, du C. Il esquisse la critique de la tradition sur la recension, — critique que j'ai précédemment essayé de pousser plus à fond, mais qui demande à être reprise et développée tout au long (3). Il signale les premières attaques contre certains versets, en particulier, celles de Silvestre de Sacy et de Weil contre les versets faisant allusion à la mort du P. M. Hirschfeld, en conservant leur argumentation, ajoute que le nom même de M., qu'il considère comme lié à la légende de Bâḥirat, est dans tous les versets une preuve de fausseté. Il en est de même du nom de Aḥmad. Il termine par quelques

(1) Il y a lieu surtout de croire à de nombreuses altérations théologiques. J'en ai indiqué une à propos des Khâridjites; on pourrait en relever bien d'autres, mais il faudrait entrer dans de longues discussions sur les premières écoles théologiques. Vollers, dans son étude serrée de la langue du C. (*Volkssprache*) en a signalé (p. 145 et 195). C'est une question fort complexe et délicate, car toute altération théologique suppose nécessairement une époque tardive, et il faut se garder du cercle vicieux où l'on tomberait, tant que la seconde assertion ne serait pas définitivement démontrée.

(2) *New Researches into the Composition and Exegesis of the Qoran*, p. 136 et seq.

(3) Elle n'intéresse qu'indirectement ma thèse; c'est pourquoi je ne l'ai pas traitée *in extenso*.

remarques critiques sur V, 73 ; II, 59 ; V, 109, et sur les lettres isolées qui sont au début de certaines sourates.

Enfin, je voudrais insister sur la question des innombrables variantes que le C. nous offre et qui, à mon avis, ne s'expliquent que par l'embarras où on a été, au moment de la recension, de choisir. On a alors préféré, pour être plus sûr de ne pas se tromper, les insérer toutes. De là ces versets qui diffèrent par quelques mots; ces récits, identiques à une ou deux expressions près, répétés à satiété.

Je me rappelle qu'un jour, à Thèbes, M. Maspero me montrant, sur les parois d'un tombeau de la XVIIIᵉ dynastie admirablement conservé, les textes du Livre des Morts qui étaient peints, m'expliquait qu'il y avait jusqu'à quatre versions différentes que les hiérogrammates reproduisaient sans scrupule. Comme ces formules devaient libérer le défunt du néant et qu'on ne savait pas exactement quelle était la version vraiment efficace, on les transcrivait toutes. Même dans le tombeau, abondance de biens ne nuit pas. C'est, je crois, la même psychologie qui a présidé à la recension du C.

Le P. Lammens l'a remarqué, le premier, si je ne me trompe, dans son article : Mahomet fut-il sincère (1) : « En supprimant toutes ces variantes, on aurait dû réduire d'un quart le volume du recueil. Ni Aboû Bakr ni 'Othmân ne se sentirent ce courage ». Toutes ces tautologies, dit-il encore, se rattacheraient à la théorie des : « sept rédactions ». C'est possible. Mais qu'il y ait eu tant de versions au temps d'Aboû Bakr et qu'il n'ait pu distinguer les véritables, voilà qui est surprenant. Plus on s'éloigne de ce temps et moins il y a lieu d'être surpris. Quand les Égyptiens de la XVIIIᵉ dynastie transcrivaient les variantes du Livre des Morts sans oser choisir, c'est que ce rituel était très ancien et qu'ils n'en savaient plus le sens. Sans exagérer la comparaison, je crois que de tels phénomènes impliquent une recension très tardive, tout au moins la disparition de la génération contemporaine de M.

Toutes les considérations que j'ai développées, on le voit,

(1) Dans la revue *Recherches de science religieuse*, I, 1911 ; tirage à part, p. 32, note 3.

sont indépendantes de ma thèse; elles n'en aboutissent pas moins à rendre de plus en plus vraisemblable le renvoi de la recension à l'époque de 'Abd al Malik, au moins. On pourrait même la reporter plus loin encore si d'autres considérations ne s'y opposaient (1). Je viens de donner pour explication que les peuples illettrés n'éprouvent pas immédiatement le besoin d'un livre et d'un texte écrit *ne varietur*. Mais rien n'empêche de donner, pour le retard mis à la recension du C., la raison que l'abbé de Broglie donne au retard mis par les premiers Chrétiens à fixer, par écrit, l'enseignement de Jésus et des Apôtres. Je l'ai adoptée précédemment (2). J'en présente une autre, pour bien établir que, si je nie l'authenticité du C., ce n'est pas parce qu'elle gêne ma thèse. Je laisse, sur ce point, le lecteur libre d'adopter l'une ou l'autre explication, ou les deux à la fois (ce qui est très légitime).

En définitive, j'estime que la recension du C., telle que nous l'avons, n'est qu'une reproduction très infidèle de la pensée du P., et qu'une sévère révision doit en être entreprise par la critique moderne. Elle y procède depuis quelques années par quelques touches de détail précises et menues. Elle doit l'aborder avec ampleur et pleine liberté d'esprit, et je n'ai entrepris le présent travail que comme introduction à une étude toute nouvelle du C. (3).

(1) Outre la raison paléographique, qui peut être atténuée par la remarque faite plus haut (page 40) que le caractère koufique des anciens C. a été imité dans des exemplaires très postérieurs, il y a un témoignage précieux sur le C., celui de Jean Damascène. On ne peut malheureusement déterminer exactement l'époque où écrivait ce docteur chrétien ; mais ce ne peut être très postérieur à l'an 100 de l'hégire. Cf. Becker, *Christliche Polemik*, dans *Zeitschrift fur Assyriologie*, t. XXVI, p. 175 à 195; spécialement p. 178 à 180.

(2) Page 128. Je répète l'argumentation : « C'est pour les générations postérieures que l'on conserve les souvenirs et qu'on les met par écrit; si le monde doit finir avec la génération actuelle, à quoi bon se donner cette peine? ».

(3) J'espère, dans quelques années, pouvoir donner une édition, une traduction et un commentaire du C., le tout aussi indépendant que possible de l'exégèse musulmane, jusqu'ici fidèlement suivie par Sale et ses imitateurs (pour ne pas dire : ses plagiaires).

Page 5, l. 6. Toute la discussion qui s'y rapporte suppose exact le récit traditionnel sur M., tel que, par exemple, un Caussin de Perceval nous l'a présenté. Dans l'exposé de ma thèse, je n'ai pas voulu discuter les récits généralement admis tant qu'ils ne lui étaient pas inconciliables. Mais, comme pour les récits sur la recension du C., il est bon d'indiquer les contradictions qu'on trouve dans la *Sîrat* et les raisons d'en suspecter la valeur.

Comme le sujet n'intéresse qu'assez indirectement ma thèse, je me serais cependant abstenu de cette critique, si, dans le même temps que j'écrivais et, si je puis dire, parallèlement à mon étude sur la doctrine de l'islam, un très savant et très vigoureux adversaire de la *Sîrat* n'avait engagé la bataille.

Le P. Lammens, qui remue et renouvelle jusqu'en ses plus intimes profondeurs l'histoire des Arabes musulmans, a fait paraître en 1910 un article intitulé : « Qoran et Tradition ; Comment fut composée la vie de Mahomet (1) ». J'avoue que la première lecture inspire quelque méfiance. La critique historique a généralement des dehors placides et froids qui contrastent avec la fougue, la verve, le modernisme (2) de ce style vivant et coloré. Mais, abstraction faite de ces allures batailleuses qui font craindre la partialité et le parti-pris, si on pèse à nouveau les arguments, on est étonné de leur force vraiment destructive, et on se rallie à la conclusion : « Le jour où la « critique aura démonté pièce par pièce cette énorme machine « du ḥadith, on se demandera comment sa lourde masse a pu « si longtemps en imposer... Au lieu du portrait en pied, « brossé par Caussin de Perceval, Sprenger et Muir, il faudra « provisoirement se contenter d'une pâle esquisse. »

Même cette pâle esquisse s'efface si on admet, avec le P. Lammens, que l'unique source des récits sur la biographie du P. est dans le C. et si on ajoute, avec moi, que, le C. ayant été arbitrairement interprété en plus d'un passage, rien ne garantit la valeur des interprétations dues aux exégètes. Ainsi (p. 26)

(1) *Recherches de Science religieuse*, n° 1 ; extrait p. 5-29.

(2) Je ne donne pas, bien entendu, à ce mot le sens théologique spécial qu'il a pris, depuis quelques années, dans l'Église catholique.

le savant auteur dit : « les prolixes renseignements sur l'enfance et la jeunesse de Mahomet doivent être relégués dans le domaine de la légende, à l'exception d'un seul trait : sa qualité d'orphelin pauvre ». Mais le passage du C., interprété par lui, avec tous les exégètes musulmans, comme une allusion biographique, fait partie, nous l'avons vu, d'un ensemble mystique, et on peut y rattacher la poitrine ouverte, les épaules soulagées du fardeau, etc. (1). Les Musulmans voient aussi dans la poitrine ouverte un fait réel ; évidemment le P. Lammens n'accepte pas ce point de vue. Mais où est le critérium ? Faut-il accepter comme allégorique tout ce qui constituerait un miracle appliqué à la vie réelle, — ce qui est le cas de la poitrine ouverte, — et accepter comme historique tout ce qui rentre dans l'ordre des choses naturelles et des vraisemblances, — ce qui est le cas de l'orphelin pauvre ? Soit ; mais, quand il y a contradiction, que faire ? Non seulement M. fut pauvre, au dire du C., mais il devint riche, et, en réalité, le verset est là, non pas pour parler de sa pauvreté, mais de son enrichissement. Or d'autres passages du C. ne se peuvent concilier avec une richesse réelle (2).

Il est fort naturel que les exégètes musulmans aient pris à la lettre toutes les expressions du C. et que, l'imagination orientale aidant, le cycle folk-lorique de la Sîrat se soit développé sans limites. Rien ne nous oblige à faire comme eux. Dire avec le P. Lammens « qu'une bonne version du C. supposerait une connaissance approfondie de la Sîrat (3) » me paraît inadmissible. La Sîrat est au C. ce que les innombrables romans d'Alexandre sont à un épisode donné de l'histoire grecque. Ce ne sont pas ces romans qui nous permettront d'interpréter avec exactitude cet épisode historique. Le C. doit s'expliquer par lui-même, et rien que par lui-même. Les autres sources ne valent que comme indices de la mentalité des Musulmans après M., et ce n'est qu'une fois leur chronologie établie qu'on peut déterminer jusqu'à quel point elles apportent un reflet de la pensée de

(1) 1re partie, p. 43-44.
(2) Voir 1re partie, p. 72.
(3) *Op. laud.*, p. 26, note 2.

M. Elles peuvent alors avoir une grande portée pour compléter le C. J'en ai fait usage, à ce point de vue, dans la première partie. J'aurai, dans la suite du présent commentaire, à justifier cet usage (1).

Page 5, l. 12. Après ce que je viens de dire sur l'inanité des données de la Sîrat, je n'aurais pas à commenter cette question de la sincérité si le P. Lammens ne l'avait précisément traitée tout récemment (2). Qu'on ne l'accuse pas de contradiction. A priori, il est évident que, n'ayant plus de donnée sur la vie du P., on ne peut plus rien dire de son caractère, et la pâle esquisse, dont parle, ailleurs, le savant critique, ne peut se concilier avec une analyse psychologique (3). Mais le problème peut être examiné à la lueur du C., et c'est ce que fait, en grande partie, le P. Lammens. Cela l'a amené à quelques vues que je trouve fort justes et souvent identiques à telles de mes remarques (4).

D'ailleurs, si la question est nettement posée par le titre, la réponse n'apparaît nulle part dans le texte. P. 1, on ne peut refuser à M. le bénéfice d'une conviction au moins initiale. P. 45, sous une certaine réserve, la mission de M. paraît moins difficile à concilier avec l'hypothèse d'une loyauté initiale. P. 47, Mahomet n'a pu commencer son œuvre sans conviction d'aucune sorte. P. 21, il est dit que, tout le premier il a cru à sa mission; ....qu'ainsi entrevu le problème de la loyauté de M. se présente moins ardu; que nous nous trouvons devant un phénomène d'auto-suggestion (5). Mais, p. 54 « le succès devint fatal à sa loyauté :

(1) Le P. Lammens a continué sa brillante critique de la *Sîrat* par un article dans le *Journal Asiatique* de 1911, 10e série, t. XVII, p. 209-250 : *l'âge de Mahomet et la chronologie de la Sira;* puis, en 1912, *Fâṭima et les filles de Mahomet — Notes critiques pour l'étude de la Sira.*

(2) *Mahomet fut-il sincère ?* dans *Recherches de science religieuse*, n° 1 et 2.

(3) Détruire la Sîrat paraît être le but du P. Lammens ; on ne s'explique pas alors cette phrase de son nouvel article (tirage à part, p. 5) : « La Sîrat fournira maint exemple à l'appui de cette théorie ».

(4) Je n'ai connu l'article qu'après la correction de mes épreuves.

(5) C'est l'expression même que j'emploie, p. 5, l. 11.

elle y sombra définitivement. » P. 155 « il a commencé par être sa première dupe ....pourtant, à une époque de sa vie, sa conscience pourrait avoir protesté.... au lit de mort, dans un des moments de lucidité de sa longue agonie ». Longue agonie! C'est la Sîrat qui en parle, et que vaut la Sîrat après les coups de bélier portés par le même auteur ?

Mais quelle est la réponse précise à la question? Dupe de soi-même au début, imposteur ensuite, repentant plus tard, voilà, avec quelques hésitations, ce qu'on peut démêler. Il est certain que les apparences donnent à M. figure d'imposteur après le succès. Mais si l'on juge, non pas du dehors, mais du dedans, comment le succès n'aurait-il pas produit dans l'âme du P. la conviction que ses révélations ne pouvaient plus être prises pour des hallucinations? Il me semble que la vérité psychologique exigerait bien plutôt un imposteur que le triomphe finirait par éblouir et convaincre de sa propre véracité (1) qu'un convaincu que le triomphe rendrait imposteur. Le C., considéré isolément, montre une période de doute, et tout semble prouver qu'elle est intercalée entre deux périodes de certitude. La seconde certitude est due au succès; la première à la conviction enflammée du début. Ce cycle coïncide étroitement avec l'hypothèse d'une sincérité parfaite et soutenue. L'armature intérieure a pu rester intacte et les manifestations de la pensée ont pu varier jusqu'à la contradiction sans en rien ébranler.

Mais, je le répète, une fois privés de l'autorité de la Sîrat, nous ne pouvons plus énoncer de jugement positif.

Page 7 l. 8. Il y a dans l'histoire de M. une contradiction implicite que j'ai laissée subsister ici. J'ai dit, en effet, page 6 l. 19, que M. était pauvre et orphelin, voué dès l'enfance à la misère et à l'obscurité, et, page 7, l. 8, je dis que la naissance et la richesse de M. lui permettaient d'acquérir plus tard une grande

(1) La verve populaire connaît plus d'un cas de ce genre où la crédulité des auditeurs finit par suggestionner le hableur.

influence. Il est clair qu'il a pu de pauvre devenir riche, mais comment, étant donnée sa naissance, son enfance avait-elle pu être si misérable? En effet, il était le petit-fils de 'Abd al Mouṭṭalib, lequel avait joué un rôle considérable à la Mecque et même en avait été le chef, à l'époque de l'invasion abyssine (1). Sa naissance lui permettait donc, dès qu'il avait conquis la richesse, de reprendre le premier rang à la Mecque. Mais elle aurait dû lui assurer, même avant, une situation de marque que la tradition ne lui attribue pas. Aussi est-il fort probable que cette haute naissance soit une pure légende, et cette opinion semble devoir être adoptée par la plupart des orientalistes modernes (2). Comme cette question ne touche en rien à mon sujet, et que, d'ailleurs, j'ai dans les pages précédentes, passé condamnation sur toute la Sîrat, je n'insiste point.

(1) C. de Perceval, *Essai*, I, p. 274.

(2) Caetani (*Annali* dell' Islam, I, *introd.* p. 115 et seq.) combattu par Nöldeke *Wiener Zeitschrift für Kunde des Morgenl.*, 1907, XXI, p. 300) et de Goëje (*Centenario di Michele Amari*, I, 151 et seq.). Cf. Vollers (*Volksprache*, 178) qui l'appelle : Mann des Volkes ; — combattu par Geyer (*Göttingische gelehrte Anzeigen*).

Le Puy. — Imp. Peyriller, Rouchon et Gamon.

Page 8, l. 11 à 20.

Les deux propositions que j'énonce ici doivent être considérées comme étroitement liées en ce sens que la seconde sera rigoureusement démontrée par la vérité de la première. Dans les pages précédentes, j'ai montré comment la fraude, après la mort de M., a altéré le C. et comment, même, en dehors de tout ce qui touche à ma thèse, la recension que nous possédons est suspecte. L'incohérence y règne, en fait; l'explication de cette incohérence reste à donner. De toutes celles que l'on est autorisé à proposer, il est incontestable que celle qui y voit le désir d'effacer ou de dissimuler des affirmations contredites ensuite par les faits est la plus plausible. J'ai fait remarquer (1) que Sprenger en a présenté une de ce genre, et si on pouvait prouver que M. fut un imposteur, elle aurait beaucoup de chances d'être la vraie. J'ai essayé, dans la première partie de cette étude, de démontrer sa sincérité et, dans la seconde, je reconnais que la tradition, soumise à une critique sévère, ne nous permet aucune affirmation (2). Je ne puis donc plus déclarer comme fausse l'hypothèse de Sprenger. Mais, dans la deuxième partie, j'ai également montré qu'on ne peut vraiment considérer la version moderne du C. comme représentant la pensée et les paroles rigoureusement authentiques du P. Il est donc plus naturel d'imputer à l'époque où des altérations s'y sont introduites et non aux temps du premier jet et dans la source même, les causes qui ont amené l'incohérence. Tout en maintenant le point de vue très juste de mon prédécesseur que la cause de l'incohérence doit être cherchée dans les prédications relatives à la fin du monde (3), je crois que, si les circonstances ont permis aux successeurs de M. d'altérer le C., ils ont dû s'empresser d'en profiter pour atténuer la portée de ces prédications. J'affirme, en conséquence, que si le C. a été altéré, il est impossible que ce qui touchait à ce point faible ait été respecté. Si, d'autre part, il y a des indices que M. se

(1) Plus haut, p. 4, l. 23.
(2) Plus haut, p. 163-167.
(3) Voir p. 13, l. 11 et seq.

disait venu en même temps que la fin du monde et pour l'annoncer, et que, malgré cela, le C. ne présente pas avec netteté cette affirmation capitale, il sera de la plus haute vraisemblance que le C. primitif l'énonçait positivement et que la recension actuellement connue l'a altéré et falsifié sur ce point. Ces deux propositions ont été établies au courant de la première partie. J'ai recueili des indices nombreux que M. aurait cru être le prophète attendu de la fin du monde; j'ai montré que le C. contient des traces vagues et incertaines de l'imminence de l'heure et d'un rôle prépondérant assigné à M. lors de la venue de cette heure. Il reste à savoir ce que valent les premiers indices. En effet, ils nous sont fournis par le ḥadîth, c'est-à-dire par les récits réunis, après M., pour faire connaître ses opinions personnelles sur la signification de tel passage du C., sur tel autre point de doctrine peu ou point traité par le C., sur une foule de questions qui intéressaient les Musulmans et pour lesquelles ils étaient heureux de trouver une solution appuyée sur une telle autorité. Mais que vaut le ḥadîth? Les récits en sont contradictoires, le plus souvent manifestement controuvés, toujours suspects. La sîrat nous est parvenue sous la même forme et par les mêmes voies que le ḥadîth; nous avons dit, après le P. Lammens, combien peu elle pouvait être utilisée. Pourquoi accorder au premier ce qu'on refuse à la seconde?

Dans tout le courant de mon exposé, je n'ai jamais affirmé l'exactitude d'un ḥadîth; j'ai seulement montré qu'un grand nombre concordaient sur tel ou tel point. Cela est légitime. Tout le monde admet que plusieurs témoignages se renforcent, et, dans leur théorie du ḥadîth, les exégètes musulmans ne manquent pas de reconnaître à une tradition d'autant plus de poids qu'elle est reproduite par plus de traditionnistes. La fantaisie individuelle qui est une cause fréquente de faux témoignage est, en effet, hors de cause, dès que les sources multiples sont indépendantes. Tout le monde sait que, dans la pratique, deux témoignages indépendants de témoins honnêtes et, a fortiori, trois, quatre, etc. emportent la certitude absolue (1).

(1) Mathématiquement, les causes de mensonge étant écartées, il est clair

Mais si les témoignages ne sont pas indépendants les uns des autres et s'ils sont inspirés par des raisons étrangères au goût de la vérité ; s'ils procèdent surtout de l'apologétique religieuse trop souvent passionnée et insoucieuse des réalités contingentes, la critique historique hésite à s'en servir. Elle est, alors, à bon droit, sévère pour ceux qui en font les bases d'une théorie trop simpliste ou trop affirmative. Elle ne peut, en tous cas, s'intéresser à une construction dont elle ne peut contrôler la solidité.

Il est donc nécessaire d'aborder ici cette question. Quelle part de vérité peut être accordée aux traditions sur lesquelles est appuyée la présente thèse ; à savoir que M. se disait le dernier prophète choisi par Dieu pour présider à la fin du monde? On conçoit que j'aie ajourné cette réponse. Il est, en effet, de pratique courante chez tous ceux qui s'occupent des choses musulmanes, de citer des ḥadîth à l'appui de leur dire; déclarer *a priori* qu'on n'en veut reconnaître aucun pour vrai, et par conséquent, se priver de leur secours, c'est condamner nos études au néant (1). Même le C. n'est plus une base indiscutable, puisque les recensions d'Aboû Bakr et de 'Outhmân ou autres contemporains du P. ne nous sont connues que par des traditions. Si l'on rejette ces traditions, le C. devient une œuvre très tardive, et il devient difficile de dire ce qui est ou n'est pas authentique.

Accepter un ḥadîth, les yeux fermés, est également impossible. Même les premiers traditionnistes ne le demandent pas et veulent qu'il soit jugé d'après son *isnâd*. La chaîne des autorités doit remonter jusqu'à M., sans interruption, sans flotte-

qu'un témoignage a autant de chances d'être vrai que faux. L'erreur probable est donc $\frac{1}{2}$ et elle est combattue par un second témoignage dans les mêmes proportions. Elle devient alors : $\frac{1}{2^2}$ et, pour n témoignages : $\frac{1}{2^n}$ Pour n infini, elle serait rigoureusement nulle.

(1) « Il est contraire à toute saine méthode de repousser une tradition donnée, lorsqu'on ne peut indiquer la tendance qui lui aurait donné naissance et qu'il n'y a aucune objection historique à faire valoir contre elle ». Snouck Hurgronje *Une nouvelle biographie de Mohammed* (H. Grimme, *Mohammed*) dans *Revue de l'histoire des Religions*, 1894, tirage à part, p. 45. Je crois qu'il peut y avoir encore d'autres raisons, mais on doit les donner et non pas procéder par affirmation et négation.

ment, et la personnalité de ceux qui la transmettent doit être à l'abri de tout soupçon d'ignorance ou de mauvaise foi. Si l'on était convaincu que ce scrupule a été celui des tout premiers râwis, on n'aurait qu'à employer ce criterium. Mais, à quelle époque remontent les premiers recueils? Les auteurs musulmans, sauf quelques vagues indications contraires, les placent vers la fin du Ier siècle de l'hégire. Le premier qui compila دوّن la *science*, dit Maḳrizî (1) fut M. b. Chihâb az Zouhrî (+ 124); les premiers qui composèrent صنّف et disposèrent par chapitres بوّب furent Sa'îd ibn 'Aroûbat et ar Rabî' b. Soubeïḥ à Bassora, etc. ». La science, علم, d'où le nom de عالم pl. علما (2) donné à ceux qui s'en occupèrent, désigne ici ce qui fut appelé plus tard : فقه fiḳh; c'est-à-dire la connaissance complète des prescriptions légales nécessaires pour les consultations juridiques ou *fetwas*. C'est le mérite de Maḳrîzî d'avoir mis cela en évidence dans le chapitre sur l'évolution des doctrines musulmanes d'où je tire ces quelques mots. Ce qui intéressa les premiers Musulmans, quand ils commencèrent de se dégoûter des malâḥim (3) c'est de savoir comment devait s'organiser la société musulmane. Comme l'islam avait, en théorie, aboli tous les usages de la *djâhilîyat* ou temps de l'ignorance, il fallait créer de toutes pièces la partie de la science que le C. n'avait pas énoncée. Les savants ou jurisconsultes furent chargés d'élever cet édifice et tout naturellement ils songèrent à s'enquérir des moindres propos du P. qui pussent leur constituer ces *précédents* si chers à tous ceux qui ont mission de diriger la vie des sociétés. Comment se fit cette enquête? M. Goldziher a étudié la question dans un travail de haute valeur (4); et quoiqu'il n'ait pas utilisé le texte de Maḳrîzi, il a fort bien vu l'origine juridique du ḥadîth (5).

(1) *Khiṭaṭ*, 1re éd., II, p. 333, l. 5 = 2e éd., IV, p. 143, l. ult.

(2) D'où notre mot *ulèma*.

On peut dire que le *'ilm* est l'équivalent à cette époque du *ḥoukm al islâm* حكم الاسلام, que M. fit prévaloir sur le *ḥoukm al djâhilîyat* حكم الجاهلية, auquel le C. fait allusion, V, 55.

(3) *Khiṭaṭ* II, p. 332, l. 30; p. 356, l. 9 (2e éd., p. 143, l. 12; p. 181, l. 7). Cf. ce que j'ai dit, 1re partie, page 50-51.

(4) *Muhammedanische Studien*, II, p. 1-275; spécialement p. 202 et seq. : *die Hadîth-Literatur*.

(5) Il reconnaît surtout ce caractère au *Mouwaṭṭâ* de Mâlik qu'il appelle « ein Corpus juris », p. 213.

Je rappelle ce qu'il en dit (1). La plus ancienne date nous est fournie par M. ach Cheïbânî (+ 189) qui, d'après Mâlik, prête au khalife 'Oumar II (98-101) l'ordre de recueillir le ḥadîth, de crainte que la science ne s'efface et que les 'oulamâ ne disparaissent. Ceci, comme on le voit, rappelle la raison invoquée par 'Oumar et A. Bakr pour recueillir le C. Notons également l'expression : science, *'ilm*. Ce récit, plus d'une fois répété, sert de point de départ à l'histoire de la littérature du ḥadîth. M. Goldziher suppose que Ibn Chihâb az Zouhrî qui, d'après Souyoûṭî (2), compila le premier le ḥadith dut en avoir reçu l'ordre de 'Oumar. Il ne croit pas que cela fasse allusion au petit recueil de deux à trois cents traditions qui lui est attribué par Aboû-l Maḥâsin. Mais il n'explique pas cette opinion que, pour ma part, je ne partage pas. L'auteur cité dit, d'après adh Dhahabî que 'Abd ar Raḥmân ibn Khâlid gouverneur d'Égypte en 117 avait reçu des traditions d'az Zouhrî et que Leïth b. Sa'd en reçut de lui. Il ajoute, d'après Ibn Mou'aïn, qu'az Zouhrî possédait un livre, كتاب, où étaient deux ou trois cents traditions que Leïth rapportait d'après lui (3). Cette assertion était considérée par an Nasâ'î comme admissible (4). Il serait intéressant de savoir à quelle époque vivait cet Ibn Mou'aïn sur lequel je n'ai trouvé aucun renseignement. Le nom d'an Nasâ'î (215-302) indique cependant une date déjà assez ancienne. Je remarquerai qu'az Zouhrî est une des autorités les plus fréquemment citées par Mâlik dans son *Mouwaṭṭâ*. Dans un rapide examen, j'y ai relevé son nom 226 fois ; il a pu m'échapper en quelques passages, mais le nombre des mentions ne peut dépasser très sensiblement ce chiffre qui répond, comme on le voit, fort bien à l'assertion précédente. Si, comme il est permis de le croire, le *Mouwaṭṭâ* nous est parvenu dans son état primitif, il doit contenir intégralement toute l'œuvre d'az Zouhrî. Mâlik était le jurisconsulte de Médine, par excellence ; or, avant lui, c'est az Zouhrî qui jouait ce rôle car, a dit Châféï, sans az Zouhrî, les

(1) P. 210 et seq.
(2) Nous avons vu la même expression chez Maḳrîzî.
(3) عنه désigne, je pense, 'Abd ar Raḥmân; peut être aussi le livre.
(4) *An Noudjoûm az zâhirat*, ed. Juynboll et Mathes, I, 308-309.

sounnats auraient disparu de Médine (1). Mâlik, lui-même, déclarait qu'il n'avait connu à Médine qu'un seul homme versé dans le fikh et le ḥâdîth, فقيها محدثا et que c'était az Zouhrî (2). Les *sounnats* qui ont, plus tard, été confondues avec les *ḥadîths* en étaient primitivement tout à fait distinctes, comme l'a montré M. Goldziher et elles avaient un caractère purement juridique (3). Quant aux ḥadîths je suis porté à croire qu'ils représentaient, au moins au début, ce qui, révélé par Gàbriel à M., n'avait cependant pas été conservé dans le C. Rien n'est plus suggestif que cette parole attribuée au célèbre traditionniste Anas : « Prends (la tradition) de moi ; car tu ne (la) prendras pas de plus sûr que moi. J'ai pris ceci du prophète qui le tenait de Gabriel et Gabriel l'avait pris de Dieu (4) ! » Nous avons vu également plus haut (page 142) que, d'après M. Nöldeke, les révélations hors C. sont désignées sous le nom de ḥadîth divin. Parmi les ḥadîths, non admis dans le C., ont dû figurer dès le début beaucoup de ceux qui ont été recueillis par des traditionnistes déjà tardifs comme A. Daoûd (*K. al fitan* ; *K. al mahdî* ; *K. al malâḥim*). Un curieux passage de Maḳrîzi semble confirmer ce point de vue. Il est emprunté à l'historien Ibn Yoûnous qui le tenait de Ḥayyawat b. Choureïḥ : « J'entrai, disait celui-ci, chez Ḥouseïn b. Chafî' b. Mâni' al Aṣbaḥî comme il s'écriait : « Que Dieu frappe un tel ! — Qu'a-t-il fait? dis-je. — Il a jeté à l'eau deux livres كتابين que Chafî avait *entendus* سمعهما de 'Abd Allah b. 'Amrou b. al 'Âṣi. L'un deux (contenait) : « Le P. a jugé un tel point et le P. a dit telle chose. » Quant à l'autre (il contenait) : ce qu'il y a de ḥadîths

(1) Nawâwi, éd. Wustenfeld, p. 118, l. 12. لولا الزهرى ذهبت السُنَن من المدينة

(2) Ibn Sa'd, II, 2e partie, p. 135, l. 9.

(3) *Op. laud*, p. 11. C'est, suivant l'expression du savant Orientaliste, le *jus consuetudinis*.

(4) قال لى انس بن مالك يا ثابت خذ عنى فانك لن تاخذ من احد اوثق منى انى اخذته عن رسول الله صلعم عن جبريل واخذه جبريل عن الله تعالى

Tirmidhî *Sounan*, II, 314 pen. cité par Goldziher, *Op. laud.*, p. 20.

الاحداث jusqu'au jour de la résurrection (1) ». احداث peut être le pluriel de حدث « événements » et le verbe يكون, dans ce cas, est un futur et non un présent. La seconde traduction : « ce qu'il y aura d'événements » est d'ailleurs beaucoup plus vraisemblable. Le premier livre est évidemment un recueil de sounnats purement juridiques ou plus exactement de *fetwas* remontant au P. Le second répond aux malâhim, etc., dont j'ai parlé. Comment un musulman a-t-il pu jeter à l'eau des livres si précieux ? Et cela au IIIe siècle de l'Heg. peut-être au IVe (2) ! Le récit est accompagné d'un détail pittoresque qui semble indiquer la véracité. Mais je ne vois pas quel mobile a pu guider ce destructeur de livres. En ce qui touche le second, on peut le supposer avec quelque vraisemblance, car *malâḥim*, *fitan*, *aḥdâth*, etc., pouvaient être considérés comme chimériques ; mais le premier (3) ? Quoiqu'il en soit, ces livres sont à joindre à ceux dont parle M. Goldziher et parmi lesquels figure « la feuille véridique » الصحيفة الصادقة attribuée au même 'Abd Allah b. 'Amrou (4).

Pour en revenir à az Zouhrî, je ne crois pas, avec M. Goldziher,

(1) *Khiṭaṭ*, II, 332, l. 35 et seq. Sur Ibn Yoûnous (281-347) voir Kœnig, *History of the Governors of Egypt by... al Kindî*, New-York, 1908, préface, 26 et seq. Cf. plus haut, page 124.

(2) Il est permis de supposer cependant qu'entre I. Yoûnous et Ḥayyawat il y a une chaîne d'autorités que Makrîzî a passées sous silence. Depuis al 'Âṣi, contemporain de M., il y a six générations jusqu'à Ḥayyawat qui a donc dû appartenir au IIe siècle. 'Abd Allah b. 'Amrou, traditionniste célèbre, mourut en 63 ou 65. C'est la date la plus probable ; mais il y a beaucoup de divergences là-dessus (Nawâwi éd. Wüstenfeld).

(3) Il faut y voir un exemple de plus de cette répugnance, de cette véritable horreur « wahrer horror » que M. Goldziher a signalée chez les premiers Musulmans pour les textes religieux écrits. *Kämpfe um die Stellung des Hadith im Islam* dans *Zeitschr. d. deutsch. Morg. Gesellsch.* LXI, 860-872 (utilisant surtout des textes d'Ibn Sa'd). Cf. P. Lammens, *Études sur Mo'awia Ier* (*3e série*) dans *Mélanges de la Faculté Orientale de Beyrouth* (1908), t. III, fasc. I, p. 209-210.

Sur l'opposition des ḥadîths et du C. voir encore Mas'oûdî, *Prairies d'or*, V, p. 221-222 où je crois que Barbier de Meynard a eu tort de traduire : الاحاديث par : « innovations ».

(4) *Op. laud*, p. 9-11, d'après I. Kouteïbat *Ma'ârif* (éd. Wüstenfeld), p. 230, l. 17-18 où il faut lire : عمرو au lieu de : عمر, et Ibn Sa'd cité par Muir, *Life of Mahomet*, 1re éd., p. XXXIII-XXXIV. Les passages d'Ibn Sa'd sont dans l'éd. Sachau, IV, partie 2 ; p. 7-8, § عبد الله بن عمرو.

qu'il ait fait son recueil sur l'injonction de 'Oumar b. 'Abd al 'Azîz. Ibn Sa'd, d'après 'Abd ar Razzâḳ qui le tenait de Mou'ammar, attribue à ce traditionniste ce propos : « Nous répugnions à écrire la *science*, jusqu'à ce que ces émirs nous y aient contraints, et nous avons vu que pas un des Musulmans ne s'y opposait (1) ». Ce كتاب العلم était donc une innovation pour az Zouhrî. Quels sont ces émirs qui ont exercé cette contrainte, اكرهنا? Muir qui cite ce passage (2) traduit : « these rulers (the Caliphs, etc.) ». Je ne pense pas que cela puisse désigner des khalifes ; il est plus naturel d'y voir les émirs, gouverneurs de Médine, incités ou non, par les khalifes de Damas. Az Zouhrî, né vers 52 de l'Hégire, a pu très bien faire son recueil sous le règne de Walîd (86-96) ou celui de Souleïmân (96) sans qu'il soit nécessaire de faire intervenir 'Oumar b. 'Abd al 'Azîz. Ailleurs, Ibn Sa'd attribue formellement l'initiative à az Zouhrî qui s'était associé pour chercher la *science* avec Sâliḥ b. Keïsân. Il se sépara de ce dernier parce qu'il considérait comme sounnat ce qui était rapporté des Compagnons, ce que Sâliḥ niait (3). Si, comme je l'ai dit, il faut entendre par *sounnat* primitivement, la science et les fetwas (4), on voit qu'az Zouhrî aurait fait un recueil de décisions juridiques venant des Musulmans aussi bien que de M.

Il est bien difficile d'affirmer que tous ces récits soient d'une exactitude rigoureuse. Il semble bien cependant qu'on doive considérer az Zouhrî comme l'innovateur et le créateur de la sounnat écrite (5).

Quant au ḥadîth, il faut le décomposer en deux éléments :

(1) Ed. Sachau, II, 2e partie, p. 135, l. 25.

(2) *Life of Mahomet*, 1re éd., p. XXXIII, note .

(3) Ed. Sachau, *ibid.*, l. 19 ; Muir, *ibid.*

(4) I. Sa'd a consacré un paragraphe à ceux des Compagnons qui exercèrent la science et les fetwas اهل العلم والفتوى. Les deux mots sont étroitement associés.

(5) L'auteur de la *Sîrat Ḥalabîyat* (éd. du Caire, 1320, I, p. 2) attribue également à az Zouhrî la première sîrat qui ait été composée الفت. Saint-Clair-Tisdall semble croire à la réalité d'un livre d'az Zouhrî qui n'existerait plus, mais dont beaucoup nous aurait été conservé par son élève Ibn Isḥaḳ dont nous avons des citations dans la *sîrat* d'Ibn Hichâm. Il ne donne aucune référence (*The sources of islam... translated and abridged by Sir William Muir*. Edimbourg, 1901, p. 93).

l'un qui est nécessairement plus primitif et qui est composé de révélations non acceptées, pour une raison quelconque, dans la recension officielle du C., l'autre qui s'est greffé sur le premier et qui appartient plutôt au cycle de la sîrat, de la *geste* de M. C'est le second élément qui est nécessairement suspect et qui, comme tous les cycles de ce genre, s'est grossi de miracles, de fantasmagories, d'épisodes empruntés à d'autres cycles, talmudiques, avestiques, apocalyptiques, etc., etc. Tout ce fatras est indéfendable. Reste le ḥadîth révélé dont quelques parties nous ont été conservées (voir plus haut). On peut lui assigner la même authenticité qu'au C. (1), tant qu'il ne revêt pas un caractère apologétique, et, tout en faisant des réserves sur la forme, en accepter le fond comme remontant à M. Il y a cependant encore un groupe qui peut être considéré comme intermédiaire entre les deux, parce qu'il comprend des parties très postérieures à M. mêlées à d'autres qui, soit qu'on admette la forme actuelle comme primitive, soit qu'on la croie très altérée, contiennent un fond nécessairement ancien. Ce sont les ḥadîths *eschatologiques*, ceux que j'ai utilisés dans le cours de la première partie de ce livre, et dont il me faut présenter la défense, car je les crois défendables.

Leur caractère commun est d'affirmer plus ou moins explicitement ce que la deuxième épigraphe que j'ai placée en tête de ce livre résume très nettement : « *M. est venu avec l'heure.* » بُعِثَ مع الساعة.

Nous verrons, plus en détail, que ces traditions, ce qui est fort compréhensible, ont assez gêné les Musulmans et que cette gêne n'a pu que s'accentuer avec le temps. Je dis qu'une saine logique s'oppose à ce qu'une pareille affirmation ait été forgée longtemps après la mort de M. et contre l'opinion générale des Musulmans. Que ceux-ci, en totalité, ou qu'un petit groupe seulement aient eu une telle doctrine, elle n'en a pas moins été contemporaine de M., et si, malgré son absurdité évidente, elle a été pieusement recueillie

(1) Le C. lui-même se présente comme un ḥadîth : IV, 139 ; VI, 67 ; VII, 184 ; XLVI, 5 ; LII, 34 ; LXXVII, 50. Cf. Pautz, *Muhammeds Lehre*. Leipzig, 1898, page 90.

par les traditionnistes et transmise aux générations pour qui, prise à la lettre, elle devenait de plus en plus absurde ; — c'est qu'elle n'a pu être l'invention d'aucun d'eux et qu'elle a été recueillie à la source même. Comment imaginer qu'un faiseur d'apocalypses déclare que la fin du monde est contemporaine d'un homme qui est mort depuis de longues années et, qui plus est, que le rôle de cet homme était lié à la fin du monde ! Affirmer de telles choses, pour la première fois, longtemps après M., c'eut été insulter et bafouer l'islam. Quand même nous n'aurions aucune espèce de récit, légendaire ou non, sur ce qui s'est passé après la mort du P., nous pourrions affirmer que seuls ses contemporains ont pu dire : « il a été envoyé avec l'heure ». Je dis donc : tous les récits, aboutissant plus ou moins directement à cette formule, ont pour origine la doctrine de M. lui-même ou, tout au moins, de quelques-uns de ses premiers adhérents. Se sont-ils trompés et la mort du P. a-t-elle dissipé leur erreur, comme on le rapporte de 'Oumar ? C'est une question secondaire à examiner et nous y reviendrons. Mais, erreur ou non, interprétation vraie ou fausse de tel passage du C. primitif, elle a été celle de ses contemporains, et les ḥadîths qui y font allusion sont authentiques. Tous le sont-ils également ? Il est probable que non. Sur un thème ancien et véridique il a pu être brodé bien des variations fantaisistes, à toutes époques. Quelques-unes de celles que nous avons énumérées dans les § I et II sont enjolivées de détails nettement légendaires, et nous ne pouvons nous faire d'illusions sur la véracité de tels ou tels récits. Il nous importe peu. Il nous suffit de retrouver sous l'aspect moderne de la légende l'élément initial, et de légitimer, par conséquent, aux yeux de la critique, l'emploi que nous en avons fait à l'appui de la thèse. Chemin faisant, nous verrons si leur force probante résiste à un examen minutieux.

P. 12, l. 27.

Le désaccord initial de l'islam sur la succession de M. étant un fait historique comporte quatre explications.

1° M. a effectivement désigné un successeur, mais les Musulmans ont nié ou passé sous silence ou délibérément annulé cette désignation. C'est la thèse chi'ite.

2° M avait bien l'intention de désigner ce successeur; mais, la mort l'ayant surpris, il n'en a pas eu le temps.

3° M. n'a pas désigné de successeur parce que cela n'avait aucune importance pour l'islam. C'est la théorie d'Ibn Khaldoûn.

4° M., n'en a pas désigné parce qu'il croyait que le monde finirait avec lui.

Les deux premières supposent un fait qui n'est pas historique, car même en admettant les récits chi'ites, on ne trouve nulle part les éléments suivants : affirmation par M. que 'Alî devait lui succéder *après sa mort*, négation par les Musulmans des droits de 'Alî, immédiatement après la mort du P. Les historiens nous rapportent la querelle entre les gens de Médine et les Ḳoreïchites; ils nous auraient aussi bien rapporté la querelle soulevée par les champions de 'Alî, si elle avait existé, et n'auraient pas été embarrassés pour signaler leur défaite et la justifier. Si quelques paroles particulièrement élogieuses sur 'Alî ont été réellement prononcées (1), leur interprétation en faveur d'une désignation de succession *post mortem* est arbitraire et probablement fort tardive.

La deuxième explication suppose un fait que rien n'atteste : M. surpris par la mort. Tout au contraire, les récits historiques disent que ce sont les Musulmans qui furent surpris par cette mort et, non pas par l'époque prématurée de cette mort, mais par le *fait* même, qui leur paraissait incompatible avec leur croyance.

La troisième et la quatrième seules ne supposent point un fait non attesté par ailleurs, mais dérivent de la doctrine de M. Seulement rien dans cette doctrine ne dit implicitement ou explicitement que la question de succession n'intéresse pas l'islam. Le silence de M. ne prouve qu'une chose, c'est qu'il ne

(1) Je fais allusion à la fameuse tradition dite de Ghadîr Khoumm : » De quiconque je suis le maître, 'Alî est aussi le maître ; obéissant est celui qui lui obéit, rebelle qui se révolte contre lui. » Ibn Ḥanbal, *Mousnad*, IY, 281, l. 23-28. Maḳrîzî, *Khiṭaṭ*, I, p. 388; ma traduction, (4e pie) p. 112.

s'en est aucunement occupé et il n'y a qu'un point de la doctrine de M. qui concorde avec ce silence : c'est la fin du monde. Quand on attend, d'un jour à l'autre, cette catastrophe suprême, on n'envisage pas une telle question, pour la simple raison qu'elle n'existe pas. Donc cette quatrième explication, — en la considérant isolément et en dehors de tout autre élément que le C. d'une part et le fait incontestable de la dissidence des Musulmans sur la succession, d'autre part — est la seule qui ne contienne aucune hypothèse et qui relie le fait à la doctrine comme une conséquence inéluctable. Reste l'objection des versets du C. où M. déclare qu'il mourra. Pour qu'elle fût vraiment valable, il faudrait que la déclaration précisât : avant la fin du monde. Nous avons montré (1re partie, § IV) pourquoi cette précision était nécessaire, car différents indices montrent que tout le monde (avec ou sans exception) doit mourir *au moment de la fin du monde*. Or, si M. a parlé de sa mort, il a pu la placer à ce moment avec l'anéantissement universel. Dans ce cas, l'objection ne porte plus. D'autre part, si M. a vraiment parlé de sa mort, comment a-t-il pu ou affirmer ou penser qu'elle serait nécessairement antérieure à celle de toute l'humanité ? Comme nous l'avons dit et comme nous aurons souvent à le redire, le Coran n'énonce sur *l'heure* que deux points de vue : ou elle est proche, ou, tout en étant proche et pouvant survenir à l'improviste, elle ne peut être annoncée par M. avec aucune précision d'époque. Donc M. n'a jamais su si elle arriverait avant ou après sa mort. Que les Musulmans prêtent à M. cette connaissance, c'est fort naturel; mais que la critique moderne se rallie à leur point de vue, c'est ce que je ne puis admettre. Pénétrons dans la pensée du P. qui annonce la venue de cette heure redoutable et qui a su faire partager à ses contemporains cette croyance si propre à émouvoir les cœurs. S'il n'est qu'un imposteur, il se gardera bien de leur dire que tout cela est bien loin et qu'il mourra avant, etc. S'il est sincère, s'il croit à sa mission, il sera convaincu que Dieu ne le laissera pas mourir avant d'avoir assisté à la réalisation de sa prophétie; il n'osera plus, comme aux premiers jours, affirmer l'imminence positive de l'*heure*, mais il se résignera à attendre la décision de Dieu, sans perdre l'espoir d'y assister et surtout, sans se croire jamais le droit d'affirmer qu'il mourra nécessairement avant (1). Vraies, les paroles de M. sur sa mort, ne peuvent être interprétées comme un ajournement de la fin du monde. Fausses, elles n'ont pu être inventées que pour sauvegarder l'infaillibilité du P. et le maintien de l'islam.

Pour ma part, je suis convaincu que, si on pouvait s'isoler de toutes les apologétiques musulmanes qui ont altéré et remanié, à leur caprice, les événements historiques et la doctrine primitive de M., ma thèse n'aurait pas besoin d'autre démonstration que le fait que l'islam est et sera à jamais déchiré par le schisme de succession.

P. 12, l. 28.

En parlant de croyances chrétiennes, il est bien entendu que je les considère en historien et non en exégète. Il ne s'agit pas de savoir si elles sont orthodoxes ou si elles répondent aux exigences de la critique moderne. Il me suffit qu'elles aient été professées par des sectes ou églises se disant chrétiennes. Ce n'est, en effet, que dans la mesure où elles ont pu influer sur la doctrine de M. qu'elles intéressent mon sujet. Je reviendrai là-dessus. Je me contenterai ici de rappeler que, dans l'histoire de toutes les églises chrétiennes, nombreuses ont été les annonces d'une fin imminente du monde. D'excellents catholiques croient à la fameuse prédiction de saint Malachie sur la succession des papes qui place, sous le sixième successeur de Pie XI, le moment où « Judex tremendus judicabit populum (2) ». Un célèbre dominicain, saint Vincent Ferrier, a au xve siècle annoncé cette fin du monde comme prochaine : « ut regnum Dei diemque judicii appropinquare ostenderet » (3).

L'histoire du christianisme nous en offre de nombreux exem-

(1) Dans ces conditions, il est tout naturel qu'il n'ait pas fait de testament, alors que le C. en fait une obligation aux croyants. De là, est née, entre ces derniers, la vaine controverse fort bien exposée par le P. Lammens, *Fāṭima et les filles de Mahomet*, Rome, 1912, p. 110 et seq.

(2) L'abbé Maître, *La prophétie des papes*, Beaune, 1901, p. 282.

(3) Id., *ibid.*, p. 768.

ples en sorte qu'on peut dire que quiconque a cru à cette approche, était, sinon chrétien, du moins inspiré par les Chrétiens. Tel fut le cas de M. et on pourrait l'affirmer, même sans les témoignages, plus ou moins légendaires, des historiens musulmans (1).

Quant à la doctrine véritable de Jésus-Christ, elle est entièrement en dehors de mon sujet, et je n'ai pas à en parler. Mais pour qu'il n'y ait aucun malentendu, je tiens à déclarer que, revenu à la foi de mon enfance, je m'en rapporte aux enseignements de l'Eglise catholique et les accepte avec une soumission sans réserve.

Page 13, l. 10-31.

Comme je l'ai dit, dans la première partie (p. 15, l. 15-31) je n'ai discuté la théorie de Sprenger qu'en passant et, parce qu'il avait interprété d'une manière les textes que j'interprétais d'une autre manière. Mais il est nécessaire de reprendre à fond les questions qu'il a soulevées. Y a-t-il vraiment dans le C. une menace de châtiment purement temporel? Est-elle antérieure ou postérieure à la menace du Jugement dernier?

Sprenger répond affirmativement à la première question et, pour la seconde conclut à l'antériorité. Wellhausen, à son tour, est affirmatif, mais partisan de la postériorité (2). Pour lui, M. aurait été d'abord *ḥanîf*, c'est-à-dire chrétien ou inspiré d'idées chrétiennes, et c'est pour cela qu'au début de sa mission il est tout à fait dominé, *ganz beherrscht*, par la pensée du Jugement. Puis, dans une phase ultérieure, M. a plutôt en vue une catastrophe historique, *geschichtliche*, un grand *Volksgericht*. C'est donc exactement l'évolution inverse que Wellhausen attribue à M. Il est vrai qu'il ne donne aucune raison à l'appui, tandis que Sprenger utilise des traditions et donne des

(1) Dans la première sourate, verset 7, les Chrétiens sont désignés sous l'épithète : les égarés, الضالين. Faut-il donner le même sens à XCIII, 7 où Dieu rappelle à M. qu'il fut égaré : ضالا ?

(2) *Reste des arab. Heident.*, 2e éd., p. 240-241.

explications; mais il est à croire que Wellhausen a tiré ses affirmations du seul examen du C.

Avant de nous prononcer sur la question d'un châtiment temporel, il faut d'abord savoir si, de l'examen du C., on peut conclure à une chronologie précise des révélations. Si on accepte l'ordre traditionnel de ces révélations, Wellhausen a raison, comme nous le verrons en étudiant les versets qui se prêtent à l'interprétation d'un châtiment de ce genre.

Si on n'accepte pas cet ordre, l'objection ne peut être opposée à Sprenger qui, au contraire, se sert de sa théorie pour proposer une nouvelle chronologie, destinée à remplacer l'ancienne, comme plus conforme à l'évolution réelle du P.

Or, sur ce point, je crois qu'en l'état actuel de nos connaissances, on ne peut rien affirmer de précis. Dans un livre récent, M. Zwemer compare quatre listes dressées, par Djalâl ed dîn (aṣ Ṣouyoûṭî), Rodwell, Muir et M. Nöldeke. Il constate que, sur 114 sourates, il y en a 65 sur lesquelles deux listes concordent; 5, sur lesquelles trois listes concordent; *aucune qui soit placée de la même manière par les quatre listes* (1). Et il faut admettre que les versets d'une même sourate appartiennent réellement à la même époque et que leur arrangement n'est pas factice ou tendancieux. On peut, comme Sprenger, établir d'abord une théorie et conclure, de là, à une liste très différente non seulement de sourates, mais de groupes de versets isolés. Mais on ne peut rien fonder sur un ordre, présumé exact, des sourates et versets.

L'examen intrinsèque du C., en ne tenant compte que du texte pur et simple, laisse aisément distinguer les prédications brèves et enflammées du début, d'une part, et, d'autre part, les longues controverses, les dispositions législatives, les chants de triomphe de la fin. Mais, entre ces deux extrêmes reconnaissables à des caractères bien tranchés, il y a une masse de sourates où les traditionnistes eux-mêmes hésitent et dont beaucoup de versets peuvent, à première vue, se reporter aussi bien au début qu'à la fin, sans qu'on puisse établir le moindre criterium. *Grosso modo*, mais non sans de nombreuses réserves,

(1) *The Moslem Christ*, Edimbourg et Londres, 1912, page 42, note 1.

on admet que les dernières de la recension qui nous est parvenue, placées à ce rang parce qu'elles sont les plus courtes, sont les plus anciennes, que les premières au contraire sont les plus récentes. Tradition et critique interne du C. sont d'accord là-dessus. Pour toute discussion, il est sage de s'en tenir à ces deux points inébranlables.

Les petites sourates qui, sauf exceptions de détail, contiennent les premières révélations sont positives sur la fin du monde. Si les termes varient, le fond reste sensiblement le même. Ce qu'annonce M. c'est un jour يوم où l'univers tout entier, terre et ciel, sont ébranlés et bouleversés, où les mécréants sont châtiés, surtout par le feu, où les fidèles sont magnifiquement récompensés. Ce n'est que bien plus tard (en suivant l'ordre des plus petites aux plus grandes) qu'on voit apparaître quelque chose d'analogue aux catastrophes temporelle (Sprenger) ou historique (Wellhausen).

Cette constatation, conforme à l'interprétation du second de ces savants orientalistes, suffirait à ma thèse qui, en son essence même, n'en diffère pas sensiblement. Elle se résume en ces quelques mots : M. inspiré par le Christianisme, a pour croyance initiale l'attente du Jugement dernier. Mais M. a-t-il abandonné ou transformé cette croyance initiale pour en adopter une autre qui serait celle de ses derniers jours et qui exclurait celle des débuts ? Voilà une question qui intéresse directement ma propre thèse, car s'il fallait y répondre par une affirmation catégorique, on devrait admettre au cœur même de l'islam une contradiction et dans la mission de M. une palinodie, qui seraient l'origine même des grands dissentiments qui ont suivi la mort du P. Dans ce cas, A. Bakr aurait eu raison, 'Oumar aurait eu tort. La *radj'at*, le *mahdîsme*, etc., seraient la conséquence du premier islâm, la doctrine opposée connue sous le nom de Sounnisme (1) se rattacherait au second islam. Ce point de vue pourrait se concilier jusqu'à un certain degré avec l'ensemble de ma thèse et aussi avec l'authenticité intégrale du C. Les contradictions ne seraient plus dues aux successeurs de M., mais à une évolution plus ou moins sincère du P. lui-

(1) Ou plus exactement, comme nous le verrons, de Mourdjisme.

même. En un mot, ce serait exactement la théorie de Sprenger retournée chronologiquement.

J'ai montré dans une des notes précédentes (page 66) l'impossibilité psychologique de ce point de vue qui, d'ailleurs, n'a été présenté par personne de façon aussi formelle, bien qu'il soit implicitement contenu dans la doctrine traditionnelle. J'ai montré aussi, dans la première partie, que les Musulmans, après la mort de M. ont dû *nécessairement*, admettre ce point de vue (ouvertement ou secrètement) et, pour le faire prévaloir, ou le suggérer, ils ont été entraînés, par la même nécessité, à introduire des retouches plus ou moins graves dans le texte du C. On a vu (pages 35-36) les singulières alternatives présentées à son P. par un Dieu qui affirme, d'autre part, que le terme est fixé (1). Chose étrange, dans cette question du *châtiment* distinct de l'*heure*, nous allons retrouver des alternatives du même genre. D'un bout à l'autre du C, avec des développements assez étendus dans les grandes sourates, se trouve présenté le thème des châtiments, consécutifs à la mission des prophètes (2). Tout châtiment divin ne frappe un peuple qu'après avoir été annoncé par un envoyé spécial de Dieu, un avertisseur, نـذيـر. Dieu déclare à M. qu'il joue ce rôle à l'égard de ses concitoyens. Le châtiment qu'il annonce est quelquefois présenté sous une forme vague, mais le plus souvent il est bien nettement identifié (3) avec celui du feu éternel et du Jugement. Il faudrait donc, pour affirmer que, dans les passages moins formels, on doit entendre un autre châtiment, une raison extérieure au texte. Cette raison, à ma connaissance, n'existe pas.

Mais examinons de près les divers passages. Nous adopterons l'ordre traditionnel des sourates, en allant des dernières aux premières, mouvement qui, comme je l'ai dit, répond

(1) Si ce terme n'était pas fixé par une parole antérieure, Dieu, dans sa colère, l'aurait déjà devancé. Cf. X, 20 ; XI, 112 ; XX, 129 ; XXIII, 102 ; XLII, 13 ; XLII, 20. D'après ce dernier passage, ce serait la parole du *faṣl* كلمة الفصل. Je reviendrai sur cette théorie du terme fixé.

(2) Ce thème paraît inspiré de la 2e épître de St-Pierre II 5-8. Cf. Grimme, *Mohammed*, II p. 172.

(3) En admettant comme véritable le contexte tel qu'il nous est présenté par la recension officielle.

grosso modo, à l'évolution chronologique des révélations. Bien entendu, c'est un procédé par approximation et adopté uniquement pour la plus grande facilité de l'exposition. Il faut se garder de croire que nous considérons mathématiquement la $n^{ième}$ sourate comme immédiatement antérieure à la $(n-1)^{ième}$.

Les principaux prophètes dont l'histoire est racontée par le C. sont Noé envoyé vers *son peuple* (non désigné), Abraham ou plutôt Loth vers leur peuple (Sodome et Gomorrhe), Moïse vers Pharaon, Hoûd vers les 'Âdites, Ṣâliḥ vers les Thamoûdites. Chou'aïb vers les Madianites. Nous nous en tiendrons à ceux-là, parce que leur mission, comparée explicitement ou implicitement avec celle de M., est présentée comme ayant été suivie effectivement des châtiments annoncés, ce qui entraîne la conclusion que la mission de M. sera confirmée de même.

XCI, 11-15 présente une rapide allusion à Thamoûd qui a nié, كذبت, qui a tué la chamelle de Dieu, ناقة الله, malgré l'envoyé de Dieu رسول الله. Dieu les a détruits دمدم عليهم La comparaison avec M. n'apparaît que dans l'expression : رسول الله. Le verbe دمدم est un ἅπαξ λεγόμενον du C., le sens précis en est incertain.

Dans LXXXIX, 5-13, se dessine un premier groupe : « N'as-tu pas vu ce que Dieu a fait de 'Âd, de Thamoûd, de Fir'aun (Pharaon) malgré leur puissance? Il leur a infligé le fouet d'un châtiment, سوط عذاب. » Le terme de : عذاب, sur lequel va porter toute notre discussion est ici caractéristique. C'est un des mots les plus fréquents du C. La précieuse *Concordance* de Flügel l'indique trois cent dix-huit fois. C'est (dans l'ordre que nous suivons) la première mention.

LXXXV, 17-20 rappelle l'histoire de Thamoûd et Fir'aun, sans rien de caractéristique.

LXXV, 19-26 donne quelques détails sur la mission de Moûsâ (Moïse) et la rébellion de Fir'aun. « Dieu lui infligea la correction اخذة نكال de la dernière et de la première الاولى والاخرة (1). Certes, il y a là un exemple instructif عبرة pour

(1) الاخرة désigne généralement, dans le C., ce qui suit la fin du monde, et, semble-t-il aussi, la vie d'outre-tombe. Aussi ce passage peut il s'entendre : « de ce monde et de l'autre. » Châtié sur la terre, il sera châtié, après la mort, par l'enfer.

qui redoute (Dieu). » LXXIII 15-16, précédés et suivis d'une description de la catastrophe universelle accentuent l'exemple. « Nous avons envoyé vers vous un prophète رسول, qui témoigne sur vous comme nous avons envoyé vers Fir'aun un prophète رسول. Fir'aun se révolta contre le prophète et nous lui avons infligé une punition violente, اخذناه اخذا وبيلا. Et le C. conclut immédiatement : « Comment vous garantirez-vous, si vous êtes infidèle, d'un jour qui, des enfants, fait des (vieillards) chenus ; par lequel les cieux sont fendus, dont l'annonce est réalisée, وعده مفعولا. Certes c'est un memento تذكرة ; que celui qui veut prenne vers son Seigneur un chemin. » Ici, il ne peut y avoir d'hésitation ; c'est bien l'annonce du dernier jour que le C. compare aux menaces de Moïse accomplies contre Pharaon. Entre les termes عبرة de LXXV, et تذكرة de LXXIII, il y a identité de sens.

La sourate LXXI est uniquement consacrée à Noûḥ (Noé). Elle ne contient aucune comparaison avec la mission de M. ; mais, en la lisant, on est frappé de la similitude des paroles prêtées à Noé avec l'argumentation ordinaire du C. Elles contiennent comme un petit résumé essentiel de la doctrine.

LXIX 1-12 lie étroitement la fin du monde prêchée par M. aux châtiments qui ont frappé 'Âd, Thamoûd, Fir'aun et au déluge : « La frappante الحاقة. Qu'est la frappante ? Qui t'a appris ce qu'est la frappante ? Thamoûd et 'Âd ont nié la catastrophe القارعة (1). » Thamoûd et 'Âd ont été châtiés, de même Fir'aun, d'autres encore ; et, terminant par une allusion au déluge, cette première partie de la sourate conclut : « Afin que nous en fassions pour vous un memento تذكرة et qu'une oreille fidèle s'en souvienne. » Après quoi, il est parlé de la trompette du Jugement dernier, etc.

LVI, 25-27 énumère les apôtres envoyés par Dieu, mais sans parler expressément des châtiments.

LIV est consacrée tout entière au thème que nous étudions : 1-8. L'heure approche, mais les infidèles ne veulent rien enten-

(1) Ce terme qui signifie aussi : « la frappante » désigne, dans la sourate CI qui en prend le nom, la fin du monde, sans conteste. Le début des deux sourates CI et LXIX est identique en remplaçant الحاقة par القارعة.

dre jusqu'au jour où il leur faudra subir le châtiment. 9-40. Avant eux, le peuple de Noûḥ, 'Âd, Thamoûd, le peuple de Loûṭ (Loth) ont refusé de croire et ont été frappés. Dans ce passage, il faut remarquer l'usage d'un refrain, comme on en trouve assez souvent dans les plus anciennes sourates. Chaque fois que le récit d'une rébellion et du châtiment consécutif est achevé (17, 22, 32, 40) revient ce verset : « Nous avons facilité le Ḳour'ân pour le souvenir للذكر (1). Est-il quelqu'un qui se souvienne مدكر ? »

41-51. Pharaon aussi se révolta et fut puni. Les incrédules de la Mecque se croient-ils plus forts et plus sûrs de l'impunité? Puis le refrain revient sous une forme un peu différente (51). « Nous avons fait périr vos pareils (d'autrefois) اشياعكم. Est-il quelqu'un qui se souvienne ? ».

52-55. Tout est prévu par Dieu. Les croyants seront heureux.

De cette première analyse que nous venons de faire résulte, à notre avis, avec la plus entière évidence que M. considère la fin du monde comme un châtiment pour ceux qui résistent à sa doctrine, exactement comme les catastrophes historiques qu'il rappelle furent des châtiments pour les peuples réfractaires à la voix de leurs prophètes. Comme eux, M. s'adresse à son peuple, mais non à l'humanité. Mais, ailleurs, il menace l'humanité tout entière, l'homme, الانسان. Il ne faut donc pas lui prêter un double point de vue : châtiment spécial pour son propre peuple, autre châtiment pour toute l'humanité. Dans son esprit, il n'y en a qu'un. On peut même dire que, pour lui, chaque peuple a eu son envoyé رسول. Les Arabes seuls n'en avaient pas eu ; l'arrivée de M. complétait et arrêtait la série des envoyés. C'est pourquoi le châtiment promis aux Arabes mécréants se confondait avec le dernier châtiment infligé à l'humanité, comme la mission de M. était, à la fois, celle du P. des Arabes et du dernier de tous les prophètes. Ce sentiment résulte de l'ensemble du C. Il serait trop long et en dehors de la question que je discute actuellement d'en donner ici les preuves. J'y reviendrai ailleurs.

(1) Le mot ذكر est assez vague. On peut aussi bien lui donner le sens de : réflexion.

Mais je reprends mon analyse. Je passe sur quelques autres allusions du même genre (1) pour m'en tenir aux trois textes les plus développés.

XXVI, 1-209. Après un court prologue sur l'aveuglement des mécréants commence l'histoire de Moûsâ et Haroûn (Aaron) envoyés vers Fir'aun, leur lutte contre les magiciens, l'Exode, le passage de la Mer Rouge. Les versets 67-68 donnent la conclusion : « Il y a dans cela un signe, آية, et la plupart n'ont pas cru. Et certes ton Seigneur est le Puissant, le Miséricordieux ». Puis vient le récit de la vocation d'Ibrâhîm (Abraham) qui parle de la résurrection, du paradis et de l'enfer exactement comme M., et la même conclusion réapparaît (103-104). L'histoire de Noé et du déluge est également suivie du refrain (121-122). De même pour Hoûd envoyé vers les 'Âdites (139-140) ; puis pour Ṣâliḥ prophète des Thamoûdites (158-159) ; pour Loûṭ (174-175) pour Chou'aïb (190-191). Et à la suite de ces sept récits ponctués du même refrain, vient l'éloge du C. Mais les coupables n'y croient pas « jusqu'à ce qu'ils voient le châtiment cruel العذاب الاليم. Il leur arrivera à l'improviste بغتة alors qu'ils ne s'y attendront pas. Ils diront : N'aurons-nous pas un délai ? Est-ce qu'ils demanderont (à ce moment) de hâter notre châtiment عذابنا. As-tu vu (ce qu'il en est) si, nous les avons laissés jouir quelques années, puis leur vient ce dont ils étaient menacés. Ce dont ils jouissaient ne leur sert de rien. Nous n'avons détruit aucune cité sans qu'elle ait eu des donneurs d'avertissement منذرون ذكرى. Nous ne fûmes point injustes ».

Sous cette forme, on voit qu'on peut hésiter sur le caractère du châtiment. Mais quand on compare les expressions ici employées avec celles qui caractérisent l'heure ou la fin du monde, il n'y a plus d'hésitation permise. Si on demande ce que signifient les mots précédents : « ce dont ils étaient menacés » qu'on lise ces versets du C. (XXI, 39-41) qui semblent la réponse

(1) En voici l'énumération : LIII, 51-55 ; LI, 21 à 60 et dernier (le 59 est caractéristique) ; L, 12-13 ; XLVI, 20-26 (25 et 26 caractéristiques) ; XLIV, 16-37 ; XLIII, 43-56 ; XLI, 10-18 ; XL. 22-58, et 82-85 ; XXXVIII, 11-13 ; XXVII, 13-39 ; XXV, 35-42 ; XXIII, 23-50 ; XXII, 43-45 ; XVII, 60-61 ; XIV, 9-18 ; X, 72-103 ; IX, 70-71 ; VIII, 52-56 ; IV, 161-164.

à une question de ce genre : « Ils disent : à quand donc cette menace هذا الوعد si vous (les croyants et M.) êtes véridiques? Si ceux qui ne croient pas savaient le moment où ils ne protègeront contre le feu ni leurs visages ni leur dos, où ils ne seront pas secourus ! Mais *elle* leur arrivera à l'improviste بغتة et les stupéfiera; ils ne pourront *la* repousser, et ils n'auront aucun délai ». Si l'heure ici n'est que sous-entendue, elle est clairement annoncée dans d'autres passages, par exemple dans VII, 186 : « Ils t'interrogent sur l'heure, et quand sera sa venue مرساها ; dis : la science n'en est que chez mon Seigneur ; Lui seul la fera paraître à Son moment; elle pèse (déjà) ثقلت sur les cieux et la terre, et elle n'arrivera qu'à l'improviste بغتة ». Voici un autre commentaire (XXIX, 53-54). « Ils te demandent de hâter le châtiment العذاب. S'il n'y avait pas un terme fixé (par Dieu) اجل مسمى le châtiment العذاب leur serait venu, et certes il leur arrivera à l'improviste, بغتة, alors qu'ils ne s'y attendront pas. Ils te demandent de hâter le châtiment العذاب et, certes, la géhenne enveloppe (déjà) les mécréants ». Onze fois, dans le C., Dieu parle de ce qui arrivera à l'improviste et, six fois, sans ambiguïté *l'heure* est nommée (1). Ne serait-ce pas tout à fait arbitraire, après les rapprochements que nous avons faits, d'admettre que Dieu ait, les autres fois, fait allusion à un châtiment distinct de l'heure?

Dans la sourate XI (27-123 et dernier) est rappelée l'histoire de Noûḥ, et les paroles qu'il y prononce ressemblent à s'y méprendre à celles de M. dans ses controverses (2). Ces paroles, puis le récit du déluge, sont suivis du verset 51 : « C'est une des annonces du mystère, انباء الغيب, que nous te révélons ; avant cela. tu ne le savais pas, ni ton peuple قومك. Aie donc patience ; la fin العاقبة est à ceux qui craignent

(1) VI, 31; VII, 186; XII, 107; XXII, 54; XLIII, 66; XLVII, 20. Les autres passages sont : VI, 47; XXI, 41; XXI, 212; XXIX, 53; XXXIX, 56; dans deux autres endroits, il s'agit du châtiment infligé aux anciens peuples, VI, 44 et VII, 93.

(2) A tel point qu'un des versets (37) semble bien plus parler de M. et du C. que de Noé. Il n'est pas impossible qu'il ait été placé là par une inadvertance, qui explique sa similitude avec le langage de Noûḥ.

(Dieu) ». La sourate XI est attribuée par la tradition à la période mecquoise (c'est-à-dire avant l'hégire). Bien qu'elle soit une des plus longues, le verset 51 paraît lui assigner une date assez ancienne. Elle est, en tous cas, antérieure à LXXI qui, nous l'avons vu, est, tout entière, consacrée à Noûḥ.

Après le déluge, viennent les missions de Hoûd, de Ṣâliḥ, d'Ibrahîm, de Loûṭ, de Chou'aïb, de Moûsâ. Les réflexions qui suivent ces récits sont caractéristiques (105-106) : « Certes en cela il y a un signe, اية pour qui redoute le châtiment du dernier jour, عذاب الاخرة. C'est un jour où les hommes seront rassemblés, un jour solennel, مشهود. Et nous ne le retarderons que jusqu'à un terme compté, اجل معدود ». Puis viennent pêle-mêle divers versets sur la fin du monde, la doctrine de Moïse, un retour sur l'histoire des châtiments subis par les cités rebelles à leurs prophètes, et une dernière exhortation à la patience et à la confiance en Dieu qui « n'est pas inattentif à ce qu'ils font ». Je pense qu'il n'y pas lieu de discuter ici sur le sens de la sourate, le C. en donnant lui-même le commentaire le plus précis.

VII (57-158) ne présente rien de particulier ; les missions de Noûḥ, Hoûd, Ṣâliḥ, Loûṭ, Chou'aïb, Mousâ, sont présentées dans le même ordre. Puis est fait l'éloge de M. et de sa mission, sans allusion au châtiment qu'il annonce.

Le grand nombre de sourates contenant, sous une forme plus ou moins développée, les allusions au thème, tel que je l'ai défini, montre que M. n'a pu varier sur ce point. D'ailleurs, des allusions moins explicites mais très compréhensibles pour qui est familiarisé avec le C. se retrouvent éparses un peu partout. Ainsi, à plusieurs reprises, Dieu menaçant les Arabes mécréants, rappelle que c'est sa coutume سنة de châtier ceux qui sont rebelles à leur prophète (1). Un des passages qui contiennent ce mot est précisément celui que Sprenger a invoqué à l'appui de sa thèse (2) : « Et ils avaient failli te faire quitter la terre, afin de t'en chasser, et alors ils n'auraient séjourné sans toi que peu de temps. Pratique سنة suivie par ceux de

(1) XVII, 78-79 ; XXXIII, 62 ; XXXV, 41-42 ; XL, 85 ; XLVIII, 23.
(2) XVII, 78-79. J'en ai déjà parlé (1re partie, p. 14-15).

nos missionnaires que nous avons envoyés avant toi, et à notre pratique سنتنا tu ne trouveras aucun changement ». Pris isolément, ce texte suggère, en effet, l'idée d'un châtiment spécial au peuple de M. et sans relation avec la fin du monde. Commenté par les longs développements d'autres parties du C., il ne peut plus s'interpréter ainsi. Je conclus que, dans la pensée de M., il n'y a jamais eu de différence entre la fin du monde, déjà annoncée par les Juifs et les Chrétiens, et le châtiment réservé aux Arabes, dernier peuple favorisé d'un prophète.

Quand, par la lecture attentive du C., on est arrivé à cette conclusion, on éprouve quelque stupéfaction à relever des passages où Dieu, qui paraît ainsi en proie à d'étranges incertitudes, dit : « nous les frapperons ou de l'heure ou du châtiment ». الساعة, d'une part, العذاب, d'autre part, telle est l'alternative. Voici les passages les plus nets où se trouve cette opposition. (VI, 40) : « Dis; voyez-vous (1), si vous arrive le châtiment de Dieu *ou* vous arrive l'heure, etc. ». Remarquons que le verset 47 a le même début et ne contient pas la même alternative : « Dis, voyez-vous (2) si vous arrive le châtiment de Dieu à l'improviste ou en pleine lumière بغتة او جهرا, etc. ».

XIX, 77 : « Si bien que, quand ils verront ce dont ils sont menacés, *ou le châtiment ou l'heure* اما العذاب واما الساعة alors ils sauront qui a la pire situation ». Je ne crois pas qu'il y ait dans le C. une parenthèse ayant au plus haut degré le caractère d'une glose. J'indiquais plus haut (page 189) quelle réponse on pouvait faire à la question : « de quoi sont-ils menacés ? » Voilà celle d'un commentateur, d'un scholiaste, introduite dans le texte. Libre aux Musulmans de croire que le scholiaste n'est autre que Gabriel, expliquant à M. la révélation divine.

XXII, 54. « Ceux qui n'ont pas cru ne cesseront d'être sceptiques à son égard jusqu'à ce que l'heure leur arrive à l'improviste *ou* leur arrive le châtiment d'un jour affreux. عذاب يوم عقيم ». Ici la rime nécessaire عقيم rend plus diffi-

(1) ارايتكم forme bizarre : « as-tu vous vu ? ». On attendait ارايتم.
(2) Même forme.

cile l'idée d'une glose. Il faudrait admettre un remaniement plus complet. Le verset suivant semble, d'ailleurs, indiquer que ce jour est celui du Jugement, car il est dit que les justes, en ce jour, seront dans les jardins de délices, جنات النعيم. Mais, malgré une si belle rime, je ne puis dire qu'il y ait liaison indéniable entre le 54 et le 55.

Voici d'autres passages de même sens, XVI, 47 : « Sont-ils sûrs que Dieu ne les engloutira pas dans la terre ou que le châtiment ne leur arrivera pas par où ils ne s'attendent pas ? » XVIII, 53 « Qu'est-ce qui a empêché les hommes de croire, quand la direction leur est venue, si ce n'est que leur arrive la pratique des anciens سنة الاولين *ou* leur arrive le châtiment en face, قبلا (1) ». L'expression : سنة الاولين serait, par elle-même fort obscure, si nous n'avions les autres passages, cités plus haut, sur l'allusion que contient le mot سنة. Ici encore, on ne peut s'empêcher de voir dans le او le signe d'une glose.

XVII, 60 : « Il n'est aucune cité que nous ne détruisions avant le jour de la résurrection *ou* à qui nous n'infligions un terrible châtiment. Cela est inscrit dans le Livre ». Cette alternative n'a qu'une lointaine similitude avec celle que nous étudions, mais, peut-être nous éclairera-t-elle. L'idée que toute cité disparaîtra avant la fin du monde a inspiré plus tard la légende sur les ruines successives des cités, attribuée à Ka'b al Aḥbâr et à Wahb b. Mounabbih (2). Il n'y a évidemment pas de différence sensible entre la destruction et le châtiment ter-

(1) La syntaxe de ce verset est assez ambiguë. Le ما de début paraît être plutôt la négation que le pronom interrogatif, étant donné qu'il est suivi de الا. Faut-il entendre : « c'est parce qu'ils jugeaient absurde l'annonce d'un tel châtiment, qu'ils n'ont pas cru » ?

(2) Nous en avons parlé dans la première partie, p. 46, l. 11-25.

Un intéressant passage du *Livre de la Création et de l'Histoire* de Moṭahhar el-Maqdisî (édit. et trad. Huart dans *Publ. de l'École des Langues Orient.*, 4e série, t. XXI), tome IV, p. 97 (texte ١٠٣) confirme ce point de vue. D'après le livre d'A. Ḥoudhaïfat, Mouḳâtil dit avoir lu dans les livres d'aḍ Ḍaḥḥâk après sa mort, — c'étaient les livres gardés chez lui, وهى الكتب المخزونة عنده, qu'à propos de C. XVII, 60, y était donnée la liste des villes qui seraient successivement détruites et de quelle façon ; la Mecque, puis Médine, etc. C'est un exemple typique des traditions créées par une interprétation et un développement plus ou moins arbitraires d'un texte coranique.

rible. Je crois que l'idée est celle-ci. Parmi les cités, les unes seront détruites avant la résurrection, les autres seront châtiées à ce moment-là et par le fait même de la résurrection coïncidant avec la ruine générale. Cette interprétation donnerait une fois de plus au châtiment العذاب un sens identique à l'heure الساعة.

J'ai fourni les pièces du procès. M. a-t-il vraiment balancé un moment entre les deux conceptions, comme il a hésité entre sa présence formelle à la fin du monde ou sa disparition préalable? Ce n'est pas impossible, quoique cela soit peu compatible avec sa psychologie. Ces hésitations n'ont-elles pas été introduites après coup dans le C. pour expliquer comment la mort de M. était compatible avec l'ajournement par Dieu de l'heure? Nous retrouverons plus loin des traces, dans la tradition, de ces tendances chez les Musulmans après M. Je me prononce catégoriquement pour la seconde opinion. Mais, même en acceptant la rigoureuse authenticité de tous les termes du C., je dis que jamais M. n'a substitué, dans son enseignement, l'idée d'un châtiment temporel à celle de l'*heure*, celle-là étant exclue. Tout au plus, l'aurait-il envisagée comme une hypothèse. Mais peut-on imaginer qu'un prophète comme M. a énoncé une *hypothèse* dans le cœur même de sa doctrine et que les croyants s'en sont allégrement accommodés? M. aurait-il été un *dilettante* à la façon de Renan, se plaisant à envisager les contradictoires et à les montrer à ses disciples? De tels raffinements de psychologie m'échappent. Pour moi je me rallie à l'opinion très nettement formulée par M. Reckendorf : « C'est la dernière fois (avec M.) que Dieu révèle à l'humanité un des grands livres sacrés; avec l'islam l'évolution religieuse, die religiöse Entwicklung, est terminée ; il n'y a plus à venir que le Jugement dernier » (1).

P. 15, l. 24.

Voici le texte de Wâḥidî (*asbâb an nouzoûl*) d'après l'édition

(1) *Mohammed und die Seinen*, Leipzig, 1907, p. 2.

du Caire (1315 Heg.), p. 209 اتى امر الله . الاية . قال ابن عباس
لما نزل الله تعالى اقتربت الساعة وانشق القمر قال
الكفار بعضهم لبعض ان هذا يزعم ان القيامة قد
قربت فامسكوا عن بعض ما كنتم تعلمون حتى ننظر
ما هو كائن فلما راوا انه لا ينزل شى قالوا ما نرى شيا
فانزل الله تعالى اقترب للناس حسابهم وهم فى غفلة
معرضون فاشفقوا وانتظروا قرب الساعة فلما امتدت الايام
قالوا يا محمد ما نرى شيا مما تخوفنا به فانزل الله تعالى
اتى امر الله فوثب النبى صلم ورفع الناس روسهم فنزل
فلا تستعجلوه فاطمانوا فلما نزلت هذه الاية قال رسول الله
صم بعثت انا والساعة كهاتين واشار باصبعه ان كادت
لتسبقنى وقال الاخرون الامر هاهنا العذاب بالسيف
وهذا جواب للنضر بن الحرث حين قال اللهم ان كان هذا
هو الحق من عندك فامطر علينا حجارة من السماء يستعجل
العذاب فانزل الله تعالى هذه الاية

La seconde interprétation est fort curieuse, car elle répond à cette tendance, signalée dans notre précédente étude, de substituer à l'heure, le châtiment temporel par *l'épée* بالسيف (1). L'allusion à la conquête de la Mecque n'est pas douteuse. La première explication, en mettant de côté les enjolivements, est évidemment la plus naturelle. Elle est aussi la plus ancienne parce qu'attribuer à M. des paroles si manifestement démenties par les faits postérieurs est absurde à une époque tardive, et rationnelle au temps que M. et les siens croyaient à l'imminence de l'heure. Si M. a varié, ces paroles lui ont été attribuées avant sa variation; s'il n'a pas varié, avant sa mort. Dès lors, il paraît vraisemblable qu'elles sont authentiques, et je les crois telles (2).

(1) Cf. dans le *Commentaire* de Ṭabarî (IX, 143-146) la longue discussion sur le châtiment dont Dieu menace les Mecquois de façon fort énigmatique dans C. VIII, 33 et 34. Il y est question des deux châtiments « de ce monde et de l'autre » عذاب الدنيا عذاب الاخرة (144, l. 28). Mais l'opinion la plus répandue est que c'est la victoire de Badr qui constitue ce châtiment (145, l. 30) : فعذبهم يوم بدر بالسيف.

(2) J'ai dit (1re partie, p. 18) qu'à la grande rigueur si elles ont été inventées pour justifier une théorie, ce n'a pu être qu'à l'occasion de la *radja'at*.

P. 16, l. 6-8.

C'est au début de sa chronique que Ṭabarî étudie la question (1). De son temps, les spéculations sur la durée du monde préoccupaient encore les esprits. Il étudie donc le temps, sa nature et son étendue totale, قدر جميع الزمان من ابتدئه الى انتهائة واوله الى اخره.

Après avoir donné des traditions assignant 7000 ans au monde (une semaine dont chaque jour est mille ans) (2) il énumère celles qui placent la mission de M. à une distance plus ou moins courte de la fin. Les voici (p. 9 à 16) avec leurs isnâds (3).

1. M. b. Bachchâr et 'Alî b. Sahl — Mouammal — Soufiân — 'Abd Allah b. Dînâr — *I. 'Oumar* :

اجلكم فى اجل من كان قبلكم من صلوة العصر الى مغرب الشمس

2. Ibn Ḥoumeïd — Salamat — M. b. Isḥaḳ — Nâfi' — *I. 'Oumar* :

الا انما اجلكم فى اجل من خلا من الامم كما بين صلوة العصر الى مغرب الشمس

3. Al Ḥasan b. 'Arafat — 'Ammâr b. M. b. Oukht Soufiân ath Thaurî — Leïth b. A. Soulaïm b. Moughîrat b. Ḥakîm — *'Abd Allah b. 'Oumar* :

ما بقي لامتى من الدنيا الا كمقدار الشمس اذا صليت العصر

4. M. b. 'Auf — A. Na'îm — Charîk — Salamat b. Kouheïl — Moudjâhid — *I. 'Oumar* :

« Nous étions chez le P. ; le soleil était levé sur (la montagne de) Ḳouaïḳi'ân قعيقعان (4) après l'*aṣr*, il dit : ما اعماركم فى اعمار من مضى الا كما بقى من هذا النهار فيما مضى منه

5. I. Bachchâr et M. b. al Mouthannâ — Khalaf b. Moûsâ — le père du précédent — Ḳatâdat — *Anas b. Mâlik* :

« Le P. faisait une allocution ; le soleil allait se coucher et il ne restait de lui qu'une petite partie شق يسير, il la

(1) Éd. de Goeje, 1er vol., p. 7 à 18.

(2) Coran XXXII, 4 ; cf. Ps. 89 (90) 4. Voir plus haut p. 155.

(Je souligne le nom de celui qui rapporte, pour les avoir entendues, les paroles du P.

(4) Située à la Mecque, cf. Yâḳoût (éd. Wüstenfeld), IV, 146.

montra de la main, disant : ما بقى من دنياكم فيما مضى منها الا كما بقى من يومكم هذا فيما مضى منه

6. I. Wakî' — I. 'Ouyeïnat — 'Alî b. Zeïd — A. Nadrat — *A. Sa'îd* :

« Au coucher du soleil, le P. dit : انما مثل ما بقى من الدنيا فيما مضى منها كبقية يومكم هذا فيما مضى منه

7. Hannâd b. As Sarrî et A. Hichâm ar Rafâ'î — A. Bakr b. 'Ayyâch — A. Ḥaṣîn — A. Sâliḥ — *A. Houreïrat* : بعثت (et le P. montrait l'index et le médius). والساعة كهاتين

— Nous remarquerons que cette tradition et celles qui suivent forment un groupe distinct des premières, et que dans les premières il y a des variantes qu'on peut classer chronologiquement. Dans la présente, M. parle de lui : بعثت; dans les 1, 2, 4, 5, de ses Compagnons : دنياكم, dans le 3, de son peuple امتى, dans le 6, du monde en général الدنيا. Il est rationnel de penser qu'il y a là une dégradation naturelle. Au fur et au mesure qu'on s'éloignait de la mort de M., on substituait les diverses générations pour aboutir à une indétermination peu compromettante. Je ne poursuivrai pas l'énumération complète des isnâds. J'indiquerai seulement les variantes.

8. *Aboû Houreïrat*. 9. *Djâbir b. Samourat* بعثت انا الخ 10. *Le même* : بعثت انا والساعة كهذه من هذه. 11. *Le même* : بعثت من الساعة الخ. 12. *Anas b. Mâlik*. 13. *Le même*. 14. *Le même*. 15. Walîd b. 'Abd al Malik demanda à *Anas b. Mâlik* : qu'as tu entendu dire au P. sur l'heure? La réponse fut : انتم والساعة كهاتين

C'est là une variante fort curieuse et qui est *datée*. Il est, en effet, probable que Walîd a posé cette question quand il était khalife (86-96). Anas est mort vers 91 (1). Cette époque est précisément celle, comme nous l'avons vu, où se rédigèrent les *ḥadîths* (voir p. 176). Comme nous l'avions pensé tout à l'heure la substitution de *vous*, انتم, à *moi*, انا est postérieure et est le fruit d'une suggestion toute naturelle.

16. *Le même* : انتم والساعة كتين. 17 *Le même*, 18 *Le même* : بعثت. 19 *Le même*. 20 *Sahl b. Sa'd*. 21 *Le même*. 22 *Le même*. 23 *Le même*. 24 *Le même*. 25 *Boureïdat* : بعثت

(1) Pour les références, voir Encyclopédie de l'Islam, *s. v.*

انا والساعة جميعا ان كادت لتسبقنى. 26 *Al Moustaurid b. Chaddâd al Fahrî* : بعثت فى نفس الساعة سبقتها كما سبقت هذه هذه. 27 *A. Djabîrat* : بعثت مع الساعة كهاتين. 28 *Des cheïkhs parmi les Anṣâr* : جئت انا والساعة هكذا

Je ne reviendrai pas sur les calculs qu'en tire Ṭabarî, en ayant dit le nécessaire dans la première partie (page 16). J'ai donné l'ensemble imposant de ces traditions pour bien montrer qu'elles ne sont pas isolées et fantaisistes, que leurs variations s'expliquent aisément, et qu'enfin le point de départ présente toutes les apparences de paroles authentiques. Elles se placent aisément dans le temps que M. recevait des révélations sur l'imminence de la fin du monde. Qu'il ait varié ou non sur ce point, il n'en a pas moins pu prononcer ces paroles caractéristiques, بعثت مع الساعة « je suis venu avec l'heure » (1) ou : « l'intervalle qui nous sépare est infime, — quasi nul. » La forme hyperbolique du 25 que nous avons déjà vue dans Wâḥidî (page 195) et citée dans la première partie (page 18, note 1) d'après Makrîzî (2) a une telle saveur d'authenticité et il me paraît tellement absurde qu'elle ait été fabriquée après coup par un pieux Musulman que j'y vois un témoignage irréfragable. Pour hésiter sur l'authenticité de ces paroles il me faudrait une preuve spéciale et précise, et, dans l'état actuel de nos connaissances, je ne vois pas où on la trouverait. En tous cas, il n'est pas une tradition, pas une ligne du C., pas un détail biographique sur M. qui nous soit parvenu sous une forme plus digne d'être acceptée. Je le répète, si on pouvait oublier tout ce que les Musulmans ont accumulé d'explications et commentaires plus ou moins apologétiques, on reconnaîtrait aisément l'évidence de ces signes (3).

(1) Cf. 1re partie page 3, notre première épigraphe.

(2) Il la donne d'après le texte de Ṭabarî que nous venons d'étudier (*Khiṭaṭ*, 1re éd. I. 257, l. 13 ; 2e éd. II 13, l. 10.)

(3) Voici encore une variante importante dans le *Mousnad* d'Ibn Ḥanbal (éd. du Caire, 1313 Heg. III, p. 310-311) : Mous'ab b. Sallâm — Dja'far — Son père — *Djâbir b. 'Abd Allah* : « L'heure vous est venue ; j'ai été envoyé moi et l'heure de cette manière, et il montrait ses deux doigts, l'index et le médius. L'heure est à votre matin ; l'heure est à votre soir. » اتتكم الساعة بعثت انا والساعة هكذا واشار باصبعيه السبابة والوسطى صبحتكم الساعة ومستكم الساعة. Une autre tradition semblable du même Djâbir donnée plus loin

Page 17, l. 8.

On peut comparer avec une autre parole attribuée aussi au P. par Mas'oûdî : « Nous sommes, les enfants de Mouṭṭalib et nous, comme ces deux, et il montrait ses deux doigts réunis, نحن وبنو المطلب كهاتين واشار باصبعيه مضمومتين

On retrouve l'expression : « comme ces deux » كهاتين et le sens, ici, n'est pas douteux. Il s'agit d'une union étroite qui, de deux, ne fait qu'un. Dans le cas particulier de l'union de l'heure et de M. « prophète de la fin du monde » cette interprétation est justifiée par un passage d'an Nîsâboûrî que je donne plus loin (commentaire de page 18, note 3).

Page 18, l. 23.

Voici le texte, tel qu'il est donné par M. I. Guidi dans son édition du commentaire d'Ibn Hichâm sur le fameux poème *Bânat Sou'ad* d'Ibn Zouheïr (p. 4) : وراى زهير فى منامه انه قد مد بسبب من السماء وانه مد يده ليتناوله ففاته فاوله بالنبى صلعم الذى يبعث فى اخر الزمان وانه لايدركه واخبر بنيه بذلك الخ » Zouheïr vit dans son sommeil qu'une corde lui était tendue du ciel et qu'il étendait la main pour l'atteindre, mais elle lui

(p. 319 l. 15) n'a plus les paroles si caractéristiques du début et de la fin. Une troisième du même (p, 338, l. 2) est toute déformée : il ne subsiste plus que les deux mots : صبحتكم ومستكم qui, ainsi isolés, seraient incompréhensibles si on n'avait pas la première tradition. Cf. *ibid.* p. 371, l. 8.

Il n'est pas indifférent de constater que chacune de ces traditions est précédée de cette curieuse observation de Djâbir : « Quand le P. parlait de l'heure, ses joues devenaient rouges, sa voix s'élevait, sa colère s'accentuait : on eût dit qu'il admonestait une armée. » يرفع صوته وتحمر وجنتاه ويشتد غضبه اذا ذكر الساعة كانه منذر جيش (p. 311, l. 1 ; mêmes expressions avec quelques variantes au début dans les autres passages). Cf. une tradition semblable dans Ibn Mâdjah (Le Caire, 1313 Hég.) I, p. 11-12.

(1) *Prairies d'or* (éd. Barbier de Meynard) VII, 50. Sur l'expression كهاتين cf. Ibn Ḥanbal *Mousnad* II, 375, l. 28.

échappa. Il interpréta ce songe par la venue du Prophète qui serait envoyé à la fin du monde et que lui, ne connaîtrait pas de son vivant. Il en informa ses fils, etc. »

Or deux textes de source différente attestent qu'à la fin du monde, au moment de la venue du Mahdî, une corde descendra du ciel. L'un est cité par Ibn Khaldoûn dans ses *Prolégomènes* (éd. Quatremère II, 152, l. ult.) et est ainsi concu :
وخرج الطبرانى ايضا عن على ان رسول الله قال تكون فى اخر الزمان فتنة يحصل الناس فيها كما يحصل الذهب فى المعدن ....يوشك ان يرسل على اهل الشام سبب من السماء الخ. « At Ṭabarânî (1) rapporte également, d'après ʿAlî que le P. a dit : « il y aura, à la fin du monde, une révolte « *fitnat* dans laquelle les hommes seront engagés, comme l'or « est engagé dans le minerai... bientôt sera envoyé du ciel, « sur les gens de Syrie, une corde (2) etc. ».

Le second texte est signalé par M. Friedländer qui en a été quelque peu surpris (3). Cette surprise est fort naturelle, car le sens resterait incompréhensible, sans la comparaison avec la précédente tradition. Il se trouve dans l'ouvrage d'Ibn ʿAbd Rabbih intitulé *al ʿiḳd al farîd* (4) وقالت الرافضة لا جهاد فى سبيل الله حتى يخرج المهدى وينزل سبب من السماء. « Les Râfidites disent : « point de *djihâd* dans le chemin de Dieu jusqu'à ce qu'apparaisse le Mahdî et qu'une corde descende du ciel. » Ibn ʿAbd Rabbih le cite d'après Mâlik ibn Mouʿawîyat et celui-ci d'après Ach Chaʿbî († 103) (5) qui prête aux Juifs une doctrine identique, sauf que le Mahdî y est remplacé par le Messie, et la corde par un héraut parlant du haut des cieux.

(1) A. Ḳâsim Souleïmân b. Aḥmad, né à Tibériade 260, mort à Ispahan 360 (Brockelmann, *Arabische Literatur* I, 167). I. Khaldoûn (*op. cit.* II, 152) le cite d'après le *mouʿadjam* moyen. Le grand *mouʿadjam* est à la Bibliothèque Nationale de Paris (cat. de Slane 2011), Brockelmann le confond, à tort, avec le petit *mouʿadjam* d'autres bibliothèques d'Europe.

(2) de Slane traduit : « un torrent, » Il a, peut-être lu, par distraction سيل, au lieu de سبب.

(3) *The heterodoxies* etc., (dans *Journal of the american oriental society*, XXIX) p. 95.

(4) éd. de Boûlâḳ, 1293, I, p. 269, l. 21-22.

(5) A. ʿAmrou ʿÂmir b. Chouraḥîl (Ibn Khallikân, de Slane, *texte* 344, *trad.* II, 4).

On voit clairement que cette corde est l'annonce de la fin du monde et que, dans le récit relatif à Zouhaïr, la mention de la fin du monde, اخر الزمان, est étroitement liée au rêve lui-même.

D'après al Moubârak b. al Athîr, le P. aurait eu un rêve semblable (1) : (وحديث عوف بن مالك) انه راى فى المنام كان سببا دلى من السماء

Si l'apparition de cette corde descendant du ciel semble être un des signes de la fin du monde, l'idée d'atteindre le ciel par une corde سبب ou une échelle سلم se retrouve, sous une forme plus ou moins énigmatique, dans le C. et d'anciennes poésies. On en trouvera les principaux exemples dans la *Nihâyat* et dans le *Lisân al 'Arab* qui les en a tirés, sans le dire (2). Bien que ne paraissant pas se rattacher directement à mon sujet, je crois bien faire de les reproduire. On verra que l'ensemble en est assez curieux.

Voici un vers de Zouhaïr que donne aussi le commentaire d'Ibn Hichâm (3)

ومن هاب اسباب المنايا ينلنه ولو رام اسباب السماء بسلم

« Qui redoute les voies de la mort, elle l'atteindra, quand même il chercherait les voies du ciel par une échelle (4). »

Le mot employé pour *voies* n'est autre que le pluriel de *sabab* corde.

Al A'châ dit :

لئن كنت فى جب ثمانين قامة ورقيت اسباب السماء بسلم

(1) *Nihâyat*, éd. du Caire, II, 149-150. La lettre س qui précède la mention de ce ḥadith indique comme autorité Aboû Mousâ Mouḥammad b.'Isâ al Iṣfahânî (cf. la préface de l'auteur I, 8, l. 8 et 10, l. 3). Sur cet A. Mousâ (501-581) voir Ibn Khallikân (Wüstenf. nº 629 ; de Slane, texte p. 681, trad. III, 4 ; éd. Boûlaḳ, I, 615) cf. de Jong *Homonyma* (Leyde 1865) p. xiv et soq

Je n'ai pas retrouvé la tradition de 'Auf ibn Mâlik dans le *Mousnad* d'Ibn Ḥanbal (VI, 22-29).

(2) I, 441. § سبب.

(3) éd. Guidi p. 2, l. 7. Le *Lisân* écrit : المنية يلقها au lieu de المنايا ينلنه

(4) Cf. ce vers de 'Abd Allah ibn Rai'bat (né vers 70 de l'Hég.) او يبتغوا الى السماء درجا « Ou bien ils cherchèrent un escalier vers le ciel » cité par Barbier de Meynard *Surnoms et Sobriquets arabes* dans *Journal Asiatique* 1907, 10e série, X, page 82, d'après le texte des *Sammlungen* publié à Berlin en 1903 ; t. II, p. 11. [Ahlwardt, *Sammlungen alter arabischen Dichter*, II, *Die Dēwāne der Regezdichter El'Aggāg und Ezzafajān*].

« Si tu étais dans une fosse de quatre-vingt brasses et qu'on te fît monter aux voies du ciel par une échelle. »

Le C. (XL, 38-39) fait dire à Pharaon : « o Hàmân construis-moi un palais صرحا, peut-être atteindrai-je les voies [les voies des cieux] (1) et je monterai vers le dieu de Moïse. » Dans LII, 38, il est dit : « Ont-ils une échelle سلم par où ils cherchent à écouter (dans le ciel ?) ? Que celui d'entre eux qui cherche à écouter apporte une puissance سلطان évidente ! » La même idée paraît être énoncée différemment dans LV, 33 : « Si vous pouvez parvenir par les régions du ciel et de la terre (jusqu'à Dieu ?) parvenez, mais vous ne parviendrez que par une puissance سلطان. » Comparez encore XXXVIII, 9 : « Ont-ils le pouvoir ملك des cieux, de la terre et de ce qui est entre eux, qu'ils montent donc les voies فليرتقوا فى الاسباب. » Très justement al Isfahânî (2) rapproche ces termes de ceux de LII, 38 que nous venons de citer.

Dans VI, 35 on retrouve encore la préoccupation d'une échelle سلم dans les cieux. Enfin un des versets les plus énigmatiques du C. emploie le mot سبب au singulier, exactement comme dans le rêve de Zouhaïr. En voici la traduction littérale et profondément obscure (XXII, 15).

« Qui croit que Dieu ne le secourt pas dans le monde présent et futur, qu'il tende une corde vers le ciel, فليمدد بسبب الى السماء puis, qu'il coupe (sic) et qu'il regarde si son artifice a enlevé ce qui irrite (ou : ce qui pénètre) ». Les commentateurs voient dans le ciel السماء la désignation du plafond et pensent qu'il s'agit pour l'incrédule de se pendre, puis de couper la corde, pour être bien convaincu de son erreur, Acceptera cette explication qui voudra. Pour moi, j'avoue humblement ne rien comprendre à ce texte, et je suis convaincu qu'il nous est parvenu très altéré (3).

(1) Les mots entre crochets sont, à mon avis, une glose interpolée dans le texte : اسباب السموات. Dans XXVIII, 38, on trouve le même texte sauf les mots : « atteindrai-je les voies, les voies des cieux ». Le sens de صرح reste obscur.

(2) En marge de la *Nihâyat* d'Ibn al Athîr, II 124.

(3) Y aurait-il une lointaine réminiscence — singulièrement déformée, d'ail-

Il est impossible de ne pas rapprocher ces textes du fameux passage de la Genèse (XXVIII, 12) où Jacob voit en songe une échelle qui va du ciel à la terre. Le mot hébreu est précisément le même סֻלָּם qui se rattache à une tout autre racine que l'arabe سلّم (dans le sens ordinaire de : sûreté, salut, paix, etc). Celle-ci, en effet, a son analogue dans l'hébreu שלם. Il n'est donc pas douteux que les Arabes ont emprunté le mot aux Juifs et ne l'ont pas trouvé dans leur propre langue. D'ailleurs, en hébreu même, il est isolé.

Sur cette fameuse échelle de Jacob les anges montent et descendent, et on se demande s'il n'y a pas une réminiscence de ce détail dans les versets du C. où il est parlé de l'ascension des anges vers Dieu. Dans LXX, 4, Dieu est appelé : الله ذو المعارج Allah dhoû'l ma'âridj « Allah aux degrés » (1) et le verset qui suit dit : « les anges et l'Esprit montent vers lui en un jour dont la valeur est de cinquante mille ans. » Mais ce verset ne finit par aucune rime et a, par conséquent, toute l'allure d'une glose. On peut le rapprocher de XXXII, 4 : « Il (Dieu) règle l'ordre (du haut) des cieux vers la terre puis il (l'ordre) monte vers lui dans un jour dont la valeur est de mille ans suivant votre comput ». Ce jour de mille ans est plus rationnel, car il est un souvenir de la Bible (Ps. 89 (90), 4). J'en ai déjà parlé page 154-155. Un passage de même genre (XCVI, 3-4), déclare que la nuit de la décision est meilleure que mille mois et que, dans cette nuit, les anges et l'Esprit descendent de tout ordre من كل امر. Dans ces degrés, معارج, faut-il voir le סלם de la Bible?

leurs — d'un curieux passage d'Homère (*Iliade*, VIII, 18) ? Jupiter met au défi tous les dieux de suspendre au ciel une chaîne d'or,

σειρὴν χρυσείην ἐξ οὐρανόθεν κρεμάσαντες

et en réunissant tous leurs efforts de l'obliger à descendre sur la terre, ἐξ οὐρανόθεν πεδίονδε. Quant à Lui, Jupiter, il se charge avec cette chaîne d'attacher l'univers et de le tenir suspendu dans l'espace à sa volonté. Cette chaîne mystérieuse fait probablement allusion à quelque très vieux mythe, dont on retrouve des survivances un peu partout, comme nous allons le voir.

(1) Sur des épithètes semblables conférées par les Arabes à leurs divinités, cf. Wellhausen *Reste arab. Heidentums*, 2e éd. 47.

De toutes ces questions que je pose sans les résoudre, il résulte certainement qu'au temps de M., les Arabes avaient quelque croyance relative à une union matérielle entre la terre et le ciel par des cordes, des degrés ou une échelle plus ou moins mystiques (1).

A titre documentaire, j'ajouterai les indications suivantes.

C. XV, 14 : ولو فتحنا عليهم بابا من السماء فظلوا فيه يعرجون. « Si nous leur ouvrions une porte du ciel, en sorte qu'ils se mettraient à y monter » semble supposer encore quelque échelle intermédiaire entre la terre et cette porte.

La *Nahîyat* d'Ibn al Athîr mentionne d'après Aboû Mousâ un hadîth ainsi conçu : رايتُ كانّ دلوًا دُلِىَ من السماء فاخذ ابو بكر بعراقيها فشرب « Je vis (en rêve) comme un seau qu'on descendait du ciel, Aboû Bakr en prit les montants et but (2) ».

Wahb ib Mounabbih raconte qu'il y avait, du temps de David, une chaîne qui descendait du ciel sur la Ṣakhrâ de Jérusalem (3); elle servait de témoin de la vérité; « la victime pouvait la tenir, mais non l'oppresseur » ; un homme rusé la prit par tromperie et elle fut enlevée (4). Comme l'a remarqué M. Clément Huart, à qui on doit la connaissance de ce récit de Wahb b. Mounabbih, on le retrouve dans l'histoire des prophètes de Tha'alabi, connue sous le nom d'*al 'arâ'is*, avec l'explication de la ruse. Sommé de rendre un joyau reçu en dépôt, le trompeur le cacha dans son bâton qu'il remit à son adversaire pendant qu'il jurait lui avoir rendu le dépôt. La chaîne ne put qu'attes-

(1) Il est fort possible que les vers attribués à Zouhaïr et à al A'chá, soient apocryphes, et à plus forte raison, le récit du rêve de Zouhaïr. L'union de la terre au ciel serait une conception originale de M. et jouerait, dans sa doctrine, un rôle que la recension officielle ne nous présente que sous une forme altérée. J'inclinerais volontiers vers cette conclusion ; mais je ne vois, à l'appui, aucun argument précis.

(2) II, 100. Cf. *Lisân* XII, 120 § عرق.

(3) C'est à Jérusalem, sur l'emplacement même de la mosquée (la Ṣakhrâ) que Moṭahhar el Maqdisî place le sommeil de Jacob et sa vision de l'échelle سلم (éd. et trad. Huart IV, 82; ٨٧).

(4) Cl. Huart *Wahb ben Monabbih* dans *Journal Asiatique*, 1904, 10e série, IV, p. 348, d'après sa traduction de Motahhar, *Le livre de la création* III (*Publications de l'Ecole des Langues Orientales Vivantes*, 4e série, t. XVIII) page 105.

ter la vérité de cette affirmation, et il reprit son bâton (1). C'est probablement là l'origine d'un trait plaisant de *Don Quichotte* (2e partie, chap. XLV : les jugements de Sancho Panza dans son île).

M. Blochet nous apprend « qu'il existe à la Kaaba une échelle ou plutôt un escalier qui mène au ciel et un autre qui sert aux Anges à descendre sur la terre (2) ». Il doit y avoir quelque confusion avec Jérusalem, car c'est dans cette ville que Mouḥammed fit, d'après certaines traditions, son ascension au ciel, le fameux *mi'râdj*. Ce mot signifie proprement, non pas ascension, mais instrument d'ascension, échelle ou escalier (3). M. Bevan qui en a fait récemment une étude voit dans le *mi'râdj* par lequel monte le P. une ressemblance avec la « colonne de gloire » de la théologie manichéenne qui permet d'atteindre à la sphère de la lune (4).

M. Doutté signale dans l'Afrique du Nord la légende suivante. « Le singe était un homme qui, voulant se plaindre à Dieu, eut la prétention de lui parler face à face ; pour y arriver il osa fabriquer une échelle afin d'atteindre le trône céleste, mais quand Dieu vit cela, il le changea en singe ; aussi a-t-il conservé l'habitude de grimper (5) ».

(1) Éd. du Caire, 1324 Hég., p. 156, l. 9 et seq. Cf. Ibn al Abchîhî, *Moustaṭraf*, éd. du Caire, 1292 Hég., II, 110, l. 10-18 ; trad. Rat, Paris, 1902, II, 198.

(2) *Le Messianisme dans l'hétérodoxie musulmane* Paris 1903, p. 9, note 1. L'auteur ne donne pas ses sources, mais compare cette légende au récit biblique de l'échelle de Jacob.

(3) Cf. Huart, trad. de Motahhar, t. IV (*Publ. de l'Ec. des Langues Or.*, 4e serie XXI) page 150, note 1. Le texte (p, ١٦٠), mérite d'être reproduit : فاتيت بالمعراج فاذا هو احسن منظرا ما رايت الم تروا الى ميتكم اذا احتضر كيف يشخص ببصره اليه فانه انما ينظر الى حسن المعراج
« On m'apporta l'*échelle* ; c'était le plus beau spectacle que j'eusse contemplé. Ne voyez-vous pas, quand quelqu'un de vous meurt, et qu'elle lui est présentée, comme il y attache ses regards : il n'a plus d'yeux que pour la beauté de l'*échelle*. »

(4) *Mohammed's Ascension to Heaven* dans *Studien zur semitischen Philologie und Religiongeschichte..... Julius Wellhausen..... gewidmet*. Giessen 1914 p. 55-59, d'après Ibn Hichâm, *sirat* (éd. Wüstenfeld) p. 268, et Ṭabari, *tafsîr* XV, 10 et 11. La colonne de gloire, عمود السبح est mentionnée par le *Fihrist* p. 335 l. 15.
— Je dois la connaissance de cet article à l'amabilité de M. Mayer-Lambert.

(5) *En Tribu*, Paris 1914, page 7.

Au Soudan égyptien, on rapporte ceci : « Dans les temps passés, à l'origine des choses, il y avait une corde suspendue entre le ciel et la terre. Les hommes lorsqu'ils voulaient montaient au ciel au moyen de cette corde, et les anges descendaient sur terre... Le faucon... mordit la corde avec son bec et depuis ce temps là il n'y a plus de communication entre le ciel et la terre (1) ».

Cette communication hante les imaginations populaires de tous pays. L'arc en ciel et la voie lactée en jouent le rôle dans certaines légendes (2). D'autres fois, c'est une plante merveilleuse qui s'élève jusqu'au ciel et qui permet à son propriétaire d'arriver face à face avec Dieu ou les Saints (3).

M. Frazer a étudié récemment cette question, mais ne signale aucun des détails que je donne ici. Dans le paragraphe qu'il lui a consacré on trouvera d'autres légendes du même genre, de provenances diverses. J'y renvoie le lecteur (4).

P. 18, note 3.

Il y a entre la fin des temps (ou plutôt : du temps) اخر الزمان et l'islâm ou la mission de M. une relation attestée par différents textes, dont j'ai donné la traduction dans la première partie ou que j'ai réservés pour la seconde. Je les reproduis ici intégralement avec commentaires à l'appui.

(1) Artin Pacha, *Contes populaires du Soudan égyptien*, Paris, 1909, (*Collection de Contes et Chansons populaires*, tome XXXIV), page 46.

(2) Voir dans *Mélusine*, 2me année, 1884, l'article de Gaidoz et Rolland, col. 9 et seq. Cf. même recueil, X, col. 102.

(3) Voir Cosquin, *Contes populaires de Lorraine*, Paris [1888], II, 168-174.

(4) *Folk-lore in the old Testament*, Londres, 1918, II, 52-58, § 3, *The heavenly ladder*.

On pourrait encore mentionner une tradition où le P. représente le C. comme « une corde tendue du ciel à la terre » كتاب الله حبل ممدود من السماء الى الارض *Mousnad* d'Ibn Ḥanbal, III, 14, l. 7; 17, l. 30; 26, l. 29; 59, l. 6; et un passage des *Khiṭaṭ* de Maḳrizi (L, 369, l. 25) où le vol des oies dans les airs est comparé à une corde suspendue au ciel حبل اوز معلق بالسماء Cf. ma traduction dans *Mémoires de l'Institut français d'archéologie orientale* (Le Caire, 1920), IV, p. 62, note 2.

1. Le texte auquel Caussin de Perceval fait allusion se trouve dans Ibn Hichâm (éd. Wüstenfeld), page 13-14.

جاه حبران من احبار اليهود .... عالمان راسخان حين سمعا ما يريد من اهلاك المدينة واهلها قالا له ايها الملك لا تفعل فانك ان ابيت الا ما تريد حيل بينك وبينها ولم نامن عليك عاجل العقوبة فقال لهما ولم ذلك قالا هى مهاجر نبى يخرج من هذا الحرم من قريش فى اخر الزمان تكون داره وقراره

Nous venons de voir le texte d'un autre Ibn Hichâm pour le commentaire de *Bânat Sou'ad* ; je rappelle la formule : النبى الذى يبعث فى اخر الزمان et le texte d'aṭ Ṭabarânî sur la *fitnat* et la *corde*, فى اخر الزمان.

Dans le récit de Tamîm ad Dârî que j'ai résumé (1re partie, p. 29, l. 4-18) la Bête dit : « انا الجساسة التى اخرج فى اخر الزمان

Au dire de Mas'oûdî, 'Oumar aurait demandé à un docteur du temps بعض حكماء ذلك العصر une description des diverses contrées (1). Dans la réponse de ce docteur se trouvent ces mots au sujet des gens du Hidjâz : ولد يارهم فى اخر الزمان نباء عظيم « il y aura pour leur pays, à la fin du monde, une annonce immense ». Barbier de Meynard traduit : « A la fin des temps, le Hedjâz jouera un rôle important (2) ». C'est méconnaître la force du terme نباء عظيم qui, dans le C., désigne la mission de M. et la fin du monde (3). C'est une allusion très claire et, si elle est mise au temps de 'Oumar, ce ne peut être qu'un anachronisme ou une autre forme de la *radj'at* énoncée jadis par ce même 'Oumar.

M. Nöldeke signale, parmi les versets non admis par la récension officielle, ces mots : جاهدوا فى الله فى اخر الزمان كما جاهدتم فى اوله et le savant orientaliste d'ajouter que la forme donnée à ce passage est contraire à la langue du C. où, en particulier, le mot زمان n'apparaît pas. Pour nous cet

(1) *Prairies d'or* (éd. et trad. Barbier de Meynard), III, 123.
(2) *Ibid.*, 127.
(3) Voir ce que j'en dis, première partie, page 71. J'y reviendrai au commentaire de cette page.

argument ne peut valoir; il est évident que si M. a parlé de اخر الزمان la recension officielle a nécessairement fait disparaître des mots si compromettants (1).

Dans la légende de Bahîra reconnaissant en M. le futur prophète, la formule déjà citée : النبى الذى يبعث فى اخر الزمان est souvent employée, avec diverses variantes, par des auteurs tardifs, il est vrai. Dans la *sîrat Halabîyat*, le moine découvre en lui : صفة النبى المبعوث اخر الزمان (2). Dans le *Ta'rîkh al Khamîs* c'est : النبى الذى يبعث فى اخر الزمان (3). Koelle traduit un passage analogue du *Raudat al ahbâb* [de 'Atâ Allah ibn Fadl Allah] par : « *The prophet of the latter time* (4) ».

Salomon, voyant du haut des airs la future Médine, dit : « voilà la maison de l'hégire d'un prophète qui sortira à la fin des temps », هذه دار هجرة نبى يخرج فى اخر الزمان (5) ».

Bouloûkiyâ découvre, dans les trésors de son père, un livre où se trouve la description de M. ; il y est dit « qu'il sera envoyé à la fin des temps et qu'il est le seigneur des premiers et des derniers, وانه يبعث فى اخر الزمان وهو سيد الاولين والاخرين (6) ».

(1) *Geschichte des Q.* 182. Dans la deuxième édition, p. 244, l'auteur admet que l'argument ne soit pas décisif et conclut par cette remarque dont, je l'avoue, je n'ai pas bien compris le sens : « Indessen ist der Satz wahrscheinlich eschatologisch gemeint und stellt die klassiche (sic) Periode der Stiftung des Islâm einer fernen Zukunft gegenüber. Dieser Gedanke hat aber zur Voraussetzung, dass nach dem Tode Muhammeds schon ein längerer Zeitraum verstrichen ist. »

(2) Ed. du Caire, 1320 Heg., I, 132, l. 2 et 18.

(3) Ed. du Caire, 1283 Heg., I, 262, l. 30.

(4) *Mohammed and Mohammedanism*, Londres, 1889, p. 269; cf. p. 432 : « the prophet of the latter day. »

(5) *Tarîkh al Khamîs*, *ibid.*, 242, d'après le *Madârik*.

(6) *Mille et une Nuits*, éd. Boûlâk, 1251 Heg., 486e nuit, vol. I, 660, l. 23. Voir les réflexions humoristiques de Burton à ce sujet, *Arabian Nights*, IV, (Benarès, 1885), page 304, note. Il affirme que l'expression « la fin des temps » est employée par les Arabes facétieux pour désigner « a villain of superior quality ».

Sur l'épisode de Bouloûkiyâ voir Galtier, *Fragments d'une étude sur les Mille et une Nuits*, dans *Mémoires de l'Institut Français d'archéologie orientale du Caire*, XXVII (1912), p. 156 et seq. Il montre qu'il est emprunté à Tha'labî, *Kitâb al 'arâ'is* [ed. du Caire, 1324, p. 198 et seq.]. Ce dernier ne donne pas sur le P. la phrase qu'on trouve dans les *Mille et une Nuits*.

Dans un des manuscrits de la Bibliothèque Nationale qui rapporte, sous une forme fantaisiste et plus voisine des Mille et une Nuits que du hadith, l'aventure de Tamîm ad Dâri, une jeune fille explique à celui-ci, que, versée dans les livres

M. Friedländer (1) cite un passage d'Isfaraînî qui, d'après I. 'Abbâs rapporte ce mot du P. سيكون فى اخر الزمان قوم لهم نبى يقال لهم الروافض يرفضون الاسلام فاقتلوهم فانهم مشركون

Le même ḥadîth est signalé par M. Goldziher (2) sous deux formes comme remontant à 'Alî, mais sans l'étrange mention d'un *nabî* des Râfiḍites. S'il s'agit vraiment des Râfiḍites (secte chî'ite) la tradition est nécessairement postérieure et tendancieuse. Mais, dans ce cas, on ne s'explique pas la nécessité de : اخر الزمان.

La liaison de l'islâm avec la fin des temps nous est signalée encore par un curieux passage des *Mille et une Nuits*.

Dans le conte du pêcheur et du génie, celui-ci croit être encore au temps de Salomon et invoque sa clémence. Le pêcheur qui l'entend, le raille en lui disant : وسليمان مات من عدة الف وثمانماية سنة نحن فى اخر الزمان (3) « Salomon est mort depuis 1800 ans et nous sommes à la fin des temps ». M. Oestrup conclut à 800 ans après J.-C. (4). En effet, d'après l'ancienne chronologie, Salomon aurait régné de 1015 à 975 av. J.-C. (5). Mais un autre texte (6) donne 1860 ans : الف وثمانماية ستون et l'auteur du *Ta'rîkh al Khamîs* rapporte, d'après le *Madârik*, qu'il s'est écoulé 1860 ans environ, الف وثمانماية وقريب من ستين سنة

anciens, elle y a appris la venue d'un prophète qui sera envoyé à la fin du monde et qui s'appellera Mouḥammad, وكنت عارفة بالكتب السابقة وكنت اجد فيها نبيا يبعث فى اخر الزمان يقال له محمد صم (Cat. de Slane, n° 3664, f° 269 v°).

(1) *Heterodoxies*, 2e pie, p. 143 ult.

(2) *Literaturgesch. der Šî'â*, p. 444 (tir. à part, 8).

(3) Fin de la 3e nuit, éd. de Boûlâk, 1251 Heg., I, p. 11 med.

(4) Mémoire analysé par Galtier (*Mémoires de l'Institut français d'archéologie orientale du Caire*, t. XXVII) p. 151.

(5) Vigouroux, *Dictionnaire de la Bible, sub verbo*.

(6) 1re édition de Calcutta 1814, I, p. I, 84. Le manuscrit 3609 de la Bibliothèque Nationale qui a servi à la traduction de Galland (voir Zotenberg, *Histoire d''Alâ al-dîn ou la Lampe merveilleuse*, Paris, 1888, dans *Notices et Extraits*, XXVIII, 1re partie, page 170 et seq., tirage à part, page 4 et seq.) porte : وله اليوم الف وثمان مايه وكسور سنين. Voir Macdonald, *The Story of the Fisherman and the Jinni* dans *Orientalische Studien Theodor Nöldeke... gewidmet*, Gieszen, 1906, I, 359, l. 24.

entre la construction du Temple par Salomon et la date de l'Hégire (1). Si c'est sur cette tradition que se fondait le calcul du pêcheur, il faudrait donc reporter son aventure au voisinage de l'Hégire, en acceptant la seconde version du texte.

Pourquoi le pêcheur croit-il être à la fin des temps? Evidemment parce que l'islâm coïncide nécessairement avec elle. C'est une variante implicite de la formule : النبي الذى بعث فى اخر الزمان. La fin du monde est annoncée; tout Musulman en est virtuellement le contemporain, et l'auteur du conte est musulman. Si la date suggérée par M. Oestrup est la vraie, il est remarquable que cette croyance se soit maintenue jusqu'à une époque si tardive.

Les divers exemples que j'ai réunis dans cette note attribuent sans doute aux mots اخر الزمان une grande élasticité. Mais tout porte à croire qu'ils n'ont pris cette élasticité qu'avec le temps. Les premières générations devaient certainement les entendre en un sens beaucoup plus strict. Il y a là, en tout cas, des indices, qui ne pouvaient être négligés, sur la croyance primitive.

La théorie est présentée avec une netteté remarquable par Chahrastânî (+ 548) (2). D'après lui, Moïse et Jésus, qui confirme sa révélation, « annoncent l'arrivée de notre prophète, le prophète de la miséricorde (3), مبشران لمقدم نبينا نبى الرحمة. Les ancêtres des Juifs n'ont construit les forteresses et les citadelles près de Médine que pour soutenir *l'envoyé de la fin du monde* رسول اخر الزمان ..... L'observance de la Tora comme de l'Evangile n'est possible que par l'observance du C. et par la juridiction du prophète de la miséricorde, l'envoyé de la fin du monde باقامة القران وتحكيم نبى الرحمة رسول اخر الزمان » (4)

(1) Ed. du Caire, 1283 Heg., I, 253, l. 12. Le *Madârik* est, je pense, le commentaire du C. d'An Nasafî intitulé : *Madârik at tanzîl waḥaḳâ'iḳ at ta'wil* (Brockelmann, *Ar. Lit.*, II, 197, n° x).

(2) Brockelmann, *Arab. Lit.*, I, 428.

(3) Le mot : miséricorde *raḥmat* remplace probablement un primitif *marḥamat* déformé lui-même de malḥamat. Voir plus haut, page 49.

(4) Ed. Cureton, Londres, 1846, p. 163; trad. Haarbrücker. Halle, 1850, I, 216, 217 : « den Gesandten des Endes der Zeit ».

C'est bien cette même théorie que nous retrouvons plus tard chez le commentateur an Nisâboûrî dans le texte auquel j'ai fait déjà allusion (1re partie, p. 52-53). واما اهل الكتاب فقد كانوا مقرين بنبي اخر الزمان وكان النبي صم مثبتا لنبيهم وكتابهم

Il est impossible de ne pas reconnaître l'identité des expressions نبى اخر الزمان et النبى الذى يبعث فى اخر الزمان. Juifs, Chrétiens, Musulmans admettent l'existence d'un نبى اخر الزمان et, pour les Musulmans, ce ne peut être que M. méconnu par les Juifs et Chrétiens. Une telle expression ne peut être qu'une survivance des premiers jours de l'islam. S'il n'en était pas ainsi, comment aurait-on pu, longtemps après la mort de M., le mettre en rapport avec une telle formule?

J'ai dit combien l'expression d'an Nîsâboûri مثبتا لنبيهم est obscure. On pourrait penser que cette obscurité est voulue pour dissimuler le caractère réel de l'argumentation (probablement très ancienne), mais voici un texte du même auteur, des plus explicites. A propos de C., XLVII, 20 il dit : فقد جاء اشراطها واشراط الساعة اماراتها من انشقاق القمر و غيره ومنه مبعث محمد صم فانه نبى اخر الزمان ولهذا قال بعثت انا والساعة كهاتين واشار بالسبابة والوسطى « Les conditions, *achrâț*, de l'heure, ce sont ses indices comme la lune fendue et autres signes, parmi lesquels la mission de M., car il est le prophète de la fin du monde, voilà pourquoi il a dit : J'ai été envoyé alors que nous étions, moi et l'heure, comme ces deux, et il montrait l'index et le médius (1) ».

Le premier texte d'an Nisâboûrî est, en quelque sorte, para-

(1) En marge du commentaire de Țabarî, XXX, 144, l. 30. L'éditeur annonce : تفسير غرائب القران ورغائب الفرقان للعلامة نظام الدين الحسن بن محمد بن حسين القمى النيسابورى. Il ne faut pas confondre ce Nisâboûrî avec son homonyme, auteur de كتاب غرائب القران, d'après Brockelmann (*Arab. Litteratur*, I, 191 (*h*) et aussi 131 (8) ; cf. 156 (12), lequel est mort en 406. Or le *tafsîr* cite, entre autres, ar Râzî (543-606) en marge de Țabarî, XXV, 39. Il s'agit donc de l'auteur que Brockelmann mentionne (*ibid.*, I, 305 et 511) comme ayant écrit vers 710 et 711.

phrasé par un commentateur encore plus tardif, Aboû Sou'oûd al 'Imâdî (898-982) (1) qui, toujours à propos des premiers versets de la 98e sourate dit : (منفكين) اى عما كانوا عليه من الوعد باتباع الحق والايمان بالرسول المبعوث فى اخر الزمان والعزم على انجازه وهذا الوعد من اهل الكتاب. مما لا ريب فيه حتى انهم كانوا يستفتحون ويقولون اللهم افتح علينا وانصرنا بالنبى المبعوث فى اخر الزمان (2)

Après cela, je crois qu'il n'y a pas de doute que M. est considéré par les Musulmans comme le *prophète de la fin des temps*, et s'il l'est encore après tant de siècles, c'est qu'il s'est annoncé comme tel, lui-même. Les Musulmans ont pris leur parti de la contradiction opposée de plus en plus par les faits à cette doctrine. L'exégèse allégorique leur permet de donner à la fin des temps une étendue chronologique indéfinie. Mais qui croira, parmi les non-Musulmans, que M. et ses premiers néophytes l'entendaient ainsi ? Quant à penser que cette croyance est née après la mort de M., je persiste à répéter que cela révolterait le peu que la nature a pu m'accorder de bon sens.

D'après le savant Père Lammens « la Tradition essaie longuement de faire croire qu'on ne pouvait s'habituer à l'idée de la mort de Mahomet » Et pourquoi? « Pour excuser indirectement l'abandon du cadavre du Prophète pendant 36 heures au moins » (3). On ne reprochera pas à l'ingénieux historien : « d'essayer longuement de faire croire » à cette explication. Une affirmation en passant, et tout est dit. J'admire, sans l'imiter, cette concision.

Le P. Lammens juge que c'est cette « théorie » fournie par la Tradition, que j'ai utilisée dans la première partie du présent livre. Sans doute, mais j'y ai vu un fait et non une théorie ; la théorie des Musulmans est que M. était le prophète de la fin du monde, نبى اخر الزمان, et sur ce point on me permettra de croire que les disciples du P. étaient les mieux renseignés. Quant au fait lui-même, je l'ai utilisé avec beaucoup

(1) Brockelmann, *Arab. Lit.*, II, 438.

(2) En marge du commentaire de Fakhr ad dîn ar Râzî (éd. du Caire, 1327), t. VIII, p. 503.

(3) *Fatima et les filles de Mahomet*, 1912, p. 109, note 3.

d'autres. On peut le nier, ça ne changera rien à la croyance formelle des premiers Musulmans que je ne cesserai de répéter : « *Mouḥammed est le prophète de la fin du monde* ». C'est ce que prouvent les textes que j'ai énumérés et dont l'ensemble fera peut-être quelque impression sur les plus incrédules. C'est au hasard de mes lectures que je les ai rencontrés; je suis convaincu que si quelqu'un dépouillait méthodiquement la littérature arabe, il en trouverait vite une grande quantité du même genre. Je serais très reconnaissant aux savants qui en rencontreraient de vouloir bien me les signaler.

Page 19, l. 23.

Ibn Hichâm dit : « قال (ابو هريرة) فوالله لكان الناس لم يعلموا ان هذه الاية نزلت حتى تلاها ابو بكر يومئذ

Wüstenfeld (p. 1012 ult.) écrit : لَكَأَنَّ au lieu de لَكَانَ, ce qui donne un sens différent qui ne concorde pas avec le récit. I. Hichâm dit : « les gens ignoraient que ce verset eût été révélé jusqu'au moment où A. Bakr le leur récita. » La lecture de Wüstenfeld signifie : « il semblait que les gens ignoraient, etc (1) ». Tout le récit prouve une affirmation et non une supposition. M. Nöldeke maintient كأنّ au lieu de كان (2). Ṭabarî reproduit la même tradition d'A. Houreïrat et l'éditeur (P. de Jong) écrit : لكأنّ (3). C'est, je crois, arbitraire : mais il ne convient pas d'attacher beaucoup d'importance à cette question de mots.

Page 19, note 1.

L'explication fournie par 'Oumar à Ibn 'Abbâs a été passée sous silence par ceux qui ont traité la question. Seul, Caussin

(1) Weil l'adopte dans sa traduction, II, p. 349 : « es war als hätten die Leute, etc ».
(2) *Geschichte des Q.*, 197, note 4.
(3) Ed. de Goeje, I⁴, 1816, l. 15.

de Perceval y a fait allusion en mettant dans la bouche des Musulmans : « comment M. est-il mort, lui qui doit rendre témoignage de nos actions au jour du jugement dernier ? ». Je crois cependant qu'elle mérite d'être étudiée. Voici le texte d'Ibn Hichâm (p. 1017-1018) :

فقال (عمر) يا ابن عباس هل تدرى ما كان حملنى على
مقالتى التى قلت حين توفى رسول الله صم قال (ابن عباس) قلت
لا ياامير المومنين انت اعلم قال فانه والله ان كان الذى
حملني على ذلك الا انى كنت اقرأ هذه الاية وكذلك
جعلناكم امة وسطا لتكونوا شهدا على الناس ويكون
الرسول عليكم شهيدا فوالله ما كنت لاظن ان رسول الله
صلعم سيبقى فى امته حتى يشهد عليها باخر اعمالها
فانه للذى حملنى على ان قلت ما قلت

Le verset auquel 'Oumar fait allusion a déjà été, de notre part, l'occasion d'une remarque (2e partie, page 149). Nous aurons à nouveau l'occasion d'en parler à un autre point de vue. Il s'agit de savoir comment 'Oumar y a vu une preuve que M. devait porter témoignage sur les dernières actions de son peuple, c'est à dire qu'il devait assister à la fin du monde et ne pas mourir avant. Au premier abord, en effet, on ne s'explique pas l'idée de 'Oumar. Que M. porte témoignage à l'égard de son peuple au jour de la résurrection, cela ne comporte pas la survivance jusqu'à ce jour, سيبقى فى امته, car les autres prophètes, morts depuis longtemps, porteront de même témoignage à l'égard de leurs peuples également disparus depuis longtemps. Voici les versets les plus caractéristiques, en dehors de celui qu'allégua 'Oumar : XXII, 77-78 «.... Il vous a appelés Musulmans — auparavant et dans ceci (le C.), afin que le P. soit un témoin à votre égard et que vous soyez des témoins à l'égard des (autres) hommes; donc, etc. ». LXXIII, 15 : « Nous avons envoyé vers vous (Arabes) un prophète, témoin à votre égard, comme nous avons envoyé vers Fir'aun un prophète ». XXXIII 44 et XLVIII, 8 : « Nous t'avons envoyé comme témoin, annonciateur de bonne nouvelle, avertisseur ». IV, 45. « Comment, lorsque nous amènerons de chaque peuple un témoin et que nous t'amènerons témoin à l'égard de ceux-ci (les Arabes) ». XXVIII, 75 : « Nous avons tiré, نزعنا, de chaque peuple un témoin » XVI, 86 : « Jour où nous susciterons نبعث de chaque peuple un témoin » XVI, 91 : « Jour où nous susciterons نبعث de chaque peuple un témoin à leur égard (pris) d'entre eux, من انفسهم, et nous t'amenons (1) témoin à l'égard de ceux-ci » IV, 157 : « Au jour de la résurrection il sera témoin à votre égard (2) ».

De ces passages et d'autres, moins explicites, qu'on peut rapporter plus ou moins à cette doctrine (3) un seul paraît indiquer que M. est témoin, de son vivant (XXXIII, 44). En effet il est envoyé, à la fois, comme témoin, annonciateur et avertisseur, et comme, de ces trois fonctions, deux sont sûrement liées à sa vie, il est clair qu'il en est de même de la troisième. Mais comme la plupart des termes du C., le mot : شاهد ici employé est trop élastique pour que nous puissions affirmer qu'il s'agisse toujours du témoignage à porter à la fin du monde. Si donc l'explication attribuée à 'Oumar par Ibn 'Abbâs est authentique, elle apparaît peu vraisemblable, à défaut d'autres indices plaçant expressément ce témoignage à la fois à la fin du monde et *du vivant* du P. Car c'est le point en litige. Mais si, au contraire, d'autres indices affirmaient que M. mourrait avant la fin du monde, il faudrait admettre que 'Oumar n'était guère versé dans la science de l'islam. Je ne puis me résigner à cette désolante conclusion, et je soupçonne qu'Ibn 'Abbâs ou quelqu'un de ceux qui se couvraient de son nom ont inventé de toutes pièces cette explication, d'ailleurs tardive (4), ou en ont dissimulé la partie la plus caractéristique.

Ibn Sa'd, dans le chapitre où il rapporte les doutes qui furent émis sur la mort du P. rapporte autrement les paroles de 'Oumar : « J'espérais, dit-il, que le P. vivrait et il ajouta une parole [que la tradition n'a pas conservée exactement mais] qui signifiait : de façon qu'il serait le dernier de nous ». ولكنى كنت ارجو ان يعيش رسول الله صم فقال كلمة يريد حتى يكون اخرنا C'est à d'autres non

(1) Le passé جئنا est employé, comme souvent, dans le sens du futur ; la suite du verset semble cependant marquer un passé réel.

(2) Les commentateurs hésitent sur le prophète ici désigné : Jésus ou M.

(3) III 75, 134 ; V, 117 ; XI, 21 ; XXXIX, 69 ; XL, 54 ; L, 20 ; LVII, 18 ; LXXXV, 3

(4) 'Oumar était khalife à ce moment, à ce que rapporte I. 'Abbâs.

nommés qu'il attribue la réflexion sur le témoignage كيف يموت وهو شهيد علينا ونحن شهداء على الناس فيموت ولم يظهر على الناس (1)

Ce texte répond mieux à celui de Caussin de Perceval (3) qui a dû l'avoir sous les yeux, d'après une source qu'il a oublié d'indiquer. Ibn Sa'd formule également la théorie de la radj'at : رفع كما رفع عيسى بن مريم صم وليرجعن « il a été enlevé comme Jésus fils de Marie a été enlevé et certes il reviendra ». On voit que dans ces traditions il y a un certain flottement.

Page 20, note 1.

Voici l'argumentation complète de M. Nöldeke (*Geschichte des Q.*, 197-200).

Il commence par expliquer l'erreur de 'Oumar et des Musulmans par des raisons psychologiques qui lui sont personnelles car il ne les appuie sur aucune donnée historique ou traditionnelle. Tant que M. vivait, dit-il, les Musulmans ne pensaient sûrement plus, *gewiss nicht weiter*, à ces versets, d'autant que M. avait déjà souvent *schon oft* couru danger de mort, spécialement à Ouḥoud. Peu avant sa fin, un mieux s'était produit, on le croyait guéri. L'évènement éclata comme un coup de tonnerre, *wie ein Donnerschlag*. Le savant orientaliste remarque que sûrement, *gewiss*, beaucoup ne connaissaient point des passages qui étaient déjà vieux de sept ans et on ne se servait sûrement *gewiss* pas beaucoup, pour la lecture, de versets annonçant de si tristes choses. Qu'on me pardonne de souligner trois fois l'assurance avec laquelle cette argumentation est exposée comme une certitude. Là où l'on pourrait dire : « pro-

(1) *Ṭabaḳât*, II, 2e partie, (éd. Schwally, Leyde, 1912, p. 56, l. 25).

(2) *Ibid*, p. 57, l. 6.

(3) Nous l'avons reproduit plus haut, pages 19 et 214. Mais l'expression : « au jour du jugement dernier » ne se retrouve dans aucun des textes que je connais. Est-ce une interprétation personnelle de l'orientaliste français ? C'est possible. Il aurait donc eu l'impression que ces Musulmans croyaient que M. devait assister vivant au Jugement.

bablement, vraisemblablement » on répète trois fois « sûrement » et après avoir admis que *tous* les Musulmans ignoraient (1) on l'explique parce que *beaucoup* ignoraient. Que les connaisseurs du C. aient caché ces tristes choses au commun, ce n'est pas sûr, mais c'est admissible. Peu importe d'ailleurs, cela n'explique pas l'erreur universelle (le seul A. Bakr excepté). Enfin, non seulement cette explication est purement personnelle au savant orientaliste et dénuée de toute autorité historique ou traditionnelle, mais encore elle est en contradiction avec l'explication de 'Oumar. Comme je l'ai remarqué (page 213) M. Nöldeke, pas plus que les autres, n'en a tenu compte. Elle revient à dire que M. devait vivre jusqu'à la fin du monde pour accomplir sa mission tout entière. Elle introduit un facteur typique qui, j'ose le dire, doit être pris en considération avant toute argumentation de pure psychologie. Elle s'appuie, à tort ou à raison, sur la doctrine du C. et elle répond péremptoirement à la question. En fait l'erreur de tous les Musulmans (A. Bakr seul excepté) vient de ce qu'ils interprétaient la doctrine de M. de telle façon, que sa mort, eux vivants, était absurde et inconcevable (2).

Venant à l'opinion de Weil que M., du moins dans les derniers temps de sa vie, avait voulu passer pour immortel, M., Nöldeke se demande quel pouvait être le but de M. à répandre une croyance si insensée, *einen so thörichten Glauben*. Si M. n'est qu'un imposteur habile, c'est, en effet, absurde. S'il est sincère et s'il a eu une révélation, il n'a pas à se préoccuper qu'elle soit ou puisse paraître folle. Dieu lui a suffisamment dit qu'il n'était pas *madjnoûn*. Plus exacte est l'objection de fait que si M. s'était dit immortel et l'eût fait croire à ses disciples, sa mort eût anéanti l'islam. Mais on peut affirmer que cela serait arrivé, si A. Bakr, par une fraude pieuse, n'avait conjuré le malheur et, bien plus encore, par la vigueur de ses armées, étouffé les révoltes consécutives à la mort du P. Enfin j'ai proposé, comme troisième élément propre à combattre les

(1) Ou semblaient ignorer. Voir plus haut, page 213.

(2) Nous supposons, bien entendu, comme M. Nöldeke, que tous les faits nous ont été exactement rapportés par les historiens arabes.

désastreux effets de la catastrophe inattendue, la doctrine de la *radj'at* de M. déjà énoncée par 'Oumar et attribuée, plus tard, une seconde fois, à 'Abd Allah b. Sabâ (1).

M. Nöldeke affirme ensuite que, dans bien des versets, il est question plus ou moins directement de la mort de M. Evidemment, si tous ces versets sont authentiques et s'ils doivent être pris à la lettre, si vraiment M. a affirmé ou laissé entendre qu'il mourrait, la thèse de Weil n'est plus possible. Mais l'erreur de 'Oumar et des Musulmans n'en devient que plus inexplicable, et nous tournons dans un cercle vicieux. Pour moi, de l'examen intrinsèque de la question, je conclus qu'il faut admettre ou la falsification, pour raison politique, ou une interprétation arbitraire de ces versets. Si on maintient l'authenticité, il faut que la mort annoncée par les versets ignorés ou oubliés n'ait pas été la mort ordinaire, mais quelque chose d'allégorique ou de spécialement lié à la doctrine générale de M. J'ajoute que l'authenticité a été rejetée par Silvestre de Sacy, par Weil, par M. Hirschfeld, pour des raisons tout à fait étrangères à la thèse que je soutiens. Ce n'est pas là-dessus que s'appuie ma thèse, mais bien plutôt celle-ci qui sert d'appui nouveau à la théorie d'une fraude pieuse proposée par ces savants. Ce n'est donc pas pour les besoins de ma cause seulement que je conclus comme eux (2). Cette constatation n'était peut-être pas inutile à formuler.

Page 21, l. 10.

Je prie le lecteur de se reporter à ce que j'ai dit (page 181) sur les questions d'exégèse chrétienne. Je n'ai pas à me prononcer sur l'exactitude, au point de vue de la critique ou de l'orthodoxie, de telle ou telle théorie exégétique. Il me suffit qu'elle ait pu être celle d'une secte chrétienne, pour expliquer par elle l'origine des idées qui ont inspiré M. Le fait que l'en-

(1) 1re partie, p. 57. J'y reviendrai.

(2) Je suis, en effet, personnellement convaincu d'une fraude pieuse. Mais, comme je l'ai déjà dit, quand il s'agit du C., il faut admettre la possibilité de divers points de vue (1re partie, p. 42, note 2).

seignement de Jésus ait été, pour une partie au moins, considéré par un certain nombre de ses disciples comme apocalyptique suffit à ma thèse. Qu'il l'ait été réellement ou qu'il ait été à tort interprété dans ce sens, c'est, je le répète, ce que je n'ai pas à examiner.

Page 21, l. 25-29.

Le commentaire que fait le Père Dillenseger me paraît concluant. Encore une fois, je n'ai pas à me prononcer sur les questions d'exégèse chrétienne, mais ce qui me frappe surtout, c'est l'air de famille de la IIe Petri et des parties apocalyptiques du C. Qu'on me permette de citer quelques-unes des réflexions du savant Père Jésuite.

« L'objection tirée de la Parousie — ποῦ ἐστιν ἡ ἐπαγγελία τῆς παρουσίας αὐτου ; ἀφ' ἧς γὰρ οἱ πατέρες κ. τ. λ. — nous semble moins solide encore. En vérité, nous ne voyons point quelle est la grande difficulté d'admettre, entre 60 à 65 de notre ère, toute une jeune génération d'hommes de 20, 30 et 40 ans capables de tenir un pareil langage. La plupart avaient déjà vu mourir leurs parents ; ils en avaient appris cependant maintes fois la promesse de Jésus : « Amen dico vobis quia non prœteribit « generatio hæc, donec omnia hæc fiant » (Matth. 24 [34], col. Marc 13 [30] ; Luc 21 [32] ; Matth. 16 [28] ; Marc 9 [1] ; Luc 9 [27]). Ces paroles avaient été, à tort, entendues du second avènement du divin Maître ; les Apôtres eux-mêmes, notamment saint Pierre et saint Paul avaient paru les expliquer ainsi, et néanmoins les années se succédaient, tout restait en place. La première génération s'était éteinte aux deux tiers, et la seconde se demandait avec anxiété : « Mais à quand donc l'accomplissement de cette promesse ? A quand donc la Parousie, le retour du Messie ? ». Ne voyant rien venir, les esprits forts s'en moquaient ; ils tournaient en ridicule cette soi-disant promesse. Et alors saint Pierre et saint Paul de tranquilliser les consciences travaillées, inquiètes, non pas en légitimant les doutes sur la Parousie elle-même, — c'était un dépôt sacré que leur avait légué le Seigneur — mais en avouant qu'ils ne savaient point quand elle aurait lieu, le Seigneur ne leur ayant point révélé ni le jour, ni le moment (cf. II Thess., 2, II Petri 3 $^{6-14}$, etc). Les lettres de Saint Paul nous apprennent positivement que de pareilles préoccupations existaient parmi les chrétiens d'Asie, et que quelques-uns d'entre eux étaient tentés de rejeter le dogme de la résurrection de la chair, et, par suite aussi, sans doute, celui de la rétribution finale dans une vie meilleure (cf. I Cor. 15 ^{12}; I Thess. 4 $^{13-18}$) ».

Qu'on ne dise pas que je suis entraîné à reconnaître cet air de famille par le besoin de justifier ma thèse. Car cela a déjà été reconnu, tout à fait indépendamment de cette thèse, par M. Grimme qui a consacré plusieurs pages à l'utilisation par M. dans certaines sourates, de la deuxième épître de saint Pierre (1). Les rapprochements fort curieux, dont j'ai déjà signalé un (2) confirment ce que j'ai dit sur l'état d'âme des premiers Chrétiens comparable à celui des premiers Musulmans.

Page 22, l. 20.

La restriction personnelle que j'ai énoncée entre crochets signifie seulement que nous n'avons pas directement l'enseignement de Jésus mais uniquement ce que nous en ont rapporté ses disciples. Ceux-ci ont pu y ajouter leurs interprétations personnelles (3) et, en parlant de la doctrine réelle du Christ, je tiens à faire cette réserve pour les raisons déjà exposées.

P. 22, l. 33.

On peut encore faire quelques rapprochements de ce genre. Περὶ δὲ τῆς ἡμέρας ἐκεινῆς καὶ ὥρας οὐδεὶς οἶδεν... εἰ μὴ ὁ πατὴρ

(1) Die benützung des II briefes Petri in spätmekkanischen Suren (en appendice de *Mohammed*, 2e partie), p. 170-175.

(2) Plus haut, page 185 note 2.

(3) Cf. ce que nous a dit plus haut le Père Dillenseger sur les paroles du Christ mal entendues.

μόνος. Ὥσπερ δὲ αἱ ἡμέραι τοῦ Νῶε (1), οὕτως ἔσται ἡ παρουσία... Ὡς γὰρ ἦσαν ἐν ταῖς ἡμέραις ταῖς πρὸ τοῦ κατακλυσμοῦ τρώγοντες καὶ πίνοντες, γαμοῦντες καὶ γαμίζοντες, ἄχρι ἧς ἡμέρας εἰσῆλθεν Νῶε εἰς τὴν κιβωτὸν... οὕτως ἔσται καὶ ἡ παρουσία... (2).

N'est-ce pas (abstraction faite de la παρουσία inconnue au C. (3)) le même langage que dans la sourate VII 186-187 :

يسالونك عن الساعة ايانَ مرساها قُلّ انما عِلمُها عند ربّى لا يجليها لوقتها الا هو ثقلت فى السموات والارض لا تاتيكم الا بغتة يسالونك كانك حفى عنها قل انما علمها عند الله ولكن اكثر الناس لا يعلمون

Et la ressemblance s'accentue si, à ces versets, on joint ceux que j'ai déjà signalés plus haut à propos de l'expression تاتيكم بغتة (4).

Jésus aux Pharisiens qui lui demandent un signe du ciel σημεῖον ἐκ τοῦ οὐρανοῦ répond : τὸ μὲν πρόσωπον τοῦ οὐρανοῦ γινώσκετε διακρίνειν τὰ δὲ σημεῖα τῶν καιρῶν οὐ δυνάσθε (Matt., XVI, 3) et, sous une forme plus obscure, il me semble retrouver la même pensée dans le C. quand il assure qu'il y a dans le ciel (et dans toute la création) des signes que les incrédules ne comprennent pas. Voici, par exemple, le début de la sourate XLV.

Hâ-mîm. Révélation du livre par Dieu le puissant, le sage. Oui, dans les cieux et la terre il y a des signes, ايات pour les croyants. Et dans votre création et dans les espèces animales répandues, il y a des signes, ايات, pour des gens convaincus. Et dans la différence du jour et de la nuit.... des signes ايات, pour des gens intelligents. Ce sont les signes de Dieu ايات الله, nous te les récitons, نتلوها عليك, par la vérité et à quel récit حديث, après Dieu et ses signes اياته, croiront-ils ? » Le même mot est employé ici pour miracles, signes et versets du C., car les miracles accompagnant la mission de

(1) Là est, je pense, l'inspiration du thème des anciens prophètes avertisseurs, repris par saint Pierre et dont M. a usé et abusé à satiété. Voir plus haut p. 185 et suiv.

(2) Math., XXIV, 36-39 ; Marc XIII 32 ; Luc XVII, 26-29.

(3) Mais reprise par la tradition. Peut-être était-elle dans le C. primitif ? Cf. plus haut, p. 87.

(4) Plus haut, page 190.

M. sont les versets mêmes. Dans le texte évangélique σημεῖον a aussi deux sens : *miracle* d'abord, *signe* ensuite (par comparaison avec les signes de la température). Il y a un mouvement d'idées du même genre et, par conséquent, dans le C. une réminiscence assez lointaine. La formule : « il y a des signes pour des croyants » se trouve répétée assez souvent, avec variantes du dernier mot, dans le C, presque toujours à la suite d'un tableau de la création (1), quelquefois d'un récit de catastrophe (2). C'est une réponse plus ou moins directe aux provocations des incrédules qui demandent, pour être convaincus, des *signes*. Le C. leur offre le spectacle de la création, les catastrophes qui ont suivi les rébellions contre les anciens prophètes et enfin la révélation elle-même. C'est l'argumentation fondamentale dont s'alimente perpétuellement la polémique coranique contre les railleries des incrédules. Citer les versets où elle est exposée d'une façon plus ou moins explicite serait reproduire plus de la moitié du C. Quiconque le lit ou le parcourt la rencontre à chaque instant (3).

L'expression : « goûter la mort » répétée trois fois dans le C. (4) est d'origine évangélique (5).

Il y aurait une étude à faire de tout le C. à ce point de vue, mais je dois me borner à ce qui intéresse plus particulièrement mon sujet.

Page 23, l. 10.

Tout ce début du chapitre III doit être entendu dans le sens que j'ai indiqué à la page 181 (commentaire de la

(1) Par ex. : II, 159 ; III, 187 ; VI, 99 ; X, 6, 68 ; XII, 3, 4 ; XVI, 12, 81 ; XX, 56 ; XXVII, 88 ; XXX, 20-23, 36 ; XXXI, 30 ; XXXIX, 53, XLII, 31. Cf. XVI, 66-71, etc.

(2) XIV, 5 ; XV, 75 ; XX, 128 ; XXIII, 31 ; XXVII, 88 ; XXIX, 23 ; XXXII, 26 ; XXXIV, 18. Cf. plus haut, pages 189, 191.

(3) Il paraît rationnel, sans toutefois rien affirmer à cet égard, de classer dans une période relativement tardive, tout ce qui se rattache à cette polémique. Il faudrait placer d'abord l'annonce de la résurrection, puis la polémique relative à la possibilité de la résurrection, et enfin celle qui touche à la réalité de la mission de M.

(4) كل نفس ذائقة الموت, III, 182 ; XXI, 36 ; XXIX, 57.

(5) γευσώνται θανάτου. Matt. XVI, 28 ; Marc VIII, 39 ; Luc IX, 27.

page 12, l. 28), La théorie de Renan sur la doctrine chrétienne n'est pas la mienne, mais elle est fondée sur des apparences qui ont trompé beaucoup de Chrétiens dans les premiers temps et qui ont donné naissance à plus d'une hérésie : celle de Montanus, celle de Manès, etc. Sur ces sectes *paraclétiques*, si je puis dire, j'aurai à revenir, car c'est à elles que se rattache essentiellement M. L'islamisme primitif est, dans toute la force du terme, une secte paraclétique et, comme je m'efforcerai de le démontrer, le mahdisme n'est qu'une dérivation du verset LXI, 6 où M. est annoncé par Jésus-Christ, sous le nom de Aḥmad. De même dans la tradition, le Mahdî est annoncé par M. sous le nom de Mouḥammad (ou son équivalent Aḥmad). Mais en ce qui touche la véritable doctrine de Jésus-Christ, je répète que je répudie toute conception qui ne serait pas strictement conforme à l'enseignement de l'Eglise Catholique.

Page 23, l. 25.

Dans les *Orientalische Studien* (1), M. Fr. Schulthess a parlé également d'Oumayyat b. A.-ṣ Ṣalt. Mais il ne parle que très incidemment de l'entrevue avec le moine, tout en adoptant l'interprétation des *radj'ats* par siècles (p. 74). Sa discussion sur l'authenticité des poésies attribuées à Oumayyat me paraît juste. Tout le travail des exégètes musulmans pour justifier leur philologie arbitraire par de soi-disant poésies contemporaines du C. est suspect. Quelques vers peuvent être authentiques, mais nous n'avons aucun criterium. S'il y en avait un, c'est que tout ce qui a un caractère coranique a été altéré ou inventé de toutes pièces. Même cela ne peut s'affirmer (2).

Page 24. l. 9.

Voici les passages les plus caractéristiques du *kitâb al aghânî* :

(1) Dédiés à Th. Nöldeke en 1906, I, p. 71-89.

(2) M. Cl. Huart donne lui-même (p. 142-150), en fort bons termes, les raisons de suspecter en général ces sortes de poésies. Il croit cependant pouvoir faire une exception en faveur d'Oumayyat. Son plaidoyer est séduisant.

كان امية بن ابى الصلت قد قرا كتاب الله عز وجل الاول..... (1) (III, 188)
قد نظر فى الكتب وقراها....... وطمع فى النبوة لانه قرا فى الكتب
ان نبيا يبعث (1) من العرب فكان يرجو ان يكون
هو فلما بعث النبى قيل له هذا الذى تسترىث
وتقول فيه

Et plus loin c'est Oumayyat qui parle :

ان ههنا راهبا عالما اخبرنى انه يكون بعد عيسى
عم ست رجعات وقد مضت خمس وبقيت
واحدة وانا اطمع فى النبوة واخاف ان تخطينى
.... فلما رجعت ثانية اتيته فقال قد كانت
الرجعة وقد بعث نبى من العرب فيئست
من النبوة

Il est évident que les mots : قد كانت الرجعة ne peuvent signifier : « le siècle est survenu » mais bien l'événement particulier appelé *radj'at* vient de se produire. De plus, dans les premières paroles du moine il est parlé de la *radj'at*, mais pas du tout de prophète. Or, pour Oumayyat, il y a association d'idées étroite entre les mots : *radj'at* (retour) et *noubouwat* (prophétie). L'association est de nouveau énoncée dans les secondes paroles du moine. Donc le seul examen du texte indique qu'il faut entendre : ou retours de Jésus-Christ concomitants avec l'apparition d'un prophète nouveau, ou retours de la prophétie dans un nouveau personnage. L'interprétation littérale est plus conforme à cette seconde explication, et créerait entre *radj'at* et *noubouwat* plus qu'une association, mais une parfaite identité. Il faudrait donc dire : il y a, après Jésus, six missions prophétiques, la dernière devant se produire du temps même d'Oumayyat. M. clôt ainsi un cycle de sept prophètes qui commence par Jésus. Il y a là, comme je l'ai déjà indiqué (2), une influence de la conception isma'ïlienne ou septénaire. St. Guyard expose ainsi cette conception. La raison universelle s'incarne en une série de *Nâṭiks*. Les six premiers sont Adam, Noé, Abraham, Moïse, Jésus et Mahomet. Les Isma'ïliens, sauf

(1) Nous avons vu qu'en parlant de M. cette mention est généralement complétée par les mots فى اخر الزمان

(2) Première partie, page 48, l. 15-27.

divergences, déclarent que le septième (et dernier) est Isma'îl b. Dja'far. Chaque nâṭiḳ a un *asâs* ou ministre. Cet asâs est le premier d'une série de sept *imâms* dont le dernier devient, à son tour, nâṭiḳ. « D'après ce système, Mahomet, par exemple, fut d'abord le septième imâm de Jésus-Christ et c'est seulement à quarante ans qu'il devint nâṭiḳ » (1). Il est difficile de ne pas être frappé de ce rapprochement. En adoptant l'origine isma'îlienne du récit donné par l'*Aghânî*, il faudrait l'entendre exactement ainsi : Jésus apparaît sept fois, et à chaque fois il y a un imâm ou prophète concomitant. Le septième, qui est M., prend alors même position que Jésus vis-à-vis des imâms. Le premier, qui est l'asâs du nâṭiḳ Jésus, est évidemment saint Jean-Baptiste, le Précurseur celui-là même que Jésus, dans l'Evangile, identifie avec Elie en tant qu'annonciateur du Messie : Πάντες γὰρ οἱ προφῆται καὶ ὁ νόμος ἕως Ἰωάννου ἐπροφήτευσαν. Καὶ εἰ θέλετε δέξασθαι, αὐτός ἐστιν Ἡλείας ὁ μέλλων ἔρχεσθαι (2). M., à son tour, jouera le rôle de précurseur du Messie, rôle qui est passé plus tard, au Mahdi, qui précède le dernier retour de Jésus pour le Jugement dernier. L'influence iranienne sur les cycles musulmans n'est pas douteuse (3); mais le choix du nombre sept, par son caractère apocalyptique, est bien plutôt d'origine judéo-chrétienne. Tout ce syncrétisme est nécessairement tardif et a été ajouté à la légende d'Oumayyat. Le premier texte que j'ai cité paraît avoir été le noyau primitif. Oumayyat avait vu dans les livres, الكتب qu'un prophète arabe devait surgir. Que sont ces livres? Probablement même chose que « le premier livre d'Allah » كتاب الله الاول qui représente, je suppose, la Bible judéo-chrétienne. En définitive, à travers

(1) *Fragments relatifs à la doctrine des Ismaélis* 1874, p. 12-13. Les éléments de cet exposé sont empruntés surtout à Chahrastânî que Guyard ne cite que pour un point de détail (p. 11). Voir sur ce point mes remarques dans ma traduction de Maḳrîzî (*Mém. de l'Institut français d'archéologie orientale du Caire*, IV, 1920) page 132, note 2. Cf. *La doctrine secrète des Fatimides d'Egypte* dans *Bulletin de l'Inst. fr. d'archéol. orient. du Caire* XVIII, page 140 [*tirage à part*, 21], note 4.

(2) Matt. XI, 13-14.

(3) Après Zoroastre, le monde doit durer trois millénaires. A la fin de chaque millénaire apparaît un sauveur du monde. Le troisième et dernier est Saochyant. V. Söderblom, *La vie future dans le mazdéisme* dans *Annales du Musée Guimet. Bibliothèque d'Etudes* IX (1901) p. 251.

tous les enjolivements de la légende on retombe sur le fameux verset du C. (VII, 156). الرسول النبى الامى الذى يجدون مكتوبا عندهم فى التوراة والانجيل

L'épisode d'Oumayyat se rattacherait donc au cycle de la Sîrat qui, comme l'a montré le Père Lammens (1) est tout entier issu du C, et ne représente aucune tradition indépendante.

P. 25, l. 26.

On trouvera dans l'*Encyclopédie musulmane* (1911) un résumé de ce que l'on sait de cette figure légendaire de Baḥîrâ par M. Wensinck. L'auteur pense qu'elle fait partie, dans le cycle de M., d'une classe représentée par de nombreux exemples de même type. Les légendes de cette classe tendent à montrer, par un événement prétendu, que les « gens du Livre » avaient été informés de la mission prophétique de M. L'auteur renvoie à son propre ouvrage *Mohammed en te Joden te Medina* (p. 54-60). Je n'y ai pas trouvé les légendes de cette classe, qu'il eût été intéressant de réunir (2), mais seulement quelques détails sur les passages de la Bible que les Musulmans

(1) Voir plus haut, page 163. Quant au verset si énigmatique que nous venons de citer nous aurons longuement à nous en occuper à la fin du présent livre.

(2) L'esquisse que j'en ai faite dans la première partie est, je crois, jusqu'ici la seule étude d'ensemble. Je pense que, dans ses remarquables mémoires sur la *sîrat*, le Père Lammens y reviendra amplement.

Dans la bibliographie que M. Wensinck a ajoutée à son article, il manque la mention d'un important mémoire de M. Gottheil paru de 1898 à 1903 dans *Zeitschrift für Assyriologie*, XIII, p. 189-242; XIV, p. 203-268; XV, p. 56-102, XVII, p. 125-166. Il en avait déjà donné une courte notice dans les *Proceedings of the American Oriental Society*, p. xxix, note 7; citée par Lidzbarski, *De propheticis quæ dicuntur legendis arabicis*, Leipzig, 1893, p. 37.

Dans la même bibliographie, l'article de M. Carra de Vaux intitulé : *La légende de Bahira* est suivi de la mention : « Paris s. l. [sic] n. d. ». Je l'ai sous les yeux : il porte sur la couverture l'indication suivante : *Extrait de la Revue de l'Orient chrétien*, Paris, 1898. Il est tiré du deuxième volume de cette revue (1897) p. 439 et seq. Cet article qui analyse un manuscrit arabe de la Bibliothèque Nationale de Paris a été ignoré de M. Gottheil qui a donné le texte et la traduction du même manuscrit.

M. l'abbé Nau a parlé du même personnage dans une conférence faite au Musée Guimet en 1913 : *L'expansion nestorienne en Asie* (*Annales du Musée Guimet. Bibliothèque de vulgarisation*, tome XL, p. 214-224).

désignent comme répondant à l'assertion du C. Il y a, cependant, à mon avis, une différence à faire entre les efforts des exégètes musulmans destinés à justifier ce point de la doctrine de M., et les récits qui affirment que certains Juifs et Chrétiens le reconnurent. Les uns et les autres tendent à un même but, c'est certain. Mais les procédés sont tout à fait distincts. Que M. ne soit pas annoncé par la Bible et que les Musulmans aient voulu torturer ou falsifier celle-ci pour lui faire dire ce à quoi elle n'avait jamais songé, c'est un fait que nous pouvons contrôler et nous l'avons déjà rappelé (1). Mais que l'idée d'un prophète devant venir au temps de M. ait été très répandue, c'est un autre fait que nous ne pouvons contrôler et, par suite, nier totalement. J'ai montré déjà que le récit relatif à Oumayyat contenait des éléments tardifs d'exégèse coranique et de syncrétisme isma'ïlien. Mais Oumayyat a-t-il eu vraiment la notion d'un prophète attendu de son temps? C'est ce que je ne puis affirmer ou nier. Il y a un élément qui n'est pas tendancieux et qui n'aurait pas, il me semble, figuré dans une légende créée de toutes pièces pour l'édification. C'est qu'il n'a pas reconnu M. quand il s'est manifesté.

Au contraire, Baḥîrâ ou Sergius ou Nestor, non seulement reconnaît M. mais le devine et le désigne personnellement avant toute manifestation, en sorte que le récit est, en toutes ses parties, suspect d'être une pure création de l'apologétique. Telle est la conclusion de M. Hirschfeld qui, tout en admettant qu'un chrétien nestorien du nom de Nestor a été en rapport avec M. et, par esprit de propagande, lui a fait connaître les principaux points de sa foi, rejette tout ce qui, dans la légende, vise la reconnaissance de M. comme le P. annoncé. Ce nom même de M. que M. Hirschfeld considère comme apocryphe, aurait été créé pour ou par la légende de Baḥirâ (2). Il en conclut que les passages du C. où est ce nom sont falsifiés. Même le terme ; خاتم النبيين, sceau des prophètes que le C. applique à M. serait falsifié, comme n'étant sûrement (3) qu'une alté-

(1) Pages 3 et 144.

(2) Hirschfeld, *New researches*, 22-24 et 139.

(3) *Surely*. Comment, en des questions si embrouillées, peut-on employer si aisément les *surely*, les *gewiss*, etc. ? Voir ce que j'en dis plus haut, page 217.

ration habile *skilful*, du sceau de la prophétie خاتم النبوة qui figure dans la légende de Baḥîrâ.

J'avoue que le mécanisme de ces altérations m'échappe. Je comprends qu'on ait inventé des légendes pour développer, paraphraser, commenter des passages d'un livre saint. Mais qu'on ait changé des passages de ce livre pour les accommoder à une légende qui, si elle n'est pas née du livre, reste inexplicable, c'est peu vraisemblable. Pour m'en tenir au terme خاتم النبيين, je crois le rapprochement de M. Hirschfeld très ingénieux, mais à condition de changer l'ordre de la dérivation. C'est l'expression coranique qui s'est déformée dans la légende en un sceau réel. Peut-être le C. portait-il primitivement : خاتم النبوة, au lieu de خاتم النبيين. En tous cas, l'une ou l'autre expression me paraît liée à la doctrine même de M. C'est une expression biblique, celle-là même dont Daniel se sert pour indiquer la fin des temps (IX, 24) לַחְתֹּם חָזוֹן וְנָבִיא. Pour moi خاتم النبيين est identique à نبى اخر الزمان. Si je suis dans le vrai, c'est un terme authentique du C. primitif qui a donné naissance à un détail pittoresque de la *ṣifat*, صفة du Prophète.

J'ai dit, page 120, que je reviendrai sur la question des divers noms attribués au conseiller chrétien de M. Elle a été déjà traitée par M. Gottheil et j'aurai peu de chose à ajouter à ce qu'il dit (1). Il remarque que, dans les premiers récits arabes, il est simplement appelé « un moine » راهب, plus tard Nestor (c'est à dire Nestorien) puis Baḥîrâ. Mas'oûdî (2) l'appelle Sergius ou plutôt il emprunte ce nom aux Chrétiens qui vivaient de son temps (332 Heg.). A ce propos, M. Gottheil cite la traduction par Muir de la lettre d'al Kindî (3) et remarque qu'à

(1) *Op. laud.*, XIII, p. 197.

(2) *Prairies d'or*, passim. Nous l'avons nous-même cité page 25, notes 1 et 2.

(3) A propos de cet auteur, je dois dire que le regretté d'Ancona est le premier qui ait vu que sa lettre était identique avec le texte donné par Vincent de Beauvais, *La Leggenda di Maometto in Occidente*, extrait de *Giornale della letterat. italiana*, 1889, XIII, p. 33 [231] note 2. M. Wensinck a cité avec raison ce remarquable mémoire dans la bibliographie qui suit son article de l'*Encyclopédie musulmane*; je regrette de l'avoir connu trop tard pour lui rendre un hommage mérité du vivant de son auteur. Il était fort bien documenté. Il connaissait déjà (par M. Guidi) les documents syriaques dont M. Gottheil avait parlé en

la page 105 de cette traduction, Baḥîrâ et Sergius semblent deux personnages différents. Il renvoie à Hammer (*Literaturgeschichte der Araber*, I, 395) qui met M. en rapport avec quatre moines chrétiens : Sergius, Baḥîrâ, Nestor, Aboû 'Âmir (le moine oculiste). Il aurait pu y joindre un cinquième : Georges que j'ai cité plus haut (page 25) d'après Caussin de Perceval. Ce dernier attribue ce nom à Mas'oûdî d'après l'auteur du *Tarikh-el-Khamîcy*, f. 112 r° (1). Mais, comme l'a remarqué Caussin de Perceval, Gagnier avait lu dans Mas'oûdî (*Mouroûdj*) : Sergius et, comme Prideaux, y avait reconnu le Sergius dont parle Vincent de Beauvais dans son Miroir historique. C'est, nous le savons, la vraie leçon (2), elle nous est attestée par al Kindî, qui est peut-être la source primitive utilisée par les Arabes, les Syriens et les Byzantins.

M. Gottheil cite encore Sprenger que nous avons également mentionné et le Byzantin Phrantzès (éd. de Bonn, 294). Il ajoute que le nom de Sargîs est rare chez les Syriens et signale un Rabbân Sargîs de Beth Garmai qui fut peut-être contemporain de M.

M. Hirschfeld voit dans Baḥîrâ l'hébreu : *b'ḥîr* « chosen » (3) équivalent de l'arabe *mouṣṭafâ* un des noms de M. M. Wensinck y voit l'araméen *beḥîrâ* « élu » (4). M. l'abbé Nau y voit une épithète syriaque qui accompagne souvent le nom des moines : l'*éprouvé* (5), note la déformation de Sergius en Djordjis et considère Nestor comme équivalent à Nestorien.

Mai 1887 (comptes-rendus de l'*American Oriental Society*, p. XXVII-XXXI), ceux-là mêmes qu'il ne devait publier que beaucoup plus tard. Il avait deviné que la légende du livre accroché à la corne d'une vache par l'imposteur avait pour origine le nom, d'ailleurs si bizarre, de *la Vache* infligé par les compilateurs du Coran à la deuxième sourate qui commence par ces mots ; *Voilà le Livre* ذلك الكتاب. *La Leggenda* page 11-12 [209-210].

(1) Ḥouseïn b. Mouḥammad *Ta'rîkh al Khamîs fî aḥwal anfas nafîs*. Le Caire 1283 Heg. I, 257, l. 28 وفى المسعودى انه من عبد القيس واسمه جرجيس

(2) La confusion entre سرجيس et جرجيس Djirdjis ou Georges est fréquente. Nous avons cité le passage de Prideaux plus haut, page 120, note 2.

(3) *New researches*, p. 23.

(4) *Encyclopédie musulmane*, *s. v.*

(5) *L'expansion nestorienne*, p. 214. Cf. une remarque du même auteur dans le *Journal Asiatique* de 1915 (11e série, t. V), p. 503.

On peut conclure de là que le personnage, s'il a réellement existé, était un moine nestorien appelé Sergius. Mais cet épisode de la *sîrat* n'est-il pas, lui aussi, une amplification d'un passage du C. où les moines sont tout particulièrement loués : « Tu trouveras que ceux qui aiment le plus étroitement les Croyants sont ceux qui disent : nous sommes chrétiens, parce que parmi eux sont des prêtres et des moines et ils ne sont pas orgueilleux » (1). Il n'en fallait pas davantage aux créateurs de la *sîrat* pour imaginer des relations étroites d'amitié entre le P. et des prêtres ou moines chrétiens. Sans nier absolument le caractère historique de Sergius, ami et conseiller de M., je crois sage de se tenir sur la réserve jusqu'à plus ample informé (2).

P. 26, l. 29.

M. Butler, après avoir très justement identifié le Moukaukis de la conquête arabe avec le patriarche Cyrus, déclare facile, *easy*, la réponse à l'objection qu'en 627, M. envoya une lettre à un Muḳauḳas (*sic*) mentionné comme « governor of Egypt ». Il déclare, en effet, que pas un écrivain arabe n'eut la notion de l'origine ou de la signification du mot en question, et l'emploi de ce mot pour désigner « the governor of Egypt » en 627 est un pur anachronisme. Réunissant les deux faits qu'une lettre fut envoyée au « governor of Egypt » en 627 et que, au temps

(1) V, 85 ; cf. III, 109.

(2) Sur le thème du moine annonciateur de M. voir encore l'épisode d'Abân b. Sa'îd qui se fait musulman parce qu'un moine de Syrie lui fait la description صفة du P. et qu'il y reconnaît M. (Ibn al Athîr, *Ousd al ghâbat* I, 36, l. 9 et seq.), ou celui de Tamîm ad Dârî, qui était chrétien et qui se convertit à l'islamisme pour une raison semblable (Opuscule de Maḳrîzî dans ms. arabe de la Bibliothèque Nationale de Paris, catal. de Slane, n° 4657, f° 91 v°, d'après I. Sa'd). Le moine lui dit قد خرج من بيت ابراهيم نبى « Un prophète est sorti de la maison d'Abraham ». Je n'ai pas retrouvé dans les *Ṭabaḳats* d'Ibn Sa'd (parties éditées en 1914) la notice sur Tamîm.

Ibn Ḥadjar al 'Askalânî (*Iṣâbat* éd. de Calcutta, I, 18 in fine) appelle Yakâ le premier moine ; il faut lire Bakâ' car ce personnage est nommé à son rang alphabétique (*ibid.*, p. 354) avec les mêmes détails. Le même auteur (*ibid.*, p. 372) dit, d'après Aboû Nou'aîm, que Tamîm lui-même était moine.

de la conquête le « governor of Egypt » s'appelait Mukaukas, ils ont conclu que le premier s'appelait comme le second. Même confusion explique l'application du même terme à Benjamin au temps de la révolte de Manuel (1).

Cette explication, en elle-même, est fort plausible. Mais elle suppose que les renseignements recueillis sur l'ambassade de M. (en 627) ont été remaniés sous l'influence de ceux qui furent recueillis sur la conquête de l'Egypte (vers 639). Or l'hypothèse inverse me paraît plus naturelle. Je ne vois pas pourquoi les historiens arabes auraient ignoré le sens du mot *moukaukis* ; l'équivalence qu'ils en donnent est : عظيم القبط (2) et répond probablement au titre perse ignoré dont Benjamin était revêtu en 627. Je tiens, d'autre part, l'expression : صاحب الاسكندرية pour équivalente à : patriarche d'Alexandrie.

Il n'a pu s'agir d'un gouverneur d'Egypte, comme le dit M. Butler. En effet, un gouverneur d'Egypte eut été perse en 627, — ce que M. Butler ne paraît pas soupçonner. C'est un personnage particulier, remplissant des fonctions encore indéterminées qu'il tenait de la Perse et qui ne peuvent en rien répondre à celles d'un gouverneur de l'Egypte. C'est un chef copte. En adoptant l'indication d'Ibn Mâkoûlâ (4), on arrive nécessairement au patriarche Benjamin. D'autres indices y conduisent.

Le récit d'Ibn Sa'd (5), comme plus ancien, mérite d'être examiné. Il est plus concis que celui d'Ibn 'Abd al Ḥakam que j'ai déjà cité dans la première partie.

(1) *The arab conquest of Egypt*, p. 522.

(2) Ibn Sa'd, édité par Wellhausen, *Skizzen und Vorarbeiten*, IV, page ٣. C'est le plus ancien auteur, à notre connaissance, qui en ait parlé († 230).

(3) *Ibid.*, *ibid.*

(4) C'est d'après cet auteur († 475) qu'Ibn al Athir (*Ousd*, IV, 412) et Nawawi (*Tahdhib* éd. Wüstenfeld, p. 577) appellent le Moukaukis : جريج يعنى بجيمين « Djoureïdj c'est-à-dire Boudjeïmin (?) » ce qui peut s'entendre « le petit Georges c'est-à-dire le petit Badjamîn ». C'est de ce texte bizarre que dérive la version généralement admise : جريج بن مينا qu'on a identifié avec : « Georges fils de Ménas ». Mais je ne peux pas entrer ici dans une plus longue discussion et je me permettrai de renvoyer à ma traduction de Makrîzî, déjà citée dans la première partie du présent livre (page 26, note 2).

(5) Cité dans la précédente note 2.

L'auteur ne donne pas d'isnàd détaillé pour les diverses parties du récit, mais indique, en bloc, ses références qui, dit-il, se pénètrent les unes les autres : دخل حديث بعضهم في حديث بعضهم. Dans ces références, je note principalement la première qui remonte à I. 'Abbâs par Az Zouhrî, je dirai tout à l'heure pourquoi.

Le Moukaukis après avoir reçu et lu la lettre du P. lui écrit : قد علمت ان نبيا قد بقى وكنت اظن انه يخرج بالشام Quel est ce prophète qui reste (à venir) et pourquoi le Moukaukis croyait-il qu'il apparaîtrait en Syrie? La première question peut trouver une solution si on en rapproche le renseignement fourni à Oumayyat. Un prophète restait pour répondre à la sixième radj'at. L'influence des doctrines ismâ'îliennes doit-elle être encore admise? Ce n'est pas impossible. Mais pourquoi ce détail de la Syrie? Il ne se retrouve nulle part ailleurs que dans la bouche du Moukaukis, et je ne m'explique pas pourquoi les Arabes l'auraient inventé.

Outre ce détail, Ibn 'Abd al Ḥakam ajoute, dans la bouche de l'ambassadeur, une description du P. qui rentre dans la série des صفة légendaires (1). Qu'elle soit tardive, c'est fort possible ; mais rien ne permet de donner au récit d'I. Sa'd un caractère tendancieux.

On peut essayer de remonter plus haut qu'Ibn Sa'd. M. Grimme a remarqué, avec beaucoup d'à propos, que les récits relatifs aux ambassades du P. paraissent dérivés d'une source commune : un livre trouvé par Yazîd b. A. Ḥabîb et communiqué par lui à az Zouhrî (2), ce même personnage qu'on retrouve si souvent en remontant le plus possible aux origines de nos sources. Le récit qui provient de M. b. Isḥâk nous est donné sous deux formes différentes par I. Hichâm et par Ṭabarî.

Le premier dit :

---

(1) Voir le texte récemment édité par M. Henri Massé (*Publications de l'Institut français d'archéologie orientale*, le Caire 1914, pages ٤١-٤٨. Je l'ai cité plus haut (page 27) d'après Maḳrizî, *Khiṭaṭ*, I, p. 29; cf. Souyoûṭî, *ḥousn al mouḥâḍaraṭ*, I, 58.

(2) *Mohammed*, II, 126. Les références données ne sont pas tout à fait précises.

حدثنى يزيد بن ابى حبيب المصرى انه وجد كتابا فيه ذكر من بعث رسول الله الى البلدان وملوك العرب والعجم وما قال لاصحابه حين بعثهم قال فبعثت به الى محمد بن شهاب الزهرى فعرفه. Suit un extrait du dit livre (1).

Le second par l'isnâd A. Ḥamîd, Salamat, rapporte ainsi le récit de M. b. Isḥâk : عن يزيد بن ابى حبيب المصرى انه وجد كتابا فيه تسمية من بعث رسول الله الى ملوك الخابيين وما قال لاصحابه حين بعثهم فبعث به الى ابن شهاب الزهرى مع ثقة من اهل بلده فعرفه. Suit le même extrait (2).

D'où venait ce livre? Quel en était l'auteur? A quels signes az Zouhrî l'a-t-il reconnu عرفه? Autant de questions insolubles.

Le précédent récit est-il indépendant de celui qu'Ibn Sa'd fait remonter à Ibn 'Abbâs par az Zouhrî, et de celui qu'Ibn 'Abd al Ḥakam rapporte d'après Hichâm b. Isḥâk et d'autres et qu'il complète par d'autres récits où se trouvent les noms d'az Zouhrî et de Yazîd b. A. Ḥabîb? C'est également ce qu'il est difficile de déterminer.

La question se complique du fait que l'épisode du Moukaukis est lié à celui de Marie la Copte femme du P. et mère de son fils Ibrahîm. Marie la Copte avait été envoyée en présent par le Moukaukis, ce qui, de prime abord, paraît assez étrange. Qu'y a-t-il de vrai dans ce tout petit épisode de la *sîrat* qui s'y trouve isolé et en quelque sorte adventice?

De tout ce que je viens de dire résulte, je crois, que le problème du premier Moukaukis, avec ses tenants et aboutissants, est fort embrouillé et fort obscur. La solution que j'ai présentée dans la première partie du présent livre est vraisemblable; pour la développer et lui donner plus de certitude il faudrait une étude approfondie et étendue que j'aurai, peut-être, le loisir de faire ailleurs.

En tous cas, ce personnage est historique et réel et on ne peut soupçonner les Musulmans de l'avoir inventé comme les divers moines et en particulier Baḥîrâ, uniquement pour justifier le prophétie de M.

Parmi les paroles attribuées au Moukaukis par Yazîd b. A.

(1) *Sîrat ar rasoûl* (Wüstenfeld), p. 972.
(2) *Chronique*, I[3], 1560.

Ḥabîb, je relève celles-ci qui combinent, en quelque sorte, la légende d'Oumayyat et celle de Baḥîrâ (1) : هذا زمان يخرج فيه الذى نجد نعته وصفته فى كتاب الله

On voit nettement, dans les derniers mots, l'influence du verset, cité plus haut النبى الامى الذى يجدون مكتوبا عندهم فى التوراة والانجيل. Sauf le terme امى toujours énigmatique, les expressions coraniques se retrouvent intégralement ou sous des équivalents évidents; نعته وصفته est le commentaire de مكتوبا, et كتاب الله désigne la Bible (ancien et nouveau Testaments).

Le point sur lequel j'insiste est la formule : « Voici le temps où apparaît le prophète. » A quel signe reconnaît-on ce temps ? D'après ce que nous avons dit plus haut, on serait tenté de compléter les paroles du Moukaukis de cette manière هذا اخر الزمان الذى يخرج فيه النبى الخ

Ce serait le strict équivalent de la formule musulmane que nous avons vue si fréquente : النبى الذى يبعث فى اخر الزمان

P. 27, l. 31.

Je répète ce que j'ai déjà dit au commentaire de la page 12, l. 27. Je n'examine pas si le Paraclet répond ou non au prophète de la fin du monde. Il me suffit qu'il ait pu être considéré ainsi par telle secte chrétienne et, en particulier, par celle dont M. semble s'être inspiré. Si le Paraclet est un être de chair, il joue nécessairement le rôle de prophète *complémentaire*, et si l'Evangile est l'annonce de la fin du monde, ce prophète complémentaire sera nécessairement celui qui préside à cette fin. Telle paraît avoir été, en particulier, la conception du montanisme qui a séduit, au début du christianisme, des hommes comme Saint Irénée, Tertullien, etc. La mission du Paraclet y est liée à l'imminence de la catastrophe finale. Avant M.,

(1) Ibn 'Abd al Ḥakam (ms. de la Bibl. Nat., cat. de Slane 1687, p. 66 reproduit dans Maḳrîzî *Khiṭaṭ* I, 29 l. 34 et Ṣouyoûtî, *ḥousn* I, 59, l. 25 ; éd. Massé, 44, l. 4).

Manès se serait déjà, au dire d'al Bîroûnî, proclamé le Paraclet et le sceau des prophètes (1), etc.

P. 28, l. 30.

Voici ce curieux passage que je transcris d'après l'édition de Londres (1880) (2).

والنسطورية اصحابك وهم لعمرى اقرب واشبه باقاويل
المنصفين من اهل الكلام والنظر واكثرهم ميلا الى قولنا
معشر المسلمين وهم الذين حمد نبينا امرهم ومدحهم
واعطاهم العهود والمواثيق وجعل لهم من الذمة فى عنقه
واعناق اصحابه ما جعل وكتب لهم فى ذلك الكتب
سجل لهم السجلات واكد امرهم عندما صاروا اليه حين
اقضى الامر اليه واستوثق له فانوه وتحرموا بحرمته
وذكروه بمعونتهم اياه على اعلان امره واظهار دعوته وما
مكن الله له وذلك ان الرهبان كانوا يبشرونه ويخبرونه
قبل نزول الوحى عليه بما مكن الله له وصار اليه
فلذلك كان صلعم يكثر تواده لهم واطالة محادثتهم ويرى كثيرا
عندهم مخاطئا لهم فى تردده الى الشام وغيرها وكان الرهبان
واصحاب الاديرة يكرمونه ويجلونه طوعا ويخبرون اصحابهم
بما يريد الله ان يرفع من امره ويعان من ذكره وكانت
النصارى تميل اليه وتخبره بمكيدة اليهود ومشركى قريش
وما يبتغونه له من الشر ويريدونه من الغوائل مع
مودتهم له واجلالهم اياه واصحابه فعند ذلك نزل الوحى
على نبينا عم وشهد الله لهم فى القران قائلا لتجدن
اشد الناس عداوة للذين امنوا اليهود والذين اشركوا (يعنى
مشركى قريش) ولتجدن اقربهم مودة للذين امنوا
الذين قالوا انا نصارى ذلك بان منهم قسيسين ورهبانا
وانهم لا يستكبرون (3) وعرف النبى عم بما انزل عليه

(1) *Chronologie* éd. Sachau, p. 207 ; trad. Sachau, p. 190. Flügel n'a pas connu ce passage qu'il aurait pu utiliser dans sa note 56 (Mani, 1862, p. 162 et seq.) Remarquer l'expression : خاتم النبيين qui est rigoureusement coranique (XXXIII, 40).

(2) Page 5, l. ult. à 7 l. 5.

(3) C. V, 85. Voir ce que j'en dis plus haut, p. 230, à propos de Baḥirâ.

من الوحى صحة ضمائرهم ونياتهم وانهم اصحاب المسيح
حقا السائرون بسيرته الاخذون بسنته اذا كانوا
لايرون القتال ولا يستحلون المال ولا يغشون احدا
ولا يريدون بالناس سوءا ولا مكروها وانهم طالبوا
السلامة ولا يمرون على حسد ولا على عداوة بل
يعتقدون الفضل على الناس اجمعين فاعطاهم نبينا
عم لذلك ما اعطاهم من العهود والمواثيق وجعل لهم
من الذمة فى رقبته ورقاب اصحابه ووصى بهم تلك
الوصية عندما اطلعه الله على ما اطلعه عليه من
امرهم وبراة ساحتهم.

L'assertion du Musulman 'Abd Allah b. Ismâ'îl cousin du khalife al Ma'moûn, repose en fin de compte sur un verset du C. Prêtres et moines ont eu grande tendresse pour les croyants, tandis que les Juifs leur étaient franchement hostiles. Ailleurs (IX, 31 et 34) le C. réunit moines et rabbins de façon moins flatteuse; ou semble faire quelque restriction sur le monachisme الرهبانية (LVII, 27). Aurions-nous encore ici un développement artificiel du C. aboutissant à une légende de la *sîrat*? C'est fort possible. Toutefois l'allusion au Nestorianisme est tout à fait indépendante du C. Peut-être s'est-elle personnifiée dans le nom de Nestor attribué à Baḥîrâ et que M. Hirschfeld admet seul comme authentique (1).

Maintenant, à quoi peut faire allusion le verset du C. cité par 'Abd Allah b. Ismâ'îl? Il est bien évident que ni prêtres, ni moines chrétiens, même de la secte nestorienne, n'ont pu témoigner quelque tendresse aux Musulmans parce qu'ils voyaient en M. le Paraclet, احمد annoncé par Jésus, ou le dernier des prophètes. Est-ce la façon dont M. présente Jésus comme simple λόγος كلمة الله et non comme fils de Dieu? Est-ce la théorie du C. qui attribue aux Chrétiens la croyance à la divinité de Marie? On sait que Nestorius combattait l'idée de Marie θεοτοκός ne voulant voir en elle que la mère de Jésus en tant qu'homme et non en tant que dieu. Le nestorianisme, tel que M. le connaissait, avait-il accentué le dissentiment, en accusant les autres Chrétiens de faire de Marie un être divin (comme parti-

(1) *New Researches*, p. 23. Voir plus haut pages 228-229.

cipant à la divinité de son enfant) et en distinguant Jésus-homme de Jésus-dieu au point de confondre le second avec Dieu lui-même pour mettre en évidence le premier? Cette évolution de la doctrine serait assez rationnelle et mènerait ainsi à une explication assez précise de la christologie coranique. Le premier point est douteux. Le second, au contraire, est fort vraisemblable. La principale objection faite à Nestorius, qui s'en défendait d'ailleurs, est qu'il tombait dans l'hérésie de Paul de Samosate en enseignant que le Christ était un simple homme. C'est ce que lui reprochait l'évêque d'Alexandrie, Cyrille, celui-là même que 'Abd Allah b. Ismâ'îl accuse d'être le fauteur de l'hérésie Jacobite pour laquelle il a des paroles fort sévères (1). L'insistance avec laquelle le C. appelle Jésus : المسيح بن مريم ce qui est la traduction du grec : ὁ Χριστὸς ὁ υἱὸς τῆς Μαρίας (l'Evangile dit (2) : ὁ Χριστὸς ὁ υἱὸς τοῦ θεοῦ) rappelle la thèse de Nestorius que Marie devait être appelée non pas mère de Dieu, mais mère du Christ. L'islam, dans sa première forme, aurait donc été inspiré d'un nestorianisme particulièrement hostile à la divinité du *fils de Marie*.

'Abd Allah b. Ismâ'îl remarque que les Nestoriens sont ceux qui se rapprochent le plus de ceux qui sont équitables المنصفين parmi les partisans du rationalisme théologique, الكلام والنظر. Il paraît certain qu'il désigne ici les Mou'tazilites partisans de ce rationalisme et qui, parmi leurs dogmes, admettaient le système dit : *justice*, عدل (3). On sait qu'al Ma'moûn était un fanatique de leur école (4). Pour al Bîroûnî, ce qui distingue Nestorius des autres sectes, c'est également l'esprit d'argumentation et de controverse مما يحث على النظر والتفحص والتفريع والقياس الخ qu'il donna comme règle à ses sectateurs (5).

Il est certain que les *distinguo* subtils de Nestorius sont bien de la même famille que les arguties de mots et toute la sco-

(1) *loc. cit*, p. 51: واليعقوبية وهم اكثر القوم واخبثهم قولا واشرهم اعتقادا وابعدهم من الحق القائلون بمقالة اكيرللوس الاسكندراني الخ

(2) Math. XVI, 16.

(3) Mas'oûdî, *Prairies d'or*, éd. et trad. Barbier de Meynard, VI, p. 20.

(4) *Ibid.*, VIII, 301.

(5) *Chronologie*, éd. Sachau, p. 309, l. 4-7, trad. Sachau, p. 305.

lastique des Mou'tazilites. Mais, malgré cette ingénieuse flatterie, le chrétien nestorien à qui s'adresse 'Abd Allah b. Ismâ'îl ne montre, envers M. et l'islâm, rien de la tendresse ou de la sympathie attribuée à ses coreligionnaires d'autrefois. Son réquisitoire est vigoureux ; j'en ai précédemment donné un exemple caractéristique. Bien aventureux serait donc celui qui ferait dériver l'islam du nestorianisme, à moins de soigneusement distinguer un islam tout primitif, déformé plus tard soit, du temps même de M., par une évolution naturelle, soit, après lui, par des influences diverses.

Si la doctrine de M. était réellement sympathique aux Nestoriens, elle ne pouvait être, par suite, que fort antipathique aux Chrétiens Coptes qui, fidèles à la doctrine de Cyrille, maudissaient Nestorius. Peut-être cependant contenait-elle des éléments susceptibles d'être favorablement accueillis par eux. Il y a certainement un curieux mélange d'hérésies chrétiennes dans le C. Nous venons d'y voir des points de contact avec le montanisme et le manichéisme. Le docétisme, auquel nous avons fait allusion dans la première partie (1) y joue probablement un rôle. S'il faut y joindre le nestorianisme, et de quoi plaire aux Monophysites d'Egypte ; s'il faut, dans quelques rites, reconnaître l'influence du sabéïsme (2), que sais-je encore ? — nous serions en présence d'un syncrétisme remarquable. M. se serait-il inspiré du désir, plus ou moins conscient, d'une réconciliation générale au sein du christianisme ? Il lui reproche ses divisions qui, en effet, de son temps, étaient grandes. Nous verrons plus tard comment il reconnaît dans la Bible, الكتاب, l'origine des disputes soulevées par l'esprit de rébellion, et il semble faire allusion beaucoup plus aux disputes des Chrétiens que des Juifs. Mettre un terme à tant de querelles, réaliser l'union que les meilleurs esprits devaient tant souhaiter était un noble et beau rêve. Mais l'esprit de discorde n'a cessé de souffler sur la pauvre humanité et l'islam ne l'a pas vaincu.

(1) Pages 30, note 1 et 59, note 1.
(2) Wellhausen, *Reste arab. Heidenthums*, 2e éd. p. 237.

P. 29, l. 3.

Les références de M. Huart ne sont pas rigoureusement exactes. Il semble d'après ce qu'il a dit, qu'il y ait deux versions, l'une venant de M. b. Isḥâḳ, l'autre d'Ibn Sa'd. En réalité, l'une et l'autre sont données par ce dernier, et la seconde vient à la suite de diverses variantes de la première. Les récits rapportés par I. Sa'd vont de la page 53 à la page 59 (1). Ceux d'entre eux qui appartiennent à M. b. Isḥâḳ se retrouvent dans Ibn Hichâm (2). M. Huart le dit bien dans une note, mais cela ne ressort pas du texte.

Les passages qui nous intéressent sont relatifs à l'annonce du P. Le premier s'exprime ainsi (c'est un personnage indéterminé habitant à 'Ammoûrîyat de Syrie qui parle) : قد اظلك زمان نبى يبعث بدين ابراهيم الحنيفية يخرج من ارض مهاجره وقراره ذات نخل بين حرتين Suit la صفة ordinaire du P. (3)

Dans le deuxième passage, Salmân demandant à s'instruire de : دين ابراهيم الحنيفية, quelqu'un lui répond : قد اظلك نبى يخرج من عند هذا البيت ياتى بهذا الدين الذى تسال عنه (4)

Lorsque Salmân raconta cette histoire au P. celui-ci s'écria : « Si tu as dit vrai, celui qui t'a parlé n'est autre que Jésus ! »

Ainsi les prêtres et moines chrétiens, القسيسين والرهبان, annoncent à Salmân *le temps d'un prophète* زمان نبيى qui apporte le *ḥanîfisme* الحنيفية, qui est la religion d'Abraham. Cette dernière expression est tirée du C. qui dit plusieurs fois que Abraham était ḥanîf. Quant à la première, elle se rattache à celles que j'ai déjà signalées dans les traditions relatives à Oumayyat et au Mouḳauḳis.

(1) *Tabaḳât* éd. Sachau (Lippert) IV¹. C'est par distraction que M. Huart fait commencer le deuxième récit (isnâd : *A. Kourrat al Kindî*) à la page 55 ; c'est p. 58.

(2) *Sîrat ar rasoûl* (Wüstenfeld), p. 136-143.

(3) I. Sa'd, p. 55, l. 7 ; I. Hichâm (avec variantes sensibles) p. 139, l. 16.

(4) I. Sa'd, p. 57, l. 20 ; I. Hichâm, p. 143, l. 3 avec variante.

Page 29, l. 3-18.

Tamîm ad Dârî a fait l'objet d'un article de M. René Basset dans le *Journal de la Société asiatique italienne*, vol. V, 1891, pages 3-26, d'après un manuscrit de la Bibliothèque d'Alger, dont il donne le texte. Comme il annonce une traduction avec plus de détails sur les divers épisodes du récit et leur comparaison avec d'autres légendes (page 8), je me contenterai ici de très courtes observations.

Le récit, très romanesque, qu'a donné M. Basset, fait entrer la légende de Tamîm dans le cadre des voyages fantastiques (1). Enlevé par un génie et porté dans une île dont les habitants le maltraitent, il est délivré par d'autres génies qui sont musulmans ; l'un d'eux le transporte dans les airs, mais s'étant trop rapproché du ciel, il se fond comme le plomb au feu, parce que Tamîm entendant les anges, mentionne Dieu malgré la défense qui lui a été faite. Il tombe dans une autre île où il rencontre diverses personnes, puis il s'embarque sur un vaisseau qui passe dans ces parages, fait naufrage, aborde à une troisième île. Il pénètre dans une caverne, malgré les aboiements d'une chienne (forme altérée de la *djassâsat*), et y trouve un vieillard borgne enchaîné qui lui demande des renseignements sur M, et sur sa réponse déclare : « le moment approche où je sortirai » (p. 23) قد قرب الوقت الذى اخرج فيه. Il apprend d'un jeune homme qui n'est autre que Khiḍr, que ce vieillard est l'Antéchrist qui sortira à la fin du monde : الدجال الذى يخرج فى اخر الزمان. Enfin, après d'autres aventures, il est transporté, grâce à Khiḍr, sur un nuage blanc qui le ramène, après plus de sept ans, dans sa maison, à la grande stupéfaction de sa femme, qui avait fini par se remarier. Complications ; intervention du khalife, et tout s'arrange. Il n'est pas question de *malḥamats* et je n'ai pas rencontré ce mot dans les autres récits que j'ai consultés.

Le manuscrit arabe de la Bibliothèque nationale n° 1363

(1) Cf. Chauvin, *Bibliographie des ouvrages arabes*, t. VII (1903), p. 50.

(Catal. de Slane) (1), fol. 53 r° et sq., donne une variante du précédent conte. Il contient quelques données biographiques sur Tamîm, puis passe à l'épisode de l'enlèvement. Tamîm voit une bête qui se présente à lui comme celle qui est annoncée dans le Coran (XXVII, 84) اخرجنا لهم دابة من الارض تكلمهم « Nous ferons sortir de la terre pour eux une bête qui leur parlera ». Un moine, qui est dans sa cellule depuis 400 ans, lui parle de M., qu'il connaît par la Tôra et l'Évangile, ainsi que 'Alî son légataire. Il lui explique que la bête s'appelle : al Massâkhat (sic) et qu'elle sortira à la fin du monde, à l'approche de l'heure (63 r°) : هذه الدابة تسمى المساخة تخرج فى اخر الزمان عند قرب الساعة. Interrogé sur cette époque, il lui donne quelques détails qui équivalent aux malḥamas. Tamîm s'embarque ensuite, fait naufrage dans une seconde île, y voit d'autres bêtes et un personnage enchaîné à une montagne, qui lui pose diverses questions analogues à celles que pose l'Antéchrist dans la tradition due à Fâṭimat bint Ḳaïs (2). Finalement il rencontre Khiḍr, l'interroge, mais pas sur ce personnage qui reste anonyme, puis il est ramené chez lui par un nuage.

La Bibliothèque nationale possède un autre manuscrit qui contient un opuscule de Maḳrîzî sur le même Tamîm (Catal. de Slane, n° 4657 (3), f° 83 r° et seq.). Il donne la tradition rapportée par Fâṭimat bint Ḳaïs (4). Le P. rapporte comme une bonne nouvelle le récit que Tamîm lui a fait de sa rencontre avec l'Antéchrist (f° 85 r° مسيح الدجال). Dans une île du couchant il a vu la djassâsat qui le renvoie pour plus de renseignements à l'homme qui est dans le couvent et qui l'attend impatiemment. Cet homme enchaîné se présente comme le Messie المسيح (il faut restituer : imposteur الدجال). La djassâsat,

(1) Ancien Catal. Supp. 519. Il n'est pas mentionné par M. Basset (page 6, note 1), ni par la bibliographie de Chauvin (*loc. cit.*).

(2) Voir un peu plus loin.

(3) Anc. Catal. Supp., 1938, non mentionné par M. Basset, ni par Chauvin.

(4) Cf. Ibn Ḥanbal *mousnad*, VI, 373 ; Moṭahhar al Maḳdisi (*Le livre de la Création*, éd. et trad. Huart, II, ١٩٣ et 169) ; Ḳazwînî (éd. Wüstenfeld, I, p. 119) جزيرة الجساسة ; Damîri (*kitâb al ḥayawân* s. v. الجساسة) etc.

l'espionne, est ainsi dénommée parce qu'elle épie les événements pour le compte de l'Antéchrist, تجسس الاخبار للدجال. D'après certains, c'est la bête de la terre دابة الارض mentionnée dans le C. (XXXIV, 13). Suivent des renseignements biographiques très nombreux sur Tamîm (1).

Sur la question du Dadjdjâl, contemporain de M., je reviendrai plus tard (commentaire de page 52, l. 8). Il me suffit ici de montrer l'influence chrétienne représentée par Tamîm ad Dârî et que Gerock aurait dû signaler dans sa *Christologie* du C. comme le remarque très justement M. Basset (*op. laud.*, page 4, note 8) (2). Le même auteur montre qu'il y a également des influences iraniennes dans la description du personnage enchaîné (*ibid.*, p. 5, note 2). Mais elles n'ont été probablement introduites que postérieurement à M., tandis que les premières données dues à Tamîm semblent bien avoir laissé des traces dans le C. Maintenant on peut encore poser une fois de plus la question de savoir si la légende n'a pas été toute entière fabriquée en développement des passages du C. sur « la bête de la terre ». C'est malheureusement, nous avons eu déjà souvent l'occasion et nous l'aurons encore de le montrer, un procédé très fréquent dans les traditions relatives à M. Il convient donc de n'affirmer qu'avec réserve l'influence de Tamîm sur le P.

Page 30, note 1.

Gerock avait déjà signalé la possibilité d'une influence du docétisme sur la religion de M., mais c'est pour la rejeter résolument. Pour lui, l'esprit du C. est beaucoup trop éloigné du docétisme (3). Muir déclare également qu'il n'y a pas la

(1) J'ai signalé plus haut le moine syrien qui, d'après Ibn Sa'd, aurait renseigné Tamîm et qui paraît avoir remplacé à ce titre l'Antéchrist, dans le ms. 1363.
J'ai examiné aussi les autres manuscrits signalés par M. Basset et Chauvin. Ils ne diffèrent pas sensiblement. L'un d'eux présente une définition de M. que j'ai déjà utilisée, voir plus haut, page 230, note 2.

(2) Corriger une petite faute d'impression : XXXII pour XXVII.

(3) *Versuch einer Darstellung der Christologie des Koran*, Hambourg, 1839, p. 58.

plus légère affinité entre le supernaturalisme des Gnostiques et des Docètes, et le rationalisme tempéré du C. (1). D'ailleurs, c'est bien plutôt sur le Chiïsme que sur la doctrine même de M., que le Docétisme aurait exercé son influence, au dire de M. Friedländer. Mais le Chiïsme est-il une hétérodoxie? N'a-t-il pas conservé, au contraire, l'essence même de l'islam, comme je le crois et comme cela résulte de la thèse que je défends? L'influence chrétienne sur l'eschatologie musulmane n'est pas douteuse. Est-elle antérieure ou postérieure à M.? C'est une question de fait sur laquelle nul ne peut se prononcer. Mais ce qu'il ne faut pas oublier, c'est que M. se dit, dans le C., comme annoncé sous le nom de Aḥmad par Jésus-Christ, et que c'est là sa doctrine fondamentale. Il dit bien qu'il a été également annoncé dans le Tora, mais sur ce point, il ne donne aucune précision et les Musulmans ont dû torturer la Bible hébraïque pour déterminer les passages auxquels il aurait fait allusion. Au contraire, l'Évangile contient bien l'annonce par Jésus-Christ d'un personnage dont le rôle a été usurpé plus tard par plus d'un hérétique. Je tiens donc pour l'influence chrétienne, et je considère M. comme essentiellement inspiré de la doctrine du Paraclet humain.

La question s'est posée de savoir si M. n'avait pas plutôt subi l'influence juive. M. Clément Huart l'a bien présentée dans son étude sur Oumayyat (2). Celle-ci est indéniable. Mais s'est-elle exercée directement ou par l'intermédiaire du christianisme? Autre question de fait que nous ne pouvons résoudre. Il est plus sage de supposer que M. a connu l'une et l'autre religion à peu près en même temps, qu'il a subi leurs influences de manière à peu près semblable, ce qui est conforme à la tradition musulmane. Mais encore une fois, rien dans le judaïsme, ne peut s'appliquer à M. qui n'a pu prétendre à être le Messie, tandis que, dans le christianisme, il s'est reconnu sous le nom du Paraclet-Aḥmad.

Peut-être, dans son ignorance de l'une et l'autre religion,

(1) *Life of Mahomet*, Londres, 1858, t. II, p. 305.

(2) *Une nouvelle source du Qorân* dans *Journal asiatique*, 1904 (10e série, t. IV), pages 126 à 132.

a-t-il cru que le Messie des Juifs était identique au Paraclet des chrétiens hérétiques. C'est possible; mais cela me paraît bien invraisemblable. En tous les cas, rien dans le C., n'autorise une pareille hypothèse. Peut-être sont-ce les Musulmans postérieurs qui ont fait cette confusion dans leur théorie que j'ai exposée plus haut du prophète de la fin du monde, qui n'apparaît ni dans le C., ni dans le ḥadîth. Si, ainsi que je le crois, M. s'est considéré comme étant ce prophète, c'est certainement, au témoignage du C., en qualité de Paraclet; nous n'avons aucune preuve que ç'ait été aussi en qualité de Messie. Dans le C. c'est Jésus qui est appelé ainsi; comment M. aurait-il pensé à prendre ce nom aussi bien que celui du Paraclet?

Il faut donc à mon avis, admettre l'influence, sinon exclusive, du moins prépondérante, d'une secte chrétienne hérétique.

Paris, 31 octobre 1921.

Les circonstances m'obligent à terminer ici la publication des notes complémentaires. Je la reprendrai sous une autre forme : par articles séparés intitulés *Etudes islamiques* qui paraîtront dans le *Journal asiatique*, à partir de 1925 ou 1926. Réunis en volume, ils formeront le complément de *Mohammed et la fin du monde*.

Le Puy-en-Velay. — Imprimerie Peyriller, Rouchon et Gamon.

MOHAMMED

ET LA FIN DU MONDE

ÉTUDE CRITIQUE SUR L'ISLAM PRIMITIF

PAR

PAUL CASANOVA

Professeur de Langue et Littérature arabes au Collège de France

DEUXIÈME FASCICULE

NOTES COMPLÉMENTAIRES

I

PARIS
LIBRAIRIE PAUL GEUTHNER
13, RUE JACOB (VIe)

1913

MOHAMMED

ET LA FIN DU MONDE

ÉTUDE CRITIQUE SUR L'ISLAM PRIMITIF

PAR

PAUL CASANOVA

Professeur de Langue et Littérature arabes au Collège de France

DEUXIÈME FASCICULE

NOTES COMPLÉMENTAIRES

II

PARIS
LIBRAIRIE PAUL GEUTHNER
13, RUE JACOB, (VIe)

1924

3005. — Tours, imprimerie E. Arrault et Cie.

www.ingramcontent.com/pod-product-compliance
Lightning Source LLC
Chambersburg PA
CBHW070510030726
47503CB00004B/1225

9782014492576